Der Drachenflüsterer
Der Schwur der Geächteten

Seit Jahrhunderten wird das Großtirdische Reich von dem uralten und mächtigen Drachenorden beherrscht, dessen Ritter die wertvollen Geschöpfe einfangen und ihnen die Flügel abschneiden – die einzige Möglichkeit, sie zu zähmen. Drachenflüsterer Ben, der dank seiner besonderen Gabe in der Lage ist, verstümmelten Drachen ihre Flügel wiederzugeben, durchstreift seit seiner Flucht aus Trollfurt mit seinen Freunden Yanko und Nica das Land, um die gefangenen Drachen zu befreien. Sie leben in ständiger Angst vor dem einflussreichen Orden, und der Hohe Abt hat bereits drei furchteinflößende weiße Drachen ausgeschickt, die die Geächteten zur Strecke bringen sollen. Die Freunde wollen zumindest dem Drachen des Ketzers Norkham zur Freiheit verhelfen – der hatte einst Nicas Vater dazu überredet, das junge Mädchen zu opfern. Nica ist getrieben von ihrem Bedürfnis nach Rache, und so haben die jungen Helden geschworen, nicht eher zu ruhen, bis Norkham für seine Verbrechen bezahlt hat. Für Ben beginnt ein Abenteuer, bei dem sein Leben und die Freiheit der Drachen des Großtirdischen Reiches auf dem Spiel stehen …

Mit *Der Drachenflüsterer – Der Schwur der Geächteten* setzt Boris Koch seinen Fantasy-Erfolg *Der Drachenflüsterer* auf atemberaubende Weise fort.

BORIS KOCH

DER DRACHENFLÜSTERER

Der Schwur der Geächteten

Roman

WILHELM HEYNE VERLAG
MÜNCHEN

Verlagsgruppe Random House FSC-DEU-0100
Das für dieses Buch verwendete
FSC-zertifizierte Papier *Super Snowbright*
liefert Hellefoss AS, Hokksund, Norwegen.

Originalausgabe 4/2010
Redaktion: Catherine Beck
Copyright © 2010 by Boris Koch
Copyright © 2010 dieser Ausgabe by
Wilhelm Heyne Verlag, München,
in der Verlagsgruppe Random House GmbH
Printed in Germany 2010
Umschlagillustration und Innenillustrationen: Dirk Schulz
Umschlaggestaltung: Nele Schütz Design, München
Satz: Buch-Werkstatt GmbH, Bad Aibling
Druck und Bindung: GGP Media GmbH, Pößneck

ISBN 978-3-453-52620-4

www.heyne-magische-bestseller.de

Für Nicki und Grobi
Der Süden wartet

PROLOG

Der namenlose Ritter in der roten Rüstung trieb den flügellosen Drachen voran. Es war ein schlanker, sandfarbener Drache mit unregelmäßigen schwarzen Flecken und langen, kräftigen Hinterbeinen, schneller und ausdauernder als jedes Pferd. Laut schlugen die breiten Tatzen auf die staubigen Pflastersteine der Straße, die schnurgerade auf das Kloster mit den zwölf Zinnoberzinnen zuführte.

Der Helm des hageren Ritters – der geschworen hatte, seinen Namen erst dann wieder zu führen, wenn er den großen grauen Meerdrachen von seinen Flügeln befreit hatte – war hinter den Sattel geschnallt, zwischen Schwertscheide und Packtaschen. Das unrasierte Gesicht war voller Schweiß und Dreck, er wirkte angespannt.

»Schneller!«, knurrte er und leckte sich über die ausgetrockneten Lippen. Er schmeckte Salz und Staub. »Gleich gibt es ja was zu trinken.«

Die Sonne brannte vom Himmel, kein Lüftchen regte sich. Trotzdem beschleunigte der Drache noch einmal. Auch er hatte das massive Kloster entdeckt, dessen weiße Mauern weithin leuchteten, und hielt die Augen starr auf die weitläufige und verschachtelte Anlage gerichtet, die sich auf einer felsigen Anhöhe am Ufer des sanften Firnh erhob. Hechelnd stürmten sie immer weiter und achteten nicht darauf, wie erschöpft sie waren.

Eine halbe Stunde später erreichten sie das Tor, das aufmerksame Wachen für sie geöffnet hatten. Zwei Ritter in blinkenden Rüstungen grüßten vom Wehrgang herunter, die große Fahne mit dem Symbol des Sonnengottes Hellwah hing schlaff und reglos an der Stange auf dem Tor.

Der rote Ritter sprengte in den Hof und zügelte den Drachen erst im Inneren des Klosters. Dort sprang er aus dem Sattel, zerrte ein kleines Päckchen aus der Satteltasche und gab dem Drachen einen Klaps auf die Seite. »Geh trinken, alter Junge. Hast du dir verdient.«

Der Drache tapste hinüber zu dem riesigen, im Boden versenkten Marmortrog vor den hohen Ställen. Hier landete das Regenwasser der umliegenden Dächer, das in kupfernen Rinnen gefangen und über ein ausgeklügeltes Rohrsystem in den Trog geleitet wurde. Wobei Trog eigentlich eine irreführende Bezeichnung war – es war ein Becken von sicherlich dreißig Schritt Länge und vier Schritt Tiefe, durch das die Novizen am Ende ihres ersten Monats tauchen mussten, während alle Drachen zugleich getränkt wurden. Eine kleine Mutprobe unter den Ritteranwärtern, keine vom Abt gestellte Aufgabe. Im Moment dösten dort nur zwei Drachen und ein halbes Dutzend Pferde in der Sonne.

Der Ritter verdrängte die Erinnerungen an seinen eigenen Tauchgang vor vielen Jahren, an die langen rauen Zungen, die einem Tauchenden neugierig und durstig über die bloße Haut leckten, und eilte auf die breite gewundene Treppe zu, die in den Haupttrakt des Klosters führte. Doch auf der untersten Stufe verharrte er überrascht. Oben an der steinernen Balustrade, direkt unter der leuchtenden goldenen Sonne über dem Eingang, stand der Hohe Abt; noch nie war dieser einem Boten entgegengekommen. Einen winzigen Augenblick lang zögerte der Ritter, dann erinnerte er sich der Etikette und neigte den Kopf. »Hoher Herr«, murmelte er mit trockenem Mund. Er sprach den Namen Morlan nicht aus.

»Hast du es?«, fragte der Abt, ohne die Begrüßung zu erwidern. Morlan war ein kleiner kräftiger Mann mit weißem Haar, großer Nase und eiskalten blauen Augen. Er trug die schlichte Tunika des Ritterordens, keine Rüstung, keine Kutte, und außer der goldenen Kette kein sichtbares Zeichen seiner Macht. Doch Hellwahs Segen lag auf ihm, er brauchte keine Insignien, die seinen Rang verkündeten. Jeder in seiner Nähe konnte die Kraft und Befehlsgewalt spüren, die ihm vom höchsten der Götter geschenkt worden war.

»Es war nicht leicht, Hoher Herr«, sagte der rote Ritter und blickte zu Boden. Er schluckte. »Die Wahnsinnigen haben seinen ganzen Besitz verbrannt, und die Asche hat der Wind längst verweht. Doch sein Topf ist dem Feuer nicht zum Opfer gefallen, ich fand ihn verbeult, halb geschmolzen und rußverschmiert im Wald. Ich hoffe, die Flammen und irgendwelche Tiere haben ihn nicht gänzlich unbrauchbar gemacht. Im Fall der anderen beiden war es einfacher. Als fahrender Händler habe ich mich in das ketzerische Trollfurt eingeschlichen und ein Hemd seines Freundes mitgenommen und ein Kleid des Mädchens. Sie ist wohl wirklich freiwillig mit ihm gegangen, ihre verbitterte Mutter beschuldigt den toten Vater.«

Ohne die geringste Gefühlsregung musterte ihn der Hohe Abt, schließlich nickte er. »Nun gut, dann muss es eben mit einem Topf gehen. Begleite mich zum Zwinger.«

Gehorsam folgte der Ritter dem Abt an seinem gierig saufenden Drachen und den Stallungen vorbei. Vereinzeltes Schnaufen, ein Wiehern und der strenge Geruch nach Drache und Hitze drangen heraus.

»Nachher kannst du berichten, wie viele Ketzer Trollfurt besetzt halten und wie viele der Bürger noch zum rechten Glauben stehen, seit Priester Habemaas fliehen musste. Wir werden es für König und Orden zurückerobern. Die Ketzer sind zu einer Plage geworden, die ausgemerzt werden muss. Aber zuerst erzähl mir, was du von dem Jungen weißt«, forderte der Abt.

»Nicht viel«, entgegnete der Ritter. »Oder zu viel. Zahlreiche Geschichten sind über ihn im Umlauf. Er ist ein Rebell, ein Mörder und Anhänger des dunklen Gottes. Angeblich reitet er einen geflügelten und damit verfluchten Drachen, auch seine beiden Gefährten Yanko und Nica wurden mehreren Zeugen zufolge gemeinsam auf einer solchen Bestie gesehen. Ob dies der Wahrheit entspricht, wage ich zu bezweifeln, doch es ist wohl erwiesen, dass dieser Ben den ehrenwerten Ritter Narfried und seine entzückende Jungfrau getötet hat. Ich weiß nicht, wie viele Spießgesellen ihm außer den beiden Freunden folgen, doch er hat die ganze Stadt in Aufruhr und Angst versetzt, und er hat sich nicht nur gegen das Recht, sondern auch gegen die Ketzer gestellt. Er muss tollkühn sein oder verrückt, auf jeden Fall aber gefährlich trotz seines jungen Alters von gerade mal fünfzehn Jahren. Und er hat seine Motive noch nicht offengelegt; niemand weiß, was er wirklich will, was ihn zu diesen Taten treibt. Die einfachen Leute in Trollfurt fürchten ihn und seine Rache. Unverfänglich habe ich beim Bier mit mehreren ausgewachsenen Männern gesprochen, die sich ihm nicht entgegenstellen würden, trotz der Belohnung, die der Orden auf ihn ausgesetzt hat. Sie schwören auf ihr Leben, er sei mit Samoth im Bunde, und nachts glühten seine Augen rot. Nur der Schmied wollte ihm sofort den Schädel einschlagen, der Bastard habe ihm seinen

Sohn gestohlen. Er will von Anfang an gesagt haben, dass dieser Ben nichts tauge, aber er selbst sei einfach zu weich und gutherzig gewesen, nicht streng genug zu seinem Yanko. Die Belohnung interessiere ihn nicht, er täte es schließlich nicht des Geldes wegen. Bens Mutter ist vor gut zwei Jahren gestorben, eine Säuferin, der Vater schon viel länger verschwunden. Niemand hatte ein gutes Wort für diesen Jungen übrig.«

»So, so, sie haben also alle Angst.« Der Hohe Abt nickte, auf seinen Lippen zeigte sich ein dünnes Lächeln. »Das habe ich mir gedacht. Deshalb werden wir uns selbst um ihn kümmern und es nicht bei der Ächtung und Belohnung belassen.«

Inzwischen hatten sie die Außenbereiche der Klosteranlage erreicht. Ganz im Norden, direkt an der gewaltigen Wehrmauer, hinter der das Plätschern des gemächlich dahinfließenden Firnh zu vernehmen war, dessen Wasser im Sonnenlicht kristallgrün schimmerte, kauerte ein gedrungener runder Turm, der sicherlich zwanzig Schritt durchmaß und dessen Außenwand aus großen verwitterten Granitquadern bestand. In dem Gebäude befanden sich rundum hohe, vergitterte Fensteröffnungen, welche die Strahlen der göttlichen Sonne hineinließen, und im Süden war ein Durchgang aus der Mauer gebrochen, der mit einem schwarzen Fallgatter verschlossen war. Einen solch gewaltigen Zwinger besaßen nur die bedeutendsten Klöster des Drachenordens. Die Luft um ihn war kalt, obwohl die Sonne hier ebenso schien wie im vorderen Hof.

Als sich Abt und Ritter dem Zwinger näherten, drängten sich vier weiße Drachen im Eingangsbereich. Mit gewaltigen Klauen rüttelten sie an dem massiven Gestänge und sogen die Luft mit geweiteten Nüstern ein. Sie schnupperten gierig und bleckten die Zähne, scharrten aufgeregt über den ausgetretenen Steinboden und stießen sich gegenseitig zur Seite – jeder suchte die Nähe des Abts, der nur einen halben Schritt vom Gitter entfernt stand.

Der kleinste Drache maß gute fünf Schritt, der größte wohl an die zwölf. Ihr Weiß glich dem einer unberührten Eisfläche, die in der klaren Mittagssonne glitzert, ihre Schuppen waren der irdische Abglanz von Hellwahs Reinheit – sie strahlten heller als jeder Edelstein. Ihre Augen waren klein und blutrot, die Pupillen schwarze Punkte, die Mäuler riesig, selbst für Drachen; darin wuchsen drei wilde Reihen langer spitzer Zähne, unregelmäßig und klar wie Eiszapfen.

Die weißen Drachen waren so kalt, dass niemand länger auf ihnen zu reiten vermochte, kein Sattel hielt diese Kälte fern. Angeblich konnte sie jedes noch so hitzige Herz gefrieren lassen, dass es hart wurde wie Stein und bei der nächsten Erschütterung in tausend Splitter zerbarst.

Dies waren die Hunde Hellwahs, rastlose Jagddrachen, einzig dazu ausgebildet, Geächtete und Glaubensfeinde zur Strecke zu bringen, wo immer sie sich verbergen mochten. Sie waren Hellwahs Zorn und strafender Arm und bei Weitem nicht so sanftmütig wie andere Drachen.

»Wirklich bedauerlich, dass du nur diesen Topf von dem Jungen auftreiben konntest«, sagte der Abt und ließ den Blick über die Drachen wandern, die tatendurstig mit den Klauen scharrten. »Aber dann müssen wir eben hoffen, dass sich der Geruch nicht vollkommen verflüchtigt hat. Oder wir finden ihn über seine zwei kleinen Freunde.«

Den Ritter fröstelte in der Nähe der weißen Drachen. Er nickte und reichte dem Abt das Päckchen. Dieser nahm es und bedeutete den beiden Wachen an der großen Kurbel, das Gatter zu öffnen. Eifrig folgten sie dem Befehl, und ratternd hob sich das Tor, während der Abt mit schneidender Stimme die drei größten Drachen herausrief und den vierten anwies, im Zwinger zu bleiben.

Aufgeregt hechelnd warteten die drei ausgewählten Drachen auf weitere Anweisungen. Mit ihren roten Augen starrten sie den Abt an, rührten sich jedoch nicht. Ohne einen von ihnen zu berühren, warf er dem ersten ein zerdrücktes Jungenhemd vor die Nüstern und sagte: »Such!«

Dem zweiten legte er ein grünes Kleid zwischen die Tatzen und sagte auch ihm: »Such!«

Den verbeulten Topf ließ er dem größten zwischen die Vordertatzen fallen. »Such!«

Die drei Drachen schnüffelten an den Stoffen und dem Metall, ließen ein eisiges Knurren hören, das dem roten Ritter eine Gänsehaut über den ganzen Körper jagte, und trabten los. Sie verließen das Kloster und würden nun kreuz und quer durch das Land laufen, ohne Rast auf der Suche nach den Menschen, deren Geruch sich auf ewig in ihren Nüstern festgesetzt hatte. Noch nie war ihnen jemand entkommen.

»Das wäre erledigt«, sagte der Abt und sah ihnen mit einem kalten Lächeln hinterher. »Jetzt stärke dich erst einmal, und dann erzähle mir von Trollfurt. Wir müssen es zurückgewinnen, bevor der Einfluss der Ketzer im Reich noch größer wird. Es darf keine Nachsicht mehr geben, die Jagd ist eröffnet, wo immer sie sich verstecken. Selbst wenn es zum Bürgerkrieg kommen sollte – wir können ihre Lügen nicht weiter hinnehmen. Zu Hellwahs Ehren und zum Schutz des einfachen Volks.«

ERSTER TEIL
Geächtet

DER GOLDENE SCHLÜSSEL

»Das ist doch Schwachsinn, du Eiterkopf!«, fluchte Ben. »Wieso sollten wir die Knochen unter dem Fenster vergraben? Was soll das bringen?«

»Schutz vor den bösen Geistern verstorbener Wilderer. Oder willst du dich im Schlaf ausnehmen lassen wie ein gepunkteter Wildbulle? Ich nicht!«, motzte Yanko.

»Ich auch nicht!«, rief Ben. »Aber das ist doch Unsinn! Die Geister von Wilderern kommen immer durch die Tür, sie sind dazu verflucht, sich nach ihrem sündigen Leben an die Regeln des Anstands zu halten. Wir müssen die Knochen unter der Türschwelle vergraben!«

»Mach doch, was du willst. Ich vergrabe meine Knochen unter meinem Fenster!«

Keifend standen sich die beiden Freunde gegenüber. Der drahtige Ben war nur unwesentlich älter und größer, er hatte schon ebenso viele Raufereien gegen den kräftigeren Yanko gewonnen wie verloren. Unter dem verstrubbelten braunen Haar, das ihm tief in die Stirn hing, funkelten die graublauen Augen angriffslustig hervor, während Yankos dunkle Augen selbst jetzt, mitten im Streit, noch schalkhaft zu blitzen schienen, als könne er nicht einmal den ernst nehmen.

Nica saß in ihrem ramponierten weißen Kleid oben auf der bröckligen Außenwand der Ruine, das lange, leuchtend blonde Haar zu einem einfachen Knoten geschlungen, und sah mit großen dunklen Augen und einem Lächeln, das sie seit dem Tod ihres Vaters vor wenigen Wochen viel zu selten gezeigt hatte, auf die beiden Streithähne herab. Die wenigen Strahlen der schräg stehenden Nachmittagssonne, die durch das dichte Laub des die Ruine umgebenden Waldes drangen, schienen ihr mitten in das lächelnde Gesicht. Nica fürchtete sich nicht vor den Geistern von Wilderern, schließlich besaß sie ein altes Amulett, das sie vor wenigen Monaten von ihrer Tante bekommen hatte, an dem Abend, als der Aufbruch nach Trollfurt festgestanden hatte. Eines der wenigen Dinge, die sie bei ihrer Flucht nicht hatte zurücklassen müssen.

»Du wirst mir noch danken, dass ich meine Knochen unter der Tür vergrabe. Sie bieten dann nämlich auch euch Schutz!«, stieß Ben hervor und stapfte um die Ecke, vorbei an den drei geflügelten Drachen, die faul im ehemaligen sonnendurchfluteten Burghof herumlagen und sich nicht regten; nur ab und zu zuckte ein Schwanz, als wolle er ein lästiges Insekt vertreiben. Wobei Drachen natürlich zu groß waren und ihre geschuppte Haut zu dick, als dass sie sich um Insekten hätten kümmern müssen.

Die längst verfallene Ruine erhob sich auf einer kleinen Lichtung, ganz oben auf einem dicht bewachsenen Hügel inmitten des Furchenwalds, nur wenige Meilen entfernt von der Stadt Falcenzca. Einst musste sie ein wehrhaftes Kloster oder eine weitläufige Burg gewesen sein, doch inzwischen waren die steinernen Überreste von Moosen, Gräsern und Sträuchern überwuchert, sogar eine einsame knotige Feuereiche erhob sich inmitten der ehemaligen Stallungen. Brunnen gab es keine mehr, der ehemalige Kamin diente als Auffangbecken von Regenwasser; wenn es denn mal regnen sollte. Nur der große, runde, unterste Raum im ehemaligen Ostturm war noch überdacht. Doch Geister schwebten nicht von oben über Mauern herein, davon hatte Ben noch nie gehört. Sie hielten den Kontakt zur Erde, in der sie begraben waren.

Ben warf sich vor der Türschwelle zum Turmzimmer auf die Knie, zerrte das Messer, das Yanko ihm vor seiner ersten Flucht aus Trollfurt geschenkt hatte, aus dem Gürtel, und begann, das wuchernde Gras, die Wurzeln und die Erde zwischen den Ritzen der verwitterten Pflastersteine herauszukratzen. Nur mühsam kam er voran, die Steine waren groß und seit Jahrhunderten hier, die Ritzen zwischen ihnen schmal. Er achtete nicht auf das Schnauben der Drachen und den Vogelgesang in seinem Rücken, sondern grub stur weiter, bis er den ersten Stein aus dem Boden heben konnte. Die Erde darunter war dunkel und feucht, obwohl es seit Tagen oder eher Wochen nicht geregnet hatte. Ein aufgeschreckter, fingerdicker weißer Wurm wühlte sich hektisch in die Tiefe zurück.

Angeekelt verzog Ben das Gesicht und starrte ihm nach, bis er verschwunden war; zu spät fiel ihm ein, dass man den Wurm vielleicht für einen Zauber hätte verwenden können.

Egal, dachte er. Erst würde er den Schutz vor untoten Wilderern zu Ende bringen, dann konnten sie ja in Ruhe nach weißen Würmern graben, wenn Yanko oder Nica wussten, was man mit ihnen anstellen könnte. Vielleicht kannte sich Yanko ja wenigstens mit weißen Würmern aus, wenn er schon keine Ahnung von Schutzzaubern mit Hasenknochen hatte.

Nachdem der erste Stein heraus war, ging es leichter. Ben stieß die Klinge tief in die Erde und hebelte den nächsten heraus, dann einen dritten und vierten. Schließlich hatte er die gesamte Vorderseite der Türschwelle freigelegt.

Die Schwelle bestand aus einem ausgetretenen dunkelgrauen Gestein, das von einem feinen Gespinst aus weißen Linien durchzogen war. Sie war außergewöhnlich massiv und reichte zwei Handbreit in die Tiefe, die Erde direkt unter ihr war tiefschwarz wie Torf. Auch war sie ein wenig wärmer als der sonstige Boden und trocken, stellte Ben fest, als er Platz für die Knochen schaffen wollte. Kurz zuckte er zurück, doch als er die Finger hineingrub, stieß er auf etwas Hartes. Zuerst dachte er an eine Baumwurzel, doch es schien aus Metall zu sein und lag locker in der Erde. Hastig umschloss er das Ding und zog es aus der Tiefe. Es war ein Schlüssel aus Gold.

Ungläubig starrte er ihn an, dann wischte er vorsichtig den Dreck ab. Der Schlüssel war groß, so lang wie die Hand eines ausgewachsenen Mannes, und die Räute war einem Drachenkopf nachempfunden. Kleine weinrote Edelsteine bildeten die Augen, sie funkelten im Sonnenlicht, als wären sie lebendig. Der Bart bestand aus einer ausgebreiteten, gezackten Drachenschwinge – es konnte kein Schloss geben, in das dieser Schlüssel passte. Ausprobieren konnte ihn Ben aber nicht, die Tür über der Schwelle war schon lange nicht mehr hier, es gab nur noch verbogene rostige Scharniere in der Wand. In der ganzen Ruine fand sich keine Tür und kein Tor mehr.

»Hey, Yanko. Nica«, krächzte er. Der kleine Streit von eben war vergessen, wie all die anderen in den Tagen zuvor. Zu vieles verband sie, seit sie gemeinsam gegen die Ketzer in der alten Blausilbermine Trollfurts gekämpft hatten, die Nica einem gigantischen erwachenden Drachen opfern wollten, obwohl ihr Vater sie angeführt hatte. Auch gegen die ordenstreuen Rechtgläubigen Trollfurts hatten sie sich gewandt, denn diese hielten Ben für einen Mörder und wollten Drachen versklaven, indem sie ihnen die Flügel und damit den freien Willen abhieben. Auf zwei geflügelten Drachen waren sie gemeinsam geflohen, und eine solche Freundschaft zerbrach nicht so schnell, auch wenn sich Ben in den letzten Wochen erst daran hatte gewöhnen müssen, dass die beiden ein Paar waren und er nur ihr Freund.

Ben räusperte sich und rief lauter. Dabei konnte er den Blick nicht von dem Schlüssel abwenden. Mit einem Hemdzipfel reinigte er noch die letzten dreckigen Verzierungen, und nun schimmerte das Gold des Schlüssels so klar, als habe er bis gerade eben in der Auslage eines Goldschmieds gelegen und nicht tief in der Erde.

»Was ist los?«, fragte Yanko, als er und Nica um die Ecke bogen.

Ben hielt ihnen den Schlüssel entgegen und zeigte ihnen, wo er ihn gefunden hatte.

»Ist das Gold? Echtes Gold?«, fragte Nica.

Doch bevor sie ihn in die Hand nehmen konnte, griff Yanko danach. »Heiliger Trollbollen! Das ist phantastisch gearbeitet. So was hab ich noch nie gesehen, der Schwung der Ohren, die feinen Schuppen. Jeder Zahn ist zu erkennen. Das ist ein Meisterwerk.«

Ben grinste, als gelte das Kompliment ihm, obwohl er den Schlüssel nur gefunden, nicht gefertigt hatte. Yanko wusste, wovon er sprach, schließlich war sein Vater Schmied in Trollfurt.

»Darf ich jetzt auch mal?«, fragte Nica spitz und sah Yanko mit hochgezogenen Augenbrauen an.

»Ähm, ja, klar«, sagte Yanko und reichte ihr hastig den Schlüssel.

Ben grinste. Er konnte sich nicht erinnern, dass sich Yanko je untergeordnet hatte oder sich von irgendeinem Jungen in Trollfurt hatte herumschubsen lassen, selbst wenn dieser zwei Köpfe größer und dreimal so breit gewesen war. Doch bei Nica sah es ganz anders aus.

»Was hatte der Schlüssel unter der Schwelle verloren?«, fragte Yanko, während Nica das Kunstwerk bewundernd in den Händen drehte.

»Ein Ersatzschlüssel für Notfälle?«, schlug Ben vor, ohne nachzudenken.

»Klar, Schrumpfkopf. Und immer, wenn sich der Ritter versehentlich ausgesperrt hat, musste er den halben Weg vor der Tür aufreißen, um an den Schlüssel zu kommen. Er ist nie ohne Schaufel aus dem Turm gegangen, falls er den Schlüssel vergessen sollte. Sehr sinnvoll! Ersatzschlüssel müssen leicht zu erreichen sein.«

»Selbstverständlich. Am besten an einem beschrifteten Haken gleich neben dem Burgtor. Da freut sich dann jeder Belagerer, weil er gar keine Armee mehr mitbringen muss, um deine Burg einzunehmen. Krötenfurzer!«

»Schlammtrinker!«

»Drachenkottaucher!«

»Eiterkopf!«

»Dreifach bepisster ...«

»Jungs!«, rief Nica, und Ben und Yanko hörten auf, einander anzuknurren und sahen sie an. »Ich glaube nicht, dass das ein Ersatzschlüssel ist.«

»Sage ich doch ...«, murmelte Yanko.

»Sohlenlecker«, zischte Ben.

»Das muss irgendein Zauber sein.« Nica hielt den Schlüssel gegen den wolkenlosen blauen Himmel direkt über der Ruine und starrte ihn mit zusammengekniffenen Augen an. »Eine Schwelle ist ein mächtiger Ort für einen Zauber. Und eine normale Tür kann man mit diesem Ding auf keinen Fall öffnen.«

Die beiden Jungen nickten. Unwillkürlich blickte Ben in das runde Turmzimmer hinein, doch dort hatte sich nichts verändert. Noch immer fiel das Sonnenlicht durch die drei Fenster herein, noch immer lagen ihre wenigen Habseligkeiten über den staubigen Boden verstreut, und auch an den Wänden hatte sich keine weitere Tür geöffnet. Nica und Yanko sahen sich ebenfalls um und schienen auf etwas zu lauschen, als müsste sich eine Veränderung mit einem Geräusch ankündigen. Die Vögel sangen noch immer, die Drachen schnauften in aller Gemütlichkeit.

»Heißt das, ich habe jetzt irgendeinen Zauber zerstört?«, fragte Ben leise. »Ich meine, indem ich ihn ausgegraben habe?«

Seine Freunde zuckten mit den Schultern und sahen zu Boden. Ihnen war sichtlich unwohl bei diesem Gedanken. Yanko räusperte sich und brummte: »So verfallen, wie die Ruine ist, hat hier bestimmt kein Zauber mehr gewirkt.« Doch es klang weder überzeugt noch überzeugend.

»Lasst uns mal rumschauen, vielleicht hat sich ja doch etwas geändert«, schlug Nica vor und drückte Ben rasch den Schlüssel wieder in die Hand. »Ist deiner, du hast ihn gefunden.«

Langsam schob Ben ihn in die tiefe rechte Tasche seiner abgeschabten und mit zahlreichen bunten Flicken übersäten Hose. Zum ersten Mal im Leben besaß er etwas Wertvolles, abgesehen von dem Blausilber, das sie in der Mine eingesteckt hatten, doch er konnte sich nicht freuen. Zu viele Geschichten von armen Tölpeln kannte er, die einen Zauber gebrochen hatten und daraufhin von seiner freien Magie besessen wurden. Oder sie wurden von einem Fluch getroffen, der den

Zauber schützte. Ben hatte von Frauen gehört, denen riesige Warzen auf den Augenlidern wuchsen, so dass sie diese nicht mehr öffnen konnten, wie auch von einem Bauer, über dessen Feldern es nicht mehr geregnet hatte, selbst wenn über die Äcker seiner Nachbarn das stürmischste Gewitter hinwegfegte, nur weil er ihren Fruchtbarkeitszauber vor lauter Neid aus dem Boden gerissen hatte.

Die Erde um den Schlüssel herum war tiefschwarz und trocken gewesen, und der Tod trocknete die Dinge aus. Was war das für ein Zauber?

Ben fluchte und stapfte mit seinen Freunden durch die Ruine, doch sie bemerkten nichts, was sich seit dem Fund verändert hatte. Noch immer dösten kleine gelbe Salamander auf den Mauerresten und huschten davon, wenn sie ihnen zu nahe kamen. Eine silberne Libelle, auf deren Flügeln sich die wechselnden Grüntöne der Blätter spiegelten, tanzte durch die Ruine, und weder sie noch andere Tiere noch die dämmernden Drachen wirkten nervös. Nirgendwo hatte sich eine bislang verborgene Tür geöffnet, kein Keller voller Schätze war plötzlich erschienen. Auch stürzten die alten Mauern nicht ein, sie standen fest, auch ohne dass der Schlüssel in der Erde ruhte. Irgendwo rieselte ein wenig grauer Mörtel zu Boden.

Mit Sonnenuntergang waren letztlich die meisten Bedenken verflogen, und als sich Yanko und Nica in das Turmzimmer zurückzogen, waren die beiden bester Laune, lachten und alberten herum. Nica wirkte ausgelassen wie nie seit dem Tod ihres Vaters. Bislang hatte sie Ben nicht darauf angesprochen, worüber er sehr dankbar war. Schließlich war er es gewesen, der ihn mit der als Waffe geschwungenen Fackel getroffen, in Brand gesteckt und in den Drachenschlund gestoßen hatte. Auch wenn der Drache Nicas Vater aus- und gegen die Wand gespuckt hatte, hatte doch Ben seinen Tod eingeleitet.

Tagsüber wusste er, dass es richtig gewesen war, dass es keine andere Möglichkeit gegeben hatte, den mordgierigen und besessenen Ketzer zu stoppen, doch oft genug träumte er deswegen noch immer schlecht, denn nachts schlief sein Verstand. Dann sah er sein von Wut und Hass verzerrtes Gesicht, den Schmerz und die Überraschung, als er mit voller Wucht von der Fackel getroffen wurde. Viel deutlicher als in jener Nacht hörte er den Schädelknochen knirschen und den dumpfen Aufprall gegen die Felswand. Manchmal erwachte Ben davon, riss japsend die Arme hoch, um einen Angriff abzuwehren, einen Angriff, der nicht kam.

Ben sah Nica und Yanko nach, wie sie Hand in Hand zu ihrem Schlafplatz schlenderten, auch wenn er in der Dunkelheit nicht mehr als grobe Schatten erkannte. Dann stapfte er zu seiner Decke, die er am anderen Ende der Ruine ausgebreitet hatte. Er wollte die beiden nicht hören, solange er allein daneben liegen musste, ihr Getuschel, die Küsse und Berührungen. Er wollte nicht neben diesen Geräuschen liegen und sich einsam fühlen. Für einen Moment dachte er an die schöne Anula, die er in Falcenzca kennengelernt und anfangs für eine rüschennasige Rinnsteinschnepfe gehalten hatte. Die er belogen und getäuscht hatte, um den Drachen Juri zu befreien, die ihn dann jedoch so intensiv angesehen hatte, dass er es nicht vergessen konnte. Leichtfertig hatte er versprochen, sie zu besuchen, wenn er erneut nach Falcenzca käme, doch seit Wochen war er nicht in die Stadt hinübergelaufen. Jetzt wünschte er sich, sie wäre hier bei ihm.

Dann bemerkte er, wie sich die Drachen erhoben. Alle drei

breiteten die Flügel aus, auch die von Juri waren in den letzten Wochen dank Bens außergewöhnlicher Gabe vollständig nachgewachsen, und seit gestern konnte er wieder fliegen. Ben war ein Drachenflüsterer, und das bedeutete, er verfügte über die Kraft, Drachen zu heilen, indem er ihnen die Hände auflegte. Sogar abgeschlagene Körperteile wuchsen unter seiner Berührung wieder nach, nur den Tod konnte er nicht rückgängig machen.

Drei Drachen hatte er bislang geheilt – allen hatte ein Ordensritter einen oder zwei Flügel abgeschlagen, denn der Orden der Drachenritter glaubte an die alte Legende, die besagte, dass die Flügel von Samoth, dem dunklen Gott der Tiefe, verflucht seien, und nur ohne sie könne ein Drache frei sein. Doch Ben wusste, dass Drachen ohne Flügel nicht frei waren, sondern willenlos wie Schoßtierchen, leicht zu befehligen und zu reiten. Die Ketzer dagegen waren überzeugt, Drachen seien Geschöpfe Samoths und man müsse sie unterwerfen, indem man ihnen die Flügel nahm. Und so machten sowohl der Orden der Drachenritter als auch der ketzerische Orden der Freiritter Jagd auf wilde Drachen, um ihnen die Flügel abzutrennen. Ben wollte den geknechteten Wesen die Flügel und Freiheit zurückgeben.

Die drei, bei denen es ihm bereits gelungen war, waren bei ihnen geblieben. Aiphyron war der Erste gewesen, ein großer Drache mit Schuppen vom tiefen, wunderschönen Blau einer alten Himmelsbuche. Feuerschuppe war kleiner, vielleicht acht Schritt lang, und von dunkelroter, teils oranger oder gar gelber Färbung, sein Panzer wirkte wie ineinandergeflochtene Flammen, er war von Nicas Vater geknechtet worden. Den massigen, schilffarbenen Juri hatten Ben und Aiphyron aus dem Stall des Händlers Dicime in Falcenzca entführt.

Nun erhoben sie sich zu dritt. Tagsüber taten sie es wegen der Nähe zu der großen Stadt nicht, sie wollten die Ordensritter, die ihnen Flügel und damit die Freiheit nehmen wollten, nicht auf die Ruine aufmerksam machen, in der sie seit beinahe einem Monat lagerten. Doch nachts wollten sie sich frei fühlen.

Ben hörte die Flügel schlagen, sah ihre Schemen über den Baumwipfeln verschwinden. Er verharrte mit einem glücklichen Lächeln auf den Lippen, dann kletterte er auf das höchste Stück der einst mächtigen Außenmauer, anstatt sich hinzulegen. So weit wie möglich kraxelte er hinauf und suchte sich eine bequeme Sitzposition, so dass er eine verwitterte Zinne als Rückenlehne benutzen konnte und kein spitzer Stein in seinen Hintern piekste. Lächelnd legte er den Kopf in den Nacken und blickte in den klaren Sternenhimmel empor.

Der Mond war halb voll und von klarem Weiß, in seinem Licht konnte Ben hin und wieder den Schatten eines Drachen vorüberhuschen sehen. Sie schraubten sich in ferne Höhen hinauf, warfen sich in wilde Sturzflüge und tollten herum wie ausgelassene Welpen, obwohl zumindest Aiphyron schon deutlich mehr Jahre auf dem Buckel hatte als jeder verknöcherte, verbiesterte Erwachsene, den Ben kannte. Ihnen zuzusehen, machte Ben glücklich, es waren die schönsten Geschöpfe, die er je getroffen hatte – vielleicht abgesehen von einigen Mädchen.

Und es machte ihn glücklich, weil seine Gabe den dreien ermöglicht hatte, wieder zu fliegen. Kurz starrte er auf seine Hände, dann hob er den Kopf wieder. Es waren keine besonders großen Hände, sie waren schlank und schmutzig, aber dennoch steckte eine so große Gabe in ihnen.

Was war das für eine alte Überlieferung, der zufolge man

einem Drachen die Flügel abhacken musste, um ihn auf diese Weise zu einem friedliebenden Geschöpf zu machen? Immer wieder hatte sich Ben das gefragt, doch keine Antwort gefunden. Das Böse steckte nicht in den Schwingen! Wie konnte man das nur glauben, wenn man die Augen öffnete und sich einen freien Drachen besah? Ohne Flügel blieben versklavte, der Sprache beraubte Geschöpfe zurück, die sich nicht von der Erde erheben konnten. Was waren das für strahlende Ritter und Priester, die den Unterschied zwischen Bösem und Freiheit nicht kannten? Hatte Ben auch einst geträumt, selbst ein Ritter zu werden, inzwischen verabscheute er den Orden nur noch.

In solche Gedanken versunken beobachtete er, wie Aiphyron durch die Luft wirbelte, sich in die Tiefe stürzte, knapp über den dunklen Baumwipfeln die Flügel ausbreitete und elegant über die Ruine hinwegsegelte, über Bens Kopf, dicht gefolgt vom gedrungenen Jurbenmakk, der Juri genannt werden wollte, und Feuerschuppe, der sich nicht an seinen Drachennamen erinnern konnte.

Wie lange er ihnen zugesehen hatte, wusste Ben nicht, als Aiphyron plötzlich neben ihm landete. Aufrecht auf den Hinterbeinen stehend, lehnte er sich lässig an die Mauer, so dass sein Kopf direkt vor Ben verharrte.

»Was ist los, Junge?«, fragte er.

»Nichts.«

»Ach, komm schon, für wie blind hältst du mich? Immer wenn du nachts in den Himmel starrst, geht dir irgendwas im Kopf um. Spuck's aus.«

Langsam zog Ben den goldenen Schlüssel aus der Tasche. Er sagte nichts davon, dass er sich einsam fühlte, wenn er Yanko und Nica zusammen sah, dass er sich manchmal daran erinnerte, wie er selbst in Nica verliebt gewesen war, noch vor Yanko, und dass er an Anula dachte, immer öfter, an ihre leuchtenden Augen und das glänzend schwarze Haar, auch an die kleinen Erhebungen, die sich unter ihrer grünen Livree abgezeichnet hatten. An ihre roten Lippen, die zu küssen er versäumt hatte. In seinen Gedanken war nicht viel von ihrer Hochnäsigkeit geblieben. Ben sagte auch nichts davon, wie gern er den Drachen beim Fliegen zusah, dass er nicht einfach so in die Nacht starrte, sondern zu ihnen hinauf. Das alles behielt er für sich, er erzählte nur vom Fund des Schlüssels und fragte: »Meinst du, ich bin jetzt verflucht? Hast du so einen Drachenschlüssel schon einmal gesehen?«

»Drachenschlüssel? Wir haben keine Schlüssel. Was sollen wir damit denn absperren? Die Kleidertruhe für unsere Feiertagsschuppen? Oder unsere Paläste in den Wolken, gemauert aus Regentropfen?« Aiphyron grinste sein seltsames, lippenloses Drachengrinsen, und Ben ließ sich davon anstecken.

»Du glaubst also nicht, dass ich verflucht bin?«, hakte er noch einmal nach.

»Verflucht? Wegen eines derartig winzigen Dings? Das glaubst du doch selbst nicht.« Aiphyron beachtete den Schlüssel erst jetzt so richtig, roch an ihm und näherte sich mit dem Auge auf höchstens zwei Handbreit Entfernung. »Sieht aus wie Menschenwerk, nur feiner, schöner. Wenn ich es mir recht besehe, ist es viel zu schön für eine Arbeit aus ungeschickten Menschenhänden. So etwas könnte niemand von euch groben, ungeschlachten, kurzlebigen, ungeschickten ...«

»Ja, ich hab's verstanden«, brummte Ben. »Wir können nichts. Aber ein Drache mit derart ungelenken Riesenklauen muss gerade reden.«

Aiphyron grinste.

Ben knurrte »Nacktflieger« und knuffte den Drachen, der ihn schon wieder verladen hatte, spielerisch auf die Schnauze.

»Warte mal!« Aiphyron hörte auf zu grinsen. »Ich glaube, ich habe tatsächlich schon einmal von einem solchen Schlüssel gehört oder zumindest von so einem Drachenkopf. Ich kann mich nicht mehr richtig erinnern, ich weiß wirklich nicht mehr, ob es um einen Schlüssel ging oder nur um einen derart fein gearbeiteten Drachenkopf mit roten Augen aus Edelstein. Irgendetwas war damit. Aber das ist Jahre her, viele, viele Jahre.«

»Kein Witz?«

»Nein, kein Witz diesmal. Ich kann mich nur nicht richtig erinnern.« Aiphyron starrte den Schlüssel an, dann Ben. Er schnaubte und schüttelte den Kopf, als wolle er lästige Insekten vertreiben. »Aber ich bin sicher, dass du nicht verflucht bist. Ganz sicher.«

»Gut«, sagte Ben. Das war doch schon mal etwas. »Danke.«

Dann erhob sich Aiphyron wieder in die Luft, wünschte Ben eine gute Nacht und stürzte in den Himmel.

In aller Ruhe stieg Ben von der Mauer und rollte sich in seine Decke. Er dachte an Anula, die kleingewachsene, hübsche, hochnäsige Hausdienerin mit den verkniffenen Mundwinkeln, die höchstens zwei Jahre älter war als er. In seinen Gedanken lachte sie viel, küsste ihn und berührte ihn mit sanften Fingern. Ihre Augen leuchteten wie damals, als ihre Hände gemeinsam auf Juris Schulterknubbel gelegen hatten.

Er spürte sein Herz heftiger schlagen, dabei hatte er ihr doch nur etwas vorgespielt: dass er ein Bürgermeistersohn mit geheimen Auftrag sei und dass er wiederkommen würde. Das hatte er nie ernsthaft geplant, seit Wochen hielt er sich nun wenige Meilen von der Stadt entfernt auf, doch nie hatte er sie besucht. Juris Flügel wären auch weitergewachsen, wenn er einen Nachmittag nach Falcenzca gegangen wäre. Dass er es nicht getan hatte, war doch Beweis genug, dass er nichts für sie empfand, oder nicht? Warum also schlug sein Herz jetzt schneller?

Aber morgen, dachte er, morgen würde er zu ihr gehen. Nur so. Vielleicht wusste sie mehr über diese Ruine, wer hier einst gelebt haben mochte. So würden sie möglicherweise mehr über den goldenen Schlüssel herausfinden. Ja, das sollte er wirklich tun. Der Schlüssel mochte noch wichtig sein, es ging um ihn, nicht darum, sie wiederzusehen. Das würde er auch Nica und Yanko begreiflich machen, denen er bislang noch gar nichts von ihr erzählt hatte. Er war nicht verliebt, auf keinen Fall.

»Nicht in dich, Anula«, murmelte er, schloss die Augen und sagte es gleich noch einmal, und dann nur noch einmal ihren Namen. Sein Herz schlug laut.

Über ihm tollten die Drachen durch den nächtlichen Himmel.

DER SCHWUR

Zum Frühstück teilten sich Ben, Yanko und Nica einen kopfgroßen Sonnapfel, den die Drachen bei ihren nächtlichen Ausflügen irgendwo gepflückt hatten. Es war eine süße Frucht mit saftigen hellroten Fleisch, die ihren Namen von der leuchtend gelben Schale hatte, und davon, dass sie hoch oben in einem schlanken Baum wuchs, der in Bodennähe keine Äste trieb, sondern nur einen kleinen Wipfel mit kurzen glatten Zweigen, langen, saftig grünen Blättern und großen himmelblauen Blüten ausbildete. Es war der einzige fleischfressende Baum, von dem Ben je gehört hatte, er verschlang kleine, ahnungslose Vögel, die in seiner klebrigen Blüte landeten. Nur die fein gesäuberten Knochen blieben übrig, der Baum ließ sie fallen, und sie umlagerten den Stamm wie abgestorbene Ästchen. Aus diesen Knochen konnte man unfehlbar die Zukunft lesen, wenn man ihre Lage richtig zu deuten vermochte – das konnten jedoch nur die wenigsten. Ben hatte keinen solchen Sonnapfelbaum hier in der Nähe gesehen, die Drachen mussten weit geflogen sein.

»Wo habt ihr den her?«, fragte er.

»Gibt's da noch mehr?«, fügte Yanko an. »Schmeckt ausgezeichnet.«

»So klein und so gefräßig«, grinste Aiphyron.

»Der Baum wächst ein ganzes Stück von hier entfernt, aber das war kein Problem, denn die neuen Flügel verrichten ihren Dienst wie die alten«, hob Juri an. »Der ganze nächtliche Rundflug erinnerte mich an einen kleinen Zwischenfall vor ein paar Jahren – ich weiß nicht, ob ich davon schon erzählt habe –, als ich im Norden versehentlich fast auf einem schlafenden Troll gelandet wäre, der mich für einen fleischgewordenen Albtraum hielt, eine Wolke aus Stein, die vom Himmel fiel. Er musste seit Wochen dort gelegen haben, in seinem Ohr hatte sich Erde gesammelt, aus der bereits erste Blumen sprossen, zahlreiche Felsasseln hatten sich unter ihm eingenistet und stoben verschreckt über seinen Körper, als er sich plötzlich aufrichtete. Er stank aus dem Mund wie eine Abfallgrube und ...«

»Es ist wundervoll, dass du wieder fliegen kannst«, unterbrach ihn Yanko, der in den letzten Wochen gelernt hatte, dass man Juri anders nur selten zum Schweigen brachte. Der einfache Hinweis, man habe die Geschichte schon gehört, drei- oder viermal sogar, den Anfang noch deutlich öfter, reichte nicht immer aus, nicht, wenn Juri reden wollte. »Und genau darüber habe ich gestern Nacht mit Nica gesprochen. Du darfst auf keinen Fall der letzte Drache gewesen sein, den wir aus den Händen der Ordensritter befreit haben. Nicht der letzte Drache, dem wir seine Flügel zurückgegeben haben.«

Die Drachen nickten. Diese stumme Form der Zustimmung hatten sie sich im Umgang mit Menschen angewöhnt.

»Wir?«, fragte Ben, dem Yanko eben mit flinken Fingern das letzte Stück Sonnapfel weggeschnappt hatte. »Wen meinst du mit wir, wenn du vom Flügelzurückgeben sprichst?«

»Na, uns alle. Wir gehören doch zusammen. Natürlich bist du derjenige, der sie heilt. Aber wir helfen dir, die Drachen zu entführen. Du kannst ihnen schließlich nicht im Stall des Ordens die Hände auflegen.«

»Jaja. Aber die Idee hatte ich lange vor euch«, brummte Ben. Es passte ihm nicht, dass Yanko und Nica ihre traute Zweisamkeit dafür nutzten, seine Gabe zu verplanen. Es war seine Gabe – sollten sie doch eine eigene entwickeln, wenn sie große Pläne schmieden wollten, ohne ihn zu fragen. Selbstverständlich würden sie damit Drachen befreien, aber nicht, weil Yanko es wollte.

»Das ist doch völlig egal, wer die Idee zuerst hatte«, sagte Yanko. »Doch Juri kann wieder fliegen, er braucht deine Hilfe nicht mehr. Jetzt ist der ideale Zeitpunkt, den nächsten Drachen zu befreien. Wir zeigen's dem verdammten Orden.«

»Und den Ketzern.« Nicas Züge waren wie versteinert. Ihr Vater war ein Ketzer gewesen und hatte in seinem religiösen Wahn versucht, sie einem gigantischen, erwachenden Drachen zu opfern, in dem er den König der Drachen gesehen hatte. Oft genug hatte Ben seine Mutter gehasst, weil sie ihn geschlagen hatte, und seinen Vater, weil er verschwunden war und ihn im Stich gelassen hatte, doch immerhin hatten sie nicht versucht, ihn umzubringen. Niemals hatten sie es als ihre heilige Pflicht angesehen, ihn zu opfern. Ben wusste nicht, wie viel Hass Nica deswegen fühlen mochte, sie redete nicht darüber. Vielleicht empfand sie gar nichts mehr für ihren toten Vater und ihre gehorsame Mutter, die ihren Mann von nichts abgehalten hatte. Vielleicht verwandelte sich allzu großer Hass irgendwann in innere Leere. Obwohl die Mutter noch in Trollfurt lebte, schien sie für Nica gestorben – mit keinem Wort hatte sie sie seitdem erwähnt. Als könne sie sie durch Schweigen aus ihrem Leben brennen.

»Dann müssen wir es aber richtig machen«, verlangte Ben. »Dann beschließen wir es nicht einfach nur, dann leisten wir einen Schwur, dass wir fortan Drachen befreien wollen. Bis wir den Orden überzeugt haben, dass in den Flügeln kein Fluch steckt.«

»Aber lasst uns erst am Mittag schwören, wenn die Sonne am höchsten steht. Einem solchen Schwur gibt Hellwah seinen Segen«, sagte Yanko. »Und eine tote Ratte wäre auch nicht schlecht.«

»Eine tote Ratte ist immer gut«, bestätigte Ben. »Aber Hellwahs Segen werden wir wohl nicht bekommen. Weder morgens noch mittags noch nachts. Unser Schwur richtet sich gegen seinen Orden. Warum soll er uns da helfen?«

»Weil seine Priester lügen«, murmelte Nica, die von einem Ketzer erzogen worden war. Noch immer war ihr Gesicht wie versteinert, doch ihre Stimme klang dünn und leise, als wollte sie nicht gehört werden. Unruhig schielte sie kurz in den blauen Himmel.

Yanko schwieg, ihm war sichtlich nicht wohl bei dem Gedanken, einen Gott herauszufordern.

»Schwört ihr mit uns?«, fragte er nach einer Weile die Drachen, als würde er sich dann wohler fühlen, doch sie verneinten. Selbstverständlich würden sie bei allem helfen, so gut sie konnten, doch Drachen schworen nicht, niemals. Dann tapsten sie einmal quer über den Burghof und legten sich mit einem gemütlichen Brummen dort nieder, wo die ersten Strahlen der Sonne bereits den Boden erreichten.

»Und jetzt?«

»Jetzt suchen wir eine tote Ratte, und dann schwören wir im dunkelsten Schatten, den wir finden können«, sagte Nica. »Dort, wo Hellwahs Antlitz am Himmel nicht zu sehen ist.«

Als sie nach einer langen Stunde noch immer keine tote Ratte im Wald gefunden hatten, fluchte Yanko, denn sonst waren die Viecher doch überall. Nur jetzt, wenn man sie ein einziges Mal wirklich brauchte, gab es keine Spur von ihnen.

Sie beschlossen, dass es auch ohne Ratten gehen musste. Das eigene Blut war in solchen Fällen sowieso viel mächtiger als ein totes Tier.

Sie setzten sich im Kreis an die der Sonne abgewandte Westmauer der Ruine, fern aller Fenster und Schießscharten, dorthin, wo zwei alte Regenweiden mit ihren blattreichen Ästen, die wie ein Vorhang von der Krone herabfielen, einen tiefen Schatten warfen. Mehr Schutz vor Hellwahs Blick gab es tagsüber nur in einem Gebäude oder unter der Erde, und das waren keine passenden Orte für einen Schwur. Unter der Erde war Samoths Reich.

»Was wollen wir schwören?«, fragte Yanko feierlich. Er hatte die Beine untergeschlagen, hielt den Oberkörper jedoch stolz aufrecht.

»Na, dass wir alle flügellosen Drachen befreien, wie ausgemacht«, antwortete Nica. Es klang zugleich pampig und unsicher, als hätte sie nicht viel Erfahrung mit Schwüren.

Mädchen, dachte Ben, *von manchen Dingen haben sie einfach keine Ahnung.* Man sollte nicht unbedarft schwören, nichts, das man nicht halten konnte. »So etwas können wir nicht einfach schwören, das bindet uns bis an unser Lebensende.«

»Oder darüber hinaus«, ergänzte Yanko. »Wenn der Schwur stark ist und bis zum Tod nicht erfüllt wird, dann findet man keine Ruhe. Dann müssten wir auch als Geister noch nach flügellosen Drachen suchen. Und wenn Bens Gabe dann nicht mehr wirkt, wenn seine Hände den Schulterknubbeln kein Leben schenken können, weil durch sie selbst keines mehr fließt, dann streunen wir bis in alle Ewigkeit durch die Welt, tot und ruhelos auf der sinnlosen Suche nach flügellosen Drachen. Ich will das nicht.«

Nica starrte ihn misstrauisch an, als überlege sie, ob er

scherze. Doch mit Schwüren trieb man keinen Spaß. Langsam nickte sie. »Ich auch nicht.«

»Wir sollten uns stattdessen lieber einen einzigen, aber bedeutenden Drachen vornehmen und ihn befreien«, schlug Yanko vor. »Den Drachen des Königs am besten. Das wäre eine echte Heldentat. Und ein deutliches Zeichen.«

»Du meinst wohl eher *die* Drachen des Königs. Der besitzt doch mehr als einen Drachen, der hat bestimmt ein Dutzend in den Stallungen seiner Burg. Und auf jedem Landsitz noch mindestens drei weitere«, gab Ben zu bedenken. »Da wissen wir ja nie, wann wir unseren Schwur erfüllt haben. Bevor wir alle befreit haben, hat er schon weitere versklavt, und wir müssen von vorn anfangen.«

»Dann nehmen wir eben den Drachen des Ersten Ritters aus dem Drachenorden. Oder den Drachen des höchsten Priesters Hellwahs. Auch das macht Eindruck.«

»Das bringt uns vor allem ganz schnell an den Galgen«, sagte Ben. »Wenn wir das machen, ist sofort der ganze Orden hinter uns her.«

»Feigling«, sagte Yanko. »Krötenbaby!«

»Halt's Maul!«

»Furchtwurm!«

»Ahnungsloser Trollpopel! Wir wissen doch gar nicht, wo wir diesen höchsten Priester finden! Keiner von uns. Wir sollten uns besser um die Umgebung hier kümmern. Einfach alle Drachen von Falcenzca befreien. Es gibt doch keinen Grund, von hier schon wieder abzuhauen. Die Ruine ist großartig, und wir haben gerade erst diesen seltsamen Schlüssel gefunden. Hier gibt es noch ein Geheimnis zu lüften.«

Kurz tauchte Anula in Bens Gedanken auf, doch er jagte sie mit einem ärgerlichen Kopfschütteln fort. Schließlich wollte er bestimmt nicht ihretwegen in der Gegend bleiben.«Wenn wir das alles geschafft haben, dann können wir über größere Aufgaben nachdenken.«

»Falcenzca interessiert mich nicht«, sagte Nica leise, aber bestimmt. Mit kalten Augen starrte sie Ben an. »Ich will, dass wir die Drachen der Ketzer befreien. Sie wollten mich umbringen.«

Ben schwieg. Er öffnete den Mund, brachte kein Wort heraus und schwieg weiter. Wieder tauchte Anula in seinen Gedanken auf, und ihm wurde klar, dass er von hier tatsächlich nicht fortwollte, bevor er sie noch einmal gesehen hatte. Und eigentlich auch dann nicht. Jetzt, in diesem Moment, war er sicher, dass er sie wiedersehen musste. Wie hatte er nur all die Wochen im Wald vertrödeln können? Er sehnte sich nach Anula. Doch niemand konnte Nica diesen Schwur abschlagen. Sie waren Freunde, er war sogar verliebt in sie gewesen, und die Ketzer hatten versucht, sie zu töten.

Ben blickte zu Yanko, und der sah Nica an. So voller Zärtlichkeit und Mitleid, dass Ben ihn eigentlich damit aufziehen hätte müssen. Doch nicht jetzt. Yanko würde auf Nicas Seite sein.

»Dann lasst uns den Drachen des obersten Ketzers befreien«, sagte Yanko mit rauer Stimme und griff unbeholfen nach Nicas Hand. »Denk daran, wir wollen lieber nichts Unmögliches schwören.«

»Gut. Aber wenn wir uns wirklich auf einen festlegen müssen, dann will ich den Drachen von demjenigen, der meinen Vater nach Trollfurt geschickt hat«, sagte Nica und starrte Ben fordernd an. »Einverstanden?«

»Dein Vater wurde nach Trollfurt geschickt? Von wem?«, fragte er.

»Das weiß ich nicht. Vater hat nie darüber gesprochen, er hat so getan, als wäre es seine eigene Idee, als ginge es tatsächlich um ein Blausilbervorkommen, das noch immer in der Mine zu finden sei und uns reich machen würde, richtig reich.«

»Und woher willst du wissen, dass das nicht die Wahrheit ist?«

»Er hat einen Brief bekommen. Ich habe zufällig gehört, wie er mit meiner Mutter darüber gesprochen hat. Es war der Befehl, nach Trollfurt zu gehen, und es ging um irgendwelche harten Zeiten oder so. Ich weiß es nicht mehr, ich habe nur die Hälfte verstanden. Und ich bin sicher, derselbe hat später auch den Befehl geschickt, mich zu opfern.«

»Aber du weißt nicht, wer es war.«

»Meine Mutter weiß es.«

»Deine Mutter ist in Trollfurt.«

»Und?«

»Da werden wir gesucht! Die ganze Stadt ...«

»Dann finden wir es eben auf andere Art heraus«, fiel ihm Yanko ins Wort. Auch sein Blick war nun so hart wie Nicas, und Ben erkannte das Verlangen nach Rache. Wer immer Nicas Vater nach Trollfurt gesandt hatte, musste ihn dazu getrieben haben, Nica an den Pfahl zu binden, da gab er ihr Recht. Von selbst konnte ein Vater nicht auf einen solchen Gedanken kommen.

»Na gut. Dann soll es so sein«, sagte Ben und zog seinen Dolch. Dabei dachte er an den Moment, als sie die an den Pfahl gefesselte Nica gefunden hatten, und spürte Zorn in sich aufsteigen.

In aller Ruhe hob er ein kleines Loch im Boden aus, höchstens eine Handbreit tief und genau in der Mitte zwischen ihnen. Dabei achtete er darauf, keine größeren Baumwurzeln zu verletzen. Die schwarze Erde häufte er direkt daneben auf. Seine Freunde sahen ihm schweigend zu, bis er die Klinge am Hosenbein sauber wischte.

»Dann wollen wir«, sagte Ben, und sie streckten ihre Hände über das Loch, die Handflächen nach oben gedreht. Vorsichtig schnitt Ben über Yankos Handfläche, Blut trat aus der Wunde und tropfte in die Erde. Yanko hatte nur kurz mit dem Mundwinkel gezuckt, und nun zeigte er ein verächtliches Lächeln, das dem Schmerz galt.

Nica presste die Lippen aufeinander und reckte Ben die Hand auffordernd noch ein Stück entgegen. Er fasste sie mit der Linken, hielt sie einen langen Moment ganz ruhig. Er spürte ihr Blut pochen und versuchte, ihr mit den Gedanken Ruhe einzuflößen, so wie er einem Drachen seine Heilkräfte übertrug. Sie wirkten nicht bei Menschen, doch er konnte nicht anders. Schaden konnte es ja nicht. Dann setzte er den Schnitt. Nica ertrug den Schmerz ohne die geringste Reaktion, ihr Blut tropfte zu dem Yankos in die Schwurgrube. Langsam löste Ben seine Finger von ihrer Hand. Dann schnitt er sich selbst in die Linke.

»Bei unserem Blut und unserer Freundschaft schwören wir, dass wir nicht eher ruhen werden, bis wir denjenigen Ketzer aufgetrieben haben, der Nicas Vater nach Trollfurt geschickt hat, ihm seinen Drachen genommen haben und diesem die Flügel und Freiheit zurückgegeben haben«, sagte Ben mit tiefer Stimme. Dabei betonte er jedes Wort. Die Fingerspitzen der drei berührten sich sanft, während die letzten Blutstropfen auf ihrer Haut trockneten und verkrusteten. Ben kannte nichts Bindenderes als einen solchen Blutschwur.

»Wir schwören, den Drachen zu befreien, ihm das zurückzugeben, was blinder Eifer und falscher Glaube ihm genommen haben«, fügte Nica an. »Wir schwören, jenen Mann, der meinen Vater nach Trollfurt sandte, für seine Taten zur Rechenschaft zu ziehen. Wir schwören, dass wir jeden einzelnen Toten an ihm rächen werden, dessen Blut an seinen Händen klebt, auch wenn er es nicht selbst vergossen hat.«

Stumm starrte Ben sie an und biss sich auf die Lippen. Wenn er nicht fürchterliches Unglück auf sie alle herabbeschwören wollte, durfte er nichts sagen, bis der Schwur beendet war.

»Wir schwören, uns an ihm zu rächen für alles, was er Nica angetan hat. Wir werden ihm alles nehmen, vor allem seinen Drachen«, beendete Yanko den gemeinsamen Schwur und sah dabei unsicher zu Ben.

Mit den wunden Händen warfen sie reihum die Erde zurück in das Loch und klopften sie schweigend fest.

Als sie damit fertig waren, fluchte Ben: »Was sollte das, ihr schleimigen Rüsselkröter! Von Rache hatten wir nichts gesagt!«

»Soll das ungerächt bleiben, was der verfluchte Ketzer getan hat?«, blaffte Yanko zurück.

»Nein, natürlich nicht!«

»Wo ist dann dein Problem?«

»Ihr habt mich etwas schwören lassen, das nicht ausgemacht war! Wir haben gesagt, wir befreien Drachen. Wenn wir Nica rächen können, gut. Aber darum sollte es in dem Schwur nicht gehen!« Es war egal, wer die Worte ausgesprochen hatte, sie hatten gemeinsam geschworen, und Ben war wie sie alle daran gebunden.

»Und wenn uns die Rache wichtiger ist? Ist dir denn ein fremder Drache wichtiger als Nica?«

»Nein, verdammt! Das weißt du genau!« Verstanden sie nicht, dass er sich hintergangen fühlte? Warum hatten sie nicht offen mit ihm gesprochen? Das hatten sie doch hinter seinem Rücken geplant! Sie waren das Paar, und er eben nur ein Freund. Doch vielleicht war er nicht einmal das, einen Freund hinterging man nicht. Schon gar nicht, wenn man ohne ihn nicht hier wäre. Ohne ihn und seine Gabe wären die beiden niemals lebend aus der Mine herausgekommen. Und jetzt das! Er spuckte aus und fügte mit erzwungener Ruhe an: »Was habt ihr mit ihm vor?« Konnte Yanko, als er gesagt hatte, sie würden ihm alles nehmen, auch sein Leben gemeint haben?

Nica und Yanko starrten ihn stumm an.

»Was wollt ihr tun, verdammt? Oder verratet ihr mir das auch nicht?«

»Das werden wir dann sehen.« Yanko bemühte sich um ein Lächeln. »Ben, wir wissen es noch nicht. Lass ihn uns erst einmal finden, ja?«

»Macht doch, was ihr wollt! Ich geh jetzt nach Falcenzca.«

»Ich dachte, wir brechen auf. Wir haben geschworen, nicht zu ruhen, bis ...«, sagte Nica.

»Das sagt man nun einmal so! Trotzdem darf man noch andere Dinge tun«, knurrte Ben.

»Manchmal. Aber ...«, setzte Yanko an.

»Nein, immer! Man darf immer schlafen, essen, pinkeln!«, schrie Ben.

»Und dafür willst du nach Falcenzca? Um zu pinkeln?«

»Ist meine Sache! Auf jeden Fall werden wir erst nach Einbruch der Dunkelheit fliegen, um nicht gesehen zu werden.«

»Und bis dahin müssen wir noch ...«

»Ich muss gar nichts! Ihr könnt allein packen und alles mit

den Drachen ausdiskutieren. Das Ganze ist doch eh euer Plan! Ich war da nicht beteiligt!« Wütend spuckte er auf den Boden. »Bei Sonnenuntergang bin ich wieder da.«

»Ben ...« Nicas Stimme klang beinahe, als wolle sie sich entschuldigen.

Doch Ben stapfte wütend und enttäuscht davon. Nicht ein einziges Mal drehte er sich um.

TAUSEND GULDEN
UND DAS ENDE DER WELT

Als sich Ben dem Stadttor von Falcenzca näherte, hatte er sich noch immer nicht beruhigt. Wie hatte Yanko ihn so verraten können? Sie waren Freunde! Und wie viel Wut und Hass steckten in Nica? Wenn diese sich nur gegen den Ketzer richteten, konnte ihm das egal sein, doch immerhin war es Ben gewesen, der ihren Vater mit der Fackel in den Drachenschlund gestoßen hatte. Wenn sie diesem Ketzer die Schuld an den Taten ihres Vaters gab, wenn sie sie so entschuldigte, würde sie dann irgendwann Ben dafür hassen, dass er ihren Vater getötet hatte?

Er hatte es nicht gewollt. In diesem Moment hatte er überhaupt nicht darüber nachgedacht, hatte sich nur dem Kampf gestellt, hatte Nica helfen wollen und verhindern, dass die Ketzer den gigantischen Drachen noch vor seiner Geburt unterwarfen und ihn voller Schmerz auf die Welt hetzten. Nie hatte Nica ihm einen Vorwurf gemacht. Indem er ihren Vater getötet hatte, hatte er sie gerettet, aber dennoch war es ihr Vater gewesen.

Er wollte nicht, dass Nica ihn hasste, auch wenn sie ihn gerade hintergangen hatte. Dabei konnte er ihre Wut verstehen, nur Yanko nicht. Yanko hätte ihn warnen müssen, sich nicht mit ihr zusammen seinen Schwur erschleichen. Verdammter Krötenkotfresser!

»Weg da!«, brüllte jemand direkt vor Ben. Der hatte, tief in Gedanken versunken und den Blick zu Boden gerichtet, seine Umgebung vergessen. Jetzt riss er den Kopf hoch und die

Augen auf. Ein Berittener im grün-weißen Wams und Kettenhemd trabte mit hochrotem Kopf auf Ben zu und machte keine Anstalten, sein schwarzes Pferd zu zügeln. An seinem Gürtel hing das große Schwert eines Ritters, ein runder Schild war hinter dem Sattel auf das Pferd geschnallt. Er hatte die Gerte erhoben, stierte Ben mit kleinen verkniffenen Augen an und brüllte wieder: »Aus dem Weg, Rotznase!«

Hastig sprang Ben von der Straße und schlitterte in den Graben hinab, rutschte aus und landete im Dreck auf den Knien.

»Ja, so ist's recht, Lump! Auf die Knie.« Der Reiter lachte und preschte an Ben vorbei.

Ihm folgten drei weitere Bewaffnete, die in sein Lachen einfielen, und die große, verzierte Kutsche eines reichen Mannes, die von sechs Schimmeln gezogen wurde. Sie bretterten vorbei, als würden sie aus der Stadt fliehen. Durch das milchige Kutschenfenster war niemand im Inneren zu erkennen.

Fluchend stieg Ben aus dem knietiefen Graben und wünschte dem Reiter tausend schmerzende Warzen an den Hintern und eine unablässig tropfende Eiterbeule auf die Nase. Dabei starrte er auf sein verdrecktes Hemd und die abgetragene, hundertfach ausgebesserte und von zahlreichen bunten Flicken übersäte Hose.

Lump hatte ihn der Reiter genannt. Lump. Natürlich. Wie kam Ben nur auf die Idee, dass ein anderer Städter etwas anderes in ihm sehen würde? Jemand wie dieser Ritter oder auch die schöne Anula. Mochte sie auch eine Dienerin sein, sie war es bei einem angesehenen Händler, sie lief nicht in Fetzen herum, und ihre Freunde gewiss auch nicht. Vielleicht war sie ja doch eine Rinnsteinschnepfe und hielt sich für was Besseres. War sie das etwa auch? Sie musste Dutzende Verehrer haben, doch mit Ben wollte niemand mehr zu tun haben. Sagte das nichts aus? Dutzende gut aussehende, gut gekleidete, gut gebildete Verehrer …

Doch keiner von ihnen ist ein Drachenflüsterer, dachte Ben trotzig. Keiner verfügte über eine besondere Gabe. Sollten sie doch von ihm und seiner Hose denken, was sie wollten, er war kein Lump! Außerdem hielt Anula ihn noch immer für einen Bürgermeistersohn mit einem geheimen Auftrag. Diese Rolle konnte sich mit jedem noch so gepflegten Diener messen. Er würde ihr einfach nicht die Wahrheit sagen, dann würde schon alles gut werden.

Ben näherte sich dem turmhohen Tor, das ebenso wie die gesamte Stadtmauer aus blank geschrubbten Steinen in den unterschiedlichsten Farben bestand. Grüne, rote, schwarze, blaue, weiße und andere Vierecke lagen nebeneinander, ohne dass Ben in ihnen ein Muster oder gar ein bestimmtes Bild erkennen konnte. Jede Farbe war in unterschiedlichen Tönen vertreten, hell und dunkel, marmoriert und gefleckt. Unbewusst wurden Bens Schritte schneller, er passte sich der städtischen Hektik und Eile an.

»Hey, Junge?«, rief ihm einer der Torwächter hinterher, als sich Ben mit einer Gruppe viehtreibender Bauern und staubbedeckter fahrender Händler in die Stadt schieben ließ. Obwohl es mehr fragend als befehlend geklungen hatte, tauchte Ben sofort in die nächste Gasse ab, den Kopf eingezogen, bereit loszurennen. Seine Jahre als Sündenbock in Trollfurt hatten ihm diesen Fluchtinstinkt eingeimpft.

Mit einem raschen Blick über die Schulter erkannte er jedoch, dass ihm niemand folgte. Der dicke bärtige Wächter reckte zwar den Hals und schien jemanden in dem Gewühl der Straße zu suchen – ihn –, doch der andere, ein sehniger, hochgewachsener Kerl mit Adlernase, winkte kopfschüttelnd ab und lachte ihn aus. Derweil redete auch noch ein aufgebrachter Bauer auf beide ein und schwenkte eine rot-blau gefiederte Gans, die wild mit den Flügeln schlug, vor ihren Augen hin und her.

Dennoch eilte Ben weiter und bog kurz hintereinander zweimal ab, folgte den schmalen Straßen, die ihn am sicherlich überfüllten Marktplatz in der Stadtmitte vorbeiführten. Die Bauern trieben ihr Vieh auf der breiten Hauptstraße weiter, gefolgt von den Händlern, die ihre Waren noch im Laufen anpriesen.

Ben musste auf die andere Seite von Falcenzca, und er wollte schnell zu Anula, schließlich wusste er nicht, wann sie eine kurze Arbeitspause einlegen durfte. Nach den Wochen im Wald strömten die zahlreichen Gerüche der Stadt umso intensiver auf ihn ein, der Duft von frischen Backwaren vermischte sich mit dem Kotgestank der Tiere, süßliches Parfüm der reichen Damen mit den Ausdünstungen des Rinnsteins. Ben atmete durch den Mund, um die Nase zu schonen, und schlängelte sich an in helle Farben gekleideten Bürgern vorbei, die vor Geschäften herumstanden, an knienden Bettlern mit eingefallenen Gesichtern und Knechten und Kindern auf Botengängen, die jeden Bekannten auf dem Weg freudig begrüßten, weil er eine Ablenkung von den Pflichten versprach. Hie und da schnappte er Gesprächsfetzen auf, mal ging es um den Markt und wichtige Einkäufe, dann wieder um geheime Liebschaften, die lachhaften Erlebnisse eines Trunkenbolds oder schreckliche Ketzer, die irgendwo auf dem Vormarsch waren.

»Sie sind eine wahre Plage«, ereiferte sich ein untersetzter, unrasierter Knecht.

»Möge Hellwah uns schützen«, murmelte eine gebeugte Frau im mittleren Alter.

»Der Orden wird schon für Ordnung sorgen«, behauptete einer.

»Als ob das wichtig wäre. Viel schlimmer ist doch, dass die Preise für Äpfel schon wieder gestiegen sind«, beschwerte sich ein anderer. So trug jeder seine Sorgen laut vor sich her.

Als Ben an einem Gasthof vorbeikam, vor dem eine junge Frau mit leuchtend roten Haaren Amulette gegen Ketzerflüche verkaufte, rief jemand: »Hey! Das ist er doch!«

»Wer?«

»Na, *er*. Du weißt schon!«

»Er? Unsinn. Der ist viel zu klein und allein.«

»Aber die Hose! Sieh dir die Hose an!«

»Die Hose ... Du hast Recht.«

Achtlos eilte Ben auch an diesem Gespräch vorbei. Langsam wurden die beiden Stimmen von anderen übertönt, versickerten zwischen all den weiteren Geräuschen, bis ein lauter Ruf an Bens Ohr drang: »Auf! Den Kerl schnappen wir uns!«

Schwere Schritte schlugen plötzlich auf das Pflaster und näherten sich. Galt das ihm? Er hatte doch gar nichts getan. Hastig blickte er sich um.

Drei Männer rannten auf ihn zu, der groben, aber gepflegten Kleidung nach Handwerksgesellen. Sie waren deutlich größer und kräftiger als Ben, und ihre Blicke galten eindeutig ihm, sie waren hinter ihm her. Einer hatte die Arme so weit nach vorn ausgestreckt, dass er beinahe das Gleichgewicht verlor. Doch nur beinahe – taumelnd und stolpernd stürzte er auf Ben zu, dicht gefolgt von seinem kahlköpfigen Kameraden, dessen Gesicht von einem gierigen Lächeln verzerrt wurde. Es war ein Wunder, dass ihm kein Schaum aus dem Mund troff.

Drei, vier Schritte hinter ihnen hechelte ein beleibter Mann mit einem dichten Backenbart her, der keuchend zwischen wulstigen Lippen hervorpresste: »Halt! Bleib stehen, Bursche!«

Das war nun wirklich das Letzte, was Ben tun würde. Er wirbelte herum und rannte los, stieß einen kleinen, für den Markttag festlich herausgeputzten Jungen zur Seite, der stürzte und doch vor Überraschung zu weinen vergaß, und bog bei nächster Gelegenheit ab. Nur nicht geradeaus weiter, unberechenbar bleiben wie ein Haken schlagender Hase auf der Flucht. Doch die drei Männer blieben ihm weiter auf den Fersen, oder zumindest die beiden schlanken. Das Keuchen des Dritten fiel immer weiter zurück.

Ben kannte sie nicht, keinen von ihnen, was wollten sie also von ihm? Es musste eine Verwechslung sein, aber sie sahen nicht aus, als würden sie sich auf ein vernünftiges Gespräch einlassen. Sie waren erstaunt gewesen, ihn allein anzutreffen, doch er war stets allein gewesen in Falcenzca. Alles deutete auf eine Verwechslung hin. Wer sollte ihn hier überhaupt kennen? Bei seinen kurzen Besuchen vor Wochen hatte er mit niemandem Händel gehabt, und als er mit Aiphyron im Dunkeln Juri befreit hatte, hatte ihn niemand deutlich gesehen.

Oder etwa doch?

Japsend und mit stechendem Herzen raste Ben durch die verschlungenen Gassen, immer wieder schlug er eine andere Richtung ein und hoffte, nicht in einer Sackgasse zu landen. Schon lange wusste er nicht mehr, wo er sich befand, die Stadt war groß. Schnaufend und mit schweren Schritten blieben ihm seine Verfolger im Nacken. Sie forderten ihn nicht mehr zur Aufgabe auf und schrien nicht nach Unterstützung. Passanten starrten ihnen hinterher, teils verärgert, teils belustigt, doch meist mit Desinteresse, solange er keinen anrempelte. Wahrscheinlich hielten sie ihn für einen kleinen Dieb und wollten sich keinen Ärger einhandeln, nicht für die Börse eines anderen oder gar nur einen geklauten Apfel. Wer wusste schon, wie sich ein Dieb in einem solchen Fall rächte?

»Lauf! Lauf! Lauf!«, feuerte ihn ein lachender Kerl in einer gelben Livree an, der mit einer Weinflasche in der Hand an einer Hausmauer lehnte. Ben jagte unter dicht behangenen Wäscheleinen hindurch, die über dem ersten und zweiten Stock quer über die Straße gespannt waren. Wären sie nur tiefer unten angebracht, könnte er sie mit einem Sprung im Lauf herunterreißen und die viel zu hartnäckigen Verfolger zum Stolpern bringen. Mit wem verwechselten sie ihn, dass sie die Jagd einfach nicht aufgaben?

»Das ist er!«, keuchte plötzlich jemand auf einer Kreuzung, und schon hörte Ben einen weiteren Verfolger, dessen nackte Sohlen im schnellen Rhythmus über das Pflaster patschten. Ben drehte sich nicht um, rannte nur immer weiter und weiter, versuchte verzweifelt, noch einmal das Tempo zu erhöhen.

»Er gehört mir!«, brüllte ein Weiterer mit tiefer, knarrender Stimme und schloss sich den Verfolgern an. Inzwischen schlugen zahlreiche schwere Füße auf den Boden, ein dunkles, bedrohliches Prasseln hinter Ben, das sich nicht abschütteln ließ. Was war hier los? So viele Leute konnten ihn doch nicht mit irgendeinem gesuchten Halunken verwechseln!

Hatte er etwa einen Doppelgänger in der Stadt?

Doch es war seine Hose gewesen, nicht sein Gesicht, das

die ersten Verfolger auf ihn aufmerksam gemacht hatte. Was war an seiner alten, tausendfach geflickten Hose denn so besonders?

In Trollfurt war Ben oft durch die Stadt gejagt worden, einfach weil er dort der Sündenbock gewesen war. Hier wusste er nicht, weshalb er gehetzt wurde, doch er wusste, dass er erst rennen und dann nachdenken sollte. Er hatte gelernt, wann man besser floh, und ihm war klar, dass er seine Verfolger möglichst schnell loswerden musste, sonst würden es immer mehr werden. Sein ominöser Doppelgänger musste sich zahlreiche Feinde gemacht haben, und Ben verspürte nicht die geringste Lust, dessen Schandtaten auszubaden.

Mit hämmerndem Herzen raste er auf die nächste Kreuzung zu, da tauchte von links plötzlich ein schwerer, gemächlicher Ochsenkarren auf, der sich ganz langsam in Bens Weg schob und die Straße versperrte. Entweder war das das Ende der Jagd oder seine Chance. Ben rannte einfach weiter, stur auf den hoch beladenen Karren zu. Auf dem Bock saß ein alter hagerer Bauer, der eine Peitsche in der Hand hielt und stur nach vorn starrte und auf seine Ochsen einmurmelte. Mit jedem Schritt erschien Ben seine Idee idiotischer, das Hindernis unüberwindbarer, doch die Schreie in seinem Rücken trieben ihn an. Halsbrecherisch setzte er über die Deichsel hinweg, direkt zwischen Ochsen und Kutschbock.

Der Bauer fluchte und hieb mit der Peitsche nach ihm, doch viel zu spät. Ben gab einem der Tiere im Sprung noch einen festen Klaps mit. Es muhte und tat einen Satz nach vorn, und der erste Verfolger stürzte beim Versuch, Ben zu folgen, in den Bauern und riss ihn vom Kutschbock. Der nächste rannte in das erste Wagenrad.

Wildes Geschrei und Ochsengebrüll erhoben sich hinter

Ben, doch er drehte sich nicht um. Er hetzte in die nächste Gasse, noch immer waren ihm Fremde auf den Fersen, wenn auch nicht ganz so dicht. Gleich an der Ecke befand sich ein kleines Wirtshaus mit winzigen Fenstern und einem verschmutzten Schild über der Tür, von dessen goldenem Stier die Farbe abblätterte. Ohne nachzudenken, stürzte Ben hinein.

Noch bevor sich seine Augen an das dämmrige Licht gewöhnt hatten, stürmte er am Tresen und undeutlichen Gestalten vorbei, die ihm die Köpfe zuwandten. Einer rief: »Vorsicht!«, doch das Serviermädchen wich von selbst aus. Irgendwas zerschellte am Boden, irgendwer fluchte: »Rotznase, eitrige!«

Schwere Schritte und knurrende Verwünschungen folgten Ben den schmalen Gang nach hinten, und er war nicht sicher, ob es die Verfolger waren oder der verärgerte Wirt. Er raste am Kellerabgang vorbei, ohne ihn zu beachten. Solche Keller, in denen üblicherweise Bier, Fleisch und anderes kühl gelagert wurde, verfügten über keinen zweiten Ausgang. In einer solchen Sackgasse hatte sich Ben eine der schlimmsten Abreibungen seines Lebens eingefangen, er wusste nur nicht mehr, weshalb.

Durch eine schwere, zum Glück nicht abgeschlossene Holztür stolperte Ben in den Hinterhof, wie er gehofft hatte, und raste weiter zum sicherlich zwei Schritt hohen Bretterzaun, der den Hof vom nächsten abtrennte. Dort sprang er hoch, klammerte sich an die Kante und zog sich hinauf, schwang das rechte Bein hinüber. Während er sich vollständig über die Kante wälzte, blickte er zurück. Ein kräftiger Mann mit grauem Backenbart und fleckiger Schürze, ein glänzendes, unterarmlanges Messer in der Hand, trampelte in den

Hinterhof. Der Wirt, stellte Ben erleichtert fest. Andere Verfolger waren nicht zu sehen.

»Ich hoffe, du brichst dir den Hals!«, rief der Wirt ihm hinterher, doch er gab die Jagd auf. Er hatte Gäste, um die er sich kümmern musste, die Rache für zerstörtes Geschirr musste da zurückstehen.

Ben hangelte sich von Innenhof zu Innenhof und hoffte auf eine unverschlossene Hintertür, den Zugang zu einem Geschäft, durch das er wieder auf die Straße gelangen konnte. Jedoch kontrollierte er nur die Hintertüren der Häuser, die auf eine andere Straße hinausführten als die, in der er verschwunden war. Für seine Verfolger sollte es aussehen, als habe er sich in Luft aufgelöst. Er wusste nicht, wie schnell sie ihn hinter den Häusern suchen würden, doch hier saß er in der Falle – zu wenig Platz, um davonzulaufen. Sobald sie im Gasthof nach ihm fragten, würde der verärgerte Wirt sie mit Vergnügen auf seine Spur setzen.

Als er im dritten oder vierten Hinterhof neben verschlossenen Türen auch auf eine behangene Wäscheleine stieß, fiel ihm wieder ein, dass mindestens einer der Männer ihn anhand seiner Hose identifiziert hatte. Egal, wie seltsam das klang, es blieb eine Tatsache, dass mehrere Männer unabhängig voneinander hinter ihm her waren. Wenn sie ihn nun alle anhand der Hose erkannt hatten, dann hatte er hier die Möglichkeit, sich zu tarnen. Er zog seine Hose aus und betrachtete sie. Sie war ein Sammelsurium bunter Flicken und Nähte, und tatsächlich wollte ihm niemand einfallen, der etwas Ähnliches trug.

Rasch wählte er von der Leine eine dunkle Leinenhose und schlüpfte hinein. Sie war zu groß, also krempelte er die Beine um. Den Bauch polsterte er mit seiner alten Hose aus, die er sich unter das weite Hemd stopfte. So war er nicht nur das auffällige Kleidungsstück losgeworden, sondern wirkte auch dicker. Den Gürtel schnürte er möglichst eng und band sich zu guter Letzt noch ein Tuch um den Kopf, wie es die Seefahrer aus dem Süden taten. Leider gab es kein schwarzes, er musste sich mit einem aus hellem Rot begnügen, das aussah, als wäre es für Mädchen. Er band es sich so eng hinter die Ohren, dass diese abstanden. Alles, was sein Aussehen veränderte, war gut. Dann machte er sich wieder auf den Weg.

Drei Hinterhöfe weiter spielten zwei Mädchen mit kleinen Puppen aus Stroh. Die Puppen trugen kleine Krönchen aus hellen Nussschalen, die Mädchen sorgsam geflickte Kleider aus gefärbtem Leinen. Als er über den Zaun geklettert kam, starrten sie ihn neugierig an, und die Dunkelhaarige fragte misstrauisch: »Bist du ein Pirat?«

»Nein, keine Angst, ich tue euch nichts.« Ben zeigte die leeren Handflächen, um zu beweisen, dass er nicht bewaffnet war. Kreischende kleine Mädchen, die die Aufmerksamkeit auf ihn lenkten, konnte er nun wirklich nicht gebrauchen.

»Bist du dann ein verkleideter Prinz?«, wollte die andere wissen. Sie hatte hellblondes, zu vier Zöpfen geflochtenes Haar und legte den Kopf schief, während sie ihn mit dunklen Augen musterte.

»Vielleicht.« Er zwinkerte ihnen zu und lächelte beruhigend. »Wo wohnt ihr denn?«

Sie deuteten auf ein Haus mit schäbig grauer Wand. Ben ging hinüber und griff nach der Hintertür. Tatsächlich war sie unverschlossen. »Zeigt ihr mir, wie es von hier auf die Straße geht?«

»Da dürfen wir nicht allein hin«, sagte die Dunkelhaarige, doch die Blonde stand auf und nahm ihn bei der Hand. »Suchst du eine Prinzessin?«

»Ja.«

»Aber in Falcenzca gibt es keine.«

»Doch.« Ben zwinkerte ihr verschwörerisch zu und legte den Zeigefinger auf die Lippen. »Nur wird sie von einem bösen Händler gefangen gehalten. Ich bin hier, um sie zu befreien.«

»Das ist gut«, sagte das Mädchen und sah ihn mit großen dunklen Augen an. »Böse Händler gibt es hier viele.« Sie zögerte einen Moment lang, dann fügte sie hinzu: »Aber nette gibt es auch.«

Sie führte ihn ins Haus und einen schmalen kahlen Flur am Treppenhaus vorbei bis zur Vordertür. Dort zeigte sie ihm einen im Stützbalken verborgenen Haken, an dem ein Schlüssel hing, viel zu hoch für das Mädchen, doch sie wollte, dass Ben sie hochhob, damit sie den Schlüssel nehmen und aufsperren konnte. Als er sie ließ, lächelte sie glücklich. Dann hängte er den Schlüssel zurück, trat auf die Straße hinaus und drehte sich noch einmal um.

»Erzähl niemandem von mir, ja?«, verlangte er. »Sonst ist die Prinzessin in Gefahr.«

Sie nickte ernst und presste die Lippen fest aufeinander. Behutsam schloss Ben die Tür.

Mit einem raschen Blick nach rechts und links vergewisserte er sich, dass kein Passant ihn auffällig musterte. Er schob die Hände in die Hosentaschen und schlenderte möglichst lässig und breitbeinig die Straße hinab, wie ein Schiffsjunge auf Landgang, der viel Zeit und nichts zu befürchten hatte. Dabei lauschte er aufmerksam auf die Gespräche um ihn her, doch niemand schien ihn zu erkennen.

Nach drei Querstraßen erreichte er die Stadtmauer, an der er sich orientieren konnte. Nun wusste er wieder, wo in Falcenzca er sich befand. Pfeifend ging er weiter, bis er auf einen schlanken Baum stieß, an dessen glatten silbrig grauen Stamm ein Pergament genagelt war. Drei Gesichter waren darauf abgebildet, die er nicht erkannte. Es handelte sich um zwei junge Männer und ein Mädchen, die im angefügten Text näher beschrieben wurden.

GEÄCHTETE GESUCHT
Lebend
1000 GULDEN BELOHNUNG

BEN – hager, braunes wildes Haar, verwahrlostes Aussehen, Hose aus hundert bunten Flicken
YANKO QUEPAHNI – normal gebaut, kurz geschorenes dunkles Haar, dunkle Augen, scheinheiliges Lächeln, unzüchtig aufgeknöpftes Hemd
NICA YIRKHENBARG – schlank, langes blondes Haar, schmales Gesicht, dunkelbraune Augen, weißes Kleid

Sie sind des Verrats am Großtirdischen Reich und der Ausübung schlimmster ketzerischer Handlungen überführt. Trotz ihres jungen Alters von 15 oder 16 Jahren haben sie mehrere Männer auf dem Gewissen und eine ganze Stadt terrorisiert.
Vorsicht!
Sie sind mit Samoth im Bunde!
Möglicherweise in Begleitung von
zwei wilden geflügelten Drachen.

Ben starrte das Pergament an, und erkannte sich nicht wieder, nur die Zeichnung von Nica wies eine gewisse Ähnlichkeit mit dem echten Mädchen auf.

»Tausend Gulden«, hauchte er. Das gelbe Drachensiegel in der unteren Ecke der Verlautbarung zeigte, dass es der mächtige Orden der Drachenritter höchstselbst war, der die Belohnung ausgesetzt hatte. Wenigstens stand auf dem Steckbrief *lebend,* und nicht *lebend oder tot.*

Für einen kurzen Moment wurden Bens Beine schwach, als ihm bewusst wurde, wer nun alles hinter ihnen her war. Jeder ehrbare Ritter und jeder verlauste Kopfgeldjäger, der etwas auf sich hielt, ja, sogar zahlreiche einfache Bürger witterten das schnelle Geld, wie er eben erlebt hatte. Wenn man das Alter der drei in Betracht zog, war die Belohnung erstaunlich hoch. Leicht verdientes Geld – natürlich nur, sofern man sie ohne die Drachen antraf.

»Ja. Tausend Gulden sind ein Haufen Geld«, brummte ein alter Mann, der sich neben Ben gestellt hatte und sein gehauchtes Erstaunen falsch interpretierte. »Wäre ich noch jünger, würde ich selbst mein Glück versuchen.« Er musterte Ben von oben bis unten. »Aber bist du nicht ein wenig zu jung, um nach Kopfgeld zu jagen?«

»Ja, nein ... doch«, stammelte Ben, bis er sicher war, dass der Alte ihn wirklich nicht erkannt hatte. Er atmete tief durch. Die Frage war doch viel eher, ob er nicht zu jung war, um auf diese Weise gejagt zu werden. »Allein würde ich es nicht wagen. Aber ich habe vier ältere Brüder, und mein Vater kann des Geld gut gebrauchen.«

»Wer nicht, wer nicht«, murmelte der Alte und legte Ben die fleckige Hand auf die Schulter. »Du bist ein guter Junge, ein guter Junge. Dein Vater kann stolz auf dich sein. Wirklich stolz. Ich sage es ja immer, nicht alle jungen Leute sind solcher Abschaum.« Er nickte, spuckte nach dem Steckbrief und stapfte langsam davon. »Abschaum. Abschaum. Abschaum.«

Ben starrte auf das Pergament und beobachtete, wie der Speichel des Alten über Nicas hübsches Gesicht lief. Das wollte er nicht sehen, schnell wischte er ihn mit dem Ärmel weg.

Tausend Gulden.

Wer so viel Geld ausgab, hatte nicht vor, sie wirklich am Leben zu lassen, wurde ihm plötzlich klar. Der Orden wollte eine aufsehenerregende öffentliche Hinrichtung mit großen Reden über Hellwahs Macht und Gerechtigkeit. Er wollte dem Volk etwas bieten, und Tote konnte man nicht mehr hängen. Mit Abscheu dachte Ben an die einzige Hinrichtung, die er je erlebt hatte, an den aufgeregten kleinen Jungen, der auf die Schultern seines Vaters geklettert war, um alles gut beobachten zu können. Mühsam schüttelte Ben die Vorstellung ab, wie zahlreiche plappernde Kinder aufs Schafott blickten, wo er, Yanko und Nica auf den Henker warteten.

Tausend verfluchte Gulden.

Sie wurden also gejagt, wirklich gejagt. So oft er über die Jahre in Trollfurt auch vor irgendwem davongelaufen war, nie war es um sein Leben gegangen, stets nur um eine Tracht Prügel und darum, beschimpft und verspottet zu werden. Bis er vor ein paar Wochen fälschlicherweise des Mordes an einem Ritter beschuldigt worden war. Doch Trollfurt lag viele Meilen von hier entfernt, und er hatte gedacht, das alles mit seiner Flucht hinter sich gelassen zu haben. Er hatte gedacht, all das wäre vorbei, seit der wahre Mörder, Nicas Vater, gestorben war. Wie kam er nur darauf? Nur weil Nica, Yanko und er den wahren Schuldigen kannten, änderte sich für alle anderen noch nichts. Sie hielten weiterhin ihn für schuldig, und nicht nur eines einzigen Mordes.

Geächtete gesucht.

Sie waren Geächtete, und kein Gesetz schützte sie mehr, jeder durfte sie gefangen setzen, ja sogar töten. Nun war nicht mehr nur eine kleine heruntergewirtschaftete Stadt am Rande des Landes hinter ihnen her, sondern das ganze Großtirdische Reich. Fluchend riss er das Pergament vom Baum und stopfte es in die Hosentasche. Ihm wurde übel.

Kurz dachte er darüber nach, sofort aus der Stadt zu verschwinden, aber der Alte hatte ihn nicht erkannt, er würde es schon schaffen bis zu Anula. Jetzt musste er erst recht mit ihr reden, musste sie über jene drei Geächteten ausfragen, die überall gesucht wurden. Er sehnte sich nach ihrem Lächeln und danach, sie zu berühren, und sei es nur flüchtig. Ach was, flüchtig, er würde sie küssen. Genau deshalb war er doch in die Stadt gekommen, wenn er ehrlich zu sich selbst war.

Entschlossen ging er los. So oft er sich auch sagte, dass seine Verkleidung ihn vor der Entdeckung schützte, er schielte doch bei jedem Schritt nach rechts und links, hielt sich möglichst unauffällig am Rand der Straße, stets darauf bedacht, einen Fluchtweg im Blick zu haben. Sein Herz schlug schnell, in seinem Bauch rumorte es. Er starrte in zahllose Gesichter, doch niemand schien ihn zu erkennen, die meisten sahen einfach über ihn hinweg.

Schließlich erreichte er eine T-Kreuzung an der Stadtmauer, an der sich eine kleine Menschenansammlung gebildet hatte. Es war Markttag, und Ben erwartete entsprechend, einen tüchtigen Händler oder herumtobenden Gaukler zu entdecken, der diese Ansammlung hervorgerufen hatte, vielleicht auch einen weit gereisten Barden, der Sagen aus fernen

Gegenden zum Besten gab. Doch es war ein alter Prediger auf einer grob gezimmerten Holzkiste, dem die gut vier Dutzend Menschen lauschten.

Als sich Ben der Kreuzung näherte, bemerkte er, dass der Prediger noch gar nicht so alt war – nur hatte er sein spärliches langes Haar mit Mehl eingestäubt, und seine Stimme krächzte heiser. Dürr und ausgemergelt war er, als hätte er monatelang gefastet, die Wangen waren nicht vom Alter eingefallen. Die Haut seines nackten Oberkörpers war von der Sonne verbrannt, vom Wetter gegerbt. Seine Augen glänzten wie im Fieber.

»Das Böse ist gekommen, und es kam in harmloser Gestalt, um uns zu täuschen. Denn Samoth ist der große Täuscher!«, rief der Prediger der Menge zu, während sich Ben möglichst unauffällig einen Weg durch die Zuhörer bahnte. Es waren Männer, Frauen und Kinder von unterschiedlichem Stand, die alle mit ängstlichen Blicken an den aufgerissenen Lippen des Mannes hingen. Er sprach mit Inbrunst und hob dabei beschwörend die Hände. »Und der große Täuscher kam aus der schwärzesten Tiefe herauf und fuhr in den Körper eines schmächtigen Jungen. Dessen Vater erkannte seine böse Natur und floh, weil er zu schwach und feige war, sich gegen einen Gott zu stellen. Ja, und ich sage euch, viele Männer wären an seiner Stelle geflohen, denn viele sind schwach und feige. Die Mutter kämpfte mit all ihrer Liebe länger um ihren Sohn, doch schließlich gab auch sie auf und ertränkte sich. Denn wie konnte sie einen Sohn lieben, in den Samoth gefahren war? So blieb der Junge allein zurück, und seine Bosheit konnte ins Grenzenlose wachsen, ohne dass ihr jemand mit strenger Hand Einhalt gebot. Und weil Samoth das Stückwerk liebt, das Chaos und die Unordnung, weil er der

Gott der tausend Lügen ist und stets seine dunkle Natur zu verbergen trachtet, trug der Junge eine Hose aus tausend bunten Fetzen, eine Verhöhnung jedes anständigen Beinkleids.«

Ben stutzte und starrte den Prediger an. Vor Überraschung vergaß er sogar, über diesen Unsinn zu lachen. Allerdings lachte auch keiner der Zuhörer. Sprach der Prediger auf der Kiste etwa von ihm? Hatte er ihn gerade wirklich Samoth genannt, das Böse? Vorsichtig tastete er nach seiner Hose unter dem Hemd, überprüfte, dass sie nicht versehentlich irgendwo heraushing, und ging weiter.

»Und er kam auf die Erde und tötete einen aufrechten Ritter!« Der Prediger spuckte die Worte jetzt förmlich aus, seine Rede wurde mit jedem Satz schriller und eindringlicher. »Er stahl den Drachen des aufrechten Ordensmanns und verfluchte das arme Geschöpf, indem er ihm neue Flügel schenkte! Er rief eine weitere geflügelte Bestie herbei, und auf dieser saßen zwei Dämonen, die ebenfalls die Gestalt zweier unschuldiger Kinder angenommen hatten. Ein wunderschönes Mädchen und ein glockenhell lachender Knabe. Mit unheiliger Freude schlachteten sie einen verdienten Drachenreiter und sieben unschuldige Männer ab, vergossen ihr Blut in den tiefsten Höhlen des nördlichen Wolkengebirges und beschworen so den großen Drachen herbei, den fluchbeladenen Boten des Weltenendes. Seine Flügel sind so gigantisch, dass ihr nachtgleicher Schatten eine ganze Stadt bedeckt, wenn der Drache vor der Sonne vorüberfliegt. Und dieser Schatten ist so sehr von Samoths Gift und Dunkelheit erfüllt, dass jeder Zehnte in ihm an der schwarz eiternden Pest erkrankt, jeder Zwanzigste mit Blindheit geschlagen wird, und jedem Dreißigsten faulen beide Füße ab und zerfallen zu leichenfressenden Würmern, auf dass er sich nur noch auf schmerzenden Knien fortbewegen kann. Denn so will der große Täuscher Samoth die Menschheit sehen: krank und blind und kriechend!«

Die Menge knurrte und fluchte, jammerte über Samoths Macht und das Ende der Welt und erflehte murmelnd Hellwahs Hilfe. Ein paar wenige wandten sich kopfschüttelnd ab, doch die meisten starrten weiter zum Prediger hinauf, damit er ihnen von weiteren Ereignissen und kommenden Gefahren berichtete. Manch einer hob den Kopf und suchte den Himmel ab, als fürchte er jeden Moment die Ankunft des unheilbringenden Drachen.

Stinkender Trollbollen noch mal, dem Spinner hat Hellwah wirklich das Hirn auf die Größe einer runzligen Kiebelnuss verbrannt, dachte Ben. Jetzt also das Ende der Welt. Was würde ihnen demnächst noch alles in die Schuhe geschoben werden?

Kopfschüttelnd ließ er den Prediger und seine furchtsame Gemeinde hinter sich und eilte weiter, ohne sich noch einmal umzudrehen.

ABSCHIED

Als Ben das prächtige und weitläufige Anwesen des Kaufmanns Dicime erreichte, war seine Angst vor Entdeckung ein gutes Stück geschrumpft. Nicht weit von hier war er seinen ersten beiden Verfolgern begegnet, die ihren dicken Kameraden irgendwo hinter sich gelassen hatten. Verschwitzt, missmutig und sich gegenseitig ankeifend waren sie an Ben vorbeigehastet, hatten ihn wie alle anderen Passanten mit einem kurzen oberflächlichen Blick gemustert und nicht erkannt. Wenn sie ihn nicht mehr erkannten, wem sollte es dann gelingen? Trotzdem schlug sein Herz laut, und er sah sich angespannt um, zuckte bei jedem lauten Ruf und schnellen Schritt in seinem Rücken zusammen.

Die beiden hohen Flügel des fein verzierten Gittertors standen offen, doch der Durchgang wurde von zwei wahrlich großgewachsenen, muskulösen Wächtern versperrt, die Ben um Haupteslänge überragten. Sie trugen grüne Tuniken mit goldenen Verzierungen, die blanken Messingschnallen ihrer breiten Schwertgurte glänzten hell im Sonnenlicht. Beide hatten markante Gesichtszüge und ein mächtiges Kinn, das sie nach vorn gereckt hielten, doch war der eine blond, während der andere dünnes schwarzes Haar hatte. Die Nase des Blonden war riesig und gebogen.

Bei Regen könnte sie glatt zwei Feen Schutz bieten, schoss es Ben durch den Kopf, als er vor dem Tor anhielt, *eine rechts, eine links.* Zumindest solange er sich nicht erkältete und niesen musste. Er biss sich auf die Lippen, um nicht loszulachen.

Die beiden Wächter musterten ihn mit versteinerten Gesichtern, ohne die Köpfe zu senken. Keiner sagte ein Wort.

»Ja, guten Tag. Ich wollte fragen, ob die Dienerin Anula hier ist. Ich würde sie gern ... besuchen«, sagte Ben nach ein paar Augenblicken des Schweigens. Über der Hetzjagd und dem Kopfgeld hatte er ganz vergessen, sich eine glaubwürdige Geschichte zu überlegen, warum er sie sprechen wollte. Und er war noch immer zu durcheinander, um sich eine überzeugende Erklärung einfallen zu lassen, als der blonde Wächter schließlich fragte: »Und wer bist du?«

»Ähm, ein alter Freund«, stammelte Ben, der gerade noch daran dachte, nicht seinen Namen zu nennen, der groß und breit als der eines Geächteten überall in der Stadt ausgehängt war.

»So alt siehst du gar nicht aus«, entgegnete der Blonde, ohne mit der Wimper zu zucken. »Aber doch alt genug für einen Namen.«

»Das schon, natürlich habe ich einen Namen. Jeder hat einen. Aber ich würde sie gern überraschen. Wenn ihr ihr nun meinen Namen verratet, dann ist die ganze Überraschung dahin, oder?«

»Ja«, sagte der Wächter gedehnt und ohne die geringsten Anstalten zu machen, ihn einzulassen oder Anula herbeizuholen. Er starrte Ben mit hellblauen Augen an, in seinem Kopf schien es zu arbeiten, ganz langsam. »Aber das ist nicht mein Problem. Mein Problem ist allein die Sicherheit von Herrn Dicimes Anwesen.«

»Sehe ich so aus, als könne ich die bedrohen?« Langsam fand Ben seine Selbstsicherheit wieder. Er versuchte ein unschuldiges Lächeln und zeigte den beiden Männern seine leeren Handflächen.

»Da hat er auch wieder Recht«, mischte sich nun der zweite Wächter ein. Er grinste breit. »Komm, lass ihn rein. Das Bürschchen ist kein Räuber. Und wie ein Mörder sieht er auch nicht gerade aus.«

Auch der Blonde begann bei der Vorstellung, Ben könnte gefährlich sein, zu grinsen. »Aber was, wenn er Anula belästigt? Erinnerst du dich noch an den liebestollen, betrunkenen Zimmerer, der sie beim letzten Markt zum Tanz abholen wollte? Drei von uns hat es gebraucht, den Kerl wieder vor die Tür zu setzen.«

»Ja, aber das war ein Mann. Den Kleinen mit dem süßen roten Kopftuch schmeißt Anula eigenhändig raus, wenn er ihr dumm kommt. Dafür muss sie nicht einmal ihre Arbeit unterbrechen.«

»O ja.« Versonnen lächelte der Wächter. »Sie hat wirklich ein lebhaftes Temperament.«

Mit einem Grinsen, das immer breiter wurde, sahen die beiden Männer sich an. Ben unterdrückte den Wunsch, ihnen gegen das Schienbein zu treten.

»Au ja, das will ich sehen, wie Anula den Kleinen zur Schnecke macht«, sagte schließlich der Blonde und ließ Ben passieren.

»Mit hängendem Kopf wird er wieder rausgeschlichen kommen«, ergänzte sein Kamerad, bevor er sich Ben zuwandte: »Wahrscheinlich ist sie hinter dem Palast, heute ist Waschtag.«

»Danke«, sagte Ben und schlüpfte an ihnen vorbei. Innerlich knirschte er mit den Zähnen. Die würden Augen machen, wenn er mit Anula an der Hand hier hinausmarschierte.

»Wenn sich das dürre Seefahrerchen an Anula ranmacht, stopft sie ihn lächelnd in den Wäschetrog, wringt ihn kurz aus und schickt ihn tropfnass auf die Straße zurück«, hörte er den einen Wächter noch sagen.

Der andere prustete los: »Oder hängt ihn auf die Leine.«

»Auf die Leine, das ist gut! Anula hat schon ganz andere ganz anders abserviert.«

»O ja«, murmelte nun der Blonde, und es klang eher wehmütig als amüsiert. »Leider. Warum nur ist sie so unnahbar?«

Ohne sich umzudrehen, ging Ben weiter. Die beiden schwachsinnigen Riesenbabys hatten die Aufgabe als Wächter auch nur wegen ihres beeindruckenden Äußeren übertragen bekommen, dachte er. An ihren Fähigkeiten oder außergewöhnlicher Intelligenz konnte es nicht liegen. Sie waren wohl eher so etwas wie protzige, lebende Verzierungen auf zwei Beinen.

Wenigstens hatten sie sich nicht geirrt, was den Waschtag anbelangte. Ben ließ den mit zahlreichen Stuckarbeiten verzierten Palast links liegen, ging durch die sorgsam gepflegte Gartenanlage und vorbei an zahlreichen Büschen, die zu Kugeln, Pyramiden und anderen geometrischen Formen gestutzt waren, vorbei an einem marmornen Wasserbecken und der Reiterstatue von Herrn Dicime, die auf einem riesigen Sockel stand. Ein Diener in grüner Livree, der eben die mannshohen Fackeln an den Kreuzungen der Gartenwege auswechselte, blickte ihm neugierig hinterher, aber er sprang nicht auf ihn los.

Im hinteren Bereich, der weniger aufwendig gestaltet war und nicht der Repräsentation diente, entdeckte Ben tatsächlich Anula. Sie und zwei weitere Dienerinnen beugten sich auf der Wiese neben dem leeren Drachenstall mit den vergoldeten Gitterstäben, in dem vor wenigen Wochen noch Juri eingesperrt gewesen war, über drei große hölzerne Tröge und schrubbten Kleidungsstücke. Auf den streng parallel ausgerichteten Leinen hinter ihnen hingen nasse Hemden, Hosen, Röcke und Bettlaken schlaff in der Windstille, dazwischen das eine oder andere Wams oder eine Livree in den Farben des Kaufmanns, hellgrün und golden. Die Sonne brannte vom Himmel.

Anula hatte die Ärmel ihres weiten, hellgrünen Hemds hochgekrempelt, Waschwasser glänzte auf ihren nackten Unterarmen. Aus den streng zusammengebundenen schwarzen Haaren war eine Strähne entkommen, die ihr über Stirn und Nase hing. Während die anderen beiden Dienerinnen mindestens so viel plapperten wie Wäsche schrubbten, war sie in ihre Arbeit vertieft, die roten Lippen leicht geöffnet, und kämpfte angestrengt mit einem hartnäckigen Schmutzfleck.

Sie war sogar noch hübscher, als Ben sie in Erinnerung gehabt hatte, und sie zu sehen, machte ihn glücklich. Verfolgung und Kopfgeld waren vergessen, er war hier und alles war gut, sein Mund mit einem Mal trocken.

Mit feuchten Händen nahm er das Tuch vom Kopf, das seine Ohren abstehen ließ und dessen hellrote Farbe viel zu mädchenhaft war, und näherte sich langsam Anula. Er bemerkte, wie sich sein Mund zu einem Lächeln verzog, er konnte nicht anders.

Noch bevor er etwas sagen konnte, hob sie den Kopf und wischte sich mit dem Handrücken die widerspenstige Strähne aus der Stirn. Mitten in der Bewegung hielt sie inne und starrte ihn an.

»Du?«, fragte sie mit leiser Stimme, und es klang mindestens so überrascht, wie Ben erwartet hatte, wenn auch nicht so erfreut.

»Ich habe doch gesagt, ich komme wieder.« Auch wenn er

sich nicht mehr sicher war, ob er das wirklich getan hatte, bemühte er sich nun, aus seinem unsicheren Lächeln ein strahlendes zu machen. Doch es wollte ihm nicht recht gelingen, Anulas Blick war zu entgeistert.

Neugierig hoben die beiden Dienerinnen die Köpfe, und als sie ihn sahen, kicherten sie und tuschelten Sätze, die Ben nicht verstand.

»Ja, aber ...« Anula richtete sich ganz auf. »Ich dachte nicht ...«

»Ich habe es versprochen.«

Das Kichern der Dienerinnen wurde lauter.

Anula maß ihn von oben bis unten und wirkte verwirrt. Sie bemerkte, wie er nervös an dem roten Tuch in seinen Händen herumnestelte, und ein kurzes Lächeln huschte über ihre Züge, dann betrachtete sie ihn wieder ernst. »Ich sehe, du trägst eine neue Hose.«

Ben schluckte und wurde knallrot. Die Dienerinnen kicherten nun ohne Unterlass, und das war ihm so peinlich, dass er bestimmt noch tiefer errötete. Er spürte seine Wangen brennen.

Wie hatte er nur so dumm sein können! Anula war die Einzige in Falcenzca, die seinen Namen kannte, die sich mit Sicherheit an seine Hose erinnerte und eine Verbindung zu jener auf dem Steckbrief hatte ziehen können. Schon längst musste sie davon ausgehen, dass er ein Mörder war. Er ließ die Schultern hängen und sah sie flehend an. »Hör mir zu, bitte.«

»Warum sollte ich? Das letzte Mal hast du mich belogen.« Zorn blitzte in ihren Augen. Sie war klein, ging ihm höchstens bis zur Nasenspitze, aber sie schaffte es, dass er sich viel kleiner fühlte.

»Nein. Ich ... Bitte.«

»Du weißt, dass ich jederzeit schreien kann?«

»Ja. Aber das wird nicht nötig sein.«

Die Dienerinnen hatten aufgehört zu kichern. Jetzt musterten sie ihn mit einer anderen Neugier, ernster, interessierter. Er versuchte, sie nicht zu beachten, und folgte Anula ein paar Schritte zur Seite. Fort von ihnen und den Waschtrögen, fort von dem leeren Drachenkäfig, hinüber an die hohe, zinnenbewehrte Mauer des Anwesens. Als Anula schließlich stehen blieb, weit entfernt von den neugierigen Ohren der anderen Dienerinnen, hielt er einen Schritt Abstand. Er wagte es nicht, näher zu kommen oder sie gar zu berühren.

»Bist du gerannt?«, fragte sie unvermittelt.

»Äh, ja«, stammelte Ben, vollkommen überrumpelt. Stand ihm noch immer der Schweiß auf der Stirn?

»Hast du es so eilig gehabt herzukommen?«

»Äh, nein. Ja, doch. Irgendwie schon.«

»Aha. Und warum bist du hier?« Ihre Stimme klang nicht mehr ganz so schneidend.

»Ich ... ich wollte dich sehen.« All seine Überlegungen und ach so raffinierten Pläne, sie geschickt über die Ruine oder die gesuchten Geächteten auszufragen, waren hinfällig. Sie hatte ihn vollkommen durcheinandergebracht mit ihrer Fragerei und ihrer Schönheit.

»Warum? Um mir weitere Lügen zu erzählen? Ich weiß, wer du bist. Warum bin ich nur auf den Schwachsinn von einem geheimen Auftrag hereingefallen? Bürgermeistersohn, als käme es darauf an!«

Was sollte er darauf erwidern? Natürlich hatte er sie belogen, aber das, was der Orden auf seinen Steckbriefen verbreitete, war noch viel weniger die Wahrheit. Er brachte nicht mehr heraus als ein einfaches: »Ich kann dir alles erklären.«

»Ich warte«, sagte sie spitz, und ihre Augen blitzten ihn wieder wütend an, doch sie hatte noch immer nicht nach den Wachen geschrien. Ein Schrei, und sie wäre um tausend Gulden reicher. Oder um wie viel auch immer, schließlich war er nur ein Drittel der Gesuchten, und das auch nur, wenn man die Drachen nicht mitrechnete.

»Ich bin kein Bürgermeistersohn, aber ich habe auch niemanden getötet.« Nicas Vater galt nicht, das war kein Mord, und jetzt war überhaupt keine Zeit für die ganze Wahrheit, sondern nur für eine Kurzfassung, für den wichtigsten Teil der Wahrheit. »Ich bin auch kein Ketzer und ganz sicher nicht mit Samoth im Bunde. Ich bin hier, weil ich dich … ähm, also, na ja, deinetwegen …«

Er war immer leiser geworden und verstummte schließlich mit offenem Mund und wild schlagendem Herzen. Sein Kopf fühlte sich so heiß an, als wäre er nicht einfach nur rot, sondern stünde in Flammen. Das hatte er wirklich nicht sagen wollen – es war ihm einfach rausgerutscht.

»Das wagst du mir einfach ins Gesicht zu sagen? Jetzt, wo alle Welt dich sucht?« Sie schrie beinahe und starrte ihn so voller Zorn an, dass Ben fast zurückgewichen wäre. »Und woher soll ich überhaupt wissen, dass du die Wahrheit sagst?«

»Du musst mir glauben«, beschwor er sie. Jetzt, da seine Gefühle einmal ausgesprochen waren, zumindest irgendwie, war es leichter weiterzureden. »Gefühle kann man nicht beweisen.«

»Deine Gefühle glaube ich dir, schau dich doch an. Rennst am helllichten Tag durch eine Stadt, in der du gesucht wirst, und begibst dich wie ein Trottel in meine Hände! Aber woher soll ich denn wissen, dass du tatsächlich niemanden getötet hast?«

»Ich ...« Wie konnte sie so etwas nur fragen? Wenn sie ihn liebte, konnte sie ihn doch nicht für einen Mörder halten. Und wenn sie ihn nicht liebte, konnte es ihr egal sein. »Wenn du mich für einen Mörder hältst, dann schrei doch. Schrei nach den dämlichen Wachen und kassier dein verdammtes Geld.«

Anula öffnete den Mund und starrte ihn an. Nicht mehr nur zornig, sie wirkte verärgert, traurig, verzweifelt und enttäuscht zugleich. Sie ballte die Fäuste und atmete tief ein. »Warum bist du hier, verdammt noch mal? Du hättest geschnappt werden können.«

»Komm mit mir!«, beschwor er sie. Sie hatte nicht geschrien, sie musste ihn auch lieben! Ganz egal, was sie sagte. So waren Mädchen nun einmal, hatte ihm Yanko erklärt. Kompliziert. Ben wollte unbedingt, dass sie mitkam. Er würde ihr die wahre Natur der Drachen zeigen, sie würde alles verstehen und bei ihm bleiben, sich mit Yanko und Nica anfreunden, und ...

»Mit dir kommen? Was denkst du dir! Du bist ein Geächteter, das ganze Land ist hinter dir her. Du dämlicher gedankenloser Steingnom, noch vor dem Winter haben sie dich geschnappt und werden dich hängen!« Zorn sprühte wieder aus ihrem Blick, doch zugleich liefen ihr Tränen die Wangen hinab. »Wie kannst du nur so dumm sein! Ich will nicht gehängt werden.«

»Dann sag einfach, wir hätten dich entführt. Dann lassen sie dich schon laufen.«

»Ich will aber auch nicht sehen, wie du gehängt wirst, du Idiot!«

»Aber ich bin kein Mörder.«

»Das sagst du! Der Orden sieht das anders.«

»Dann kläre ich das eben mit dem Orden und komm dann wieder«, brummte Ben trotzig, obwohl er wusste, dass das Unsinn war. Er war geächtet, und er hatte noch nie davon gehört, dass der Orden eine solche Ächtung jemals aufgehoben hatte. Wie sollte das auch gelingen? Die Steckbriefe waren verteilt, die Kopfgeldjäger unterwegs, nicht jeder von ihnen würde von der Aufhebung der Ächtung erfahren. Niemals würde der Orden die Belohnung zurücknehmen, zumal sie ja vorhatten, weitere Drachen zu befreien. Doch es war der Orden, der an den Galgen gehörte, nicht sie.

»Ich will aber nicht, dass du wiederkommst«, sagte Anula leise, während die Tränen auf ihren Wangen trockneten. »Ich will dich vergessen haben, bevor du tot bist.«

»Dann vergiss mich doch, du Rinnsteinschnepfe!«, stieß Ben hervor. »Aber geflügelte Drachen sind überhaupt nicht böse. Sie sind nicht von Samoth verflucht. Das wirst du schon noch merken. Du und der Orden und alle!«

»Ach ja? Und was spielt das für eine Rolle?«

»Nur darum geht es. Verstehst du das nicht?«

»So so. Und ich dachte, es geht um uns! Nicht um so blöde Viecher! Du bist doch verrückt! Vollkommen verrückt!«

»Mag sein.« Ben zuckte mit den Schultern. »Aber ich bin kein Mörder. Und ich komme wieder.« Das Letzte sagte er einfach, um sie zu ärgern. Weil sie nicht mitkommen wollte und weil sie die Drachen beleidigt hatte.

»Dann schrei ich.«

»Tu's doch!«

Mit verquollenen Augen starrte sie ihn an, und Ben wollte sie plötzlich umarmen, wollte sie küssen, jede einzelne Träne von ihrem Gesicht wegküssen, aber er traute sich nicht. Er hätte sie nicht anbrüllen sollen.

Ganz langsam verschränkte sie die Arme und schniefte. Die Tränen versiegten.

»Ich schreie«, wiederholte sie. Ihre Stimme war nur noch ein kaltes Flüstern.

»Komm mit mir«, sagte Ben noch einmal eindringlich und streckte die Hand aus.

Anula presste die Lippen aufeinander und schüttelte den Kopf. Mit verschränkten Armen wich sie einen Schritt zurück.

Schweigend wandte sich Ben um und stapfte davon. Er drehte sich nicht um, ließ Anula hinter sich und fühlte sich innerlich vollkommen leer. Immer wieder kniff er die Augen zusammen, um nicht selbst loszuweinen. Dafür war er zu alt und auch kein Mädchen.

Bis er das Tor erreichte, schrie Anula nicht. Mit gesenktem Kopf verließ Ben das Anwesen, ließ die höhnischen Kommentare der Torwächter unbeantwortet auf sich niederprasseln, ihr Gelächter, er habe länger durchgehalten als erwartet, und schlich zum nördlichen Stadttor, das nicht fern von hier lag. Er würde die Stadt außen umrunden, das war sicherer. Niemals würde er zurückkommen, nicht ihretwegen.

»Rinnsteinschnepfe!«

NÄCHTLICHE HEIMKEHR

Die Sonne war noch nicht lange untergegangen, da schwang sich Ben auf Aiphyrons Rücken. Er wollte einfach nur weg von hier. So sehr er sich an die Ruine gewöhnt hatte, so gute Tage sie hier auch gehabt hatten, sie lag zu nah an Falcenzca, zu nah an der geifernden Menschenmenge, die ihn gehetzt hatte, zu nah an dem Steckbrief, zu nah bei Anula. Dabei hatte er bis gestern noch gar nicht gewusst, dass er sich in die verstockte Rinnsteinschnepfe verliebt hatte, die diesem Steckbrief mehr glaubte als ihm! Sollte sie doch weiterhin einem stinkenden Händler dienen, wenn sie wollte! Sie würde nie erfahren, wie es war, zu fliegen. Selbst schuld! Er würde sie viel schneller vergessen können als sie ihn. Schon morgen würde er keinen Gedanken mehr an sie verschwenden!

Wie sein Ausflug in die Stadt verlaufen war, hatte er Yanko und Nica nicht erzählt. Das ging die beiden nichts an, sie hatten ja einander, und das Letzte, was Ben nun brauchte, war ihr Mitleid. Warum nur hatte er nie Glück bei den Mädchen?

Aus dem Augenwinkel sah er, wie Yanko Nica auf den Rücken von Feuerschuppe half. Ihr Kleid rutschte unschicklich weit über die Knie hinauf, aber nicht einmal darüber konnte er grinsen. Er fühlte sich allein.

Die letzten Stunden hatte er mit baumelnden Beinen auf der höchsten Mauer verbracht, einen Ziegelbrocken nach dem anderen herausgebrochen und in den Wald geworfen und sich gefreut, wenn irgendwelche Vögel erschreckt aufstoben oder andere Tiere raschelnd durchs Unterholz flohen.

Er hatte Steine geworfen oder ins Nichts gestarrt. Auf keinen Fall hatte er sehen wollen, wie Yanko Nica küsste oder auch nur ihre Hand hielt oder sie anlächelte. Diese Turtelei ging ihm auf den Geist.

Yanko war sein Freund, sein bester Freund, aber Ben hatte sich zuerst in Nica verliebt. Doch bevor er ihr das hatte gestehen können, hatte er aus Trollfurt fliehen müssen, fälschlich eines Mordes beschuldigt, und Yanko das Feld überlassen. Dann hatte er die dämliche Anula zurückgelassen, um Nica zu retten, und als er jetzt zu Ihrer Hochnäsigkeit zurückgekehrt war, war er schon wieder eines Mordes bezichtigt worden, den er nicht begangen hatte, oder gar mehrerer. Das konnte doch einfach nicht wahr sein! Jedes Mädchen, in das er sich verliebte, bekam kurz darauf zu hören, er sei ein Mörder! Wie sollte er es da für sich gewinnen?

Ben hatte Stück für Stück der Mauer herausgebrochen und darauf gewartet, dass die Sonne unterging und sie endlich loskonnten.

Wenn es im Gebüsch geraschelt hatte, hatte er erschreckt dorthin gestarrt, ob es auch wirklich ein Tier war und keine Verfolger aus der Stadt.

»Alles in Ordnung?«, fragte Aiphyron nun, als Ben es sich vor seinen Flügeln bequem machte.

»Ja«, brummte er. Was sollte er auch sonst sagen, ein Drache verstand nichts von der Liebe. Drachen wuchsen allein irgendwo in der Welt heran, wurden allein geboren und lebten allein, sie bildeten keine Paare wie Menschen oder auch viele Tiere. Für sie war es vollkommen normal, allein zu sein.

»Na, dann los!« Aiphyron breitete die Flügel aus und drückte sich mit den kräftigen Hinterbeinen vom Boden ab.

Ben wurde in die Höhe gerissen, er hörte die Flügel schlagen, wie ihr Wind in den Baumkronen raschelte, dann waren sie über dem Wald und stiegen immer weiter auf zu den Sternen. Plötzliches Glück durchströmte Ben, es war, als hätte er Ballast von seinem Herzen abgeworfen. Alles, was ihn gerade noch bedrückt hatte, war verschwunden, irgendwo dort unten auf der Erde zurückgeblieben, auch Anulas Zurückweisung und die Erinnerung an den Mob auf seinen Fersen.

Gegenwind blies ihm ins Gesicht, während sie mit kräftigen Flügelschlägen nach Norden flogen und noch immer an Höhe gewannen. Aiphyron kurvte ausgelassen nach rechts und links, tauchte kurz ab, nur um im Anschluss daran noch höher zu steigen. Ben wollte schreien vor Freude, doch niemand durfte sie hören. Schließlich wurden sie gejagt. Doch wer sollte ihnen hier oben schon folgen können? Also brüllte er gegen den Wind an und lachte in die Nacht.

»Das habe ich vermisst«, rief er.

»Na, dann halt dich fest«, erwiderte Aiphyron und blickte mit funkelnden Augen zu ihm zurück.

Sofort klammerte sich Ben an die rauen Schuppen, presste die Beine so fest wie möglich an den Drachen und schmiegte sich ganz flach an ihn. Jubelnd überschlug sich Aiphyron zweimal in der Luft, stürzte sich mit angelegten Flügeln in die Tiefe, während er sich um sich selbst drehte, und breitete sie wieder aus, wechselte für einige Augenblicke in einen friedlichen Gleitflug.

»Ja!«, rief Ben und schüttelte den Kopf, um den Druck auf den Ohren loszuwerden. Sein Magen drehte sich noch immer, ihm schwindelte, doch sein Kopf fühlte sich so leicht an wie lange nicht mehr. Tief atmete er durch und sah sich nach seinen Freunden um. Weit über sich erkannte er die Schemen von Feuerschuppe, der Nica trug, und Juri, auf dessen Rücken Yanko saß. Das Leben konnte wunderschön sein.

In diesem Moment schwappte plötzlich eine Welle kühler Luft über ihn hinweg, und Gänsehaut überlief ihn. Stechende Kälte kroch ihm unter die Haut, und auch Aiphyron schüttelte sich. Mit kräftigen Flügelschlägen gewann er rasch an Höhe. Im Wald unter ihnen knackte es, Wipfel wackelten im bleichen Mondlicht hin und her, eine Welle durchlief den Wald. Irgendetwas wirklich Großes schien sich dort seinen Weg zu bahnen, verborgen vom dichten Laub. Schnurgerade hielt es auf Falcenzca zu und bewegte sich schneller als ein Mensch. Über das Knacken und Rascheln hinweg vernahm Ben ein Schnüffeln wie von einem Jagdhund, nur viel lauter. Dann blieben die Geräusche zurück. Seine Hände waren eiskalt und steifgefroren, als hätte er sie eben tief in den Schnee gesteckt.

»Was war das?«, fragte er Aiphyron. Sein Kiefer zitterte.

»Ich habe keine Ahnung. Wären wir ganz im Norden, im ewigen Eis, dann ja, aber hier? Hier weiß ich es nicht.«

»Im ewigen Eis?«

»Ja. Weit im Norden, jenseits eures Wolkengebirges und der Trolllande und noch jenseits des Meers gibt es eine große Insel, die besteht nur aus Eis und gefrorenem Schnee. Wenn die Sonne hoch am Himmel steht, dann gibt es dort Gebirgszüge, die glitzern wie klare Kristalle.«

»Woher weißt du das?«

»Ich war einmal dort. Ist schon lange her.«

»Das klingt schön.«

»Das ist schön.«

»Fliegen wir auch mal hin?«, fragte Ben. Langsam kam wieder Leben in seine Finger, und der kalte Hauch und die Kreatur unter ihnen war über die Aussicht auf eine Welt wie aus Kristallen vergessen. Er hatte die schneebedeckten Gipfel der Berge geliebt, nun könnte er eine ganze Welt sehen, die so aussah oder noch viel schöner. Ihn packte die Sehnsucht, ferne Länder zu sehen, die Städte, von denen fahrende Händler in Trollfurt berichtet hatten, und die nur nach einer langen, beschwerlichen und gefährlichen Reise zu erreichen waren. Es sei denn, man flog auf einem Drachen. Mit einem Drachen konnte man überall hingelangen. Kein Händler hatte je von dieser Insel aus glitzernden Eiskristallen erzählt.

»Vielleicht«, brummte Aiphyron. »Eigentlich ist es mir zu kalt dort.«

»Ach, komm schon! Ich will das sehen. Nur einmal und ganz kurz. Dann frierst du auch nicht lange.«

»Jetzt erfüllt ihr erst einmal euren Schwur, dann sehen wir weiter.«

Grimmig nickte Ben. Selbstverständlich musste vor diesem Schwur erst einmal alles andere zurückstehen. Ein Schwur war schließlich ein Schwur.

In den folgenden Stunden sprach Ben viel mit Aiphyron, und sie alberten viel herum. Erst jetzt wurde ihm richtig bewusst, dass in den letzten Wochen überwiegend die Drachen zusammen in der Sonne gelegen hatten und geflogen waren und er die meiste Zeit mit Yanko und Nica verbracht hatte. Natürlich hatte er Juri geheilt, aber davon abgesehen waren Menschen und Drachen meist unter sich geblieben. Ohne dass sie es bewusst gewollt hatten, war es einfach so passiert. Hier ein Scherz von Mensch zu Drache, da eine Bemerkung von Drache zu Mensch, auch mal ein längeres Gespräch, doch meist hatte es diese Trennung gegeben. Lag es daran, dass sie doch sehr unterschiedlich waren, egal, wie gut sie sich verstanden? Ben wusste es nicht.

Doch es gab andere Dinge, über die er jetzt nachdenken musste. Er rief die beiden anderen Drachen herbei, so dass sie alle nah beieinander flogen, und erzählte von seinen Erlebnissen in Falcenzca. Nicht von Anulas Zurückweisung, von ihr sprach er überhaupt nicht, aber davon, dass er durch die Straßen gejagt worden war und dass auf sie alle ein beachtliches Kopfgeld ausgesetzt war. Das war etwas, das die anderen erfahren mussten, schließlich ging es auch um ihre Köpfe.

Yanko brüllte ein paar saftige Flüche in den Wind, und Nica sagte mit kalter Stimme: »Auch dafür wird der verdammte Ketzer zahlen.«

Die Drachen ließen sich nicht sonderlich beunruhigen, schließlich wurden sie wegen ihrer Flügel sowieso in Hellwahs Namen gejagt. Für sie änderte sich nichts.

»Das sind einfach widerliche, selbstgerechte, gedankenlose, hohlköpfige Besserwisser in polierten Metallhemden«, knurrte Juri. »Die glauben anscheinend alles, was man ihnen erzählt. Sagt ihnen einer, Drachenflügel sind verflucht, dann ziehen sie los und hacken sie einfach ab, ohne mit uns darüber zu sprechen, wo wir Drachen doch eigentlich am besten darüber Bescheid wissen müssten. So ein Schwachsinn! Ich beiß doch auch keinem Hasen die Hinterläufe ab, so dass er nur noch mühsam durchs Gras robben kann, und nenne ihn dann frei und meine Tat gnädig und gut. Oder rupfe einem Vogel die Federn aus und erwarte dann überschwänglichen Dank von ihm, weil ich ihn aus Neid an die Erde gefesselt habe und das Ganze Freiheit nenne, und ...«

»Das würde ein aufrechter Ordensritter niemals tun«, warf Yanko kichernd ein. »Nacktheit ist ein Frevel.«

»Was ist ein Frevel?«, fragte Juri.
»Nacktheit.«
»Nein. Was bedeutet Frevel?«
»Ein Frevel? Das ist so etwas wie eine Sünde, nur nicht ganz so schlimm.«
»Sünde?«
»Ich erklär's dir später«, mischte sich Aiphyron ein, dem Ben dies alles schon vor einer Weile mühsam erklärt hatte. Zumindest so weit ein Drache es verstehen konnte.
»Danke. Was ich aber sagen wollte: Diese Ritter glauben jeden Unsinn. Und jetzt eben auch, dass ihr drei tatsächlich sieben ausgewachsene, am besten noch bewaffnete Männer töten könntet. Ich meine, seht euch doch nur mal an. Ihr seid viel kleiner und dürrer und ...«
»Ja, schon gut«, knurrte Yanko. »Wenigstens trauen sie uns etwas zu. Im Unterschied zu unserem schuppigen Freund mit dem seltsamen langen Namen.«
»Ja. Mord. Ganz toll«, brummte Ben. »Mord trauen sie uns zu. Immer ist es Mord.«
»Und bald müssen sie uns noch viel mehr zutrauen«, sagte Nica. Ihre Stimme wurde vom Gegenwind verweht, und doch war die Drohung darin deutlich zu vernehmen.
»Da wir uns dabei jedoch einen Ketzer vornehmen, haben sie wahrscheinlich nichts dagegen«, sagte Yanko. Es klang leichthin, als wäre es als Scherz oder Aufmunterung gemeint.
Nica schwieg.
»Habt ihr vorhin auch die Kälte gespürt?«, fragte Ben, um das Thema zu wechseln.
Die anderen verneinten, wahrscheinlich waren sie zu hoch geflogen. Selbst Juri verzichtete auf ausführliche Überlegungen, um was es sich gehandelt haben könnte. Inzwischen re-

dete er nicht mehr ganz so viel wie direkt nach seiner Befreiung. Nur manchmal musste man ihn noch bremsen, wenn plötzlich ein Satz nach dem anderen aus ihm heraussprudelte, ohne auf ein erkennbares Ziel zuzuführen. Doch sie hatten sich ebenso daran gewöhnt wie an die Anfälle Aiphyrons, ab und zu ein rotes Tier zu packen und zu schütteln und als Feuerwesen zu beschimpfen.

Ben langte in die Hosentasche und rückte den Schlüssel zurecht, der sich verschoben hatte und gegen den Oberschenkel drückte. Vielleicht sollte er ihn irgendwo einschmelzen lassen und Gold und Edelsteine verkaufen. Dann wären sie jetzt reich. Oder er ließ daraus einen Ring schmieden. Mit einem goldenen, edelsteinbesetzten Ring hätte Anula ihn nicht zurückgewiesen. Wieso machte er es immer falsch?

Und wieso dachte er schon wieder an sie, trotz aller Vorsätze, sie zu vergessen?

»Ab morgen«, murmelte er. Ab morgen würde er sie aus seinem Kopf verbannen.

Mitten in der Nacht näherten sie sich Trollfurt. Sie sprachen nicht mehr, jeder hing seinen Gedanken nach. Ben verband nicht mehr viel mit der Stadt, doch Nica und Yanko hatten noch Eltern und Geschwister hier, Freunde oder ehemalige Freunde, die nach allem nichts mehr mit ihnen zu tun haben wollten. Im Dunkeln konnte Ben ihre Gesichter nicht erkennen, doch ihr Schweigen machte deutlich, dass ihnen die Heimkehr nicht leichtfiel.

Die Straßen lagen im Dunkeln unter ihnen, kaum ein Fenster war erleuchtet, und Ben erspähte nur zwei Laternen, die als Punkte zwischen den Häusern entlangwanderten. Das waren deutlich weniger als damals, als sich die Stadt von ihm belagert gefühlt hatte. Doch als er schließlich erkannte, dass zu jeder Laterne vier Nachwächter gehörten und nicht nur einer wie üblich, war ihm klar, dass sich die Lage noch nicht völlig beruhigt hatte.

Was war geschehen, seit sie von hier verschwunden waren? Fürchtete Trollfurt noch immer irgendwelche eingebildeten Überfälle von Ben und seinen zahlreichen Spießgesellen? Wochenlang waren sie nicht hier gewesen, sondern im Nirgendwo. Sie hatten nichts mitbekommen, wussten weder was hier vor sich ging, noch was sich irgendwo sonst im Großtirdischen Reich ereignet hatte. Doch irgendetwas musste vor sich gehen, wenn man die Nachtwächter hier, Gesprächsfetzen aus Falcenzca und die Predigt des Verrückten zusammenzählte.

Flüsternd dirigierte er Aiphyron zum Anwesen von Nicas Familie. Feuerschuppe kannte den Weg, und Juri folgte ihnen. Ohne mit den Flügeln zu schlagen, glitten die Drachen lautlos dahin. Langsam senkten sie sich über die Dächer und landeten schließlich im Garten der Yirkhenbargs, ganz hinten bei der Mauer, hinter der plätschernd der Dherrn vorüberfloss. Das Gras stand hoch, es war lange nicht gestutzt worden, und die Tür von Feuerschuppes ehemaligem Stall stand offen. Sie hörten ein Pferd prusten, sonst blieb es still. Beim Anflug hatten sie keinen Wächter am verschlossenen Tor gesehen, nur ein Fenster direkt am Hauseingang war schwach erleuchtet.

»Irgendwer im Haus ist immer wach«, warnte Nica. »Also leise.«

Dann ließen sich Ben, Nica und Yanko von den Drachen auf den Balkon heben, über den sie in Nicas ehemaliges Zimmer gelangten. Beim Absteigen strich Yanko mit der Hand kurz über Juris Flügel, wahrscheinlich dachte er, das bringe ebenso Glück wie das Berühren von Schulterknubbeln.

In Nicas Zimmer lag auch Wochen nach ihrem Verschwinden noch immer Kleidung von ihr herum, das Bett war gemacht, aber verlassen. Es schien, als hätte hier niemand etwas angerührt.

»Packst du mir bitte zwei Röcke und Hemden ein?«, bat Nica Yanko. »Unten in meinem Schrank liegen Satteltaschen und ein Rucksack.«

»Mach ich.«

»Und dann holst du Proviant aus der Küche. Da sparen wir uns drei Tage jagen. Und nach all den Früchten und Tieren aus dem Wald freue ich mich auf ein einfaches Brot mit frischem Käse.«

Wieder nickte Yanko.

»Ben kommt mit mir zu Mutter.«

»Aber warum kann nicht er das ganze Zeug ...«, setzte Yanko an.

»Du weißt besser, was ich mag. Und du bist hier schon einmal eingestiegen, hast du erzählt.« Sie lächelte. »Danach gehen wir zusammen in Sidhys Zimmer und holen mir noch eine Hose. Das ist viel besser, um auf einem Drachen zu reiten. Wenn ihr etwas braucht, bedient euch.«

»Sidhy statte ich gern einen Besuch ab.« Yanko grinste und schlich zum Schrank hinüber. Auch Ben dachte an die Demütigungen, die ihnen Nicas Bruder vor nicht allzu langer Zeit zugefügt hatte, und hatte nichts dagegen, ihn zu überraschen.

Ben folgte Nica aus dem Zimmer in einen dunklen Flur, an dessen Wänden er Bilderrahmen erkennen konnte, doch er achtete nicht auf sie. Nica hatte den Arm ausgestreckt und berührte mit den Fingern die Mauer, als suche sie Halt. Vielleicht sah sie auch nur schlecht.

Im Erdgeschoss unten knarzte eine Diele, dann herrschte wieder Stille. Ben hatte keine Angst, erwischt zu werden, solange die drei Drachen hinter dem Haus auf sie warteten. Welcher Diener sollte gegen sie etwas ausrichten können? Ein Schrei, und sie würden mit starken Klauen die Wände einreißen und ihnen zu Hilfe eilen.

Der Flur knickte nach links ab, und Nica öffnete bedächtig die erste Tür auf der rechten Seite. Lautlos huschte Ben hinter ihr in das Zimmer, dann verschloss sie die Tür wieder.

»Verschränk die Arme und schau grimmig«, zischte ihm Nica zu, und er gehorchte. Dann hörte er ein schabendes Geräusch, und ein Zunderstäbchen flammte auf. In dem schwachen, flackernden Licht schälte sich ihre Umgebung aus der Dunkelheit.

Sie standen in einem penibel aufgeräumten Schlafzimmer, das ein Stück größer war als Nicas. Zwei Paar schwere rote Vorhänge hingen an der gegenüberliegenden Wand bis zum Boden herab, der aus einem verschnörkelten Holzmosaik bestand, und verdeckten vermutlich zwei Fenster. Die rechte Wand wurde fast vollständig von einem mächtigen Kleiderschrank ausgefüllt, der mit den unterschiedlichsten Farben bemalt war. Blumen und Ornamente umrahmten Bilder von einer fröhlichen Jagdgesellschaft und drei knienden Rittern, die einem kleinen schwarzen Vogel einen Schwur leisteten. Ben erinnerte sich nicht mehr, aus welcher Legende diese Szene stammte, doch er hatte sie sicher schon einmal gehört. Auf einem Thron hinter den Rittern saß eine blinde Frau, in deren blondem Haar drei dunkle Federn steckten.

An der linken Wand befand sich ein fein gearbeitetes Bett

mit einem himmelblauen Baldachin, der mit einer breiten Bordüre verziert war. Auf einer Kommode daneben stand ein vierarmiger Leuchter, dessen Kerzen Nica eben mit dem Zunderstäbchen entzündete. Im Bett regte sich eine bleiche Frau mit unordentlichem Haar und eingefallenen Wangen. Verwirrt öffnete sie die Augen.

»Guten Abend, Mutter«, sagte Nica eisig. »Du bist schmal geworden.«

Und alt, dachte Ben, der sie als schöne Frau in Erinnerung hatte, die zwar selten, aber dann mit stets aufrechter Haltung durch Trollfurt gegangen oder kutschiert war, ein gnädiges Lächeln im Gesicht und immer Zeit übrig für ein freundliches Wort oder Nicken, wenn sie höflich gegrüßt wurde.

»Nica ...«, hauchte die Frau und richtete sich ruckartig auf. Kurz schien es, als wollte sie lachen, dann verzog sie das Gesicht zu einer schwer lesbaren Grimasse aus Angst, Freude, Schuldbewusstsein und Überraschung. »Kind, wo hast du gesteckt?«

»Als ob dich das interessiert.« Nica hatte das Kinn vorgereckt. Sie zitterte, und es kostete sie sichtlich Anstrengung, nicht loszuschreien. Langsam zog sie die oberste Schublade der Kommode auf und holte eine lange Nadel hervor. Das Metall blitzte im flackernden Kerzenlicht. »Wenn es nach dir gegangen wäre, wäre ich tot.«

»Nein. Nein! Das war die Idee deines Vaters. Sie haben ein Opfer von ihm verlangt. Ich wollte es nicht, aber er hat gesagt, du musst es sein. Keine Fremde.« Sie rutschte an die Bettkante, wühlte sich aus den Laken, kam flehend auf ihre Tochter zu.

»Bleib liegen«, zischte Nica und hob die spitze Nadel, die sie mit der Faust umklammerte. Ihre Lippen bebten, doch der Arm war ruhig. »Bleib liegen, oder ich ramm sie dir ins Auge. So tief ich nur kann.«

Ben hielt die Arme verschränkt und hoffte, sie würde nicht zustoßen. Er wollte nicht zusehen, wie sie ihre eigene Mutter erstach, wusste aber nicht, ob er ihr in den Arm fallen sollte.

»Das würdest du nicht tun«, sagte die Mutter, verharrte aber in der Bewegung. Sie zitterte, ihre Augen flackerten unsicher.

»Du solltest es nicht ausprobieren.« Nica machte einen kleinen Schritt auf ihre Mutter zu. »Ich sagte, leg dich wieder hin!«

Wimmernd kroch sie tatsächlich zu ihrem Kissen zurück. Nun lag nackte Angst in ihrem Blick. »Ich hab dir doch gesagt, ich war es nicht.«

»Aber du hast zugelassen, dass Vater mich an den Pfahl bindet! Warum?«

»Er war mein Ehemann ...«

»Und ich deine Tochter! Du hättest statt meiner sterben sollen!«

»Aber das ging doch nicht. Das ging nicht.« Sie schluchzte, und ihre Stimme erstarb beinahe. »Es musste doch eine Jungfrau sein.«

»Eine Jungfrau?« Nica lachte bitter auf. »Aber ich bin keine Jungfrau mehr!«

Nun sackte Frau Yirkhenbarg vollkommen in sich zusammen. Tränen rannen ihr über die Wange, und sie schluchzte verzweifelt: »Das ist gelogen. Das sagst du nur, um mir wehzutun.«

Stumm schüttelte Nica den Kopf.

Ben verspürte einen Stich, den er nicht hätte spüren dürfen, ihre fehlende Jungfräulichkeit ging ihn nichts an, sie war Yankos Mädchen. Doch der Satz hatte ihn nicht überrascht, er hatte in der Ruine doch genug eindeutige Geräusche gehört.

»Das ist nicht wahr. Nicht mit ihm, nicht mit einem wie ihm.« Nicas Mutter warf Ben einen hasserfüllten Blick zu.

»Das geht dich nichts an«, presste Nica hervor. »Du bist nicht mehr meine Mutter, eine Mutter opfert ihr Kind nicht! Als Waise geht es mir besser.«

»Aber schau dich doch an, wie du aussiehst. Wie du herumläufst, und das mitten in der Nacht.« Sie deutete auf Nicas weißes Kleid, das in den letzten Wochen im Wald zahlreiche Flecken abbekommen hatte und an mehreren Stellen eingerissen und nur notdürftig genäht war. »Komm einfach heim, und alles wird gut.«

»Gut?« Wieder schüttelte Nica entschlossen den Kopf. »Es gibt nur einen Weg, wie alles wieder gut wird: Du sagst mir, wer Vater hierhergeschickt hat. Wer wusste von dem Drachen in der Mine, wer hat ihm dieses Opfer befohlen?«

»Ach, Kind ...«

»Wer?«, zischte Nica und hob erneut die Nadel. Ihr Arm bebte nun, doch auf ihrem Gesicht zeigte sich keine andere Regung als Zorn.

»Nica«, sagte Ben leise, doch niemand beachtete ihn.

»Ach, Kind, du versündigst dich.«

»Wer war es?«

»Du darfst dich nicht gegen Hellwahs Gebote stellen.«

»Wenn er mich tot sehen will, dann kann er mir gestohlen bleiben!«

»Kind ...«

»Wer? In Samoths verfluchtem Namen, wer war es?« Die erhobene Nadel zitterte, Nica machte einen weiteren Schritt auf ihre Mutter zu. Sie stand nun direkt neben dem Bett.

Ben starrte Nicas Mutter an, die sich verzweifelt in die Decke krallte. Bei der Erwähnung von Samoths Namen war sie zusammengezuckt, ihr Nachthemd war unzüchtig verrutscht und gab ihre knochige Schulter frei, doch das kümmerte sie nicht. Sie schluchzte vor sich hin und schloss die Augen, als könne sie den Anblick ihrer Tochter nicht mehr ertragen. In ihren Zügen zeigten sich mehr Schuldgefühle und Scham als Angst. Leise sagte sie: »Ich weiß es nicht.«

»Wer?«, fragte Nica.

Eine kurze Weile sagte keiner ein Wort, dann schlug die Mutter seufzend die Augen auf und atmete tief durch. Sie schien aufgegeben zu haben, fast wirkten ihre Gesichtszüge jetzt friedlich. »Kurz vor deiner Abreise hat dein Vater einen Boten empfangen. Er zeigte mir einen Brief, der das Siegel des Hohen Norkham persönlich trug, und sagte, wir hätten eine große Aufgabe zu erfüllen. Er war sichtlich von heiligem Eifer erfüllt, das wahre Wort hatte ihn geküsst, und doch lag ein Schatten auf seinem Gesicht. Er sagte, wir müssten stark sein, dann würde alles gut werden. Ich dachte, er meinte damit, dass wir unseren Glauben verleugnen müssten oder irgendwelche Entbehrungen auf uns nehmen, aber nicht das. Ich wusste nicht, was dir drohte. Noch vor meinen Augen hat er den Brief verbrannt, er sollte keinem Häscher des Ordens in die Finger fallen. Ich wusste es nicht. Es tut mir leid.«

Nica sah auf ihre Mutter hinab, die nun stumm um Vergebung flehte. Sie weinte nicht mehr, wirkte einfach nur ruhig und leer. Kurz kam es Ben so vor, als wollte sich Nica auf die Bettkante setzen, als würde die Nadel ein Stück herabsinken, nicht drohend, sondern als würde Nica eine Waffe sinken lassen, weil der Streit vorbei war. Dann reckte sie wieder das Kinn vor. Ihre Stimme klang rau, aber fest. »Und wo finden wir den Hohen Norkham?«

»Aber, Kind, du …«

»Wo?«
»Vierzinnen.« Der Name war nicht mehr als ein Flüstern, Ben konnte es kaum verstehen.
»Vierzinnen? *Das* Vierzinnen?«
Die alte Frau im Bett nickte.
»Gut. Soll ich ihm etwas von dir ausrichten?«
»Ich … Sag ihm, dass er … Nein. Nichts.« Resigniert ließ sie den Kopf sinken.
»Dann lebe wohl, Frau Yirkhenbarg. Wir sehen uns nie mehr wieder.« Nica drehte sich mit erhobenem Haupt um und drückte Ben die Nadel in die Hand. Sie war feucht von Schweiß. »Pass auf, dass sie nicht nach Hilfe schreit, während ich mir noch eine Hose hole. Brauchst du auch etwas?«
Ben zuckte mit den Schultern. Er hatte zwei Hosen und ihm ging gerade anderes durch den Kopf. Fragend starrte er Nica an, doch keine Regung zeigte sich in ihrem Gesicht.
»Ein Hemd?«
»Lässt sich machen. Wir holen dich gleich ab.«
»Warte. Noch eine Hose wäre nicht schlecht«, fügte er noch schnell hinzu, weil ihm eingefallen war, dass er die eine, die verräterisch geflickte, nicht in Städten tragen konnte, falls dort die Steckbriefe aushingen, und die andere eigentlich überhaupt nicht, denn sie war viel zu weit. Sidhy hatte schon eher seine Statur, mit einem Gürtel würde ihm seine Hose passen.
Als Nica gegangen war, legte er die Nadel auf die Kommode und drohte in Richtung Bett: »Ich habe ein Messer.«
Doch Nicas Mutter beachtete ihn nicht. Mit geschlossenen Augen kauerte sie im Bett, den Kopf gegen die Wand gelehnt, die Arme um die angezogenen Knie geschlungen, und murmelte vor sich hin. Ben konnte nicht erkennen, ob die

schimmernde Feuchte auf ihren Wangen neue Tränen waren. Vielleicht flehte sie Hellwah um Gnade an. Ben wusste nicht, was Ketzer in einem solchen Fall taten. Vielleicht verwünschte sie sich auch oder bemitleidete sich selbst und ihr Schicksal – das hatte seine Mutter häufig getan, bevor sie zur Flasche gegriffen hatte.

Ben konnte sie nicht bemitleiden, er hatte das Bild der an den Opferpfahl gefesselten Nica nicht vergessen. Aber er wusste auch, dass er dieser gebrochenen Frau nicht mit einer Waffe zu Leibe rücken wollte oder sie sonst wie niederringen, also hoffte er, sie würde einfach weiter vor sich hin murmeln und nicht doch noch schreien. Misstrauisch beäugte er sie, doch sie murmelte stur weiter vor sich hin.

Als sich die Tür wieder öffnete, trat Nica nicht ein, sondern flüsterte nur: »Komm. Yanko ist schon bei den Drachen.«

Ihre Mutter blickte nicht auf und starrte weiter murmelnd ins Nichts, gefangen in ihrer Welt aus Schuldgefühlen und Albträumen.

Auf dem Gang, noch bevor sie bei Yanko ankamen, packte Ben Nica an der Schulter und zwang sie, ihn anzusehen. Er fragte: »Hättest du deine Mutter wirklich erstochen?«

Nica wandte den Blick ab.

»Ich weiß nicht«, sagte sie nach einer Weile. »Ich weiß es wirklich nicht.«

PILZE UND EIN KUSS

Als die ersten Vögel des Tages zu singen begannen und sich der Himmel am Horizont ganz langsam hell färbte, landeten die Drachen. Nica hatte in Trollfurt die grobe Richtung vorgegeben, und seit sie über das ausgedehnte Waldgebiet flogen, hatten die Drachen mit ihren scharfen Augen, die auch nachts viel mehr sahen als menschliche, die Gegend nach einem geeigneten Rastplatz abgesucht. Nun gingen sie an einem Bach inmitten der Bäume zu Boden. Ben vermutete in ihm einen Zubringer zum Sippa, aber er war nicht sicher. Die hohen Bäume am Ufer standen dicht beieinander, im Unterholz zeigte sich kein Pfad, nicht das kleinste Anzeichen menschlicher Zivilisation.

Ganz in der Nähe des Bachs lag ein gutes Dutzend mehrere Schritt großer, moosbewachsener Felsen nebeneinander und übereinander, türmten sich auf bis zu den höchsten Wipfeln, bestimmt viermal so hoch wie ein einfaches Haus. Zwischen den einzelnen Brocken öffneten sich Spalten und kleine Höhlen, in denen Ben, Nica und Yanko gut auch tagsüber schlafen konnten; dort schien die Sonne nicht hinein. Es war so dunkel, dass man nicht bis in die hintersten Winkel blicken konnte.

Yanko sammelte ein paar Stöcke vom Boden auf, brach sie in unterarmlange Stücke und schleuderte sie mit Wucht in die Spalten, um giftige Schlangen und anderes Getier aufzuscheuchen, das sich dort möglicherweise wohnlich eingerichtet hatte.

Tatsächlich stob aus einer der Höhlen ein seltsamer Vogel. Er hatte ein prächtiges, leuchtend rotes Gefieder und ähnelte einem aufgeplusterten Königsschwan, nur dass er dreimal so groß war und sein gelber Schnabel leicht gekrümmt und spitz wie der eines Raubvogels. Auch waren die Beine ein Stück länger und die Flügel kleiner, zu klein, um den Vogel in die Luft zu tragen. Wild schlug er mit ihnen um sich, krächzte laut und heiser und rannte mit zornig blitzenden Augen auf Yanko zu. Noch bevor er reagieren konnte, schnellte Aiphyrons Klaue vor und packte das zeternde Tier.

»Hey, Bursche, bist du ein Feuervogel?«, knurrte er ihn an und hielt ihn sich prüfend direkt vor das rechte Auge, während er das linke zusammenkniff. Er musterte ihn mit derselben misstrauischen Abneigung wie ein Juwelier einen schlecht geschliffenen Edelstein.

Hilflos krächzte und zappelte der Vogel im festen Griff der Drachenklaue.

»Red deutlich! Ich kann dich nicht verstehen«, schnaubte Aiphyron.

»Krah«, machte der Vogel.

»Feuervogel oder nicht? Sag schon!«

»Krah!«

»Das ist keine vernünftige Antwort!«

»Krah!«

»Was?«

»Krah!«

Zu einer anderen Antwort schien der Vogel nicht in der Lage zu sein. Also ließ Aiphyron ihn nach weiterem Hin und Her langsam wieder auf die Erde und gab ihm einen aufmunternden Klaps auf den Hintern, so dass ein paar Federn knickten und der Vogel in den Bach schlitterte. Mit schlagenden

Flügeln tauchte er unter, sanfte Wellen plätscherten über ihn hinweg. Kurz darauf kämpfte er sich schimpfend wieder an die Oberfläche, reckte den langen Hals hierhin und dorthin, plusterte die Federn auf und ließ sich schließlich mit der Strömung davontreiben.

Ben und die anderen hatten Aiphyrons Anfälle bei dem einen oder anderen roten Tier zu oft erlebt, um sich noch groß darüber zu wundern oder es gar zu kommentieren. Ben starrte dem Vogel hinterher, der sich auf dem Wasser bewegte, als wäre er dort zu Hause. Inzwischen reckte er den Kopf stolz in die Höhe, als wäre nichts gewesen. Als wäre er der unumstrittene König des Bachs und nicht eben von einem Drachen durch die Gegend gekegelt worden.

»Dann macht es euch mal bequem«, sagte Aiphyron wieder ganz fidel und leckte sich hungrig über das Maul. »Ich schau mal, ob ich uns irgendein leckeres Tier zum Frühstück fangen kann.«

»Du gehst jagen?«, fragte Yanko verblüfft.

»Ja. Warum?«

»Und was ist mit dem Vogel? Du hattest gerade einen riesigen Braten gefangen und ihn wieder freigelassen. Was hattest du an ihm auszusetzen?«

»Sag mal, Junge, was ist mit dir los? Ich esse doch niemanden, mit dem ich schon geredet habe.«

»Geredet ...?«

»Natürlich«, sagte Aiphyron und breitete die Flügel aus. »Bis gleich.«

Die weiteren Höhlen erwiesen sich als verlassen, sah man von ein paar Schnecken, gefleckten Nachtasseln und anderen harmlosen Krabbeltieren ab. Es waren keine frischen Spuren

von größeren Tieren zu erkennen. Neugierig kletterten die drei Freunde auf die Felsen und sahen sich um. Die Bäume standen dicht, das Unterholz in der Umgebung war ausgeprägt, Anzeichen von Menschen ließen sich keine finden.
Plötzlich rief Nica: »Pilze!«
»Was?«, fragte Ben.
»Seherpilze.« Ehrfürchtig deutete sie auf ein knappes Dutzend Pilze mit sonnengelben Lamellen und glänzend dunkelblauen, trichterförmigen Kappen, in denen sich im Herbst das Regenwasser sammelte. Sie wuchsen im dichten Moos auf der Nordseite eines Felsens, ihre Kappen hatten die Größe eines Handtellers.
Langsam ging Nica auf sie zu und ließ sich auf die Knie sinken. Mit den Fingerkuppen strich sie vorsichtig über den größten Pilz.
»Sind die essbar?«, fragte Yanko.
»Essbar?« Nica wandte sich um, ihre Augen leuchteten. »Kennt ihr keine Seherpilze?«
Ben und Yanko schüttelten die Köpfe, und Yanko hakte noch einmal nach.
»Weit mehr als das«, versicherte Nica. »Sie lassen einen die Wahrheit erkennen. Eigentlich sind sie Priestern vorbehalten, aber ich habe mit einer Freundin schon mal welche gegessen. Wir konnten die Bäume atmen hören, und sie hat das wahre Gesicht eines Jungen gesehen, der ihr den Hof gemacht hat: Es war eine gierige Fratze mit bluttriefenden Raubtierzähnen. Daraufhin hat sie ihn zurückgewiesen, und er hat sich nach dem nächsten Tanz um Mitternacht an einer anderen vergangen, an einem hübschen Mädchen mit braunen Locken und großen Augen, die gern mit den Jungen schäkerte. Man hat sie am nächsten Morgen an der Friedhofsmauer ge-

funden, wimmernd in sich zusammengesunken und mit zerrissenem Kleid, ein tiefer Schnitt quer über die linke Wange, überall grün und blau geprügelt. Der Junge war verschwunden. Die Pilze haben meine Freundin mit ihrer Vision von seiner verborgenen wahren Fratze gerettet.«

Ben und Yanko starrten tief beeindruckt abwechselnd Nica und die Pilze an. Dann fragte Yanko: »Und du? Was hast du gesehen?«

»Ich habe gar nichts gesehen. Ich habe etwas über mich erkannt.«

»Und was?«

Nica lächelte, drehte sich wieder um und pflückte vorsichtig einen Pilz. Sie brach den Stiel direkt oberhalb des Mooses ab, so dass die Wurzeln im felsigen Boden verblieben und aus ihnen ein neuer Pilz nachwachsen konnte. »Wenn du es wirklich wissen willst, nimm dir einen. Vielleicht kannst du es dann ja auch erkennen.«

»Aber ...«

»Von mir erfährst du es nicht.«

»Klingt doch lustig«, sagte Ben und stieß Yanko mit der Schulter an.

Vorsichtig schnitten sie sich auch jeweils einen Pilz ab.

Dann setzten sie sich zu dritt mit untergeschlagenen Beinen in einen Kreis. Nica brach ein kleines Stück von ihrer Kappe ab und schob es sich mit Zeigefinger und Daumen in den Mund. Genüsslich leckte sie sich beide Finger ab und kaute ganz langsam mit geschlossenen Augen. Anschließend bröckelte sie sich ein zweites Stück ab und schob es hinterher.

Ben und Yanko taten es ihr nach.

Im Mund zerfiel der Pilz fast von selbst, nur die Oberhaut der Kappe hielt zusammen und schmiegte sich klebrig an die

Zunge. Ben kratzte sie mit den Zähnen ab und kaute sie zu einem Brei. Es schmeckte bittersüß und nussig zugleich und ein wenig herb nach kühler Erde. Ein leichtes Kribbeln breitete sich rasch in Bens Mundraum aus, ein Gefühl von Taubheit. Grinsend schob er sich ein zweites Stück zwischen die Lippen. Das Kribbeln wurde ein wenig stärker, doch sonst geschah nichts. Er sah, hörte, roch und spürte nichts anderes als zuvor, auch überfielen ihn keine besonderen Eingebungen.

»Und jetzt?«, fragte er nach einer Weile. »Was soll jetzt passieren?«

»Hab Geduld«, sagte Nica. »Du musst der Wahrheit schon ein wenig Zeit lassen, zu dir zu gelangen. Aber sie wird dich erleuchten.«

»Jetzt redest du wie ein Priester«, brummte Yanko.

»Der Pilz ist ja auch für Priester.«

»Und das bedeutet, dass man ...?«

»Seid einfach still und konzentriert euch auf seinen Geschmack und das Kribbeln. Er wird gleich anfangen.«

Ben ließ die Hände sinken und versuchte vollkommen zu entspannen. Er lauschte auf die singenden Vögel, das Rascheln der Blätter und den rauschenden Bach und betrachtete den halben Pilz in seinen Händen. So also erkannten die Priester die Wahrheit. Habemaas, der Hellwahpriester aus Trollfurt, hatte davon nie etwas gesagt, aber so ein Geheimnis behielt man wohl auch besser für sich. Stets hatte er behauptet, die Wahrheit lasse sich in alten Legenden und dem Strahlen der Sonne finden, und wer ihr Licht deuten konnte wie auch den Flug der Vögel, der würde Hellwahs Willen erfahren. Aber Ben wusste auch, dass sich zahlreiche Zauber in einfachen Dingen oder Wesen verbargen, in toten Ratten und in Blut. Warum also nicht auch in einem einfachen Pilz?

Er starrte ihn an, strich mit dem Zeigefinger der Rechten sorgsam über ihn hinweg. Immer deutlicher konnte er die einzelnen Fasern im schmutzig weißen Stiel erkennen. So wunderbar geformt war dieser Pilz – es musste wahrlich ein besonderer sein. Er schob seine Zunge im Mund hin und her, um dem Geschmack nachzuforschen, dem pelzigen Kribbeln. Genüsslich steckte er sich einen weiteren Brocken zwischen die Lippen.

Langsam wanderte das Kribbeln seinen Kopf hinauf, als würden zahllose Fliegen durch seine Haare wimmeln. Es kitzelte. Die Lippen schwollen an und schienen plötzlich vollkommen ausgetrocknet zu sein. Immer wieder fuhr er sich mit der ebenfalls dicken Zunge darüber, und zugleich fühlte er sich herrlich leicht, nahm alles viel intensiver wahr, die frühmorgendlichen Geräusche des Waldes formten sich zu einer fröhlichen Melodie, die er am liebsten mitpfeifen wollte, doch er konnte die Lippen nicht gleichzeitig spitzen und lächeln. Das Grau der Felsen zersplitterte zu tausend unterschiedlichen Grautönen, er konnte die kleinste Struktur im Stein sehen, ja, konnte sie mit seinen Fingerkuppen richtiggehend spüren, ohne sie wirklich zu berühren. Das Grün des Mooses wurde zum einzig wahren Grün der Welt, dem grünsten Grün aller Zeiten, dem ursprünglichen Grün, so tief und saftig. Nicas offenes blondes Haar hatte das Licht der aufgehenden Sonne aufgesaugt, selbst hier im Schatten der Felsen, und jede einzelne Strähne wurde zu einem Lichtstrahl. Mit geöffnetem Mund starrte Ben sie an, während sie den Kopf mit geschlossenen Augen kreisen ließ. Vom Pilz in ihrem Schoß war nur noch der Stiel übrig.

Auch Yanko hatte inzwischen die ganze Kappe gegessen. Den Stiel hatte er sich ins linke Ohr gesteckt, während er das rechte auf den Felsboden gelegt hatte und selig vor sich hin brabbelte: »Ich kann sein Herz schlagen hören. Ich kann sein Herz schlagen hören.«

Ben hörte nichts schlagen, doch er spürte plötzlich einen kalten Hauch über die Felsen hinwegziehen, wie der beißende Nordwind, der im Spätherbst den ersten Schnee von den strahlend weißen Gipfeln des Wolkengebirges nach Trollfurt hinuntergeweht hatte. Schneller als sich die Härchen auf seinen Armen aufrichten konnten, war der eisige Hauch wieder verschwunden. Ben blickte sich um und sah für einen winzigen Moment zahlreiche Steckbriefe an den umstehenden Bäumen hängen. Ausnahmslos handelte es sich um Steckbriefe, auf denen Nica, Yanko und er gesucht wurden. Nicas Haar strahlte auch auf ihnen wie die Sonne, während seines wie hässliches Gestrüpp wirkte, tief in die Stirn hängendes, vertrocknetes Moos.

»Tausend Gulden«, murmelte er. »Bei einer solchen Summe werden sie uns durch die ganze Welt jagen.«

»Ich kann sein Herz schlagen hören«, brabbelte Yanko noch immer.

Mit dem nächsten Lidschlag waren die Steckbriefe verschwunden, doch Ben wusste nun, dass sie an den Haaren erkannt werden würden, das hatte der Seherpilz ihm offenbart. Wie auch die Wahrheit über sein Haar: Es war hässliches, verdorrtes, traurig herabhängendes Moos. Niemand konnte solches Haar lieben.

In aller Ruhe zog er sein Messer und hielt sich die Klinge vor das Gesicht. Sie schimmerte silbern, und er bewegte sie hin und her, immer schneller. Glückselig betrachtete er das flackernde Schimmern der Klinge.

Nica ließ immer noch den Kopf kreisen.

Es war wirklich ein wunderschönes Messer, das er von Yanko bekommen hatte. Gerührt strich Ben mit den Fingern über die Klinge, er hatte das Gefühl, einfach alles berühren zu wollen. »Danke, Yanko. Du bist der beste Freund der Welt.«

»Ich kann sein Herz schlagen hören«, sagte Yanko und öffnete die Augen. Langsam hob er den Kopf, strahlte Ben an, zog den Stiel aus seinem Ohr und hielt ihn Ben entgegen. »Der Fels hat ein Herz. Hör mal.«

»Später, das hat noch Zeit. Erst musst du dir die Haare wachsen lassen. Und zwar schnellstens. Damit sie dich nicht mehr erkennen. Das ist dringend! Die elendigen Steckbriefe sind überall.«

»Die Haare wachsen lassen?«

»Ja. Deine sind zu kurz zum Schneiden. Und wir müssen uns verändern. Unsere Haare werden uns verraten.«

Yanko lachte laut und meckernd los, schlug dabei mit den flachen Händen auf den Boden. Nach ein paar Augenblicken brach das Lachen abrupt ab, und er starrte Ben mit weit aufgerissenen, glänzenden Augen an. »Verdammt, du hast Recht.«

»Die Pilze haben Recht.«

Yanko brummte zustimmend und rollte den Stiel zwischen den Handflächen hin und her. Dann zerquetschte er ihn bedächtig und rieb sich die Überreste in die stoppeligen Haare. Mit wackeligen Beinen erhob er sich und stieg vom Felsen herab. »Ich geh zum Fluss und gieß' meine Haare, bis sie mir tief in die Stirn hängen.«

Ben nickte, den Blick stur auf die funkelnde Klinge in seiner Hand gerichtet. Er konnte sich in ihr spiegeln. Einen Moment lang starrte er auf seine Haare, vielleicht auch einen Tag lang, wer konnte das schon unterscheiden, dann packte er mit der Linken seinen Schopf und setzte die Klinge knapp über der Kopfhaut an. Es ziepte, als er an den Haaren herumsäbelte, aber er biss sich auf die Lippen. Jammern und Weinen war für Kinder. Immer wilder riss und zerrte er an ihnen, Büschel um Büschel fiel zu Boden.

»Autsch.« Das Messer war ihm abgerutscht, und er hatte sich die Kopfhaut geritzt. Doch der Schmerz ebbte rasch wieder ab, ein Tropfen Blut rann ihm über die Stirn, und er wischte ihn beiläufig weg. *Pah! Was für eine Babywunde, das spritzte ja gar nicht.*

Dann setzte er neu an. Noch dreimal schnitt er sich, bevor er nach letzten Haarsträhnen tastete.

»Du blutest«, sagte Nica, die plötzlich neben ihm kniete. Erschrocken schnitt er sich jetzt auch noch in die Stirn.

»Autsch!« Vorwurfsvoll sah er sie an.

»Autsch«, sagte Nica mitfühlend. »Jetzt blutest du noch mehr.«

»Ach nein«, knurrte er. »Und warum?«

»Weil du dich geschnitten hast.« Sie lächelte. »Schneidest du mir auch die Haare? Ich weiß, warum du es tust.«

Ben schüttelte den Kopf. »Sonnenstrahlen kann man nicht einfach abschneiden.«

»Bitte. Wenn ich es selbst machen muss, schneide ich mich bestimmt.«

Er sah ihre Haare rot werden wie eine untergehende Sonne, doch er wollte nicht, dass es Nacht wurde auf Nicas Kopf. Noch während er sich über diesen Gedanken wunderte, griff er vorsichtig nach einer ersten Strähne und schnitt sie auf Kinnhöhe ab. Kürzer würde er es nicht machen, es durfte nicht vollkommen dunkel werden auf ihrem Kopf.

Unentschlossen hielt er die sonnengleiche Strähne in der Hand, er konnte sie einfach nicht zu Boden fallen lassen.

Also stopfte er sie sich in die Hosentasche und langte nach der nächsten.

Nica kicherte.

Als er fertig war, kniff er die Augen zusammen, um sein Werk zu begutachten. Sonderlich gerade war ihm der Schnitt nicht gelungen, doch das machte nichts, auch die Ränder der Mittagssonne faserten aus, wenn man direkt hineinblickte.

»Feuerschuppe hat es mir erzählt«, sagte Nica.

»Was?«

»Dass du der Erste warst.«

»Der Erste?«

»Der Erste auf meinem Balkon.« Sie streckte die Hand aus und strich über seine Wange. Sie begann zu kribbeln, und dieses Kribbeln war stärker als das, das der Pilz hervorgerufen hatte.

»Ich ...« Ben wollte etwas sagen, nur wusste er nicht, was. Bilder von der Nacht, als er zu ihrem Fenster hochgestiegen war, tauchten in seinem Kopf auf. Es schien ewig her zu sein.

Nica beugte sich vor und küsste ihn ganz sanft auf den Mund. Ihre Lippen waren ebenso trocken wie seine. Einen Moment lang verharrte Ben wie zu Stein erstarrt, doch Nica zog den Kopf nicht wieder zurück. Dann erwiderte er den Kuss.

Es dauerte lange, bis sie sich voneinander lösten. Jedes Taubheitsgefühl war aus Bens Zunge gewichen, und doch spürte er noch die Leichtigkeit des Pilzes.

Unten am Bach landete Aiphyron und rief: »Essen! Es gibt ... ähm ... ein Tier.«

Der Ruf brachte die Erinnerung an die Welt wieder in Bens Gedanken, und er sagte ganz leise: »Yanko ist mein Freund.«

»Ja. Aber warum hast du nie etwas gesagt?«

Ben zuckte mit den Schultern. Was sollte er darauf antworten? *Ich konnte nicht, ich war auf der Flucht? Du hättest mir damals nicht zugehört?* Nach seiner Rückkehr nach Trollfurt war alles anders gewesen, alles zu spät.

»Es gibt Essen«, sagte er und erhob sich.

»Warum hast du nichts gesagt?«

»Yanko ist mein Freund«, murmelte Ben noch einmal.

Beladen mit Schuldgefühlen kletterte er von den Felsen. Nica folgte ihm schweigend.

KETZER IM WIND

In der Abenddämmerung aßen sie die Reste von Aiphyrons Beute, einem gefleckten Tier, das an eine Kuh erinnerte, auch wenn die Hörner kleiner und direkt nach vorn gerichtet waren, und es Tatzen statt Hufen hatte. Das Fleisch schmeckte jedoch nach Fisch, nur zäher. Ben konnte sich nicht erinnern, je von einem solchen Tier gehört zu haben. Krampfhaft versuchte er, sich an alle Geschichten über irgendwelche Waldwesen zu erinnern, nur um nicht an Nicas Kuss zu denken. Ohne Appetit kaute er auf dem Fleisch herum, blickte viel zu Boden und nur manchmal zu den anderen beiden hinüber. Nica hatte sich an Yanko geschmiegt, kicherte viel und spielte mit seinen Fingern. Nicht einen einzigen Blick schenkte sie Ben.

»Wir sollten noch schnell die letzten Pilzkappen pflücken, für unterwegs.« Yanko lachte schmatzend, er war bester Laune.

Kein Wunder, dachte Ben, ließ er sich doch von Nica kraulen wie ein Hund.

»Die machen echt verrückte Dinge mit deinem Kopf. Macht Spaß.«

»Es sind Seherpilze. Sie sind heilig und nicht für dein Vergnügen da, sondern um die Wahrheit zu sehen«, wandte Nica ein.

»Auch recht. Die Wahrheit ist schließlich auch nicht zu verachten. Dann soll also die Wahrheit unser Vergnügen sein.«

Wenn du die Wahrheit von heute Morgen wüsstest, würdest du nicht von Vergnügen sprechen, dachte Ben. Wie hatte er nur Nica küssen können? Seine Gefühle für sie waren doch längst verblasst. Das war nur passiert, weil Anula ihn hatte hängenlassen, sie war schuld. Oder eigentlich waren es die Pilze – sie hatten ihn verwirrt und dazu gebracht, seinen besten Freund zu hintergehen. Er hatte sich wie angetrunken gefühlt, nur viel leichter im Kopf, klarer als nach einem Becher schwerem Rotwein.

Die Pilze zeigen einem die Wahrheit.

Taten sie das wirklich? Vielleicht hieß es auch nur so, vielleicht irrte sich Nica diesbezüglich. Schließlich hieß es ja auch, dass die alten Legenden die Wahrheit verkündeten, doch über den angeblich bösartigen Charakter der geflügelten Drachen und Samoths Fluch logen sie.

»Ich gehe dann mal ein bisschen Wahrheit pflücken.« Yanko küsste Nica, erhob sich behäbig und klopfte die letzten Brösel von seiner Hose. Verschwörerisch zwinkerte er Ben zu.

»Lass gut sein, ich hol sie schon.« Ben sprang auf. Auf keinen Fall wollte er mit Nica allein bleiben.

»Aber übersieh' keinen. Schließlich wollen wir die ganze Wahrheit, nicht nur die halbe.«

»Nein, lass einen stehen!«, rief Nica. »Alle darf man nicht nehmen, niemals! Für den Fall, dass ein Priester dringend die Wahrheit sucht, darf man einen Fundort nie völlig leer pflücken.«

»Ein Priester? Hier? Im Umkreis von Meilen lebt keine Menschenseele. Von Dutzenden Meilen, vielleicht Hunderten.« Yanko lachte wieder oder immer noch. Sollte er, solange er noch konnte.

»Das hat nichts zu sagen, die Wahrheit findet man nicht immer vor der Tür. Manchmal läuft ein Priester tagelang, um Seherpilze zu finden. Ich sagte doch, sie sind selten und wachsen nicht an jeder Ecke.«

Inzwischen hatte Ben den ersten Felsen erklommen und rief über die Schulter zurück, dass er einen stehen lassen würde. Dabei wusste er eigentlich nicht, warum er einem Priester einen Gefallen tun sollte, solange sie Falsches über Drachen predigten. Oder warum Nica ihn küsste und dann keines Blickes mehr würdigte.

Von Yanko kam kein Protest.

Bei den Pilzen angekommen, ließ er sogar mehr als nur einen stehen. Er selbst würde sicher keine einzige dieser Kappen mehr anrühren, sollte die ganze wirre Wahrheit und Nicaküsserei doch für Yanko bleiben. Einen Pilz nach dem anderen schnitt er ab und sammelte alle in seinem Hemd, das er auf den Boden gebreitet hatte. Dann faltete er es sorgsam zusammen, so dass möglichst keine Kappe brach, und rieb die Hände gründlich an der Hose ab. Er traute diesen Pilzen einfach nicht.

Bevor er sich auf den Rückweg machte, steckte er sich dennoch zwei in die Hosentasche. Es könnte ja sein, dass er doch noch einmal die Wahrheit erkennen musste, und wer wusste schon, ob sie ihm da nicht helfen konnten. Dabei schwor er sich aber, sie nur anzurühren, wenn Nica nicht in der Nähe war.

Sie flogen beinahe die ganze Nacht, der Wind wehte Ben kühl durchs geschorene Haar. Immer wieder fuhr er sich mit der flachen Hand über die kurzen, unregelmäßigen Stoppeln, es fühlte sich fremd an. Dabei kratzte er sich den frischen Schorf von der Stirn und der Kopfhaut. Zu früh, neues Blut trat aus den Schnitten. Fluchend ließ er es laufen, es war ohnehin nicht viel.

Als er sich vorhin im Wasser gespiegelt hatte, hatte er sich erschreckt und kaum erkannt. Mit den Schnittwunden und dem schlecht geschnittenen, kurzen Haar sah er aus wie ein Wegelagerer. Niemand würde ihm vertrauen, doch ebenso würde niemand eine Verbindung zu dem gesuchten Ben ziehen; er ähnelte sich nicht mehr.

Schließlich erreichten sie eine bergige Gegend, Genaues konnte Ben in der Dunkelheit nicht erkennen, und Nica deutete nach unten und ließ die Drachen landen.

Am breiten oberen Ende einer unübersichtlichen Klamm schlugen sie ihr Lager auf. Der Bach, der über die Jahre die Klamm in die Bergflanke gefressen hatte, war schmal, vielleicht acht oder neun Schritt breit, höchstens zehn; erst zur Schneeschmelze und bei starkem Regen würde er wieder zu einem reißenden Gewässer ansteigen. Hier oben fanden sie an seinem Ufer ausreichend Platz, um sich niederzulassen.

Für einen ausgedehnten Augenblick gurgelte Aiphyron eine kleine Flamme im geöffneten Rachen, um den Menschen ein wenig Licht zu spenden, auf dass auch sie sich einen Überblick verschaffen konnten.

Die Drachen waren an einer beinahe flachen Stelle zwischen den hohen Bergflanken gelandet. Hier floss der Bach fast ruhig dahin, bevor er ein Stück hangabwärts über mehrere Stufen in die Tiefe stürzte. Niemand würde diesem friedlichen Gewässer zutrauen, einen solch tiefen Spalt in den Stein zu graben.

Kaum gelandet, tranken sie gierig von dem kalten Wasser. Es schmeckte so frisch und klar, wie nur ein Gebirgsbach nahe der Quelle schmecken konnte. Juri tauchte gar den ganzen Kopf unter und hob ihn erst sehr viel später wieder an die Oberfläche. Glücklich prustete er einen ganzen Schwall

Wasser durch die Nüstern hinaus. »Habe ich euch eigentlich schon erzählt, wie ...«

»Ja.« Yanko hieb ihm mit der flachen Hand übermütig auf die Schulter und lachte. »Du hast uns alles schon erzählt.«

»Das glaube ich nicht«, brummte der Drache. »Die Geschichte ist für besondere Orte vorbehalten.«

Die Luft in der Klamm war kühl, Ben fröstelte und sah, wie auch Nica die Arme verschränkte und sich über die Oberarme rieb. Trotz der schief geschnittenen Haare war sie noch immer hübsch, und Ben fühlte einen Stich. Plötzlich sah er sie wieder wie an dem Tag, als er sich in sie verliebt hatte. Warum hatte sie ihn erst jetzt geküsst? Ben bedauerte, dass Yanko bei ihnen war, und dann schämte er sich für diesen Gedanken und dafür, sie geküsst zu haben. Immer weiter verrannte er sich in die Frage, warum sie es getan hatte. Wollte sie alles zerstören? Was zwischen ihr und Yanko war, die Freundschaft zwischen Ben und Yanko. Nie wieder würde er sie küssen, natürlich nicht, am besten sollte er sie nie wieder überhaupt irgendwie berühren, und sei es noch so flüchtig. Und doch dachte er daran, ihr den Arm um die Schulter zu legen und sie zu wärmen. Er fluchte lautlos. Gedanken an Anula konnte er sich verbieten, sie war nicht hier, doch Nica sah er jeden Tag. Und es half kein bisschen, ihr möglichst aus dem Weg zu gehen, sie war nie fern.

Über das Plätschern und Rauschen des Wassers hinweg waren kaum andere Geräusche zu hören.

»Habt ihr beim Anflug das Licht auf der linken Flanke des Bergs gesehen?«, fragte Nica, bevor Juri doch noch mit seiner Erzählung beginnen konnte. »Das müssen erleuchtete Fenster von Vierzinnen gewesen sein.«

»Es waren drei Lagerfeuer«, sagte Feuerschuppe.

»Lagerfeuer? War dort irgendein Fest? Heute ist doch kein Feiertag.«

»Von einem Fest habe ich nichts gesehen. An jedem Feuer saßen zwei oder drei Männer, aber sie schienen nicht zu feiern. Sie wirkten müde und gelangweilt.«

»Es ist schon wieder fast Morgen. Vielleicht sind es die Letzten, die noch wach sind. Zu erschöpft, um noch zu tanzen, aber noch nicht gewillt, schon ins Bett zu gehen.«

»Sollen wir einen Pilz essen, um die Wahrheit darüber zu erfahren, was dort vorgeht?«, schlug Yanko vor.

»Da ist es wohl sicherer, einfach hinüberzulaufen und nachzusehen«, entgegnete Ben und deutete auf die obere Kante der Schlucht, gute hundert Schritt über ihnen. Sie zeichnete sich im Mondlicht als zackige Linie vor dem Sternenhimmel ab. »Von da oben dürfte es höchstens eine halbe Stunde bis Vierzinnen sein.«

»Und bis da hinauf dauert es nur wenige Augenblicke. Drei oder vier Flügelschläge vielleicht.« Aiphyron grinste. »Ihr seid leichtes Gepäck.«

»Und du ein höchst talentierter Packesel«, entgegnete Ben ebenso grinsend. »Hast du eigentlich schon mal darüber nachgedacht, das regelmäßig zu machen? Irgendwelche Leute einen Turm rauf- und runtertransportieren, damit sie nicht die Treppe nehmen müssen? Es gibt sicher irgendwelche faulen Fürsten oder behäbige Priester, die dich dafür bezahlen würden.«

»Ich denke, die trauen nur flügellosen Drachen? Ich hatte nicht vor, sie mir stutzen zu lassen.«

»Das ist in der Tat ein Problem.«

»Ja, aber ihres, nicht meins. Hoch hinauf kommen sie ohne Flügel nicht.«

»Vor Venzara gibt es tatsächlich eine Burg mit zahlreichen Türmen, da steigt der Fürst keine einzige Stufe«, mischte sich Yanko ein. »Unter jedem der Türme wurden große längliche Kellerräume ausgehoben und über lange Gänge miteinander verbunden. In diesen Räumen befindet sich nicht viel mehr als jeweils eine riesige Kurbel, die über stählerne Träger mit dem Boden und einer Wand verbunden ist und ähnlich wie die Kurbel einer Zugbrücke funktioniert. Nur dass man mit ihr keine Brücke vor Feinden in die Höhe zieht, sondern ein kleines Zimmer mit Wänden voller feingliedriger Einlegearbeiten, das sogenannte Schwebezimmer. Darin steht ein vergoldeter Lehnstuhl mit einem besonders weichen, sonnengelben Polster, auf dem der Fürst es sich bequem machen kann, während ein Dutzend trollstarker Diener ihn inmitten des Turms nach oben oder unten kurbelt. Niemals verlassen diese Diener den Keller, sie ruhen in Schlafnischen und warten auf den fürstlichen Pfiff, der sie an die Kurbel ruft. Jeder von ihnen isst so viel wie ein Ochse, so dass sie ebenso stark sind. Dieses Schwebezimmer ist ein mechanisches Meisterwerk und nur für den Fürsten, seine Familie und ausgewählte Gäste da. Das Personal und niedere Gäste müssen selbstverständlich die Treppe benutzen. Mit Flügeln könntest du also tatsächlich die Arbeit von zwölf Dienern verrichten, Aiphyron. Und du könntest die zwölffache Bezahlung verlangen. Wäre das nichts?« Es fiel Yanko sichtlich schwer, ein ernstes Gesicht zur Schau zu stellen.

»An Stelle der zwölf Diener würde ich den lauffaulen Kerl einfach zwischen die obersten beiden Stockwerke hochschicken und dann die Kurbel festzurren. Soll er doch in seinem Schwebezimmer darüber nachdenken, warum zwölf Männer schwitzen sollen, nur damit ein einziger ohne Anstrengung einen Turm erklimmen kann. Jeder von ihnen ist doch allein stärker als der Knilch. Warum lassen sie sich so herumschubsen? Ihr Menschen seid echt trübsuppige Nebelköpfe.«

»Ha! Nebelköpfe!« Lachend warf Yanko dem Drachen eine Handvoll kaltes Wasser ins Gesicht. »Eine solche Beleidigung verlangt Satisfaktion, du geflügelter Lump!«

»Kannst du haben, erdgebundenes Bürschchen.« Blitzschnell schnippte Aiphyron den Jungen mit der größten Kralle seiner rechten Klaue in den Bach.

Yanko flitschte bis zur Bachmitte und versank mit einem Aufschrei, tauchte jedoch gleich wieder auf und spuckte Wasser. Noch immer lachend schüttelte er den Kopf und schwamm und watete an Land zurück. »Ich hoffe, deine Kralle hat 'nen Kratzer!«

»Da muss ich dich leider zutiefst enttäuschen.« Aiphyron warf einen prüfenden Blick auf seine Krallen und hob dann Yanko ans Ufer. Der zog sich die nasse Kleidung aus, hängte sie über einen Felsen und schlüpfte in die Hose und das Hemd aus Trollfurt.

Noch eine Weile alberten sie herum, aßen etwas und verglichen amüsiert die Größe von Yankos Hand mit Aiphyrons Klaue, indem sie sie aneinanderlegten, Handballen an Klauenballen. Währenddessen verblassten die Sterne über ihnen.

Als sich der Himmel immer heller färbte, ließen sich Ben, Yanko und Nica von den Drachen aus der Klamm heben. Sie wollten am frühen Morgen in der Siedlung eintreffen und erst einmal die Lage auskundschaften. Die wirkliche Befreiung des Drachen sollte dann später erfolgen, mit Hilfe von Aiphyron, Juri und Feuerschuppe.

»Wir könnten euch auch den ganzen Weg hinüberfliegen«, schlug Juri vor. »Jetzt schlafen wahrscheinlich ohnehin noch alle, gerade wenn die ganze Nacht Feuer brannten und sie gefeiert haben.«

»Danke. Aber wenn ein Einziger wach ist und uns mit euch sieht, dann war's das. Dann halten sie uns für Ketzer und hängen uns auf.«

»Ich denke, hier wohnen Ketzer?«

»Egal, sie hängen uns trotzdem auf. Auch sie halten Drachen für böse«, sagte Ben.

»Aber das stimmt.« Yanko wandte sich an Nica. Er klang erstaunt. »Wie nennen Ketzer eigentlich Leute, die aus ihrer Sicht etwas Falsches glauben? Du musst das doch wissen, dein Vater war einer.«

»Er nannte sie Ungläubige. Oder auch Ketzer.«

»Und kam er da nicht durcheinander? Ich meine, er war ja schließlich selbst ein Ketzer. Wie brachte er seine Leute nicht mit den anderen durcheinander, wenn er von Ketzern sprach?«

»Er sah sich selbst und die seinen nicht als Ketzer, sondern als Rechtgläubige an.«

»Und der Orden? Was war dann der Orden der Drachenritter für ihn?«

»Das waren natürlich Ketzer. Sein Orden, der Orden der Freiritter, war für ihn der wahre und rechtgläubige Orden.«

Yanko lachte, aber Ben sah Nica an. Sie hatte leise gesprochen und Blickkontakt mit Yanko vermieden. Zum ersten Mal fragte er sich, ob es etwas bedeutete, dass Nica auch eine Ketzerin sein musste, schließlich war sie die Tochter eines solchen. Hielt sie ihren Glauben vor Yanko geheim, so wie sie den Kuss geheim hielt? Doch konnte sie noch immer ihrem alten Glauben anhängen, obwohl sie nun geflügelte Drachen kannte? Wie einfach konnte man einen Glauben von sich werfen, wenn er einem jahrelang als einzige Wahrheit eingetrichtert worden war?

»Wann seid ihr wieder da?«, wollte Aiphyron wissen.

»Keine Ahnung.« Ben zuckte mit den Schultern. »Wir wissen nicht, wie groß die Stadt ist und wann wir den Hohen Norkham finden. Das kann dauern, macht es euch hier also erst einmal gemütlich.«

Als sie sich Vierzinnen näherten, hatte sich die Sonne noch nicht über den Bergrücken erhoben, im Schatten der Gipfel war es dämmrig. Ben hatte sie mit sicherem Tritt quer über den streckenweise bewaldeten Hang geführt, und seit wenigen Schritten folgten sie nun der breiten, holprigen Straße, die aus dem diesigen Tal zur Siedlung hinaufführte.

Trotz des noch schwachen Lichts konnten sie erkennen, woher die Stadt ihren Namen hatte. Sie erhob sich über vier mächtige Felszinnen, die in unregelmäßiger Reihe nebeneinander aus dem Berg wuchsen und von denen die kleinste bestimmt siebzig Schritt durchmaß, die größte wohl über einhundertfünfzig.

Hoch ragten sie alle vier auf, und die oberste Hälfte einer jeden schien von Wohnhöhlen oder zahlreichen Kellerräumen durchzogen zu sein. Sauber gehauene und gleichmäßig angeordnete Fenster saßen dort im Fels, die meisten hatten die Form eines Spitzbogens, viele waren mit grünen, blauen oder orangefarbenen Fensterläden ausgestattet, die fast ausnahmslos geschlossen waren. Ben zählte je nach Zinne zwischen sieben und dreizehn Ebenen, in denen irgendwer zu wohnen schien, eine gewaltige unterirdische Siedlung. Einige Fenster waren so groß, dass sich dahinter gut ein Tempel, eine Versammlungshalle oder ein anderweitig genutzter

Raum verbergen konnte, der einem Drachen ausreichend Platz bot.

Auf den Felsen selbst drängte sich ein schmales, spitzgiebeliges Haus an das andere, manche balancierten so nah an der äußersten Kante der Felsen, dass es wirkte, als wollten sie jeden Moment in die Tiefe springen. Licht brannte kaum irgendwo, die Stadt schien noch zu schlafen. Auf den überwiegend blauen Dachziegeln schimmerte der Morgentau. Es war ein intensives, helles Blau mit unregelmäßigen weißen Einsprengseln, das an die Farbe von Flusstaubeneiern erinnerte. Nicht weit über den Dächern kreisten große, dunkle Vögel.

Zahllose Brücken verbanden die Felszinnen miteinander, sowohl die Gebäude oben als auch die aus dem Stein gehauenen Siedlungen darunter. Es gab schmale, schlichte Hängebrücken, aber auch breite, mit zahlreichen Laternen, Türmchen und Zinnen verzierte Konstruktionen aus Stein, auf denen bestimmt drei Kutschen nebeneinander fahren konnten – oder ein großer Drache bequem mit schlenkerndem Schwanz entlanglaufen.

Sanfter Wind war aufgekommen und strich über die Gebirgskette hinweg. Er wehte die Geräusche aus dem Tal nach oben, das Plätschern von Wasser, das hungrige Blöken wilder Bergschafe und den Gesang eben erwachter Vögel.

Die Straße führte direkt auf den ersten Felsen zu und wand sich dann als breite Rampe um ihn herum. Das Stadttor musste sich auf der Rückseite befinden. Dort war es der nächsten Zinne zugewandt, so dass ein Angreifer, obwohl noch vor dem verschlossenen Tor, einen Teil der Stadt vor sich und einen weiteren in seinem Rücken hatte. Dank dieser ausgeklügelten Bauweise war er praktisch eingekesselt und konnte von wenigstens zwei Seiten aus bekämpft werden, obwohl eigentlich er die Stadt als Belagerer hatte einkreisen wollen.

»Die ist uneinnehmbar.« Mit offenem Mund starrte Yanko hinüber und blieb stehen. »Jetzt verstehe ich, warum hier irgendwelche Ketzer unbehelligt leben können.«

»Außerdem sind wir hier am Rand des Großtirdischen Reichs«, fügte Nica hinzu und atmete tief durch. »Ihr wisst selbst, wie wenig sich der König und der Orden um Trollfurt gekümmert haben.«

»Aber in Trollfurt gab es keine Ketzer«, sagte Ben und trieb die anderen weiter. Ausruhen konnten sie schließlich auch in Vierzinnen, während sie sich nach dem gefangenen Drachen umsahen.

»Glaub mir, mein Vater und seine Arbeiter waren nicht die Ersten.«

»Bist du sicher?«

»Ja. Und das alles hätte auch niemanden interessiert, Hauptsache, eine Stadt hat einen Hellwahtempel und schickt pünktlich die Abgaben. Niemand wäre gekommen, hätte es nicht die Gerüchte um neue Blausilberfunde in der alten Mine gegeben. Doch so schickte der Orden einen Ritter mitsamt Jungfrau, denn er witterte Geld. Das interessiert ihn. Was ein paar Menschen an der Grenze glauben, ist ihm egal, solange sie stillhalten.«

»Das kann uns nur recht sein«, sagte Ben nach einer Weile. »Dann dürften uns hier auch keine Steckbriefe des Ordens erwarten. Ein Ort, an dem wir nicht gesucht werden, das gefällt mir.«

So locker die letzte Bemerkung hatte klingen sollen – je näher er der Stadt kam, desto deutlicher stiegen die Erinnerungen an Falcenzca in ihm hoch. Trampelnde Schritte, die hinter ihm über das Pflaster hetzten, geifernde Schreie: *Meiner, er ist meiner!*

Unwillkürlich schielte er über die Schulter, doch die Straße hinter ihnen war so verlassen wie die gesamte Bergflanke. Aber auch wenn er sich hundertmal beruhigte, sie würden nun eine Ketzerstadt betreten, wo der Orden sicherlich keine Steckbriefe aufhängte, ganz wurde er die Angst vor einer Entdeckung nicht los. Mit Sicherheit wussten sie rein gar nichts über diese Stadt, denn keiner von ihnen war je dort gewesen. Die Schreie und hetzenden Schritte gieriger Verfolger hatten sich zu sehr in ihm festgesetzt und brodelten jetzt hoch, ohne dass er es verhindern konnte. Da half keine Vernunft. Wütend knurrte er sie nieder, er wollte kein Feigling sein.

Schritt um Schritt stiegen sie die Rampe hinauf. Die Felswand zu ihrer Linken war rissig, hier und da wuchsen spärlich Gräser oder kleine Blumen mit fingernagelgroßen roten Blüten und herzförmigen stacheligen Blättern in einer Spalte.

»Gut, dass Aiphyron nicht dabei ist. Der würde jede zweite Blume ausreißen und fragen, ob sie eine Feuerblume sei.« Grinsend deutete Yanko auf die Pflanzen im Stein und zwinkerte Ben und Nica zu. »Wir bräuchten ewig.«

Ben und Nica lachten. Wenn Yanko dieses schelmische Grinsen aufsetzte, konnte man einfach nicht anders. Und doch war es nicht allzu laut. Zu viele Gedanken an einen geldgierigen Mob steckten in Ben, und Nica war sichtlich angespannt. Sie kaute auf ihrer Unterlippe herum, der Blick irrlichterte hin und her, dann blitzten wieder Wut und Hass in ihren Augen auf und die Lippen bewegten sich, als führe sie lautlose Selbstgespräche. Gut möglich, dass sie diesen Norkham beschimpfte, den sie gleich in die Finger zu kriegen hoffte. Dass sie wieder und wieder eine Rede übte, mit der sie ihm allen Hass ins Gesicht spucken wollte.

Doch als sie schließlich das Tor auftauchen sahen, verging ihnen selbst dieses leise Lachen. Es war ein mächtiges Tor aus dunklem Holz, an das kopfgroße, fleckige, spitz zulaufende Buckel aus dunkel gestrichenem Stahl genagelt waren, wie auch flache, stilisierte Gesichter von Vögeln und Wölfen. Der eine Flügel wurde eben von zwei Männern aufgeschoben. Einer gähnte ausgiebig, während sich der andere intensiv unter der blau-roten Uniformmütze kratzte. Keiner von beiden achtete auf die zwölf Galgen, die in Reih und Glied vor dem Tor errichtet waren, alle links von der Straße und mit dicken Ketten im Fels verankert. Nur an einem einzigen Galgen baumelte kein Toter im Morgenwind.

Ben wollte auf keinen Fall hinsehen, und doch schweifte sein Blick wie unter Zwang über die elf Gehenkten hinweg, über ihre eingefallenen und mit Tau benetzten Gesichter. Die Münder standen offen, die Augen starrten ins Leere. Ben schauderte, er musste schlucken.

Seit Tagen mussten sie hier hängen, doch ihre Hände waren noch immer auf den Rücken gefesselt. Haare und Kleidung waren vom Wetter zerzaust, niemand hatte es gewagt, ihnen die Schuhe zu stehlen. Auf einem der Galgen saß ein großer Nachtadler mit schwarzem Gefieder und starrte Ben mit fahlen Augen an. Krächzend tapste er auf dem Balken hin und her und plusterte sich drohend auf. Ben sah zu dem Vogel hinauf und konnte so endlich den Blick von den Toten lösen.

Die beiden Torwächter schlurften wieder in die Stadt zurück, ohne auf die Neuankömmlinge zu achten.

»Was soll das?«, hauchte Nica.

»Abschreckung«, sagte Yanko mit dünner Stimme und

räusperte sich. »So wollen sie mögliche Feinde abschrecken und zeigen, dass mit ihnen nicht zu spaßen ist.«
»Auch in Friedenszeiten?« Nicas Stimme klang hoch. »Die können doch nicht jede Woche jemanden aufhängen, nur für den Fall, dass ein möglicher Feind vorbeikommt.«
»Woher soll ich das wissen? Dein Vater war Ketzer, nicht meiner.«
»Wir haben nie jemanden zur Abschreckung vor unseren Stadttoren aufgeknüpft! Nie!«

Wir, sie hatte *wir* gesagt, dachte Ben, aber er schwieg. Eigentlich war es egal, ob sie ein Ketzer gewesen war oder nicht. Von ihrem Vater hatte sie sich an seinem Grab losgesagt und sie wurde von Rachegedanken gegenüber einem Ketzer getrieben. Sie gehörte nicht mehr zu ihnen, und nur darauf kam es an, darauf, was sie heute dachte, glaubte und fühlte. Ben hatte früher ja auch Ordensritter werden wollen, und jetzt verabscheute er sie. Es war seltsam, dass er sich dennoch Gedanken darüber machte, dass Nica Ketzerin gewesen war. Als mache das einen Unterschied, dass sie mit anderen Lügen aufgewachsen war als er.

Der Nachtadler schrie.

»Schon gut«, sagte Yanko. »Vielleicht hängt dort einfach eine Räuberbande, die die Stadt lange in Atem gehalten hat.«

»Und warum nimmt sie niemand runter?« Anklagend sah Nica Yanko an, als hätte er die elf Menschen eigenhändig aufgehängt.

Yanko zuckte mit den Schultern.

»Das müssen wir drinnen herausfinden«, murmelte Ben und ging weiter. Er hielt sich möglichst weit rechts und starrte stur geradeaus. Weder wollte er die Steilwand zu seinen Füßen hinabblicken noch in die Augen der baumelnden Toten.

Er hörte, wie Nica und Yanko ihm mit vorsichtigen Schritten folgten.

Als er auf der Höhe des dritten Galgens angekommen war, nagte die Neugier jedoch zu stark an ihm, und er schielte vorsichtig zu dem Gehenkten hinüber, jederzeit bereit, den Blick sofort zu senken. Das Alter des Mannes ließ sich nicht mehr so einfach schätzen, doch er war groß und kräftig, und seine Kleidung aus gutem Tuch gefertigt. Der linke Ärmel seines Hemds war bis zum Ellbogen hochgekrempelt und gab den Blick auf das untere Ende einer Tätowierung frei, die sich über den Oberarm erstrecken musste. Es war der detailreich gestochene, gewundene Schwanz eines grünen Drachen. Demnach musste der Tote ein Ketzer gewesen sein.

Natürlich, dachte Ben. Wenn hier in erster Linie Ketzer leben, müssen wohl auch die Räuber aus der Umgebung Ketzer sein.

Er sah auf zu dem Mann am Galgen, doch der drehte sich in einer Windbö und starrte nun auf das Stadttor. War das etwa ein Zeichen?

Wahrscheinlich. Die Welt steckte voller Zauber, gerade auf Friedhöfen und an Hinrichtungsstätten und überhaupt an jedem Ort, wo der Tod zu Hause war.

Doch was wollte der Tote ihm damit sagen?

Nichts. Ben schüttelte den Kopf, er hatte mit ihm nichts zu schaffen, hatte ihn nicht gekannt. Warum sollte er also zu ihm sprechen?

Im Weiterstapfen warf er wie unter Zwang immer wieder kurze Blicke auf die anderen Toten. Drei waren Frauen, und einer schien nicht viel älter als Ben selbst gewesen zu sein, doch jetzt war seine Haut grau. Keiner von ihnen schien Armut gelitten zu haben, kein Kleidungsstück war geflickt, hie und da sah Ben sogar Schmuck blitzen. Nicht einmal der war ihnen nachts gestohlen worden.

»Das waren keine Räuber, sicher nicht«, raunte er den anderen über die Schulter zu, als er nur noch wenige Schritte vom Tor entfernt war. Längst mussten die Wächter sie gesehen haben, und wenn sie laut redeten, konnten die sie wahrscheinlich verstehen.

»Das glaube ich auch nicht«, flüsterte Yanko. »Hier stimmt irgendwas nicht.«

»Ganz und gar nicht. Am besten sagen wir erst mal niemandem, was wir hier wollen.«

»Natürlich nicht.« Nica drängte Ben in Richtung Tor. »Nur lass uns erst einmal reingehen, ich will weg von diesen verdammten toten Augen.«

Der Nachtadler ließ ein klagendes Krächzen hören.

Den Wächtern erzählten sie, dass sie hier waren, um für Yankos Onkel nach Geschäftsbeziehungen zu sehen. Ihre Namen nannten sie nicht. Ebenso verschlafen wie wortfaul, ließen die beiden Torwächter sie ohne Aufhebens passieren. Sie sprachen in einem ungewohnten Dialekt, die meisten Worte klangen harscher als im Norden, nur das R wurde weicher gerollt.

Ben wagte es nicht, sie nach den Gehenkten zu fragen. In der Stadt würden sie schon alles Nötige erfahren.

EIN EISIGER HAUCH

»Wo ist der Kerl hin?«, fragte der blonde Ordensritter mit dem buschigen Schnurrbart, der ihm neben den verkniffenen Mundwinkeln bis zum Kinn hinabreichte. Anula wusste nicht, der wievielte Ritter es war, der ihr dieselbe Frage stellte, immer wieder. Sie wusste nicht, wie er hieß und warum er nicht müde wurde, sie zu befragen.

Längst hatte er aufgehört, sich die Fingernägel mit seinem Dolch zu reinigen. Wahrscheinlich hatte er eingesehen, dass er sie damit nicht beeindrucken konnte, vielleicht hatte er sich auch einfach nur schmerzhaft gepiekst oder Angst, die Nägel mit der Klinge irgendwann ganz abzutragen. Dreck zum Herauskratzen konnte sich dort schon seit gut einer Stunde nicht mehr befinden.

»Ich weiß es nicht«, hauchte Anula mühsam und zum tausendsten Mal. Noch immer zitterte sie am ganzen Körper, seit zwei oder drei Tagen wich die beißende Kälte nicht aus ihrem Körper. Wie lange genau sie hier war, konnte sie nicht sagen, in der fensterlosen Zelle konnte sie die Zeit schwer schätzen. Meistens dämmerte sie vor sich hin.

Tief saß die Kälte in ihr und füllte sie vollkommen aus, hatte jeden Knochen und jeden Muskel befallen. Ihr Herz schlug nur noch langsam und gedämpft, als läge es unter einer hohen Schneedecke. Wenn sie die Hand auf die Brust legte, fand sie das Pochen nicht. Doch es musste da sein.

Bei jeder Bewegung knirschte jedes Gelenk, als wäre es eingefroren. Freiwillig bewegte sie sich kaum. Sie lag oder saß auf der mickrigen Pritsche, starrte vor sich hin und dachte an den kalten weißen Drachen mit den eisigen Augen, der schnüffelnd auf sie zugetrabt war und sie mit einem Hauch in Starre versetzt hatte. Ein weißer Drache des Hohen Abts, der immer dann ausgesandt wurde, wenn es galt, einen schlimmen und gefährlichen Feind des Ordens zu jagen. Was hatte Ben nur getan?

»Ich weiß, dass du ihn kennst«, knurrte der Ritter und knackte drohend mit den Knöcheln. »Der Diener an Herrn Dicimes Palasttor hat mir verraten, dass der Junge ausdrücklich nach dir gefragt hat. Es gibt Zeugen, die mir eifrig versichert haben, dass du dich mit ihm zu einem geheimen Gespräch zurückgezogen hast. Geheimes Getuschel, was? Eine verbotene Liebschaft? Oder doch eher eine Verschwörung gegen den heiligen Orden und das Großtirdische Reich?«

Sie schwieg. Sie hatte keine Angst davor, verprügelt zu werden, sie fühlte rein gar nichts, kein Glück, keine Freude, keine Angst, nur diese nagende Kälte. Ihr eisiger Körper war so taub, sie würde wohl nicht einmal die Faustschläge spüren. Oder sie würde in tausend Stücke splittern wie ein Eiszapfen. Was machte das schon, sie konnte ihr Herz nicht mehr hören, möglicherweise war sie sowieso schon tot.

»Vor Wochen war er schon einmal bei dir. Ich weiß alles!« Grimmig starrte er sie an. »Rede, verdammt noch mal, rede! Du gehörst zu seinen Verschwörern, du bist seine Spionin in Falcenzca!«

»Ich bin keine Spionin.«

»So? Und warum, bei Samoths unheiligem Namen, schützt du ihn dann?«

»Ich schütze ihn doch gar nicht! Ich weiß nur nicht, wo er ist.«

»Ach so? Das ist alles?«

»Ja.«

»Und warum hast du dann nicht nach uns gerufen, als er bei dir aufgetaucht ist?«

Genau das hatte sie sich seither schon tausendmal gefragt. Was hatte sie zurückgehalten? Sie konnte doch nicht ernsthaft verliebt sein in diesen kleinen verlogenen Verbrecher ohne Manieren! Er war sogar jünger als sie. Er war eine viel zu schlechte Partie, und doch hatte sie etwas gefühlt, etwas, das sie nun nicht mehr zurückrufen konnte, denn ihr Herz war so leise und von Kälte umhüllt. Doch sie erinnerte sich, dass es bei dem Gedanken an Ben schneller geschlagen hatte, dass er oft ihre Gedanken besetzt und sie nie das Glück vergessen hatte, das spürbar durch ihre Hände geflossen war, als sie mit ihm die Schulterknubbel von Schilfrücken berührt hatte. Wo war dieses Glück jetzt? War das alles echt genug gewesen, um ihn nicht zu verraten? Hätte sie es getan, wäre sie jetzt frei und reich. Doch diese Gedanken gingen den Ritter nichts an.

»Ich habe niemanden gerufen, weil ich ihn nicht als den gesuchten Ketzer erkannt habe«, sagte sie zum wiederholten Mal. »Dabei hätte ich liebend gern die tausend Gulden eingestrichen, glaub mir, dann wäre ich jetzt reich und keine Dienerin mehr.«

Ein dünnes Lächeln zeigte sich auf den Lippen des Ritters. Langsam ging er auf sie zu und beugte sich zu ihr herunter, bis sein Gesicht nur noch eine Handbreit von ihrem entfernt war. Sein Atem stank nach Zwiebeln, Fisch und Bier, doch sie zuckte nicht zurück. Sie war um jedes bisschen Wärme froh, das ihren Körper erreichte.

»Selbst wenn ich dir glauben würde, dass du mit ihm nicht

gemeinsame Sache machst, dass er auch dir etwas vorgespielt hat, dass du nicht wusstest, dass er ein Verräter ist, bleibt es eine Tatsache, dass du ihn kennst«, sagte er. »Und deshalb weißt du, wohin er sich gewandt haben *könnte.* Das ist die Gelegenheit, deinen guten Willen zu zeigen, uns zu helfen. Sei nicht verstockt, gib dir ein wenig Mühe. Rate seinen Aufenthaltsort, versuch dich zu erinnern, was er gesagt hat. Wenn du schon nichts mit ihm zu tun haben willst, ich würde ihn wirklich gern finden.«

»Meinst du nicht, dass der weiße Drache ihn sowieso findet?«

»Du sagst es, er wird auf jeden Fall gefunden.« Das Lächeln des Ritters wurde breiter, er bemühte sich sichtlich, freundlich zu wirken. »Damit sollte dir also klar sein, dass du ihn nicht retten kannst. Nur dich selbst. Hilf mir also, damit ich ihn vor dem Drachen aufspüre. Dann bleibt ihm die Kälte erspart.«

Daher weht also der Wind, dachte Anula. Er wollte die tausend Gulden kassieren, bevor dies einer seiner Mitbrüder tat. Es ging ihm nicht darum, einen gefährlichen Ketzer zur Strecke zu bringen, bevor der anderen weiteres Leid antun konnte, sondern nur um die ausgerufene Belohnung.

»Es tut mir leid«, sagte sie und starrte an die Decke, wo sich in den letzten Tagen Raureif gebildet hatte, weil ihr Körper so viel Kälte ausstrahlte. »Ich weiß es wirklich nicht. Und ich kann mich an keinen hilfreichen Hinweis erinnern. Er hat nie davon gesprochen, woher er kommt, wohin er geht. Er hat mir nur schöne Augen gemacht.«

»Erfolgreich, wie ich sehe.«

»Pah«, stieß sie so verächtlich wie möglich hervor. »Ich habe ihn weggeschickt. Er ist nicht mein einziger Verehrer, ich finde einen besseren.«

»Das könnte ich dir vielleicht sogar glauben.« Lächelnd streckte er die Hand aus, um ihr über die Wange zu streichen, doch kaum hatte er sie berührt, zuckte er zurück und starrte auf seine Fingerkuppen, die sich plötzlich röteten.

»Du wirst schon noch reden«, knurrte er und stapfte zur Gittertür zurück. »Ich finde einen Weg, dich zum Sprechen zu bringen, und dann hole ich mir diesen Ben. Und seine Freunde.« Wütend verließ er die Zelle. Draußen zog er noch einmal seinen Dolch und fuhr damit klappernd über die Gitter. »Und wie du reden wirst.«

Anula starrte ihm hinterher. In ihrem vereisten Innern regte sich rein gar nichts. Doch als sie daran dachte, dass der weiße Drache Ben finden würde, löste sich eine kleine Eisperle aus ihrem Augenwinkel und fiel zu Boden, wo sie zersplitterte.

VIERZINNEN

Seit einer Stunde liefen sie durch die Straßen von Vierzinnen, die sich zu der frühen Stunde nur langsam füllten. Unauffällig musterte Ben jeden Passanten, achtete darauf, ob ein Erkennen über sein Gesicht huschte, ein gieriger Ausdruck. Er lauschte darauf, ob sich hinter ihnen Schritte beschleunigten und zuckte zusammen, wenn irgendwo ein lauter Ruf ertönte. Doch nie galt irgendetwas davon ihnen, und so beruhigte er sich allmählich.

Die Straßen waren schmal und gewunden, aus dem grauen Felsen gehauen und von den gröbsten Spitzen und Kanten bereinigt. Zwei oder drei breite Wendeltreppen führten auf jeder Zinne in die Tiefe, und so gelangten sie in die unterirdischen Ebenen der Stadt, in der ein vergleichbares Straßennetz von einer Haushöhle zur nächsten führte.

Die Felswände waren vollkommen glatt, die Decken gerundet wie ein Tonnengewölbe. Sowohl Wände als auch Decken waren von kristallinen weißen, gelben und roten Adern durchzogen, die ein stetes Schimmern abstrahlten, so dass jeder Weg in dämmriges Licht getaucht war und niemals Dunkelheit herrschte. Auf der Außenseite waren solche Adern nicht zu sehen gewesen, dort war der Stein von einem schmutzigen Grau. Als sie in der vierten Tiefebene der zweiten Zinne einen Blick in eine Gaststube warfen, sahen sie, dass dort das Strahlen der Adern mit Hilfe von schwarzen Vorhängen verdeckt werden konnte. Das dürfte vor allem in den Schlafräumen von Bedeutung sein.

»Warum leuchtet der Kristall?«, fragte Ben, doch die anderen zuckten mit den Schultern. Vorsichtig berührte er eine rote Ader. Sie war hart, trocken und gab Wärme ab wie ein Stein, der einen heißen Sommertag lang in der Sonne gelegen hatte. Er zog die Hand zurück. Darüber konnte er sich Gedanken machen, wenn sie ihren Schwur erfüllt hatten.

Oben hatten sie gesehen, dass an den Unterkanten der Dächer Rinnen angebracht waren, die das Regenwasser auffangen konnten. Dieses wurde über weitere Rinnen und Röhren bis zu einer Zisterne hinabgeleitet, die im Zentrum der ersten unterirdischen Ebene jedes Felsens errichtet war. In den untersten Ebenen fand sich jeweils ein Brunnen, der weit über hundert Schritt in die Tiefe gebohrt worden sein musste.

Als sie unbeobachtet waren, ließ Ben in der dritten Zinne, der größten, einen Stein in einen Brunnen fallen. Dessen Aufprall auf dem Wasser konnten sie erst spät und nur gedämpft vernehmen.

»Noch ein paar Meter weiter, und du hättest direkt in Samoths gute Stube getroffen«, sagte Yanko leise. Lauter zu sprechen wagte er nicht, denn unter der Erde sollte man Vorsicht walten lassen mit dem Namen des heuchlerischen Gottes der Tiefe. Dort war man ihm zu nah.

»Komm.« Nervös zog Nica ihn weg und zum Treppenhaus hinüber, ihr schien der Gedanke an Samoth neben diesem Schacht unheimlich. Ben folgte ihnen, doch er sah sich weiter nach menschlichen Verfolgern um, nicht nach einem über einen harmlosen Scherz verärgerten Gott.

Reiß dich zusammen, dachte er. Niemand kannte sie hier, nirgendwo hatte er einen Steckbrief gesehen, und niemand würde sie so verändert überhaupt erkennen. Hier lebten Ketzer, keine Ordensleute. Wenn er nicht aufpasste, würde er über seiner ständigen Vorsicht noch den Verstand verlieren. Hier waren sie sicher. Wer sich fürchten sollte, das war der Hohe Norkham.

Während über der Stadt schwarze Nachtadler kreisten oder krächzend auf den Giebeln saßen, tapsten hier unten dunkel gefleckte Hamster, so groß wie Bens Füße, mit großen gelben Augen durch die Gänge. Sie bewegten sich mit einer Selbstverständlichkeit und inneren Ruhe wie streunende Katzen und Hunde in vielen oberirdischen Städten. Nur beiläufig achteten sie auf die drei Freunde, sie schienen keine Angst vor Menschen zu haben.

Allzu viele waren es nicht, doch Ben hatte seit ihrer Ankunft bestimmt schon drei oder vier gesehen. Und nun entdeckte er einen Hamster, wie er sich an der Wand aufrichtete, mit den kleinen dürren Vorderpfoten am Fels abstützte und hektisch über einen grün schimmernden Kristall leckte. Beschwingt und mit leuchtender Zunge eilte der Hamster nach ein paar Augenblicken weiter, während sich Ben bemühte, zu Nica und Yanko aufzuschließen. Vierzinnen war eine seltsame Stadt.

»Wie wollen wir den Hohen Norkham finden?«, fragte Nica. »Ich habe noch keinen Tempel gesehen, aber wie soll man in dieser verwinkelten Stadt auch den Überblick bewahren?«

Das war eine gute Frage. Ben wusste mit Sicherheit, dass sie noch nicht auf der vierten Zinne gewesen waren, doch er konnte auf keinen Fall beschwören, ob sie schon die fünfte unterirdische Ebene der zweiten Zinne besucht hatten. Und schon gar nicht, ob sie dort jeden Gang abgelaufen waren. Von außen wirkte die Stadt nicht groß, doch für Fremde schien sie ein einziges Labyrinth zu sein.

»Ein Tempel für Hellwah muss im Freien sein, er ist niemals unterirdisch«, erinnerte sie Yanko. Und so stiegen sie wieder hinauf.

»Wenn wir hier jemals rauskommen, will ich nie wieder eine Treppe sehen«, knurrte Ben, als er die hundertundzwölfte Stufe gezählt hatte und noch immer kein Sonnenlicht in Sicht war.

»Wir hätten doch Aiphyron mitnehmen und uns tragen lassen sollen.« Nica wandte sich um und lächelte Ben schwer atmend an.

Zögerlich lächelte er zurück und senkte den Blick. Er wollte nicht an ihren Kuss denken. Durfte es nicht, Yanko war sein Freund. Doch immer, wenn Nica lächelte, spürte er wieder ihre Lippen auf den seinen, und das machte ihn wütend auf sie und auf sich selbst.

Er zwang seine Gedanken zu Anula, obwohl er es sich verboten hatte. Oder besser: versucht hatte, es sich zu verbieten. Aber es half, ihn abzulenken. Nur, warum hatte nicht sie ihn geküsst statt Nica? Alles wäre nun viel einfacher. Außerdem war sie viel schöner als die hinterhältige Küsserin mit dem verschnittenen blonden Haar! Bestimmt lag sie jetzt noch im weichen Bett oder scheuchte hochnäsig andere Dienerinnen durch die Gegend. Sollte sie doch ihr bequemes Leben weiterleben und es sich in Falcenzca gutgehen lassen! Wieder und wieder hatte er das in den letzten Tagen gedacht, doch nun schwang in dem Gedanken immer stärkeres Bedauern mit, dass sie nicht hier war. Warum nur war sie nicht mitgekommen? Und warum hatte sie ihn trotzdem nicht verraten? Es fiel ihm immer schwerer, ihr ewige Einsamkeit zu wünschen.

Als sie schließlich an die Oberfläche kamen, stellten sie fest, dass sie hier noch nicht gewesen waren; beim Wechsel von der zweiten auf die dritte Zinne hatten sie eine Brücke benutzt, die zwei unterirdische Ebenen miteinander verband.

Schulterzuckend folgten sie der nächstbesten Gasse und erreichten eine schmale, leicht abwärts führende Brücke, die zur vierten, ein paar Schritt tiefer liegenden Zinne hinüberführte. Auf den ersten Blick erkannten sie, dass dort nur der Rand bebaut war. Schmale Häuser reihten sich an steinerne Schuppen, Ställe und mannshohe Mauern. Die gesamte Innenfläche war frei und stellenweise dicht mit saftigem Gras bewachsen, in der Mitte erhob sich ein halbes Dutzend kleinerer Felsen. Auf ihnen und um die Felsen herum tummelten sich zahlreiche langhaarige Trauerziegen, die ihren Namen dem stets mürrischen Gesichtsausdruck und ihrer behäbigen Art verdankten. Dennoch reizte man sie besser nicht, denn ihre Hörner waren spitz und lang. Es gab Bauern, die erklärten ihren Kindern, die Ziegen hätten ihre schwermütigen Augen von der Trauer über all die unartigen Jungen und Mädchen, die sie in ihrer aufbrausenden Wut auf die Hörner genommen hatten. Hinterher täte es ihnen leid, doch dann sei es zu spät.

Noch während sie die behäbig vor sich hin kauenden Ziegen beobachteten, schwappte ein tiefes Fauchen über Vierzinnen hinweg.

»Ein Drache!«, stieß Ben hervor.

»Woher kam das?« Hektisch sah sich Nica um.

»Keine Ahnung«, sagte Yanko. »Meint ihr, das war er wirklich?«

»Natürlich war das ein Drache.«

»Das ist klar. Aber wer sagt denn, dass es hier nur den einen gibt?«

»So groß ist die Stadt nicht.«

»So klein auch nicht!«

»Ja und? Ganz Trollfurt hatte jahrelang keinen einzigen Drachen!«

»Trollfurt hatte gar nichts, Trollfurt liegt am letzten Ende der Welt!«

»Ach, und das hier ist der pulsierende Nabel der Welt, oder was?«

»Könnt ihr mal aufhören?«, giftete Nica. »Trollfurt ist hier völlig egal. Woher kam das Fauchen?«

»Daher«, sagten Ben und Yanko zugleich und deuteten in völlig unterschiedliche Richtungen.

Seufzend folgte Nica einer Straße, die etwa in der Mitte beider ausgestreckten Arme entlangführte. Den ganzen Tag schon war sie nervös und angespannt, kaute auf ihrer Unterlippe herum und trommelte im Laufen immer wieder mit den Fingern gegen ihren Oberschenkel. Auch wenn sie es manchmal mit einem Scherz zu überspielen suchte, sie dachte nur daran, dem Mann gegenüberzutreten, der dafür verantwortlich war, dass sie an den Opferpfahl gebunden worden war. Ben konnte nur Wut und Hass in ihren Augen brennen sehen, der Drache, den zu befreien sie geschworen hatte, war ihr egal.

Aus einer Bäckerei drang der Duft frischen Brots, ein Metzger balancierte auf einem Stuhl und polierte mit hochgereckten Armen sein Ladenschild, ein Schmied brüllte hinter verschlossener Tür seinen Lehrling an, warum das Feuer noch nicht brenne. Mit missmutigen Gesichtern stapften die Menschen auf der Straße teilnahmslos vorbei. Nur wenige warfen sich einen Gruß zu, manche nickten kaum merklich, niemand schien guter Laune zu sein. Keiner hatte es eilig, von der hektischen Betriebsamkeit Falcenzcas fehlte hier jede Spur.

Ben, Nica und Yanko wurden dagegen häufig misstrauisch gemustert. Niemand fragte, woher sie kamen, doch jeder schien zu wissen, dass sie Fremde waren. Und Fremde schienen hier nicht willkommen. Doch so sehr Ben auch darauf achtete, auf keinem Gesicht blitzte die Freude auf, bald einen Haufen Geld einstreichen zu können. Niemand versuchte, ihrer habhaft zu werden, man ging ihnen einfach aus dem Weg wie einem räudigen streunenden Hund.

Eine Frau, die vom Alter her ihre Mutter hätte sein können, drückte sich in den Eingang eines Fischladens und wartete mit der Hand auf der Klinke, bis sie vorbei waren, jederzeit bereit, ins sichere Innere zu fliehen. Dabei starrte sie Ben durchdringend an.

»Das ist echt seltsam«, raunte Ben, vorsichtig darauf bedacht, von keinem Stadtbewohner gehört zu werden.

»Ja, ein Fischer hier oben. Wo will der denn angeln? Im Brunnen?« Yanko breitete die Arme aus. »Oder seht ihr hier irgendwo fliegende Fische?«

»Fieberschwätzer! Unten im Tal fließt ein Fluss oder drüben in der Klamm. Ich meinte die Leute. So griesgrämig und misstrauisch. Dabei kann hier doch kein Steckbrief von uns hängen, oder?«

»Hör doch damit auf! Du wärst auch nicht anders, wenn vor deiner Stadt elf Gehenkte baumelten«, zischte Nica, und ihre Stimme wurde mit jedem Wort lauter. »Es ist die Stadt des verdammten Hohen Norkham, der meinen Vater dazu gebracht hat, mich zu opfern! Was habt ihr erwartet? Freundliche Onkel und Tanten?«

»Psst!«, machte Ben; das musste doch nicht jeder hören. Im selben Moment legte ihr Yanko beruhigend die Hand auf den Arm. Dann beugte er sich vor, als wolle er sie küssen. Ben sah weg.

Schweigend gingen sie weiter. Als sie schließlich das Gefühl hatten, die Zinne bereits dreimal umrundet zu haben, stießen sie plötzlich auf einen kleinen Platz, den sie noch nicht kannten. Dort stand ein weißer Tempel mit zahlreichen Säulen um die Außenwände, deren wuchtige Kapitelle mit allerlei stilisierten Pflanzen, Tieren und flügellosen Drachen verziert waren. Über dem Eingang prangte eine goldene vielstrahlige Sonne.

»Endlich«, stieß Nica hervor. Hasserfüllt starrte sie hinüber.

»Nicht rennen«, raunte Ben, um sie vor unüberlegten Handlungen zu bewahren. Sie waren zum Auskundschaften hier, nicht um den Hohen Norkham schon jetzt mit zornigen Tiraden zu überschütten.

So schritten sie gemütlich über den verlassenen Platz. Die Fensterläden der meisten umstehenden Häuser waren verschlossen, ebenso das Tor des Tempels. Yanko fragte, ob es bei Ketzern nicht üblich sei, den Tempel für Gläubige offen zu lassen.

»Doch«, sagte Nica und rüttelte verzweifelt an der geschwungenen Klinke aus polierter Bronze, wieder und wieder. Dann ließ sie sich auf die Stufen davor sinken. »Ich bin müde, so müde.«

Auch Yanko und Ben setzten sich. Sie waren die ganze Nacht geflogen und den ganzen Morgen Treppen und Gassen rauf- und runtergerannt. Sie hatten keine Kraft mehr, etwas anderes zu tun als dazusitzen und die Beine auszustrecken. Den Drachen hatten sie auch nicht mehr gehört.

»Soll ich uns bei dem Bäcker da vorn was holen?«, fragte Ben nach einer Weile und tastete nach den letzten Münzen in seiner Hosentasche. So wenig er aufstehen wollte, der Bauch knurrte, und er besaß noch sechs oder sieben kleinere Münzen. Ihr beinahe einziges Vermögen bestand aus dem Blausilber, das sie aus der Trollfurter Mine mitgenommen hatten und das nun bei den Drachen in einem Beutel lag. Sie hatten noch keine Möglichkeit gefunden, es zu Geld zu machen.

»Lass uns nur kurz durchatmen. Dann gehen wir alle. Wir haben keine Zeit zum Herumsitzen.« Mit einem Fluch schleuderte Nica einen Kiesel quer über den Platz. »Irgendwo muss die elendige Darmgeburt doch stecken!«

Schweigend atmeten sie also durch, während sich die Sonne langsam über den Bergrücken erhob. Von hier aus konnten sie es nicht direkt beobachten, doch sie sahen ihr Licht hell auf den noch immer taufeuchten Dächern glitzern. Irgendwo in der Nähe wurde eine Tür geöffnet, schwere Schritte entfernten sich.

Ben betrachtete seine Hände. Bald würde er mit ihnen einen weiteren Drachen kennenlernen und befreien. Seine Gabe verband ihn mit diesen Wesen. Egal, wie fremd sie waren, er fühlte sich ihnen vertraut. Doch wie vertraut waren sie Yanko und Nica? Er war immer davon ausgegangen, dass die beiden ähnlich empfanden wie er, doch weder waren sie Drachenflüsterer noch tagelang allein mit einem Drachen durch die Wildnis gereist. Wie hätten sie also eine ähnliche Beziehung zu ihnen aufbauen können? Natürlich trugen die Drachen die beiden, sprachen und alberten mit ihnen herum, aber hatten Yanko und Nica wirklich begriffen, dass Drachen mehr als Reittiere und große sprechende Haustiere waren? Anders als Menschen, aber ganz sicher keine untergeordneten Tiere, obwohl das ganze Großtirdische Reich sie so behandelte. Nica wurde von ihrer Rache getrieben, und Yanko war beim Schwur auf ihrer Seite gewesen. Verstanden die beiden wirklich, wie wichtig es war, Drachen zu befreien?

Noch bevor er diese Gedanken richtig ordnen konnte, schlenderte ein Junge mit kurzen, dunkelblonden Locken auf den Platz, vielleicht zwei oder drei Jahre jünger als sie. Kurz stutzte er, dann kam er auf sie zu. Er war barfuß und trug eine abgeschabte, geflickte braune Hose, die ihm bis knapp übers Knie reichte, und ein weites weißes Hemd, das fleckig und ausgebleicht war und zur Hälfte aus dem Bund gerutscht. Um das rechte Unterbein ringelte sich die Tätowierung eines grünen Drachen – Ben konnte die vier Klauen sehen, die sich ins Schienbein zu krallen schienen, und den langen Schwanz, der sich oberhalb des Knöchels zweimal rundum wand. Direkt vor ihnen blieb der Junge stehen und lächelte vorsichtig mit zusammengekniffenen Augen. Es war das erste Lächeln in Vierzinnen, das sie sahen. Er erinnerte Ben an sich selbst, wie er früher allein und doch pfeifend durch die Straßen von Trollfurt gezogen war.

»Der Tempel ist zu«, sagte der Junge.

»Das haben wir gemerkt«, entgegnete Ben. »Aber warum?«

»Warum wollt ihr das wissen?«

»Weil …«, setzte Nica an, zögerte und versuchte es dann mit einem Lächeln statt einer konkreten Antwort. »Wir sind fremd.«

»Das sehe ich. Aber was wollt ihr hier?«

»Jemanden besuchen.«

»Und wen?«

»Du bist ganz schön neugierig für dein Alter, was?«

»Weiß ich.« Der Junge grinste breit. »Also?«

»Und du weißt auch, dass einem die Ohren abfallen können, wenn man zu neugierige Fragen stellt?«, mischte sich Yanko ein.

Einen solchen Unsinn hatte Ben noch nie gehört. Die Nase

konnte einem vielleicht abfaulen ... das hatte zumindest seine Mutter immer behauptet. Aber sie hatte ja auch getrunken.

»Davon habe ich zwar noch nie gehört, aber sag das ihm.« Der Junge deutete auf Ben. »Er hat die erste Frage gestellt, nicht ich.«

Ben und Yanko lachten. Was für ein nassforsches Kerlchen, Ben mochte ihn. »Wie heißt du?«

»Und noch 'ne Frage. Langsam solltet ihr eure Ohren zur Sicherheit besser festnähen.«

Ben, Yanko und Nica sahen sich an. Sie zuckten mit den Schultern, zogen die Nasen kraus, wiegten die Köpfe hin und her und nickten schließlich. Der Junge hatte Recht, sie hatten viele Fragen, und ohne sie laut zu stellen, würden sie wohl keine Antworten bekommen. Sie waren bestimmt zwei oder drei Stunden herumgeirrt und hatten nichts weiter als eine verschlossene Tür gefunden. Erfolgreich war das nicht, viel verdächtiger konnten sie sich ohnehin nicht mehr machen, und der Junge schien trotz seiner schnippischen Art freundlich zu sein.

»Na gut. Kannst du uns sagen, wo wir den Hohen Norkham finden?«

Mit einem Schlag verfinsterte sich sein Gesicht. »Ihr gehört also auch zu ihnen.«

»Was?« Die drei starrten ihn verdutzt an, so verdutzt, dass er stehen blieb, obwohl er sich schon halb abgewandt hatte.

»Zu wem?«

»Na, zum Orden der Drachenritter.«

»Zum Orden? Sehen wir aus wie Ritter?«, fauchte Ben, ohne nachzudenken.

Kritisch musterte der Junge sie von oben bis unten. Langsam entspannten sich seine Züge, und er schüttelte den Kopf.

»Aber ihr könntet verkleidete Knappen sein. Und sie eine Jungfrau. Nehmen Ritter nicht immer Jungfrauen mit auf Reisen?«

»Ja, aber … Heißt das, der Orden ist hier?« Ben klappte der Kiefer herunter. In seinem Kopf ging alles durcheinander, dumpf hörte er die Schreie und trampelnden Füße aus Falcenzca.

»Natürlich. Was glaubt ihr denn, warum der Tempel verschlossen ist?«

»Aber wir haben den ganzen Morgen über keinen Ritter gesehen!« Ben sprang auf und sah sich gehetzt um, ließ den Blick von einem Schatten zum nächsten springen, von einem verhangenen Fenster zur nächsten Gasse. Jeden Moment konnten dort Verfolger auftauchen. »Wo sind sie?«

»Schlafen wahrscheinlich noch ihren Rausch aus.«

»Dann sollten wir jetzt besser gehen«, sagte Ben und hätte sich sofort auf die Zunge beißen können. Eigentlich hatten sie den Jungen aushorchen wollen und nichts über sich verraten.

Der Junge wirkte schlau genug, sich auf diesen Satz einen Reim zu machen, und tatsächlich musterte er Ben nun misstrauisch. Ben zwang sich zu einem Lächeln, er durfte keine Angst zeigen.

»Erst möchte ich aber wissen, wo der Hohe Norkham ist«, sagte Nica mit versteinertem Gesicht.

»Ich sagte doch, ich weiß es nicht.«

»Du weißt nicht, wo sein Haus ist?«

»Natürlich weiß ich das. Doch es ist so verlassen wie der Tempel.«

»Und? Warum? Wieso? Jetzt lass dir doch nicht alles aus der Nase ziehen! Bitte.«

»Ich glaube, du bist eine Jungfrau.« Angriffslustig schob der Junge den Unterkiefer vor und sah nun beinahe so mürrisch aus wie alle anderen Bewohner der Stadt.

Yanko konnte ein Grinsen nicht unterdrücken, Ben dagegen schielte in alle Richtungen, ob nicht irgendwo ein Ordensritter auftauchte. Wie konnten die anderen nur so ruhig bleiben? *Nimm dir ein Beispiel an ihnen und reiß dich zusammen.*

Nica presste die Lippen aufeinander und wurde rot, doch sie begann, mit zitternden Fingern ihr Hemd aufzuknöpfen, hinunter bis zwischen ihre Brüste. Dann zog sie den Stoff links der Knopfleiste zur Seite, so dass die gesamte Schulter und die obere Hälfte des Busens frei lagen.

Mit offenem Mund glotzte der Junge dorthin, und auch Ben konnte nicht wegsehen, so sehr er es sich auch befahl. *Schau weg, du bekommst schon ihren Kuss nicht aus dem Kopf, lass nicht noch das hinein!* Doch es half nichts, er gaffte hinüber, und sein Mund wurde trocken. Erst im zweiten Moment wurde ihm klar, warum sich Nica so weit entblößt hatte. Auf der nackten Haut dort schlängelte sich der tätowierte Drache der Ketzer.

»Und? Gesehen?«, fauchte sie.

Der Junge nickte und schluckte. Seine Wangen waren nun von einer mindestens so dunklen Röte überzogen wie ihre, doch seine Augen glänzten.

»Gut.« Hastig bedeckte sie wieder ihre Brust. »Denkst du jetzt immer noch, dass ich die Jungfrau eines Ordensritters bin?«

Stumm schüttelte er den Kopf.

»Ja, da hat's dir die Sprache verschlagen, was? So was siehst du nicht jeden Tag, hm? Andere haben da mehr Glück ...« Yanko grinste breit und fing sich prompt einen bösen Blick von Nica ein. Mit erhobenen Händen wich er einen halben Schritt zurück.

»Seid ihr beide auch Ketzer?«, wollte er nun von Ben und Yanko wissen.

Bevor sie antworten konnten, verneinte Nica, beteuerte aber, dass sie welche werden wollten. »Deshalb sind wir auf der Suche nach dem Hohen Norkham.«

»Er ist geflohen«, sagte der Junge und musterte Nica weiterhin neugierig. Langsam kehrte seine normale Gesichtsfarbe zurück, und Ben glaubte in seinem Blick etwas wie Freude schimmern zu sehen und unterdrückte ein Grinsen. Das zu sehen, hatte er wohl nicht erwartet. »Ihm ist es gerade noch gelungen, durchs Fenster zu springen, als sie vor seiner Tür auftauchten.«

»Mit dem Drachen?«, fragte Ben ungläubig.

»Nein, ohne. Wieso mit dem Drachen? Den Drachen hat der Orden.«

»Wo?«

»Ich weiß es nicht.« Er schüttelte den Kopf. »Sie haben ihn vor ein paar Tagen aus der Stadt geschafft. Was weiß ich, wohin.«

Lautlos fluchte Ben vor sich hin. Sie waren zu spät gekommen. Als sie ihren Schwur geleistet hatten, hatte es so leicht geklungen, und jetzt konnten sie den Drachen, den sie retten wollten, noch nicht einmal aufstöbern.

»Wird er zurückkehren?«, fragte Nica.

»Der Drache?«

»Nein, der doch nicht. Der Hohe Norkham.«

»Wer weiß? Ich an seiner Stelle würde es nicht wagen. Hier wartet nur der Strick auf ihn. Bei eurer Ankunft müsst ihr den leeren Galgen vor dem Tor ja gesehen haben. Der

Orden hat geschworen, die anderen elf erst abzunehmen, wenn der Hohe Norkham seinen Platz unter ihnen eingenommen hat.«

»Danke für deine Hilfe«, sagte Ben, der immer noch mit einem Ohr auf Geräusche in der Ferne lauschte. Er verspürte nicht das geringste Verlangen, einem Ordensritter in die Hände zu laufen – auch wenn er sich inzwischen davon überzeugt hatte, mit geschorenem Kopf und neuer Hose nicht erkannt zu werden. Sie mussten ja nicht überprüfen, ob er Recht hatte. Noch immer tobte die Hatz durch Falcenzca irgendwo in seinem Hinterkopf, und schaudernd dachte er an die zwölf Galgen vor dem Tor, die baumelnden Toten und den krächzenden Nachtadler. Er dachte an den freien Galgen, und für einen kurzen Moment sah er sich selbst dort hängen. Nein, sie würden ihn nicht bekommen, keinen von ihnen! »Aber wir müssen jetzt wirklich aufbrechen.«

»Ich könnte euch aus der Stadt führen«, schlug der Junge vor. Seine Augen huschten unruhig von einem zum anderen und über den kleinen Platz, als wäre ihm die Sache unangenehm. Als überlegte er, wie viel er für drei Fremde riskieren sollte. »Ihr wirkt so, als wolltet ihr bestimmten Leuten nicht in die Arme laufen.«

»Danke.«

»Ich heiße übrigens Margulv.«

Lächelnd nannten sie ihm willkürlich drei falsche Namen aus Trollfurt – Ivallya, Byasso und Sidhy – und ließen sich zur nächsten Treppe führen und von dort drei Ebenen in die Tiefe.

»Nie mehr Stufen«, murmelte Ben und nahm zwei auf einmal, als wären es dann nur halb so viele. Sie eilten an weiteren mürrischen Gesichtern vorbei und an einem gefleckten Hamster, der neugierig zu ihnen hochsah. Seine Zunge schimmerte rötlich.

Währenddessen erklärte ihnen Margulv, dass die Brücken der Oberstädte stets am schärfsten kontrolliert wurden. »Inzwischen dürften die ersten Ritter wach und auf Kontrollgang sein.« Doch hier unten gab es einen schnellen Weg über zwei schmale Hängebrücken, die so schwankten, dass sie niemand mehr benutzen wollte. »Aber sie sind vollkommen sicher. Ein paar Freunde und ich benutzen sie noch immer. Vor allem, wenn wir irgendwo was zu essen stibitzt haben und rasch die Zinne wechseln müssen.«

»Warum habt ihr euch eigentlich nicht gewehrt, als der Orden kam?«, fragte Yanko am Fuß der Treppe.

»Sie haben uns überrumpelt.« Margulv erzählte, wie die ersten Ordensleute als fahrende Händler verkleidet in die Stadt geritten waren, einen halben Tag später die nächsten, und eines Morgens war das Tor in ihrer Hand, ebenso der Tempel. Zahlreiche Ritter hatten plötzlich die Straßen durchstreift, und was sollte ein einfacher Handwerker seinen Hammer oder Dolch gegen ausgebildete Krieger erheben? Außerdem lebten nicht nur Ketzer in Vierzinnen. Warum sollte einer, der den Glauben des Ordens teilte, aufbegehren? Zudem hatte der Orden ein mit Siegel beglaubigtes Schreiben des Königs dabei, in dem stand, dass sie für Ordnung sorgen durften, denn immerhin gehörte die Stadt zum Großtirdischen Reich. Bislang hatte der König sie hier frei walten lassen, doch offenen Widerstand gegen den Orden und seinen Befehl würde er nicht dulden können, so etwas sprach sich zu schnell herum. Überall würde dann gemurmelt werden, der König sei schwach, und Schwäche durfte sich ein König als Letztes leisten. Der Hohe Norkham und elf einflussreiche Ketzer wurden für die Hinrichtung ausgewählt, ihr Besitz für Krone und Orden eingezogen. Alle anderen mussten nur ihrem Glauben abschwören, dann durften sie unbehelligt weiterleben.

»Du hast abgeschworen?«

Grimmig nickte Margulv und zeigte ihnen seine schmale Wade. Die Augen des tätowierten Drachen waren herausgebrannt worden, die Narben waren noch rot und frisch. Kurz durchzuckte Ben das Gefühl von Scham, weil er einst selbst Ordensritter hatte werden wollen. Darunter hatte er sich damals jedoch etwas anderes vorgestellt, als Kindern glühende Eisen ins Bein zu rammen.

»Tut mir leid«, murmelte er.

»Ich spür es fast nicht mehr. Und was ich wirklich denke, können sie mir nicht herausbrennen.«

Während sie immer weniger belebte Gänge entlangliefen, erzählte Margulv schnaufend von den ersten Tagen des Misstrauens und der Wut, davon, wie ein weinender Vater versucht hatte, seinen toten Sohn vom Galgen zu schneiden, um ihn vor den Schnäbeln der Nachtadler zu schützen und würdig zu bestatten, und dafür selbst gehenkt wurde. Seitdem hatte niemand mehr einen der elf Hingerichteten angerührt, nicht einmal die Nachtadler. Im Gegenteil, einer der Vögel schien gar die Toten zu bewachen.

Ben, Yanko und Nica hingen an Margulvs Lippen, während sie durch die dämmrigen Gänge eilten und schließlich in eine dicht besetzte Gaststube stolperten. In Gedanken noch immer bei dem rätselhaften Nachtadler und den Grausamkeiten des Ordens, erfasste Ben die Situation viel zu spät. Margulv stieß hinter ihnen die Tür ins Schloss und schrie: »Sie ist eine!«

Erst jetzt erkannte Ben, dass die Männer im Raum alle das Zeichen des Drachenordens trugen. Überrascht verharrten sie mitten im Frühstück, einer kippte sich einen Löffel Haferschleim in den Bart. Dann sprangen sie auf.

Wütend warf sich Yanko auf den Verräter Margulv, doch der tauchte unter seinen ausgestreckten Armen hindurch und suchte hinter den Ordensrittern Schutz, während diese blitzschnell nach Schwertern und Dolchen griffen und auf die drei Freunde zustürmten. »Ergebt euch!«

Ben wirbelte herum und war mit einem Satz bei der Tür. Doch bevor er die Klinke ganz heruntergedrückt hatte, schlug die flache Seite einer Klinge schwer und kalt auf seine Schulter.

»Das würde ich sein lassen«, knurrte eine tiefe Stimme, und Ben drehte sich langsam um. Er, Yanko und Nica waren von einem guten Dutzend Ordensritter umzingelt. Der Wirt trocknete Bierkrüge, als ginge ihn das alles nichts an, Margulv lungerte in der hintersten Ecke herum und starrte zu Boden. Von seinem freundlichen Lächeln war nichts mehr zu sehen.

Mit einem galligen Geschmack auf der Zunge hob Ben langsam die Hände.

Zweiter Teil
Getrennte Wege

GEFANGEN

Die Fesseln schnitten Ben ins Fleisch. Er hätte heulen können vor Wut. Warum nur hatten sie einem fremden Jungen einfach so vertraut? Die Ritter hatten sich gründlich davon überzeugt, dass Nica wirklich eine Ketzerin war. Jeder von ihnen hatte die Tätowierung genau in Augenschein genommen. Nun saß sie am Tisch und biss sich auf die Unterlippe, um nicht zu weinen.

Ben und Yanko hatten sich ausziehen müssen, und als nirgendwo ein Drache auf ihrer Haut entdeckt worden war, hatte man sie wieder in ihre Kleider gesteckt. Dem Jungen waren fünf Gulden in die Hand gezählt worden. Fünf! Mit einem schuldbewussten Blick zu Nica war er schließlich gegangen.

Du weißt nicht, wie viel du eigentlich für uns hättest bekommen können, dachte Ben bitter. An Händen und Füßen gefesselt kauerte er neben Nica und Yanko in der hintersten Ecke der Gaststube. Zwei große bärtige Ritter saßen ihnen gegenüber und behielten sie im Auge, die Schwerter griffbereit vor sich auf dem Tisch.

Wenn auch Margulv nicht wusste, was sie wert waren, so schienen es die Ritter zu ahnen. Triumphierend wedelte einer von ihnen mit einem Steckbrief vor Bens Gesicht herum. »Erkennst du dich wieder?«

»Von was sprichst du?« Ben bemühte sich um einen irritierten Gesichtsausdruck.

»Davon.« Der Ritter drückte Ben den Steckbrief fast auf

147

die Nase. Er war ein kleiner kräftiger Mann von etwa vierzig Jahren, der nur noch spärliches braunes Haupthaar hatte. Seine kleinen, eng stehenden Augen huschten ständig unruhig hin und her, und beim Sprechen befeuchtete er nach jedem zweiten Satz die dünnen Lippen mit einem schnellen Wischer der spitzen Zunge.

Ben wich zurück und schüttelte den Kopf. »Ich verstehe überhaupt nichts.«

»Bist du dir sicher, Arthen?«, mischte sich ein großer drahtiger Ritter mit hoher Stirn ein, dessen Gesicht von einer mächtigen, zweimal gebrochenen Hakennase dominiert wurde. Das rechte Auge war blau und gelb geschwollen, als hätte er vor wenigen Tagen einen kräftigen Tritt abbekommen.

»Natürlich. Zwei Jungen, ein Mädchen, alle im richtigen Alter, auch die Haarfarbe stimmt. Nur die Länge nicht, aber Haare kann man schneiden.«

Der Drahtige nahm sich den Steckbrief und starrte mit seinem gesunden Auge lange darauf. »Die Kleidung stimmt auch nicht.«

»Mensch, Friedbart! Wer sich die Haare schneidet, kann sich auch umziehen.«

»Ja, klar.«

»Und schau dir den Kerl mit all den Schnitten auf dem Kopf doch an: *verwahrlostes Aussehen* passt. Das Mädchen hat dunkelbraune Augen und eindeutig ein schmales, wenn auch dreckiges Gesicht. Meinst du nicht?«

»Doch, aber was ist mit dem Dritten? Er lächelt überhaupt nicht, und schon gar nicht scheinheilig.«

»Friedbart! Kein Mensch lächelt den ganzen Tag! Und schon gar nicht, wenn er gerade gefangen wurde!«

Brummend nickte Friedbart, doch ganz überzeugt schien er noch nicht zu sein. Immer wieder sah er vom Steckbrief auf die drei und wieder zurück. »Bist du dir wirklich sicher? Da steht ...«

»Was heißt schon sicher? Es geht um tausend Gulden! Tausend! Verstehst du das? Weißt du, wie viel das ist? Wir müssen einfach nur ein weißes Kleid für das Mädchen auftreiben und eine Hose mit hundert bunten Flicken für den störrischen Burschen. Das muss sich doch problemlos schneidern lassen. Wir kriegen es schon hin, dass sie genau so aussehen wie auf dem Steckbrief beschrieben.« Listig zwinkerte Arthen seinem Kameraden zu.

»Ja, aber wenn sie es nicht sind?«

»Friedbart! Bist du echt so schwer von Begriff?«, dröhnte Arthen.

Die anderen Ritter, die sich nach der Gefangennahme wieder ihrem Frühstück zugewandt hatten, lachten und schüttelten vergnügt die Köpfe: »Der Friedbart wieder. Riesige Stirn, aber nichts dahinter.«

»Ich ...«, sagte Friedbart.

»Was meinst du, wem der Hohe Abt mehr Glauben schenken wird?«, unterbrach ihn Arthen. »Sollen die drei auch hundertmal beteuern, dass sie unschuldig sind, wem wird er glauben? Ihnen oder uns?«

»Aber wenn sie ...«

»Hast du jetzt etwa Mitleid mit so 'ner dreckigen Ketzerin?«

»Nein, aber ...« Langsam hellte sich Friedbarts Gesicht auf, er begann zu grinsen. Ein schrecklich breites Grinsen, das von einem kleinen Ohr zum anderen reichte. »Jetzt verstehe ich. Tausend Gulden. Und wir haben nur fünf bezahlt.«

Lachend prosteten sich die Ritter am Tisch zu. »Auf Friedbart, den schnellsten Denker des Ordens!«

»Friedbart und die tausend Gulden.«

»Tausend!«

Ben schloss die Augen und sackte auf der Bank zusammen. Mit keiner List der Welt konnten sie sich aus ihren Fesseln reden, wenn es den Rittern vollkommen egal war, ob sie schuldig waren oder nicht.

Arthen beugte sich zu ihm herunter, so dass ihre Gesichter beinahe zusammenstießen, sog die Luft ein und leckte sich über die Lippen. Seine kleinen blaugrauen Augen bohrten sich kalt in seine. »Leugne es, solange du willst, doch du bist es wirklich. Ich kann das riechen. Ich wusste, du würdest kommen.«

Ben presste die Lippen demonstrativ zusammen. Er würde nichts sagen, würde sie nicht verraten. Solange die Ritter dachten, sie würden ihren Abt um die Belohnung prellen, konnten sie sich immer noch verplappern. Vielleicht bekam auch einer ein schlechtes Gewissen, weil er plötzlich Angst hatte, Hellwah selbst zu betrügen. Das war ihre einzige Chance. Nein, Ben würde sich nicht verplappern, nicht noch einmal.

»Ganz wie du willst. Doch du wirst schon noch reden, glaub mir.« Mit einem bösen Grinsen wandte sich der Ritter ab und seinen Kameraden zu. »Wer als Erster ein weißes Kleid auftreibt, das dieser jungen Dame passt, darf mir helfen, es ihr anzuziehen.«

Schwein, dachte Ben, während Nica Arthen hasserfüllt anstarrte. Yanko knurrte etwas Unverständliches und zerrte an seinen Fesseln.

Derweil sprangen die Ritter von ihren Plätzen auf, Schüsseln, Becher und Stühle wurden umgestoßen, fast alle drängten aus der Wirtsstube. Selbst im Gesicht des Wirts zuckte es kurz, als überlegte er, sich ebenfalls auf die Suche zu machen.

Ein junger schmächtiger Ritter, der ganz hinten im Pulk stand und sich nicht traute, die älteren Kameraden beiseitezuschieben, rief verzweifelt: »Dann möchte ich ihr die ketzerischen Drachenaugen ausbrennen, Herr Arthen! Darf ich, ja? Bitte! Ich habe mich als Erster gemeldet.«

»Das hast du. Aber die Augen werden nur denjenigen ausgebrannt, die ihren Irrglauben widerrufen.«

»Aber jeder hat bisher widerrufen. Wer widerruft denn nicht?«

»Sie.« Arthen lächelte. »Wir geben ihr nämlich keine Gelegenheit dazu. Schließlich wollen wir sie als unversehrte Ketzerin zum Hohen Abt schaffen. Sie soll ja noch ihr Kopfgeld wert sein, nicht wahr?«

»Oh«, sagte der Junge. »Oh, ja. Natürlich.«

Dann eilte er als Letzter in die Stadt hinaus, auf der Suche nach einem weißen Kleid. Keiner der Ritter hatte Nicas Maße genommen. Zurück blieben nur Arthen, Friedbart und die zwei großen bärtigen Ritter, die die Gefangenen reglos im Auge behielten.

»Während sich die Kameraden also um angemessene Kleidung für die junge Dame kümmern«, sagte Arthen mit gespielter Höflichkeit, »zeige ich euch nun eure Unterkunft für die nächsten Tage.«

Die Ritter bugsierten sie aus einer Seitentür des Schankraums. Der Wirt putzte noch immer beiläufig Gläser und blickte ihnen ohne die geringste Regung hinterher.

Inzwischen stand die Sonne hoch am Himmel. Ben kauerte auf den groben Bohlen und hielt sich die Hände schützend vor das Gesicht. Nur ab und zu schielte er zwischen den Fingern hindurch, doch eigentlich wollte er nicht sehen, was dort vorging.

Zusammen mit Nica und Yanko saß er in einem drei Schritt langen und knapp zwei Schritt breiten Käfig, der auf der Ladefläche eines Pferdewagens befestigt war. Seit zwei oder drei Stunden stand der Wagen ohne Pferde auf dem ovalen Marktplatz mitten auf der zweiten Zinne der Stadt und wurde von den zwei bärtigen Ordensrittern bewacht. Sie bewegten sich kaum – nicht einmal ihre Gesichter zuckten, wenn eine Fliege auf ihnen landete – und sagten nichts. Nur wenn sie nach den drei Gefangenen befragt wurden – woher diese stammten, was sie verbrochen hatten –, antworteten sie schlicht: »Samothanbeter.«

Eine überreife Wasserbirne zerplatzte an Bens Ohr, und das matschige Fruchtfleisch drang ihm in den Gehörgang und tropfte seinen Hals hinab, sein eingerissener Hemdkragen war schon vollkommen von der klebrigen Feuchte zahlloser Früchte durchweicht. Ein paar kleine schwarze Kerne rieselten zu Boden.

»Schäm dich!«, brüllte eine alte Frau mit eingefallenen grauen Wangen, und das blonde Mädchen an ihrer Hand, höchstens acht Jahre alt und wahrscheinlich ihre Enkelin, spuckte nach Yanko, kam aber nicht weit genug, weil sie sich nicht bis ganz an den Käfig herangetraut hatte. Als säßen wilde Tiere darin.

»Komm, versuch es noch mal«, ermunterte die Alte sie und schob sie ein Stück vor.

Ben sah, wie Yanko stumm die Augen schloss.

Sie waren die Sündenböcke für alles. Ben kannte das aus Trollfurt, doch noch nie hatte er sich so elend gefühlt; dort war er nie hinter Gittern gewesen, wenn die anderen ihn gepiesackt hatten. Stets hatte er noch seine Freiheit gehabt. Sobald er seine Abreibung bekommen hatte, hatte er nach Hause schleichen und seine Wunden lecken können. Er hatte sich wehren können, egal, wie hoffnungslos es gewesen war. Und trotz allem hatte er doch zu ihnen gehört. Nie war es tatsächlich um sein Leben gegangen.

Hier hingegen waren sie Fremde, namenlose Eindringlinge von irgendwo, an denen man sich straflos abreagieren konnte. Für die tief sitzende Wut auf die selbstherrlichen Ordensritter, die man herunterschlucken musste, für das schmerzhafte Ausbrennen der Drachenaugen, das man erduldet hatte, für die Toten vor dem Tor, für das Gefühl der Ohnmacht, wenn man seinem Glauben abschwören musste, für einfach alles, was in den letzten Tagen geschehen war. Und dabei konnte man den Ordensrittern zugleich beweisen, dass man wirklich konvertiert war, dass die Feinde des Ordens nun auch die eigenen Feinde waren.

Wutverzerrte Gesichter schrien und spuckten sie an, übermütige junge Männer bewarfen sie mit Obst, denn sie machten ein Spiel daraus, wer aus größter Entfernung noch immer einen Kopf traf. Selbst Steine waren nach ihnen geschleudert worden, doch als Yanko heftig aus einer Platzwunde über dem Auge geblutet hatte, waren die beiden Ordensritter doch eingeschritten. Schließlich verlangte der Steckbrief, die Gesuchten lebend abzuliefern.

Ben hatte schon lange aufgegeben zu protestieren, zu schreien, er sei überhaupt kein Samothanbeter. Stur hielt er den Kopf unten und ließ einfach alles über sich ergehen. Irgendwann würden sie aufbrechen, und dann wäre zumindest diese Tortur vorbei.

Dann würden sie zu ihrer Hinrichtung gekarrt werden.

Manchmal hob er doch den Kopf, blickte sehnsuchtsvoll in Richtung Klamm und beschimpfte seine eigene Dummheit. Dort drüben lagen Aiphyron, Juri und Feuerschuppe, und er selbst hatte ihnen gesagt, sie sollten sich keine Sorgen machen, der Ausflug nach Vierzinnen könne dauern.

Was hatte er sich nur dabei gedacht?

Wahrscheinlich würden die Drachen drei Tage lang warten, im Bach baden und sich die Sonne auf die Schuppen scheinen lassen, bevor sie zum ersten Mal überhaupt einen Gedanken daran verschwendeten, nach ihren menschlichen Freunden zu suchen. *Ach, Ben hat doch gesagt, das kann dauern,* würde Juri sagen und den anderen irgendeine langatmige Anekdote erzählen, wie er einmal sieben Wochen auf jemanden hatte warten müssen. *Den drei Schuppenlosen geht es bestimmt prächtig.*

Doch bis dahin wären sie schon längst unterwegs zu diesem Hohen Abt, und wenn die Drachen endlich doch nach ihnen sehen würden, würden sie sich eine Stadt vornehmen, in der es von Drachenrittern wimmelte. In Bens Vorstellung wurden Aiphyron erneut die Flügel abgeschlagen, ebenso Juri und Feuerschuppe, sie wurden versklavt, und alles nur seinetwegen.

Warum hatte er die Drachen nicht gebeten, nach sechs Stunden nach ihnen zu sehen?

Warum hatten sie diesem verdammten Jungen vertraut?

Wütend schlug er sich gegen die Stirn und langte so in die breiigen Überreste einer Frucht. Vielleicht war es auch das rohe Ei, das der Bäckerlehrling mit dem roten Gesicht nach ihm geschleudert hatte.

Oder hatte vielleicht sogar Hellwah selbst ihnen das eingebrockt? Mit ihrem Schwur hatten sie sich gegen seinen Orden gewandt, wie auch gegen die Ketzer, die ihn ebenso verehrten, wenn auch auf andere Art. Aber sie alle lagen falsch, was die Drachen anbelangte. Trotzig presste Ben die Zähne aufeinander. Sie lagen falsch! Drachenflügel waren nicht verflucht. Und wenn Hellwah selbst das glaubte, dann lag eben auch er falsch! Warum sollten Götter nicht irren können?

Eine Frucht sauste über Ben hinweg, traf jemanden jenseits des Käfigs. Beschimpfungen wurden hin und her geschleudert, irgendwer lachte, doch Ben hielt den Kopf unten. Solange sie sich dort draußen stritten, wurden sie hier drin wenigstens in Ruhe gelassen.

Kurz schielte er zu Yanko hinüber. Schützend hatte er den Arm um Nica gelegt, das Blut auf seiner Stirn war getrocknet und hatte sich mit allem Möglichen vermischt. Yankos Haar war vollgeschmiert mit zahllosen Essensresten, seine Kleidung von dunklen Flecken übersät.

»Betet ihr wirklich zu Samoth?«, fragte da eine leise Stimme neben Ben. Es war das erste Mal, dass diese Frage gestellt wurde.

Verwundert sah er auf und entdeckte Margulv, der auf seiner Unterlippe kaute und unruhig hin und her tippelte.

»Das fragst du jetzt?«, fauchte er. »Nachdem du uns verkauft hast? Bisschen spät, was?«

»Betet ihr zu Samoth oder nicht?« Margulv starrte Ben hartnäckig an. In seinen versteinerten Zügen war nicht zu lesen, was in ihm vorging.

»Warum sollte ich mit dir reden?«, knurrte Ben. »Dreckiger Verrätergnom.«

»Ihr betet zu Samoth«, stellte Margulv schlicht fest, und Erleichterung zeigte sich auf seinem Gesicht. Als hätte er jetzt nachträglich die Gewissheit, richtig gehandelt zu haben.

Ben schielte zu den beiden Rittern, die jedoch mehr auf den Tumult um den Wagen achteten als auf ihre Gefangenen. Bürger beschuldigten sich gegenseitig, hier schrie einer »Absicht«, dort einer »Versehen!«, doch ohne Entschuldigung. Früchte wurden als Beweismittel geschwenkt, Fäuste geschüttelt. Und irgendwer schrie: »Ein Versehen? Das hat schon dein stinkender Großvater behauptet, als er den Hamster meiner Großmutter angezündet hat! Ihm sei die Fackel aus den fetten Fingern geglitten. Pah! Ausreden, alles Ausreden!«

»Lass meinen Großvater aus dem Spiel, der ist seit fünfzehn Jahren tot.«

»Der Hamster schon viel länger!«

Es schien, als würde jeder noch so lange vergrabene Groll ausgegraben werden, alle waren wild darauf, einen anderen zu beschuldigen, irgendwen bestraft zu sehen, gerächt, für was auch immer.

Möglichst unauffällig rutschte Ben Richtung Käfigrand. Margulv stand nah am Gitter, vielleicht konnte er ihn packen und es ihm heimzahlen. Seinetwegen saßen sie im Käfig, seinetwegen würden sie hängen. Ben wollte dem Kerl wehtun, schrecklich wehtun. Doch dazu musste er ihn erst einmal lange genug in ein Gespräch verwickeln, bis er zupacken konnte.

»Glaubst du wirklich, wir beten zum Gott der Tiefe?«, fragte er. »Glaubst du, wir opfern ihm kleine Kinder? Und fressen die größeren roh? Warum haben wir dich dann nicht gleich gepackt und noch vor dem Tempel geröstet?«

»Weil es ein Hellwah-Tempel war und ihr Samothanbeter am liebsten um Mitternacht tötet, wenn die Nacht am dunkelsten ist.«

»Wer sagt das?«

»Jeder.«

»Dann irrt wohl jeder. Wir jagen auch bei Tag gern.« Ben schnellte vor, prallte mit der Schulter schmerzhaft gegen das Gitter, doch das war egal. Sein ausgestreckter Arm ragte zwischen zwei stählernen Stäben hindurch, und die Hand krallte sich in Margulvs Kragen.

Der war so überrascht, dass er sich weder wehrte noch schrie. Voller Wut zerrte Ben ihn heran, so dass das Gesicht des Jungen gegen eine Käfigstange schlug und nur noch eine Handbreit von seinem entfernt war. Die Wangen wurden gegen die Stangen gepresst, Schmerz spiegelte sich in Margulvs Augen.

»Warum hast du uns verraten? Was haben wir dir getan?«, knurrte Ben und packte immer fester zu, so dass der Hemdkragen in Margulvs Hals schnitt. »Schau doch vor das Stadttor, was der Orden euch angetan hat. Und ihnen hilfst du?«

»Ich will ihnen nicht helfen, aber ich brauch das Geld«, flüsterte Margulv mit dünner Stimme. Er versuchte nicht einmal, sich loszureißen.

»Und deshalb verrätst du eine Glaubensgenossin? Wegen ein paar Münzen? Ihr tragt dieselbe Tätowierung!«

»Bislang wurde doch keiner von uns eingekerkert. Ich dachte, sie verbrennen die Drachenaugen und lassen euch dann wieder laufen. Das bisschen Schmerz ist auszuhalten, das weiß ich.« Seine Stimme zitterte. »Meine Mutter ist doch krank.«

»Und ein solcher Verrat macht sie gesund? Wenn sie wüsste, woher das Geld kommt, würde sie bestimmt vor Scham sterben.«

Eine winzige Träne zeigte sich in Margulvs Auge, doch dann verzerrten sich seine Züge und er spuckte Ben ins Gesicht. Um sich schlagend, riss er sich los. Ben war von dem plötzlichen Angriff so überrascht, dass er den Jungen tatsächlich entwischen ließ.

»Du sagst mir nicht, was richtig und falsch ist! Du nicht!«, schrie er aus mehreren Schritt Entfernung. Zornig kratzte er eine Handvoll Splitt und Dreck von der Straße und schleuderte sie nach dem Käfig. Ben konnte gerade noch rechtzeitig Augen und Mund schließen, bevor er im Gesicht getroffen wurde. »Wer Samoth anbetet, hat kein Recht, über andere zu urteilen!«

Dann rannte er davon.

»Ich hoffe, deine Mutter verreckt jämmerlich!«, brüllte Ben ihm nach. Ihm war egal, dass sie wohl am wenigsten für all das hier konnte, wenn sie krank daniederlag, er wollte einfach nur diesem verräterischen Margulv wehtun. Und er wollte die Wut auf sich selbst hinausbrüllen, die Wut darüber, dass er Margulv nicht hatte halten können, dass er ihm nicht wenigstens die Nase gebrochen oder ein blaues Auge verpasst hatte. »Wahrscheinlich bist du eh nicht aus ihrem Bauch geschlüpft, sondern aus einer schwarzzeitrigen Pestbeule an ihrem ungewaschenen Hintern!«

»Halt's Maul«, rief irgendwer aus der Menge, und Ben wurde mit voller Wucht von einer angeschimmelten Zwiebel getroffen. Hart schmetterte sie gegen seine Nase, es knirschte. Er hätte heulen können vor Wut und Schmerz, doch er verbiss sich alle Tränen und verzog sich wieder in die Käfigmitte, das Gesicht zwischen den Knien, die Hände schützend vor den Ohren. Reglos ließ er weitere wüste Beschimpfungen und matschiges Obst über sich ergehen und versuchte, an nichts zu denken, weder an die Schmerzen noch an die Angst oder die Wut auf sich selbst.

Schließlich tauchten Herr Arthen und die anderen Ritter auf und spannten zwei große kräftige Pferde mit wilden Mähnen vor den Käfigwagen.

»Sind das wirklich die Leute, die die armen Höhlenhamster töten?«, fragte ein kleiner schmächtiger Junge aus der Menge die Ritter.

»Ja. Es sind sehr, sehr böse Menschen.« Herr Arthen strich dem Jungen ernst über das Haar.

»Na, was habe ich dir gesagt?«, sagte sein Freund oder Bruder, der einen halben Kopf größer war und eifrig die Ordenskrieger anlächelte, während sich der kleine Junge dem Käfig zuwandte. Seine Hände waren leer und zu Fäusten geballt.

»Das ist für Kaschbi«, stieß er mit rotem Gesicht und verquollenen Augen hervor und spuckte nach Ben, Yanko und Nica. »Mörder!«

Dann zog er schniefend und mit hängendem Kopf ab. Der andere Junge schloss rasch zu ihm auf und legte ihm tröstend den Arm um die Schulter.

»Na, ihr habt wohl nicht allzu viele Freunde hier«, sagte Arthen und musterte den mit Fruchtresten und Speichel übersäten Käfigboden. Mit dem Dolch kratzte er ein Stück Feuerapfel von den Bohlen, beäugte es und ließ es wieder fallen. »Aber wenigstens haben sie euch gut gefüttert. Verhungern lassen sie hier wirklich keinen. Das Essen sollte noch bis morgen langen. Meint ihr nicht?« Laut lachend wandte er sich wieder ab und rief nach seinem Pferd.

Währenddessen nahmen ein junger Bursche mit zahlreichen Muttermalen im Gesicht und eine hübsche blonde Frau – wohl ein Knappe und eine Jungfrau – auf dem Kutschbock Platz, in dem auch die Habseligkeiten, die den drei Freunden abgenommen worden waren, verstaut waren.

Herr Arthen, Herr Friedbart und ein weiterer Ritter, der selig lächelnd ein weißes Kleid mit zahlreichen Rüschen und Schnüren auf seine Satteltaschen gebunden hatte, würden sie zu Pferd begleiten. Ruckelnd setzte sich der Wagen in Bewegung.

Langsam zuckelten sie aus der Stadt, und Ben blickte durch die Gitterstäbe zurück. Nicht wenige Menschen starrten ihnen zornig oder voll Abscheu nach, die Fäuste geballt, doch niemand schien noch weitere Früchte oder Steine übrig zu haben, um sie nach ihnen zu schleudern. Auch Margulv entdeckte er in der Menge, doch seine Miene konnte er nicht deuten. Die Käfigstangen hatten zwei geschwollene rote Linien in seinem Gesicht hinterlassen, und wenigstens das verschaffte Ben eine kleine, dumpfe Befriedigung.

EIN NACHTLAGER UND KEIN PLAN

Als sich die Sonne endlich dem Horizont näherte, hielten die Ordensritter an und schirrten die Pferde ab. Bens Magen knurrte, sein Mund war vollkommen ausgetrocknet. Natürlich hatte er die zermanschten Früchte vom Käfigboden nicht angerührt, das hatte ihm sein Stolz verboten. Irgendwann mussten sie ihnen etwas anderes anbieten, Arthen hatte etwas von morgen gesagt.

»Oh, da sind ja noch einige Früchte übrig«, kommentierte Herr Arthen, als er mit einem Wasserschlauch in der Hand herbeitrat und einen Blick in den Käfig warf. »Offenbar seid ihr sehr genügsam, und es sind ausreichend Früchte bis übermorgen.«

»Ich esse nichts, mit dem nach mir geschmissen wurde«, sagte Ben.

»Oh? Auch noch wählerisch, der junge Herr.« Herr Arthen zog die Augenbrauen hoch.

»Ihr könnt uns nicht verhungern lassen.«

»Nicht?«

»Nein. Dann bekommt ihr kein Geld mehr für uns!«

»Dann gibst du also zu, dass man für euch Geld bekommt? Dass ihr die Gesuchten seid?«

»Ihr wollt uns als die drei verkleiden. Es spielt doch keine Rolle, wer wir sind!«

»Nicht? Ich würde es trotzdem gern wissen.« Herr Arthen nahm einen genüsslichen Schluck aus dem Wasserschlauch. Ein paar Tropfen liefen ihm aus dem Mundwinkel und fielen zu Boden. Mit gespieltem Bedauern sah er ihnen hinterher und verschüttete dabei lächelnd noch einen Schluck. »Und ich werde es erfahren.«

Unwillkürlich fuhr sich Ben über die rissigen Lippen, während das kostbare Wasser in der Erde versickerte. Noch einen weiteren Tag in der grellen Sonne, und sie würden aufplatzen. Er hatte kaum noch Speichel, um sie zu befeuchten.

»Übrigens«, fügte der Ritter beiläufig an, »so schnell verhungert man nicht. An eurer Stelle würde ich jedoch die Früchte essen, bevor die Sonne alle Feuchtigkeit aus ihnen gebrannt hat. Durst ist etwas furchtbar Quälendes, lange bevor er zum Tod führt.«

Dann wandte er sich ab und schlenderte die zehn Schritt zum Lagerfeuer hinüber, das der Knappe eben voller Eifer entfachte.

Als Herr Arthen gegangen war, schob sich Yanko ein kleines Stück irgendeiner Frucht in den Mund, spuckte es jedoch sofort wieder aus und verzog angewidert das Gesicht. Dann zog er Nicas Kopf behutsam auf seinen Schoß und begann, ihr zärtlich die Reste aus dem Haar zu pflücken und durch die Streben zu werfen.

Auch ihre Lippen waren rissig, trotzdem musste Ben daran denken, sie zu küssen. Daran, wie voll und sanft sie noch vor kurzem gewesen waren. Scham stieg in ihm auf, und er blickte rasch weg. Zugleich fühlte er sich furchtbar allein. Nica hatte ihn geküsst, doch jetzt lag ihr Kopf auf Yankos Oberschenkel. Yanko durfte ihr den Dreck aus dem Haar entfernten, nur er durfte sich um sie kümmern. Und er kümmerte sich nur um sie, nicht um Ben.

Natürlich wollte Ben von seinem Freund nicht so berührt werden, wie der Nica betatschte, doch er wollte auch zu ihnen gehören. Die beiden hatten einander, doch er hatte nur seine Erinnerung an einen verbotenen Kuss und die Gedanken an ein hochnäsiges Mädchen in Falcenzca, das ihn zurückgewiesen hatte.

Er war allein, Yanko und Nica waren zusammen.

Und das galt selbst hier und jetzt in diesem Käfig, der sie zu ihrer Hinrichtung bringen sollte.

Wie ertrug sie das nur, ohne wahnsinnig zu werden über den Kuss, mit dem sie ihn hintergangen hatte? Ben konnte Yanko deswegen manchmal nicht in die Augen sehen, aber sie küsste ihn weiterhin, als wäre nichts geschehen. Ließ sich von ihm in den Arm nehmen, ahnungslos, wie er war. Warum bemerkte Yanko nicht, wie sie ihn behandelte? So dumm, wie er sich anstellte, hatte er es nicht anders verdient, dass ein anderer sein Mädchen küsste, dachte Ben wütend.

Warum nur konnte er diesen Kuss nicht vergessen? Warum nicht Anula? Die meisten Jungen verliebten sich in ein einziges Mädchen, nur er brachte es fertig, sich zugleich in zwei zu verlieben, die beide nichts von ihm wollten. War es nicht genug, wegen einer unglücklich zu sein? Warum konnte er sich nicht entscheiden, welche von beiden für die stechende Einsamkeit in seiner Brust zuständig war? Voller Selbstmitleid überlegte er, ob ihn jemand verflucht haben könnte und warum er nicht einfach einem Mädchen begegnen konnte, das ihn wirklich mochte. Das ihn küssen wollte, auch wenn es keine Pilze gegessen hatte.

Doch wie es aussah, würde er überhaupt kein Mädchen mehr kennenlernen. Er würde hingerichtet werden und allein sterben. Hoch am Galgen, neben einem Freund, den er hintergangen hatte, und einem Mädchen, das ihn einmal geküsst hatte, als sie nicht klar im Kopf gewesen war. Von wegen Wahrheit, pah! Würden die Pilze wirklich die Wahrheit zeigen, läge ihr Kopf jetzt auf seinem Schoß und nicht auf Yankos.

Ben dachte an drei wartende Galgen, an die jubelnde, nach Tod lechzende Menschenmasse vor dem Schafott, und wurde von einer weiteren Welle der Angst überschwemmt. Er begann zu zittern und biss sich auf die Knöchel, um nicht zu weinen. Mochte er auch allein sein und bald sterben, noch hatte er seinen Stolz. Den würden ihm die verdammten Ritter nicht nehmen. Niemals.

Mit brennenden Augen und bebenden Lippen sah er hinüber zur Sonne, die rot am Horizont versank, und beschimpfte leise die Ritter. Erst stotternd, dann immer flüssiger. Mit jedem Wort stieß er auch ein wenig der nagenden Angst hinaus.

»Ihr elenden bauchkrampfigen Darmgeburten«, murmelte er.

»Rotzfresser«, half ihm plötzlich Yanko, der den Kopf gehoben hatte und ebenfalls in den Sonnenuntergang starrte. Seine Augen waren rot umrandet.

»Wimmermäuse«, knurrte Ben mit einem mühsamen Lächeln. Zu zweit zu fluchen, half gegen die Einsamkeit und Angst.

»Angstjammernde Furchtlurche.«

»Unterwürfige Bodenwinder.«

»Wurzelgnome.«

»Stinkende Missgeburten einer grün verschimmelten Trollmutter.«

»Sollen ihnen alle Finger und Zehen einzeln abfaulen. Ganz langsam, Glied für Glied.«

»Und die Augen in den Höhlen zu gammligen Rosinen

verschrumpeln und durch die verstopften Nasenlöcher nach draußen rollen.«

»Drauftreten sollen sie dann, blind wie eine greise Erdschleiche.«

Und so ging es weiter und weiter, bis die Sonne schließlich vollständig versunken war und sich Dunkelheit über das Land senkte. Nur das flackernde Feuer sorgte noch für Licht.

Nica hatte kein einziges Wort zu den Beschimpfungen beigetragen. Jetzt richtete sie sich auf und sagte mit ruhiger Stimme: »Wir müssen irgendwie an den Schlüssel für den Käfig kommen.«

»Und wie?«, fragte Ben und blickte sie überrascht an. Er hatte gedacht, sie wäre auf Yankos Bein bereits eingeschlafen und hätte jegliche Kraft und Hoffnung verloren.

»Ich weiß es nicht. Aber dieser eine Ritter war doch ganz wild darauf, mir das Kleid anzuziehen. Irgendwie müssen wir ihn …«

»Nein«, stieß Yanko hervor. »Wir müssen ihn nicht noch auf dumme Gedanken bringen.«

»Wenn er genug getrunken hat, können wir ihn überwältigen«, warf Ben nach einem kurzen Moment der Stille ein. Egal, wie unausgereift und riskant dieser Plan sein mochte, es war wenigstens einer. Das Bild von ihrer Hinrichtung hatte sich in Bens Gedanken festgekrallt; sie mussten hier unter allen Umständen raus, bevor sie zu jenem Abt kamen. Und sie wussten nicht, ob sie schon morgen oder erst nächste Woche sein Kloster erreichen würden.

»Und wenn nicht, was dann?« Zornig starrte Yanko ihn an. »Du bist fein raus, dir passiert ja nichts.«

»Fein raus?«, zischte Ben und mühte sich, nicht laut zu werden. »Wir werden alle sterben, sobald wir bei diesem Abt sind. Das nennst du Krötenkopf fein raus? Wenn einer von denen da draußen wild darauf wäre, mir ein weißes Kleid oder meine Flickenhose anzuziehen, dann wäre ich auch liebend gern der Lockvogel. Nur will das dort keiner.«

»Wäre, wäre, wäre ...«, äffte Yanko ihn nach. »Das kann jeder sagen, das ist nicht echt.«

»Ach ja? Soll ich dir mal eine echt gebrochene Nase zeigen?«

»Komm doch her. Schauen wir mal, wessen Nase als erste splittert!«

Ben wollte schon aufspringen, da knurrte Nica: »Jungs!«

Ben verharrte, auch Yanko ließ die erhobene Faust langsam sinken.

»Was soll der Unsinn?« Ohne eine Antwort abzuwarten, schaute sie Yanko an und legte ihre Hand beruhigend auf seinen Oberschenkel, doch Ben sah, dass ihre Finger zitterten. »Ben und ich haben Recht. Der erfolgversprechendste Köder bin momentan einfach ich. Am besten warten wir noch, bis sich die ersten Ritter schlafen legen. Wenn dir bis dahin ein anderer Ausweg einfällt, sag ihn mir. Mir macht dieser Plan doch selbst Angst. Aber irgendwas müssen wir tun, wir können uns nicht wie dummes, wehrloses Vieh zur Schlachtbank führen lassen.«

Yanko erwiderte ihr gequältes Lächeln und strich ihr sanft über die Wange. Dann drehte er sich zum Lagerfeuer, um das die lachenden Ordensleute zechten und mit viel Wein und Gesang ihren großen Fang feierten, und stierte entschlossen in die hell lodernden Flammen. »Na, dann lasst mich mal in Ruhe denken.«

Nachdem bestimmt zwei Stunden vergangen waren, verriet sein gequälter Gesichtsausdruck, dass ihm noch immer nichts eingefallen war. Besorgt beobachtete er, wie sich erst der kichernde Knappe, dann Herr Arthen und die sichtlich beschwipste Jungfrau hinlegten. Der schwankende Herr Friedwart legte noch ein paar dicke Äste auf das hell auflodernde Feuer, während er bruchstückhaft Lobpreisungen auf Hellwah und seine strahlende Helligkeit murmelte, und erleichterte sich dann kichernd am linken Vorderrad ihres Wagens, nicht ohne dabei auch die eigenen Stiefel zu treffen. Gähnend überließ er dem dritten Ritter die erste Wache.

»Ich brauche mehr Zeit«, murmelte Yanko verzweifelt. »Warum kannst du nicht die letzte Wache übernehmen?«

»Das klingt nicht so, als wäre dir etwas eingefallen«, raunte Nica tonlos. »Mir leider auch nicht. Ben?«

Stumm zuckte er mit den Schultern.

Der Ritter, dessen Namen sie nicht kannten und den er wegen des Kleids in Gedanken den weißen Ritter nannte, schlenderte zu ihnen herüber und griente. Wie Friedbart hatte er auffallend kleine Ohren, wobei dem rechten auch noch das Läppchen fehlte. Über die ganze Wange verlief vom Mundwinkel bis ins dichte, hellbraun gelockte Haar eine alte rote Narbe, die bezeugte, dass er einmal dem Tod nur knapp entkommen war. Sie war breit und hässlich ausgefranst und ließ eher eine wilde Klaue als eine scharfe Klinge hinter der Wunde vermuten. Das linke Augenlid des Ritters zuckte stets nervös, während er sprach. »Das hättet ihr nicht gedacht, dass wir euch erwischen, was?«

Keiner antwortete. Zornig starrte Yanko ihn an, und Nica versuchte sich an einem Lächeln, das ihr jedoch völlig misslang. Zu deutlich stand ihr die Abneigung ins Gesicht geschrieben.

»Keine schlechte Idee, bei den Ketzern unterschlüpfen zu

wollen, aber wir sind auch nicht dämlich.« Der Ritter sprach langsam, fast lallend, und lachte. »Der kleine dreckige Drache mag mich im Gesicht erwischt haben, aber der Kopf funktioniert noch immer prächtig. Darum hab auch ich das Kleid gefunden. Ich und kein anderer. Das freut dich doch, Mädchen, oder?«

Zögerlich nickte Nica. Ihre Mundwinkel zuckten, aber es war nicht zu erkennen, ob sie gleich lächeln oder weinen würde. Ihre Augen waren so kalt und hart, dass weder das eine noch das andere wahrscheinlich schien.

»Gesprächig seid ihr nicht gerade, oder?«

Wieder sagte keiner ein Wort. Ben hoffte, Yanko würde sich weiterhin im Zaum halten können und schielte zu Nica. Es lag an ihr, den Ritter um den Finger zu wickeln, doch noch schienen ihr die passenden Worte zu fehlen. Sie hatte den Mund leicht geöffnet, brachte aber keinen Ton heraus.

»Halt's Maul, ich will endlich schlafen«, brummte da Herr Arthen und drehte sich auf die andere Seite.

»Schon gut.« Der weiße Ritter senkte die Stimme zu einem Flüstern und näherte sich dem Käfig so weit, dass sein Gesicht nur noch eine Handbreit entfernt war. Aus seinem Mund roch es säuerlich nach Wein. »Wir haben euch erwischt, bevor die weißen Drachen es getan haben. Wir waren schneller als die Hunde Hellwahs, die hinter euch her sind. Nicht viele Ritter können das von sich behaupten. Wir sind Helden.«

Endlich zeigte sich ein Lächeln auf Nicas Lippen.

Viel zu früh, dachte Ben. Herr Arthen war noch wach – den weißen Ritter jetzt zu überwältigen, würde ihnen gar nichts nützen. Sie mussten ihn noch eine Weile hinhalten.

»Ja, das freut dich, was?« Der Ritter zeigte ein breites Grinsen, das offenbarte, dass ihm zwei Schneidezähne fehlten und ein dritter nur noch ein brauner Stumpen war. »Alle Mädchen sind ganz wild auf Helden. Plötzlich sind all die Narben nicht mehr abstoßend, und auch ein hässlicher Mann wird angesehen.«

Ben fragte sich, ob er von diesem Unsinn tatsächlich überzeugt war, davon, dass Frauen jene als Helden verehrten, die sie in einen Käfig sperrten. Ob dieser Ritter wirklich nicht bemerkte, dass Nicas Lächeln nicht mit seinen Taten zusammenhing? Wie viel Aufrichtigkeit und Zuneigung erwartete er von einer Gefangenen?

Natürlich konnte man Menschen einschüchtern, bis sie eine kriecherische falsche Freundlichkeit an den Tag legten. Aber über eine derartig erzwungene Bewunderung konnte sich doch nur ein erbärmlicher, würdeloser Wurm freuen, kein Mann, der die Bezeichnung Held verdient hatte.

Yanko ballte die Hände so fest zu Fäusten, dass er beinahe schrie und seine Zähne deutlich vernehmbar knirschten.

Nica senkte den Kopf, als wäre sie scheu und verlegen, und Ben bemühte sich um einen ängstlich bewundernden Gesichtsausdruck, auch wenn er nur Abscheu vor diesem Ritter empfand. Und dann wurde ihm bewusst, was der eben gesagt hatte: Die Hunde Hellwahs waren hinter ihnen her. Und obwohl sie bereits in den Händen des Ordens waren, überrollte Ben eine weitere Welle der Furcht.

Von diesen weißen Drachen hatte Priester Habemaas in Trollfurt stets mit Ehrfurcht erzählt. Sie galten als niemals ermüdende Jäger, die das Herz des größten Kriegers mit einem einzigen Hauch zu Eis verwandeln konnten, so dass es bei der nächsten Erschütterung in tausend Teile zersplitterte. Sie mussten ihm nun nur noch einmal gegen die Brust tippen, und der Ritter fiel. Selbst ein kleiner Junge konnte diesen Krieger nun mit einer geschleuderten Kastanie niederstrecken. Diese Drachen hatten über die Jahrhunderte die schrecklichsten Feinde des Ordens aufgespürt, und Ben erinnerte sich noch an die brennende Bewunderung, die er im Alter von acht oder zehn Jahren und auch noch später für ihre Stärke und Macht empfunden hatte. Für ihren unfehlbaren Geruchssinn und ihre unermüdliche Ausdauer, denn niemals gaben sie eine einmal aufgenommene Fährte verloren.

Vor allem erinnerte er sich an eine Legende über einen blutsaufenden und kinderfressenden Ketzer, dessen Namen Ben längst vergessen hatte. Dieser hatte nach zahlreichen lasterhaften Taten das Großtirdische Reich verlassen, um andernorts sein Unwesen zu treiben. Er überquerte Grenzen, Flüsse und auch ein Meer. Nie wurde er sesshaft, denn er wusste, der Orden hatte ihm einen Verfolger hinterhergeschickt, den er nicht besiegen konnte. Allerdings prahlte er nach jeder weiteren Untat, man könne ihm sehr wohl entkommen, wäre man nur schnell und schlau genug. Und er sei schnell und schlau genug. So zogen die Jahre ins Land, und der Ketzer wurde älter und gebrechlicher, doch der weiße Drache folgte stur seiner Fährte, ohne zu ermüden. Schließlich fand er den Ketzer auf seinem Sterbebett in einem fernen Land, und all sein Hochmut war von ihm gewichen. Als der Ketzer den Drachen mit erlöschenden Augen sah, erbleichte er, denn er wusste nun, dass Hellwah wahrlich keine Schandtat ungesühnt ließ. Und mit einem kalten Hauch aus seinen Nüstern gefror der Drache ihn zu einer Skulptur aus niemals schmelzendem Eis. Selbst die Seele des Ketzers wurde vom Atem des Drachen gebannt und konnte sich nicht lösen. Wie feiner, glitzernder Dunst hing sie über dem zu Eis gewordenen Körper, der nur wenige Augenblicke vor seinem erlösenden Tod in ewig stechende Kälte gehüllt worden war. Denn selbst die heißesten Strahlen der Sonne erwärmten dieses Eis nicht, auch im Sommer verweigerte Hellwah ihm seine erlösende Wärme. Der schreckliche Ketzer war nun für alle Zeit zwischen Leben und Tod gefangen.

Ob er diese Geschichte wirklich glauben sollte, konnte Ben nicht sagen. Seit er wusste, wie viele Lügen in alten Legenden stecken konnten, zweifelte er an allem. Doch auf keinen Fall wollte er von einem dieser weißen Drachen erwischt werden. Er schluckte und wandte sich an den Ritter, um mehr über einen solchen möglichen Verfolger zu erfahren: »Ihr wart schneller als die Hunde Hellwahs? Das ist wirklich bewundernswert. Doch warum sollten sie hinter uns her sein?«

»Glaubst du Knilch mir etwa nicht?«

»Oh, nein, das habe ich nicht gesagt. Doch warum sollte der Orden uns diese nimmermüden Jäger auf den Hals hetzen, wenn sich anderswo viel gefährlichere Gestalten herumtreiben. Mordende Ketzer und ruchlose Räuber und diese wüsten Samothanbeter von dem Steckbrief?«

Verwirrt starrte der weiße Ritter Ben an und blinzelte. Dann knurrte er böse: »Aber ihr seid doch die auf dem Steckbrief.«

»Wenn wir das wirklich wären, warum würde Herr Arthen dann das arme Mädchen in ein falsches Kleid stecken?«, fragte Ben listig. Das Gespräch entwickelte sich anders als geplant, aber vielleicht konnte er hilfreiche Zweifel säen. »Müsste er uns dann wirklich verkleiden?«

Mit stechenden Augen starrte der weiße Ritter ihn an. Für einen kurzen Moment konnte Ben die erhofften Zweifel aufflackern sehen, dann legte sich wieder das fiese Grinsen auf die Lippen des Ritters. »Ich weiß nicht, ob er das muss.

Aber das ist mir auch egal, ich tue es nun mal einfach gern. Und ob ihr nun die Falschen oder Richtigen seid, das werden die feinen Nasen der äbtlichen Drachen auf jeden Fall erkennen.«

Innerlich fluchte Ben. Daran hatte er natürlich nicht gedacht. Was wussten schon die Pilze von der Wahrheit, die ihm gezeigt hatten, er solle sich die Haare schneiden? Darauf wäre er auch allein gekommen. Hätten sie ihm mal lieber gezeigt, wie man seinen Geruch verändert, das wäre hilfreich gewesen.

In diesem Moment erklang ein langgezogenes, grunzendes Schnarchen; Herr Arthen war endlich eingeschlafen. Beinahe sofort fasste der weiße Ritter Nica ins Auge und zwinkerte ihr unbeholfen zu. »Ich glaube, ich hol mal das Kleid. Wir können ja schon einmal prüfen, ob es wirklich die richtige Größe hat, auch wenn du es letztlich erst zur Ankunft beim Abt angezogen bekommst.«

Irritiert sah Ben ihm nach. Sie hatten noch nicht einmal versucht, ihren Plan in die Tat umzusetzen, doch allem Anschein nach hatte dieser Widerling den ganzen Abend über genau denselben gehabt. Das war nicht gut. Beim Gepäck neben dem Feuer angekommen, beugte sich der Ritter nach vorn und kratzte sich dabei ausgiebig am Hintern.

Ein kurzer Luftzug streifte den Käfig. Er kam von oben, doch Ben dachte sich nichts dabei. Stumm starrte er weiter zum weißen Ritter hinüber, der sich langsam wieder aufrichtete, das Kleid in den Händen. Ein weiterer Windzug traf Ben, Yanko stieß ihm gegen die Schulter und zischte: »Schau hoch.«

Doch da hatte Ben das heranstürmende Rauschen bereits selbst erkannt. Drachenflügel!

Rasch hob er den Kopf und musste nicht lange suchen. Ein massiger Schatten stürzte aus dem Himmel herab, verdeckte mit jedem Augenblick mehr Sterne. Ben glaubte, in seinem Windschatten noch zwei weitere geflügelte Schemen wahrzunehmen. Mächtige Klauen prallten auf ihren Käfig und krallten sich ins Gitter.

»Festhalten«, knurrte Aiphyrons vertraute Stimme. Dann schlug der Drache kräftig mit den Flügeln. Er wischte den weißen Ritter von den Beinen, der von der aufgewühlten Luft weiter über den Boden gefegt wurde und sich fluchend dreimal überschlug.

»Was ...?«, murmelte Herr Arthen verschlafen, bevor er aufgewirbelten Staub und Dreck schluckte und hustend ganz aus dem Schlaf gerissen wurde. Panisch packte er das Schwert neben seiner Liegestatt und krabbelte hinter den nächstbesten Busch.

Als sich ihr Gefängnis schwankend in die Luft erhob, lachten und jubelten Ben, Yanko und Nica. Ben klammerte sich an die Gitterstäbe, um nicht zu fallen, und sah, wie das Lagerfeuer, ein lodernder Punkt Helligkeit in der Nacht, langsam immer kleiner wurde. Er sandte stumme Beschimpfungen zu den Rittern hinunter, sein Herz pochte wild vor Freude. Frei, sie waren wieder frei! Yanko und Nica standen neben ihm und starrten ebenfalls hinab; Nica zitterte vor Erleichterung.

Mit ausgebreiteten Schwingen segelte Feuerschuppe unter ihnen hindurch und drehte ihnen den Kopf zu. »Na, alles in Ordnung?«

»Ja!«, brüllte Ben und rüttelte voll ausgelassener Freude an den Gitterstäben, so dass der Wagen noch stärker schwankte.

»Holst du mir den Ritter?«, rief Nica. »Bitte!«

»Welchen?«

»Egal. Am besten alle drei.« Sie schniefte. »Ich muss erst noch herausfinden, wer das größte Warzenschwein ist.«

»Ja, alle drei!«, bestärkte Yanko. »Wir brauchen sie wirklich.«

»Mit Vergnügen«, sagte Feuerschuppe und rief Juri zu, er solle ihm folgen.

Lachend wirbelten die beiden herum und eilten zu dem in der Ferne kaum noch erkennbaren Lagerfeuer zurück. Der Käfig schwankte.

»Wofür brauchen wir sie denn?«, fragte Ben. »Geht's um Rache?«

Nica schwieg. Den Ausdruck ihrer Augen konnte er in der Dunkelheit nicht erkennen.

»Natürlich. Willst du die Kerle etwa nicht bestraft sehen?«, sagte Yanko und schlug ihm übermütig auf die Schulter. »Aber in erster Linie hoffe ich, dass sie mehr über den Hohen Norkham wissen, wohin er geflohen sein könnte und lauter solche Dinge. Schließlich müssen wir seine Fährte neu aufnehmen.«

»Und die seines Drachen«, betonte Ben halbherzig und ärgerte sich, dass er nicht selbst daran gedacht hatte, wie wichtig das Wissen der Ritter war.

»Und die seines Drachen«, bestätigte Yanko ebenso halbherzig.

Nach einer Weile setzte Aiphyron vorsichtig zur Landung an. Trotzdem prallte der Käfigwagen mit einem Ruck auf die Erde und rollte noch ein paar Schritt weiter, bis sich die Räder im hohen Gras verhedderten. Yanko, der voller Übermut die Gitterstäbe schon hoch in der Luft losgelassen hatte, fiel auf die Knie, doch er lachte, anstatt zu fluchen.

»Bitte aussteigen, die Herrschaften. Wünsche wohl geflogen zu sein.« Grinsend bog Aiphyron mit den kleinsten Krallen jeder Klaue zwei Gitterstäbe so weit auseinander, dass sie bequem hindurchschlüpfen konnten.

»Danke.« Ben klopfte dem Drachen freundschaftlich auf das Vorderbein, bis zur Schulter kam er nicht hinauf.

»Keine Ursache. Aber das bequemste Schwebehäuschen der Welt habt ihr euch hier nicht ausgesucht. Es stinkt nach verfaulten Früchten und …«

Nica drückte dem Drachen einen Kuss auf die Schnauze und brachte ihn so zum Schweigen. Ihre Stimme klang rau. »Danke.«

»Schon gut, wirklich«, wehrte er ab. In der Dunkelheit war nicht zu erkennen, ob auch Drachen erröten konnten. Vermutlich nicht.

Es dauerte nicht lang, bis Feuerschuppe und Juri angeflogen kamen. Jeder von ihnen trug einen vor Angst erstarrten Ritter in den Klauen. Ohne lange zu überlegen, steckten sie die beiden in den verlassenen Käfig und bogen die Stangen wieder gerade.

»Ich wünsche einen schönen Aufenthalt«, sagte Nica und tat so, als spucke sie auf den Boden. Speichel konnte sie in ihrem trockenen Mund nicht finden. »Wir haben euch ein wenig Essen übrig gelassen.« Herr Friedbart und der weiße Ritter waren bleich wie der Mond und starrten verdattert umher. Sie schienen Nica überhaupt nicht gehört zu haben. Wankend ließ sich Friedbart auf die Knie sinken und murmelte furchtsame Gebete zu Hellwah, während sein Kamerad die Hände gegen den Bauch drückte, das Gesicht verzog und sich dann mitten in den Käfig erbrach. Ihnen schien der Flug nicht sonderlich bekommen zu sein.

»Wo ist der dritte?«, fragte Yanko.

»Einen dritten Ritter haben wir nicht gesehen. Nur eine junge Frau und einen schmächtigen Jungen, die schreiend das Weite gesucht haben.«

»Der Dritte war ihr Anführer.«

»Aber er war nicht da.«

»Ich schau noch mal. Den Kerl finde ich.« Juri erhob sich und raste davon. Diesmal blieb er länger fort, doch als er schließlich zurückkehrte, waren seine Klauen leer, und die Enttäuschung stand ihm ins Gesicht geschrieben. Nicht die geringste Spur hatte er von Herrn Arthen gesehen, er musste es bis in den nahen Wald geschafft haben, wo es zahlreiche Verstecke gab, vor allem in der Dunkelheit. Es hatte keinen Sinn, dort nach ihm zu suchen.

Sie flogen zurück in die Klamm, um dort alle weiteren Schritte zu beraten.

ZU VIELE FÄHRTEN

Der fahle Mond stand hoch über der Klamm. Ben, Yanko und Nica saßen an einem kleinen Feuer und lauschten Juris ausführlichem Bericht.

Sie hatten sich die Bäuche vollgeschlagen und gierig wie Tiere aus dem Bach getrunken. Ausgelassen hatte Yanko den ganzen Kopf in das kühle Wasser gesteckt und sich den Mund volllaufen lassen. Immer wieder hatten sie lachend die Drachen gefeiert, und Juri hatte ihnen weitschweifig versichert, er und Aiphyron seien sehr wohl auf den Gedanken gekommen, dass Ben mit »es kann dauern« doch seinen menschlichen Maßstab gemeint hatte und nicht den eines Drachen. Nach Sonnenuntergang hatten sie die Stadt abgesucht und die Gehenkten vor dem Tor bemerkt.

»Das gefiel uns nicht«, sagte er. »Wir machten uns Sorgen, auch wenn wir natürlich erkannten, dass die Toten schon länger tot waren. Dennoch schien es keine freundliche Stadt zu sein. Feuerschuppe wollte sofort einen Passanten aus einer einsamen Gasse pflücken und ihn höflich befragen, ob er euch gesehen habe. Einen angetrunkenen jungen Mann, der die Begegnung morgen bestimmt auf den Alkohol schieben würde, und wenn nicht, würden es zumindest die tun, denen er davon berichtete. Doch wir hielten ihn davon ab. Wir hatten nicht den geringsten Hinweis darauf, dass euch wirklich etwas geschehen war, und ihr wart allein gegangen, um nicht mit Drachen in Verbindung gebracht zu werden. Da wollten wir diese Verbindung nicht allzu deutlich selbst herstellen, nicht dass es euch gutginge und euch genau das erst in Schwierigkeiten brachte. Denn wer konnte schon mit Sicherheit davon ausgehen, dass wirklich niemand einem willkürlich entführten Passanten Glauben schenken würde? Und wer wusste schon, wie viele Leute wir überhaupt aus den Straßen fischen mussten, bevor wir jemanden erwischten, der euch getroffen hatte? Also beschlossen wir, erst einmal in Ruhe über der Stadt zu kreisen, bis wir euch entdecken würden. Abwechselnd hat sich dabei immer einer von uns gelöst und umflog die Stadt in größerer Entfernung, einfach um sich mit allem vertraut zu machen, um zu sehen, ob dort nicht vielleicht ein einsames Anwesen zu finden war oder was auch immer. Schließlich gab es ja die Möglichkeit, dass dieser Norkham gar nicht in Vierzinnen wohnte, sondern vielleicht nur bei der Stadt. Während ihr also die Stadt selbst auskundschaftet, könnten wir uns ja ein wenig um das Umland kümmern, das fiel uns leichter als euch. Und dabei entdeckte Aiphyron dann zufällig das Feuer.«

Noch einmal dankten die drei den Drachen, dann überlegten sie, was nun zu tun sei. Nica drängte es danach, die beiden Ritter nach dem geflohenen Norkham und seinem Drachen zu befragen, doch Aiphyron schlug vor, sich die Angst der Ritter vor einem geflügelten Drachen zunutze zu machen und ihm die Angelegenheit zu überlassen. Ihm allein, damit der Ritter keine menschlichen Gestalten vor sich hatte, die ihm vertraut waren und nicht so furchteinflößend. Sie sollten keinen Menschen haben, an den sie sich voller Hoffnung wenden konnten.

Nur murrend willigte Nica ein, ihr war deutlich anzusehen, dass sie den Ritter liebend gern selbst in Angst versetzt hätte.

Während der Drache zum Käfig hinüberkroch, blieben die

anderen schweigend auf ihren Steinen am Bachufer sitzen. Es dauerte nur einen Augenblick, dann wurde das Plätschern des Wassers von einem schrillen Flehen übertönt.

»Friss mich nicht! Bitte, friss mich nicht!«, hörten sie den weißen Ritter jammern, während Friedbart immer lauter brabbelte: »Hellwah hilf! O Hellwah, sende uns dein strahlendes Licht und erlöse uns von der Dunkelheit. Hilf, Hellwah, hilf deinem armen Knecht, der auf Knien vor dir liegt.«

Im flackernden Feuerschein zeigte sich ein dünnes, eisiges Lächeln auf Nicas Lippen. Ben sah, wie sie angespannt die Finger verknotete, wieder löste und wieder verknotete. Mit dem linken Daumennagel schrabbte sie so heftig über die Finger der rechten Hand, dass er sich wunderte, dass kein Blut floss.

»Kleiner Mann, ich will dich doch nicht fressen«, brummte Aiphyron mit erlesener Freundlichkeit und einem Erstaunen, das hörbar gespielt war. »Warum sollte ich das tun? Einem Gast, dem wir unser bestes Zimmer überlassen haben. Ich würde dich nur gern etwas fragen, wenn es genehm ist. Darf ich?«

»Du sprichst! Du sprichst!«, kreischte der Ritter, während er verzweifelt am Gitter rüttelte.

»Ähm, ja. Natürlich.«

»Das kann nicht sein! Drachen sprechen nicht! Sie sprechen nicht! Niemals!« Die Stimme des weißen Ritters überschlug sich. Ben vermutete, dass Aiphyron ihn in diesem Moment mit entblößten Zähnen anlächelte, vielleicht auch eine kleine Flamme in der Kehle gurgelte. Sehen konnte er es nicht, der Käfig lag außerhalb des Feuerscheins, nur der Schwanz und die Hinterbeine des Drachen wurden von den Flammen angestrahlt.

»Hellwah, hilf«, jammerte Friedbart noch immer und immer wieder von Neuem, und er schluchzte, soweit das über die Entfernung zu verstehen war.

Ben erinnerte sich an seine eigene Angst, als er Aiphyron das erste Mal getroffen hatte. Dennoch spürte er Verachtung für die beiden in sich aufsteigen. Immerhin waren sie Ritter des Ordens, die sich einem Drachen angeblich im Kampf stellten. Wo war ihre viel besungene Tapferkeit? Oder kannten sie die nur, wenn sie von hinten aus einem Versteck brachen?

»Aber du hast doch eben selbst festgestellt, dass ich spreche«, führte Aiphyron mit ruhiger Stimme aus. »Wie kannst du da gleichzeitig behaupten, ich könnte es nicht? Widerspricht sich das nicht?«

»Samoth! Samoth spricht aus dir!« Der Schrei des Ritters ging in ein Japsen über. »Es sind die Worte des großen Täuschers, die ich vernehme. Ich werde ihnen nicht glauben. Nichts werde ich dir glauben.«

»Das musst du auch nicht, das verlangt keiner. Wichtig ist im Augenblick nur das Gegenteil, nämlich dass ich dir glaube.« Aiphyron ließ ein kurzes belustigtes Schnauben hören.

Friedbarts gemurmelte Bitten an Hellwah wurden immer leiser und verloren sich schließlich in der Nacht, wurden vom Plätschern des Bachs verschluckt.

»Ich sage nichts, ich sage gar nichts!«, rief der weiße Ritter, in dem plötzlich Trotz zu erwachen schien.

»Und wenn ich dich ganz lieb bitte?«, fragte Aiphyron mit so leiser Stimme, dass sie am Feuer kaum zu vernehmen war. Er kroch noch ein Stück auf den Käfig zu, so dass seine Schnauze nun die Gitterstäbe berührte.

Was er nun sagte, konnte Ben nicht mehr verstehen, auch

die Antwort des Ritters nicht. Doch dass er antwortete, war zu hören; erst stockend, dann sprach er schneller und schneller, hechelte fast panisch von Satz zu Satz, von Aussage zu Aussage. Nur manche Worte drangen deutlich bis zum Lagerfeuer, die meisten lauteten *nicht, nein, bitte, andere* und *schuld*.

Am Feuer wurde kein Wort gesprochen. Alle lauschten stumm in die Nacht, in der Hoffnung, doch noch etwas zu verstehen. Immer wieder schielte Ben zu Nica, in deren versteinerten Mundwinkeln immer dann ein Lächeln zuckte, wenn sich die Stimme des Ritters voller Furcht erhob.

Nach einer langen Weile kam Aiphyron zu ihnen herüber. »Er hat keine Ahnung, wo der Ketzer ist. Er vermutet, dass er in die Berge geflohen ist, denn dort gibt es zahlreiche Verstecke. Dorthin flieht jeder, der nichts zu verlieren hat, sagt er, denn die Berge sind gefährlich, nur die wenigsten Verfolger wagen sich dort weit hinein. Unter den Bergen hausen kleine, grünhäutige und kahlköpfige Gnome, die sich am Tag ihrer Mann- oder Frauwerdung selbst furchtbare Zähne aus Granit hauen und sie sich statt der kindlichen Eckzähne einsetzen. In den schwärzesten Nächten kommen sie aus ihren Höhlen gekrochen und fressen Menschen im Schlaf, denen sie zugleich mit einem bösen Zauber so tiefe Träume schenken, dass sie nicht erwachen. Diese Träume abzuschütteln, gelingt nur den wenigsten, und nicht selten ist bis dahin schon ein halbes Bein gegessen oder ein Arm. In schlimmen Fällen erwacht der Wanderer mit einem tatsächlichen Loch im Bauch oder nur einem halben Kopf auf den Schultern.«

»Ein halber Kopf, pah! Das ist doch Unsinn!«, motzte Nica. Yanko lachte, doch es war nicht klar, worüber.

»Natürlich ist das Unsinn«, fuhr Aiphyron fort. »Doch irgendwer glaubt es, und vielleicht gibt es dort tatsächlich irgendwelche Gnome, die nicht sonderlich freundlich sind. Tatsache bleibt, dass die Berge jenseits der ersten Kette gemieden werden. Aber nicht vom tapferen Orden, wie mir der Ritter versicherte. Zwei Tage lang hat dort ein halbes Dutzend Ritter vergeblich nach irgendwelchen Spuren Norkhams gesucht, bevor sie wieder nach Vierzinnen zurückkehrten, um weitere Ketzer zu befragen. Doch die meisten hatten ihrem Glauben bereits abgeschworen, und neue Glaubensbrüder konnte man ja schlecht in einen Kerker werfen oder gar foltern, und so erhielten sie nur bedauerndes Schulterzucken zur Antwort.

Übrigens heißt der Kerl Zendhen, ich habe ihn gefragt. Auch was sie mit dem Drachen gemacht haben, kann er nicht mit Sicherheit sagen. Er weiß nur, dass dieser von vier Rittern aus der Stadt geschafft wurde. Entweder zum Hohen Abt Morlan in sein befestigtes Wehrkloster an einem Fluss namens Firnh, oder er wurde dem Fürsten dieses Landstrichs hier zum Geschenk gemacht, um ihn zu überzeugen, ein wenig härter gegen Ketzer vorzugehen. Den Namen konnte ich mir aber einfach nicht merken. Wie auch immer, am wahrscheinlichsten schien es ihm, dass er nach Chybhia geschafft wurde, wo jeden vierten Spätsommer sportliche Wettkämpfe zu Hellwahs Ehren stattfinden sollen. Sie scheinen unter Menschen wohl recht bekannt zu sein, denn er war sich sicher, dass ihr davon gehört habt. Habt ihr?«

Alle drei nickten.

»Die chybhischen Spiele. Jeder kennt die«, murmelte Yanko mit leuchtenden Augen, und Ben erinnerte sich daran, dass er früher davon geträumt hatte, für Trollfurt dort anzutreten. In welcher Disziplin, war ihm egal gewesen, Yanko war es um den Ruhm gegangen. Seit mehr als einem Jahrhundert hatte es keinen Sieger aus Trollfurt gegeben, und seit die Mine vor gut zehn Jahren aufgegeben worden war, nicht einmal einen Teilnehmer. Ben hatte zwar immer zuallererst Ritter werden wollen, aber natürlich hätte auch er gern an den Spielen teilgenommen. Jeder Junge, der etwas auf sich hielt, hätte das.

Sie wurden alle vier Jahre veranstaltet, und die größten Städte des Großtirdischen Reichs sowie hochrangige Adlige und bedeutende Händler sandten ihre Vertreter, um im Faustkampf, Lauf, Wagenrennen, Dichterwettstreit, Weitsprung, Bogenschießen, Ringball oder der Jagd im Reinen Bach anzutreten. Mancher Fürst und Kaufmannssohn hatte sich sogar selbst mit den anderen gemessen. Jeder Sieger stand fortan unter dem Segen Hellwahs und wurde mit Geschenken überhäuft. Sein Name wurde im Ewigen Fels eingemeißelt, und er hatte das Recht erwirkt, in jedem Tempel und Kloster Hellwahs zu nächtigen und zu speisen. In der Heimat war man fortan ein Held.

»Dem Sieger von irgend so einer Bachjagd wird zu allen anderen Ehren der Titel eines Drachenreiters verliehen, hat er gesagt«, fuhr Aiphyron fort. »Auch wenn mir diese ganze Geschichte ausgesprochen seltsam erscheint, ist es wohl so, dass die beiden Ritter, die den Drachen für die Siegerzeremonie fangen sollten, noch nicht erfolgreich waren. Zufällig reisten sie vor ein paar Tagen durch Vierzinnen, klagten dort ihre Sorgen und fragten die anwesenden Ritter, ob sie vielleicht von einem geflügelten Drachen gehört hätten. Der Einzige, den sie bisher befreit hätten, habe die Größe einer fetten Katze und sei entsprechend nicht im Geringsten zum Reiten geeignet. Ihnen den frisch erbeuteten Drachen des geflohenen Ketzers zu überlassen, sei wohl Herrn Arthens Vorschlag gewesen, kurz nachdem diese wieder aufgebrochen waren, und dieser Herr setzte sich offenbar meistens durch. Ordensbrüder seien schließlich verpflichtet, einander zu helfen, habe er gesagt, zumal ein Turnier ohne Siegerdrachen ein Schandfleck auf der ruhmreichen Geschichte des Drachenordens sei. *Ruhmreich* hat selbstverständlich Zendhen gesagt, oder dieser Arthen, nicht ich. Wie auch immer, unser Gefangener hat nicht mitbekommen, ob die Ritter tatsächlich den erfolglosen Jägern nachgeeilt sind, den verstümmelten Drachen als Geschenk im Gepäck, oder wohin sie sonst mit ihm aufgebrochen sind.«

Einen ausgedehnten Augenblick lang herrschte Stille, nur das leise Plätschern des Bachs war zu vernehmen, das ferne Rauschen eines Wasserfalls und das knisternde Lagerfeuer. Ganz nahe am Ufer schlug ein auftauchender Fisch, der nach einem Insekt auf der Wasseroberfläche schnappte, leise Wellen.

Nica packte das Messer, mit dem sie eben noch gegessen hatte, wischte es an der Hose ab und erhob sich. »Gut. Das sind ein paar Antworten, aber es sind nicht genug. Jetzt gehe ich hinüber und stelle ihm noch ein paar Fragen zum Hohen Norkham. Dieser verfluchte Zendhen soll lernen, dass er mich ebenso fürchten muss wie einen geflügelten Drachen.«

»Nica. Meinst du nicht, dass wir genug erfahren haben?«, sagte Ben und stand ebenfalls auf. Ihm gefiel Nicas Gesichtsausdruck nicht, der gar kein Ausdruck war, sondern eine leblose Maske. In diesem Moment traute er ihr alles zu. Rötlich funkelte die Klinge im Schein der Flammen.

»Genug? Nichts ist genug. Mit diesen läppischen Antworten finden wir vielleicht den Drachen, aber sicher nicht mehr.«

»Aber das ist doch das, was wir wollen. Wir wollten immer den Drachen.«

»Den Drachen und Norkham.« Den Namen des Ketzers spuckte sie aus. »Das haben wir geschworen. Und wenn sie jetzt getrennt wurden, müssen wir trotzdem beide finden. Beide!«

»Dann lass uns mit dem Drachen anfangen.«

»Warum? Auch wenn dir der Drache wichtiger ist, ich will den ach so Hohen Norkham zuerst winseln sehen. Verstehst du das?« Herausfordernd schob sie das Kinn vor.

»He, ihr zwei«, sagte in diesem Moment Yanko und trat zwischen sie. Er legte jedem einen Arm um die Schulter. »Hört auf zu streiten. Je mehr wir wissen, umso besser, das wird auch Ben zugeben. Doch ich glaube nicht, dass wir dazu das Messer brauchen. Was suchen wir?«

»Antworten«, brummte Nica.

»Einen Drachen und einen Ketzer«, sagte Ben im selben Moment.

»Alles richtig. Aber betrachtet es mal anders: Was wir von den beiden Rittern erfahren wollen, ist die Wahrheit. Mehr können sie uns nicht sagen. Hauptsache, sie verschweigen uns nichts.« Lächelnd schob er die Hand in die Hosentasche und zog einen kleinen Beutel hervor. »Und die Wahrheit erfahren wir mit Pilzen.«

»Aber das sind heilige Seherpilze. Die sind nicht für Gefangene!«, protestierte Nica. Die Hand mit dem Messer hing unentschlossen herab, während Ben seinen Freund zweifelnd anstarrte, überrascht von dem Vorschlag. Dass man jemanden auf diese Weise zum Sprechen brachte, davon hatte er noch nie gehört. Glaubte Yanko wirklich an die Wirkung der Pilze, oder wollte er nur Nica bremsen?

»Wer sagt das?«, fragte Yanko.

»Das macht eben niemand«, beharrte Nica, die sich wohl Ähnliches fragte wie Ben. »Niemand hat so einen Unsinn je versucht.«

»Dann wird es Zeit, dass es jemand tut.« Noch immer lächelte Yanko. »Man muss schließlich nicht immer alles so machen wie alle, oder?«

»Nein.« Kurz zuckte es um Nicas Mundwinkel, dann hellte sich ihr Gesicht mit einem Mal auf. »Aber du hast Recht, das könnte wirklich klappen. Lass es uns bei einem ausprobieren.«

Ben nickte, obwohl er nicht überzeugt war. Weder von der Wirkung der Pilze noch davon, dass die Ritter überhaupt etwas wussten. Sonst hätten sie den Ketzer doch sicher längst selbst gefangen. Doch Yanko hatte in einem Recht: Man musste etwas ausprobieren, bevor man wirklich wusste, ob es funktionierte.

»Wir nehmen den dämlichen Friedbart«, bestimmte Nica und entzündete eine Fackel im Feuer, damit sie beim Käfig auch ausreichend Licht hatten. »Wenn er redet, können wir auch Zendhen einen Pilz geben. Wenn nicht, bleibt uns noch immer das Messer.«

Doch sie griffen schon früher zum Messer, denn Friedbart weigerte sich vehement, eine halbe Pilzkappe zu schlucken. Er schrie und jammerte, sie wollten ihn vergiften und töten. Erst versuchten sie es mit Beschwichtigungen und Vernunft, doch das half nichts. Dann drohten sie ihm mit der Klinge, doch auch das brachte sie nicht weiter.

»Bitte nicht, bitte nicht. In Hellwahs Namen, lasst mich leben«, flehte Friedbart auf Knien. Dann presste er wieder die Lippen aufeinander, als hätte er Angst, sie würden ihm den Pilz einfach in den geöffneten Mund werfen.

Zendhen saß derweil schweigend, reglos und mit gesenktem Kopf in einer Ecke des Käfigs und versuchte, nicht die geringste Aufmerksamkeit zu erregen. Immer wieder linste er zu ihnen herüber, doch sagte er nichts und rührte sich nicht.

»Der Pilz ist harmlos, wie oft denn noch?«, schrie Yanko schließlich, biss ein Stück von der Pilzkappe ab, kaute es langsam und schluckte es schließlich mit vorgerecktem Hals deutlich erkennbar herunter. Dann riss er den Mund auf, streckte die Zunge heraus und zeigte dem Ritter seine leere Mundhöhle. »Siehst du? Harmlos! Du feiger, winselnder Kniekriecher!«

»Harmlos?«

»Harmlos und lecker. Also lang zu!« Yanko warf die angebissene Pilzkappe in den Käfig.

Zögernd hob Friedbart sie auf und drehte sie in den Händen. Mit einem ängstlichen Blick auf Nica, die noch immer das Messer fest umklammerte, schob er ihn sich zwischen die Lippen. Er kaute kaum, sondern schluckte den Pilz mit zusammengepressten Augen im Ganzen herunter. Dann murmelte er: »Hellwah, hilf.«

»Und? Schmeckt's?«, fragte Yanko freundlich.

»Ähm, ja«, antwortete Friedbart und öffnete die Augen. Er strich sich prüfend mit der flachen Hand über den Bauch, drückte mal hier, mal da, als erwarte er jeden Augenblick einsetzende Schmerzen. Doch als diese ausblieben, fiel ihm offenbar ein, dass er Hunger hatte, obwohl er vor nicht allzu langer Zeit gegessen hatte. »Könnte ich noch mehr haben?«

»Später vielleicht«, sagte Yanko, und dann warteten sie darauf, dass die Wirkung des Pilzes einsetzte.

»Ich weiß nicht, wo dieser Ketzer ist«, verriet ihnen Herr Friedbart nach einer Weile mit glänzenden Augen. Auf allen vieren kam er an das Gitter gekrochen wie ein zutrauliches Tier, das gestreichelt werden wollte.

Ben verschränkte die Hände hinter dem Rücken, um ja nicht in Versuchung zu kommen, ihm über das Haar zu streichen. Alle Angst schien den Ritter verlassen zu haben. »Tagelang haben wir ganz Vierzinnen auf den Kopf gestellt, doch es half nichts; er blieb spurlos verschwunden. Niemand sprach mit uns, und seine Füße hatten im Fels keine Abdrücke hinterlassen. Aber heute, heute könnte ich seine Fährte riechen. Ich könnte den Nachhall seiner Schritte hören, so klar sind meine Ohren jetzt, ja, ich könnte seine unsichtbaren Abdrücke sogar schmecken.« Unvermittelt leckte Friedbart mit der Zunge über die groben Dielen des Käfigbodens, auf dem noch immer Fruchtreste klebten. Dann sah er sie sabbernd wie ein Hund an. »Hier war er sicher nicht.«

»Was machen die Pilze mit ihm?«, raunte Ben, der nicht wusste, ob er angewidert sein sollte oder lachen.

»Ich weiß nicht«, flüsterte Yanko. »Vielleicht kommt ihre Wahrheit derjenigen in die Quere, die im Wein stecken soll. Er hat ja auch getrunken.«

»Uns interessiert nicht, was du nicht weißt«, sagte Nica, während sie Friedbart streng musterte. »Sag uns, was du siehst.«

»Was ich sehe?« Friedbart hechelte Nica an, umschloss zwei Gitterstäbe mit den Händen und reckte ihr sein Gesicht so weit wie möglich entgegen.

»Ja. Vertraue dem Pilz. Was hat Herr Arthen vermutet, was meinst du, wo steckt Norkham? Denk nicht nach, lass einfach die Bilder in deinen Kopf«, befahl Nica. »Und mach Sitz.«

»Ich sehe ihn! Ich sehe ihn!« Gehorsam setzte sich Friedbart und strahlte Nica an. »Einsam und verlassen rennt er durch einen dichten Wald und ernährt sich von fingergroßen, grünhäutigen Gnomen, die er von Sträuchern mit flüsternden Blättern und großen blutigen Dornen pflückt. In einen schwarzen Kapuzenmantel gehüllt, flieht er vor Ordensrittern in strahlenden Rüstungen. Oder folgt er ihnen? Ich weiß es nicht, sie rennen wohl im Kreis. Auf den Bäumen sitzen bunte Vögel mit den Gesichtern schöner Frauen und singen durcheinander. Eine behauptet, ein verzauberter Drache zu sein und will geküsst werden, und dann springt sie von ihrem Ast, der plötzlich vertrocknet ist, direkt in einen Fluss aus goldenem Honig und lässt sich davontreiben, und Norkham schwimmt ihr nach, und die Ritter werfen sich auf ihre Schilde und in den Fluss und staksen mit langen Schwertern hinterher, über zahllose Honigfälle unter einem leuchtenden Sternenhimmel, und jeder Stern ist das glitzernde Auge einer haarigen Spinne, und ihre ineinander verflochtenen Beine sind die Schwärze der Nacht, die jeden Morgen von Hellwahs Feuer verbrannt wird, und der Honig fließt durch ein riesiges Fischernetz, das von einem schrecklichen Giganten gehalten wird. Er besteht aus Tausenden ineinander verkeilter, lachender Kinder. Fängt ein Kind an zu weinen, wird es in den Honigfluss gestoßen und treibt hinaus auf ein endloses bernsteinfarbenes Meer, in dem der Honig zu riesigen glitzernden Wellen erstarrt. Über das Meer fegen Wirbelstürme aus dem vielstimmigen schrillen Lachen des Kindergiganten hinweg, doch sonst weht kein Wind. Gar keiner!«

Der Ritter hatte zum Schluss hin immer schneller gesprochen und atmete jetzt schwer, als wäre er weit gerannt. Seine glasigen Augen waren auf Nica geheftet, als erwarte er Lob. Oder einen Knochen.

»Das war's?«, fragte sie.

Er nickte.

»Hast du mir sonst noch etwas mitzuteilen?«

»Ich habe schon zahlreiche Jungfrauen gerettet und unzählige versklavte Drachen befreit, selbst einen mit sieben Flügeln, gegen den kämpfte ich sogar mit brennendem Fieber und einer knapp über dem Heft abgebrochenen Klinge. Ich bin ein vielbesungener Held, doch leider ging mir kürzlich meine Jungfrau abhanden. Wollt Ihr ihren Platz einnehmen und mein schöner Köder für die von Samoth versklavten Geschöpfe sein?«

»Nein.« Nica verzog das Gesicht und befahl: »Leg dich einfach hin und sei ruhig.«

Der Ritter gehorchte hechelnd.

»Das soll die Wahrheit sein?«, fragte Ben. »Dass er ein Hund ist, der von Honigflüssen träumt?«

»Einen Versuch war es wert«, brummte Yanko.

»Ich denke, er hat zumindest zu Beginn die Wahrheit gesagt«, vermutete Ben. »Der Orden hat keine Ahnung, wohin Norkham geflohen ist.«

»Das kann sein, muss aber nicht stimmen. Zur Sicherheit werde ich mir Herrn Zendhen doch noch vornehmen.« Nica zog das Messer wieder hervor.

»Was willst du tun? Ihn foltern, ihm die Finger abscheiden?«, fragte Ben. »Die Nase? Die Ohren?«

»Ja, wenn er sonst nicht redet? Was bleibt uns dann übrig? Wir müssen Norkham finden, das haben wir hoch und heilig geschworen!«

»Dabei war nie die Rede davon, andere zu quälen.«

»Meinst du vielleicht, mir bereitet das Vergnügen?«, blaffte sie ihn an.

Genau das fragte sich Ben, seit sie am Feuer nach dem Messer gegriffen hatte. Er war nicht sicher, ob es ihr wirklich um Antworten ging oder darum, Rache zu nehmen. Für die Zeit im Käfig und vor allem für das, was er ihr angedroht hatte. Sein Wunsch, ihr das Kleid anzuziehen, war kein sehr fürsorglicher gewesen. Stumm schüttelte Ben den Kopf.

»Was dann? Hast du etwa Mitleid mit dem Wurm?«

»Nein, aber ...« Mehr wusste Ben nicht zu sagen. Noch vor kurzem hatte er selbst Margulv Schmerzen zufügen wollen, und säße Herr Arthen dort drüben im Käfig, würde er ihm mit dem größten Vergnügen so viel Angst einjagen, bis er sich in die Hosen machte. Er würde ihn mit Steinen und Dreck bewerfen, bis auch dessen ganzer Körper mit schmerzhaften Blutergüssen und Platzwunden übersät war, und er würde sich darüber ärgern, dass Dreck weder schimmelte noch stank wie verfaulte Früchte. Für das, was dieser weiße Ritter Nica hatte antun wollen, verdiente er fraglos Schmerzen. Trotzdem wollte Ben nicht sehen, wie sie ihre Wut an ihm ausließ, wollte es auch nicht hören. Im Käfig war der Ritter wehrlos, das erschien ihm falsch. Aber war es richtig, den Kerl ungestraft zu lassen?

»Was, aber?«, herrschte sie ihn an.

»Nichts«, sagte er. »Aber du weißt selbst, dass es nichts bringt. Ich sehe mir das nicht an.«

»Zwingt dich ja keiner!«

»He, Ben, komm schon, du weißt, wir müssen noch mehr erfahren, wenn wir Norkham finden wollen. Es muss sein. Wenn es um den Drachen ginge, wärst du jetzt auch nicht dagegen.«

»Doch«, behauptete Ben mit leisem Trotz. Er wusste nicht, was er in dem Fall denken würde. Wie sollte man das auch wissen? Das waren nur Gedankenspiele, und er war zu müde und durcheinander.

»Es ist wichtig, dass du bleibst«, beschwor ihn Yanko. »Bitte.«

»Lass ihn doch gehen, wenn er kein Blut sehen kann«, sagte Nica bissig. »Alles muss sich um seinen Drachen drehen. Was ist mit meiner Rache? Er hat es geschworen!«

»Aber das nicht!« Ben deutete auf das Messer in Nicas Hand. »Das habe ich nicht geschworen!«

»Dann denk daran, was die oben in Vierzinnen getan haben! Denk an die Galgen vor der Stadt!«

»Daran will ich aber nicht denken!«, fauchte Ben und wandte sich ab – nicht ohne einen letzten Blick auf Herrn Zendhen zu werfen, der zusammengekrümmt im Käfig saß und voller Furcht zu ihnen herüberstarrte. Hilflos hob er die Hand ein Stück und bewegte lautlos die Lippen. Ben schien es, als würde er ihm ein *Bitte* zumurmeln, als würde er hoffen, Ben ließe ihn nicht mit den anderen beiden allein. Doch Ben schüttelte den Kopf und stapfte davon, zu aufgewühlt und zornig, um zu wissen, was er wirklich empfand. Mitleid mit diesem Ritter war es jedenfalls nicht.

Ben stapfte an den Drachen vorbei, immer weiter hinauf in die Klamm.

»Wann sollen wir dich suchen kommen?«, rief ihm Juri scherzhaft hinterher, doch Ben antwortete nicht. Er wollte einfach nur allein sein.

EINE EINSAME ENTSCHEIDUNG

Die Gischt des kleinen Wasserfalls glitzerte silbern im Mondlicht, und sein Rauschen war so laut, dass Ben keinen Laut vom Feuer oder von dem Käfig ein paar Schritt weiter unten vernehmen konnte. Wenn er den Hals reckte, konnte er das Feuer zwischen zwei Felsen erkennen, auch den kleinen hellen Punkt der Fackel neben dem Käfig, doch das wollte er nicht. Er wollte an nichts von dem denken, was dort unten geschah, dachte aber an kaum etwas anderes.

Mit baumelnden Füßen saß er auf einem Felsen am Bach und starrte in das nächtlich dunkle Wasser. Das hatte er schon früher gemacht. Immer wenn ihn etwas bedrückt hatte, war er an den Dherrn gegangen. Wasser beruhigte ihn.

Fast fielen ihm die Augen zu, so beruhigend und monoton war das Rauschen und Plätschern. Die letzten beiden Tage hatte er kaum Schlaf gefunden, hatte nur eine Weile im Käfig vor sich hingedämmert, als sie durch die Gegend gezuckelt waren. Erholsam war das nicht gewesen. Wut und Angst hatten ihn wach gehalten, doch ganz allein hier oben konnte er die Müdigkeit viel deutlicher spüren. Er warf einen Stein ins Wasser.

Was tat Nica Herrn Zendhen an? Wie wollte sie ihn zum Sprechen bringen?

Plötzlich hatte er den albernen Gedanken im Kopf, der Ritter würde sich in der Mitte des Käfigs zusammenkauern, dort, wo sie ihn mit der kurzen Klinge nicht erreichen konnte. Sie könnte nicht riskieren, ihren Arm hineinzustecken, denn er durfte sie nicht zu fassen bekommen, er war stärker als sie. Natürlich würden ihr sofort die Drachen beistehen, doch was wollte sie tun, wenn Zendhen tatsächlich so reagierte?

Steine schmeißen, dachte Ben. Oder sie holte sich eines der Schwerter, die sie den beiden Rittern abgenommen hatten; die Klingen waren lang genug. Widerwillig schüttelte er den Kopf, um die Bilder zu verscheuchen.

Nein, Mitleid fühlte er nicht mit dem widerlichen Ritter, das war es nicht. Es war die Kälte, die von Nica ausging, wenn sie von Rache sprach, selbst dann, wenn sie dieses Wort nicht benutzte. Sie tobte nicht, sie schrie nicht, sie spuckte Zendhen weder Verachtung noch Zorn ins Gesicht. Sie ließ sich nicht gehen. Und doch wurde sie von dem Gedanken an Rache vollkommen beherrscht, und diese Gedanken ließen sie zu Stein werden, ihr Herz, ihr regloses Gesicht und ihre wie kalter Kristall funkelnden Augen. Vor dieser Nica hatte er Angst, er wollte nicht, dass sie so war.

Und dennoch wurde er den Gedanken an ihren Kuss nicht los. Er dachte an ihre weichen sanften Lippen und konnte keine Verbindung herstellen zu dieser Nica, die dort unten den Ritter befragte. Der Kuss gehörte in seiner Vorstellung zu der fröhlichen Nica, die er in Trollfurt kennengelernt hatte, auch wenn sie ihn natürlich erst lange danach geküsst hatte. Doch musste sie sich nach all dem, was sie erlebt hatte, nicht verändern?

Was erwartete er nach einer solchen Geschichte von ihr? Oft genug hatte er selbst nach Rache gedürstet, warum störte es ihn bei ihr so?

Er wusste es einfach nicht, war zu müde, um einen klaren Gedanken zu fassen. Ihr war übel genug mitgespielt worden, dass sie nach Vergeltung verlangen durfte, auch wenn Zendhen nur gedroht hatte.

Ein kleiner silbriger Schemen tauchte von oben in die Gischt, irgendein Fisch, der sich über die Wasserfälle in die Tiefe stürzte. Bens erster Gedanke war, dass es für den Fisch kein Zurück gab, er war zu klein, um den Wasserfall auch wieder hochzuspringen. Doch das kümmerte ihn nicht, er sprang einfach im festen Vertrauen, dass der Fluss ihn immer weiterführte. Irgendwohin, wo er lieber wäre als da, wo er herkam.

Ben spürte dieses Vertrauen nicht. Alles hatte sich diesen Sommer verändert, und seit er in Falcenzca den Steckbrief entdeckt hatte, saß eine Angst in ihm, die er zuvor nicht gekannt hatte. Auch hier in Vierzinnen waren sie verraten worden. Konnten sie irgendwann wieder eine größere Siedlung betreten, ohne gejagt zu werden?

Die ersten Wochen nach der Flucht aus Trollfurt waren anders gewesen. So sehr ihm die Träume von Yirkhenbargs Tod zu schaffen gemacht hatten, er hatte sich irgendwie frei gefühlt. Nica und Yanko waren bei ihm gewesen, Aiphyron, Juri und Feuerschuppe. Lachend hatten sie sich Helden genannt, weil sie den gigantischen Drachen vor der Versklavung bewahrt hatten. Ben hatte Drachen befreit, und das war richtig gewesen. Jetzt wollte er noch immer Drachen befreien, doch bei dem Gedanken daran, ohne die Drachen eine Stadt zu betreten, bekam er Angst. *Ein toller Held bin ich!*

Sie waren zu sechst, und gegen sie stand der Orden der Drachenritter, ja sogar das ganze Großtirdische Reich. Das war etwas ganz anderes, als das kleine, halb verlassene Trollfurt herauszufordern. Wenn er daran dachte, wollte er einfach nur davonlaufen. Doch er traute sich nicht, mit den anderen darüber zu sprechen. Zu sehr schämte er sich.

Und viel zu stark fürchtete er, dass sie dann auch von der Angst befallen wurden, wenn er ihnen deutlich machte, wie aussichtslos ihre Situation war. Wie lange mochten sie sich vor dieser Überzahl verstecken können? Sie wurden regelrecht gejagt, auch von den weißen Drachen, den unerbittlichen Hunden Hellwahs.

Ben wollte seine Angst einfach totschweigen. Mit aller Kraft versuchte er, sich nicht von ihr beherrschen zu lassen, und darum ertrug er es eben auch nicht, wie sich Nica von ihrem Rachedurst beherrschen ließ.

In diesem Moment sprang ein weiterer Fisch den Wasserfall hinab, und Ben murmelte: »Woher nimmst du nur die Gewissheit, dass es weiter unten nicht immer schlimmer wird? Wieso springst du?«

Gedankenverloren sammelte er ein paar Steinchen auf und schleuderte sie ins Wasser, weit entfernt von der Stelle, wo er die Fische gesehen hatte. Stein um Stein warf er in die Dunkelheit, das beruhigte.

Was in Yanko vorging, wusste er nicht. Yanko hatte seine Eltern in Trollfurt zurückgelassen, doch auch wenn sein Vater ihn regelmäßig geschlagen hatte, hatte ihn niemand töten wollen, und er hatte niemanden getötet. Immer noch gab er den Spaßmacher, er zeigte Ben nicht, wie viel Angst und Wut in ihm steckten, wie viel Verlangen nach Vergeltung. Doch er unterstützte Nica, als wäre es auch ihm wichtiger, Rache zu üben, als einen Drachen zu befreien. Vielleicht sprach er auch mit Nica über seine Ängste und sie mit ihm. Nur mit Ben sprach niemand.

Gähnend warf er einen weiteren Stein in den Bach. Sie standen zu dritt gegen die ganze Welt, und doch fühlte er sich, als wäre er allein. Die beiden hatten einander, doch wen hatte er?

»Dämlicher Schlammschlürfer, hör auf, so jämmerlich herumzuheulen, und reiß dich zusammen«, knurrte er sich selbst an. »Wir sind zu sechst. Und auch du hast deine Geheimnisse vor Yanko, deine Angst und Nicas Kuss. Trotzdem bist du sein Freund.«

Die letzten Steine schleuderte er gleichzeitig ins Wasser, sprang von seinem Felsen und stieg langsam durch die Dunkelheit wieder zum Feuer hinab. Er würde nicht mit Nica streiten wegen eines Mannes, der sein Mitleid nicht verdiente.

»Und? Hat er dir was verraten?«, fragte Ben, als er wieder bei seinen Freunden auftauchte.

Nica und Yanko saßen am Feuer und starrten in die Flammen, die Ritter kauerten Rücken an Rücken zusammengekrümmt im Käfig. Die Fackel steckte noch immer in einem Felsloch und tauchte sie in flackerndes Licht.

»Nein.«

»Und … wie geht es ihm?« Ben musste einfach fragen.

»Er hat sich in die Hose gemacht.«

»Und sonst? Hast du ihn schwer verletzt?«

»Verletzt?« Nica starrte ihn an. »Mit dem Messer und all dem Gerede von Blut habe ich ihm Angst gemacht, sonst nichts. Ich habe ihm genau das zurückgezahlt, was er mir angetan hat.«

»Gut.« Ben war erleichtert. Vielleicht hatte er ja alles falsch eingeschätzt.

»Gut? Nichts ist gut. Erst wenn ich Norkham in die Finger bekommen habe, ist es gut. Er hat mir so viel angetan, und ich werde ihm noch mehr antun. Niemand wird ihn von seinem Pfahl losbinden.«

Also doch. Ben schloss die Augen und atmete tief durch. »Überlass ihn doch dem Orden. Du hast die Galgen gesehen. Sie sind hinter ihm her, sie werden ihn finden und hängen. Mehr Strafe kannst du doch für ihn nicht wollen.«

»Nein, der Orden findet ihn nicht. Hast du nicht gehört, was ich gesagt habe? Zendhen weiß nichts!«

»Aber dieser Zendhen hat so viel Hirn wie ein toter Troll, natürlich weiß er nichts. Doch die anderen werden ihn aufspüren.«

»Nein, Zendhen ist nicht dumm. Der Dumme ist Friedbart.«

»Ist doch egal. Besonders helle ist er auch nicht.«

»Nein, das nicht. Aber es war Schicksal, dass sie Norkham nicht erwischt haben, dass sein Galgen frei geblieben ist. Das ist so wegen unseres Schwurs. Er ist meiner«, sagte Nica und fügte hastig hinzu: »Unserer.«

»Lass ihn ziehen, er wird dem Galgen nicht entgehen. Wir holen uns den Drachen. Das haben wir geschworen, und wir wissen, wo wir ihn finden.«

»Wahrscheinlich finden könnten«, sagte sie. »Er war sich nicht sicher.«

»Wir haben's geschworen.«

»Wir haben auch geschworen, Norkham zur Strecke zu bringen. Auch du.«

»Aber zuerst haben wir die Befreiung des Drachen geschworen! Und von ihm haben wir eine Spur!«

»Ben, hör uns zu«, mischte sich Yanko ein. Und da war es, dieses kleine Wort, das ihn tief traf. Ein Wort, das wie Verrat schmeckte: uns.

Mehr brauchte er nicht zu hören, es gab also ihn und sie, einer gegen zwei. Wieder hatten sie sich besprochen, und ihm wurde einfach nur das Ergebnis mitgeteilt. Er hatte nicht teilgehabt an dem Gespräch, keinen Einfluss nehmen können, nichts. Erneut hatten sie ihn ausgeschlossen. Wütend unterdrückte er die Stimme in seinem Hinterkopf, die ihm sagte, dass er sich diesmal selbst zurückgezogen hatte. *Sie hätten mich ja zurückholen können,* dachte er bitter. Wenn sie Wert auf seine Meinung legten.

»Was?«, fauchte er.

»Du hast Recht, wir wissen, wo wir nach dem Drachen suchen können. Diese drei Spuren haben wir. Und um ihnen zu folgen, müssen wir fort von hier. Doch wohin Norkham geflohen ist, können wir nur hier erfahren. In Vierzinnen, bei einem der hiesigen Ketzer. Wenn wir erst dem Drachen folgen, dann verlieren wir ihn.«

»Und warum verlieren wir den Drachen nicht?«

»Weil er dem Sieger eines Wettkampfs übergeben wird. Es wird uns ein Leichtes sein, dessen Namen und Herkunft auch noch Tage oder gar Wochen nach den chybhischen Spielen zu erfahren. Diese Namen werden nicht geheim gehalten, sondern stolz in die Welt geschrien. Und der Drache wird in seinen Stall gesperrt werden. Im Unterschied zu Norkham ist er nicht auf der Flucht und versucht, seine Spuren zu verwischen.«

Egal, wie vernünftig das klang, Ben wollte davon nichts hören. Was, wenn sich der Ritter geirrt hatte und sie den Drachen weder im Stall des Siegers noch dem des Abts oder hiesigen Fürsten fanden? Dann wäre es viel zu spät, eine neue Spur aufzunehmen, während der Orden bis dahin bestimmt den Hohen Norkham gefangen und aufgeknüpft hatte. Den Abt und den Fürsten aufzusuchen, würde lange genug dauern, schließlich wussten sie nicht, wo die zu finden waren.

Ben konnte nicht einmal sagen, in welchem Fürstentum des Großtirdischen Reichs Vierzinnen lag. Die Suche duldete einfach keinen Aufschub.

»Es sind aber keine wirklich sicheren Spuren«, beharrte Ben.

Doch das wollten nun Nica und Yanko ihrerseits nicht hören. Sie beharrten darauf, erst nach dem verschwundenen Ketzer zu suchen.

Aber diesmal würde sich Ben nicht umstimmen lassen. Erst kam der Drache, so war es beim Schwur gewesen!

Jeder brüllte dem anderen ein »Nein!« ins Gesicht, dann herrschte Stille. Die Drachen betrachteten sie neugierig, als erwarteten sie, dass der Streit weiterging. Doch Ben hatte keine Kraft mehr, und ebenso wenig ertrug er diese schwere, drückende Stille.

Um ihr zu entkommen, fragte er: »Was machen wir jetzt mit den beiden Rittern? Egal, wohin wir gehen, mitnehmen können wir sie schlecht.«

»Freilassen können wir sie auch nicht«, sagte Yanko. »Ihre Antworten haben uns auf die Fährte des Drachen gesetzt. Sie wissen, wo wir früher oder später auftauchen, und werden es dem Orden verraten. Es ist schon ärgerlich genug, dass sie wissen, dass du deine Haare geschoren hast und die Hose gewechselt. Und Nica ihr Kleid.«

Ben erwartete fast, dass Nica vorschlug, sie sollten die beiden aufknüpfen, denn Tote verrieten nichts, doch sie schwieg, kaute wieder einmal auf der Unterlippe herum und blickte stur ins Feuer. Nicht einen Augenblick sah sie Ben an, ganz so, als wäre er Luft.

Schön, sollte sie doch schmollen, dachte Ben. Er konnte sie auch ignorieren, wenn sie das wollte! Mädchen! Grimmig wandte er sich ab und sah hinüber zu den zusammengekauerten Rittern.

Wenn sie sie einfach hier im Käfig ließen, würden sie entweder viel zu rasch entdeckt und befreit werden oder aber verdursten. Das war nicht besser, als sie hinzurichten. Was also tun?

»Ihr könntet sie doch einfach verbannen«, schlug Feuerschuppe vor.

»Verbannen?« Ben schüttelte den Kopf. »Und wie sollen wir das tun ohne Soldaten und Macht? In die Berge deuten und ihnen gebieten, das Land zu verlassen? Die lachen uns doch aus und drehen um, sobald wir sie allein lassen.«

»Ich habe nicht gesagt, ihr sollt sie hier laufen lassen.« Feuerschuppe grinste. »Die Burschen sind leicht. Juri schnappt sich einen, ich mir den anderen, und wir tragen sie über die Berge hinweg, weit hinein in das dort angrenzende Land, wenn möglich sogar über ein Meer, falls wir eines finden. Wenn wir sie dort, fern aller Siedlungen, aussetzen, an einem Ort, an dem eine andere Sprache gesprochen wird, dauert es bestimmt sehr, sehr lange, bis sie zurückfinden. Wenn sie sich überhaupt die Mühe machen und nicht dort ein neues Leben beginnen.«

Alle hielten das für eine hervorragende Idee. Selbst Nica sah auf und schenkte Feuerschuppe ein kurzes Lächeln. Und weil keiner den beiden Rittern mehr eine Frage stellen wollte, sollten sich Juri und Feuerschuppe sogleich auf den Weg machen.

Friedbarts Augen glänzten noch immer vom Genuss des Seherpilzes, in denen Zendhens zeigte sich pure Angst. Doch beide wehrten sich nicht, als sie von den Drachen gepackt wurden.

»Wir verbannen euch. Ein Schwert bekommt ihr nach der Landung, ihr sollt schließlich nicht wehrlos sein, wenn ihr auf wilde Tiere trefft«, sagte Ben.

Ein kurzer Hoffnungsschimmer glitt über ihre Gesichter, doch sie rührten sich nicht. Keine Proteste, kein Aufbäumen, nichts. Erst als die Drachen sie packten, wurde ihnen klar, was Verbannung in ihrem Fall bedeutete. Stammelnd rissen sie die Augen auf, Friedbart machte sich in die Hose, und dann erhoben sich Juri und Feuerschuppe. Ben sah ihnen nach, bis er die dunklen Schemen vor dem Sternenhimmel nicht einmal mehr erahnen konnte.

Als er sich umdrehte, hatten sich Yanko und Nica bereits hingelegt. Auch Yankos Gesicht war von Erschöpfung gezeichnet, Nica hatte sich abgewandt und schien bereits zu schlafen. Oder gab es zumindest vor.

»Lass uns alles morgen besprechen«, sagte Yanko. Er wirkte ebenso traurig wie müde. Dann drehte er sich um, legte den Arm um Nica und murmelte: »Gute Nacht.«

Ben wusste nicht, ob er oder Nica gemeint war. Stumm und allein stand er in der Dunkelheit und spürte Angst und Einsamkeit in ihm nagen. Nica hatte ihm seinen besten Freund genommen. Wenn sie Yanko irgendwann zwang, sich zu entscheiden, würde er niemals Ben wählen, diese Gewissheit spürte er tief in sich. Und sie würde ihn zwingen, sie tat es seit dem Schwur.

Langsam wandte er sich Aiphyron zu, der ihn mit seinen stets wachen Augen betrachtete. Dann holte er seine Decke und legte sich ganz nah zu dem Drachen, wie damals, als sie zu zweit den Sippa hinabgeschwommen waren. Von Aiphyron ging so viel Ruhe und Kraft aus, dass Bens Gefühl von Einsamkeit schrumpfte. Lächelnd sah er ihn an. Er wusste, dass sich niemand an einen aufmerksamen Drachen heranschleichen konnte. Wer immer sich heute Nacht ein Kopfgeld verdienen wollte, der würde es mit Aiphyron zu tun bekommen. Der Drache schien der einzige Freund zu sein, auf den er sich wirklich verlassen konnte.

Ben kuschelte sich in die Decke, beachtete die spitzen Steine auf dem felsigen Untergrund nicht, die ihm in den Rücken stachen, und lauschte dem regelmäßigen Herzschlag Aiphyrons, bis er eingeschlafen war.

Als Ben erwachte, stand die Sonne hoch am Himmel. Das Feuer war längst verloschen, doch Aiphyron lag noch immer neben ihm. Auf der anderen Seite hatten sich Juri und Feuerschuppe einen Platz gesucht, sie waren zurück. Ihre Köpfe ruhten direkt neben ihm.

Über Nacht war in Ben eine Entscheidung gereift, die er gestern noch nicht deutlich hatte fassen können. Vielleicht hatte er es auch nur nicht wahrhaben wollen, doch nun wusste er es: Er musste die anderen verlassen.

Er wollte nicht sehen, wie sich Nica in ihren Wunsch nach Rache verrannte und von ihm aufgefressen wurde. Er ertrug es immer weniger, Yanko in die Augen zu sehen, weil er Nica geküsst hatte.

Alles hatte sich geändert.

Und davon abgesehen, waren der Ketzer und sein Drache getrennt worden. Um den Schwur zu erfüllen, war es in jedem Fall das Beste, wenn auch sie sich trennten und beiden Fährten zugleich folgten. Doch das konnte er den anderen nicht sagen, sie würden es ihm ausreden wollen, ihn mit Fragen bedrängen. Und dann käme der Kuss ans Licht. Ben konnte nicht mehr schweigen.

Ben schielte zwischen den Drachen hindurch und sah, dass Yanko und Nica noch schliefen. Rasch raunte er den Drachen zu, dass sie sich trennen müssten, weil sie zwei Spuren zu verfolgen hatten. Den Kuss erwähnte er nicht. Flehend bat er sie, seinen Plan mitzutragen. Und er musste auf der Stelle umgesetzt werden, bevor er den Mut dazu verlor.

Die Drachen sahen ihn mit einem Blick an, der verriet, wie wenig sie menschliches Verhalten manchmal verstanden. Doch sie nickten.

»Kein gemeinsames Frühstück?«, fragte Juri. »Und keine ordentliche Umarmung zum Abschied?«

»Nein.« Ben schluckte. Auf keinen Fall würde er Nica umarmen. Nicht heute. »Allein sind Nica und Yanko verloren. Könnt ihr bitte bei ihnen bleiben? Juri? Feuerschuppe?«

»Wenn du magst, gern. Wir verdanken dir unsere Flügel«, sagte Feuerschuppe.

»Auch wenn ich lieber der Spur des Drachen folgen würde«, ergänzte Juri.

»Ja, danke. Aber helft ihnen, diesen Ketzer zu finden, wenn sie es unbedingt wollen. Es ist ein Schwur.« Ein Schwur, den er selbst auch geleistet hatte, dessen Erfüllung ihm nicht erspart bliebe, was immer er jetzt sagen mochte. »Nur wenn sie uns folgen wollen, um mich umzustimmen, weigert euch bitte.«

Die Drachen nickten.

Dann vereinbarten sie, sich in einem Monat in ihrer Ruine bei Falcenzca wiederzutreffen. Ben strich den beiden Drachen freundschaftlich über die Schnauzen und schwang sich leise auf Aiphyrons Rücken. Sein Gepäck nahm der Drache fürs Erste einfach in die vordere Klaue.

»Weckt die beiden gleich, wenn wir weg sind. Falls wir gesehen werden und jemand aus Vierzinnen herübereilt, um nachzusehen. Und sagt ihnen, es musste sein.« Nach kurzem Zögern fügte er hinzu: »Aber ich bin für immer ihr Freund.«

Dann breitete Aiphyron die Flügel aus und erhob sich in den klaren Himmel. Ben klammerte sich an die Schuppen und spürte eine schwere Last von sich abfallen.

Als sie die Klamm verließen, blickte er sich noch einmal um und sah, wie Yanko sich verschlafen umdrehte. Unbeholfen hob Ben die Hand und winkte.

KAEDYMIA

Sie flogen hoch oben, wo an weniger klaren Tagen die Wolken über den Himmel zogen. So weit entfernt vom Boden, dass auch im Tageslicht niemand sie genau erkennen konnte, höchstens erahnen, wie groß Aiphyron war. Doch ob ein freier Drache oder ein gigantischer Adler, wie es sie weit im Osten geben sollte, würde niemand sagen können.

Bens Hemd und Hose flatterten im Gegenwind, während der Drache mit mächtigen Flügelschlägen voraneilte. Sie kannten nur die grobe Richtung, in der Chybhia lag, doch am Tag wollten sie nicht nach unten gehen. Sie würden einfach bis tief in die Nacht fliegen und dann in der Nähe einer Siedlung lagern. Am Morgen konnte Ben dann den genauen Weg erfragen.

Er starrte hinab und betrachtete die Welt, wie sie unter ihnen vorbeizog. Dunkle Wälder wechselten sich ab mit offenen Ebenen und Auen, Flüssen und einem See, dessen Wasser hell im Sonnenlicht funkelte. Sorgsam abgesteckte Felder lagen in der Nähe der wenigen Siedlungen, hier und da schnitt eine Straße als dünner Strich durch die Landschaft. Die einzelnen Häuser der Dörfer und Städte waren so klein, dass Ben das Gefühl hatte, er könne sie mit einer Hand zerquetschen. Dort unten brachte er viel Geld ein, hier oben, fern aller Menschen, fühlte er sich frei.

»Was hält uns eigentlich im Großtirdischen Reich?«, fragte Aiphyron, als hätte er seine Gedanken erraten. »Wir Drachen werden hier sowieso gejagt, ihr drei nun auch. Dabei könnten wir ohne weiteres über die nächste Grenze fliegen und alles hinter uns lassen. Juri und Feuerschuppe haben die Ritter hinübergeschafft, aber warum nicht uns selbst?«

»Der Schwur hält uns.«

»Stimmt.« Aiphyron schüttelte über die eigene Gedankenlosigkeit den Kopf. »Deshalb schwören wir Drachen nicht.«

»Ich werde auch nie wieder schwören«, knurrte Ben. »Das schwöre ich.«

»Klappt ja hervorragend.« Aiphyron klang amüsiert.

»Ach, sei ruhig. Du weißt doch, wie ich es meine. Das war kein richtiger Schwur, sondern nur so dahingesagt.«

»Dann ist es ja gut.« Aiphyron lachte. »Kann man denn keine Pause machen von einem Schwur? Zwei oder drei Monate irgendwo ausharren, vielleicht ein ganzes Jahr, bis die Steckbriefe ausgeblichen und ein neues Kopfgeld auf einen anderen ausgesetzt wurde. Ihr wollt den Schwur doch erfüllen und nicht bei dem Versuch sterben, oder?«

»Meinst du, Nica hätte drei Monate Geduld?«

»Nein.« Aiphyron schnaubte.

»Außerdem verblasst mit der Zeit doch jede Spur. Ich will den Drachen befreien und nicht vor dem Orden kapitulieren. Eine Pause klingt wie Kapitulation. Und ich will vor ihnen nicht kapitulieren, egal, wie sehr sie uns jagen. Weißt du, den Schwur haben wir uns selbst ausgesucht, wenigstens die eine Hälfte, und das will ich mir nicht nehmen lassen. Ich will nicht nur weglaufen. Verstehst du das?«

»Klar.«

»Erst wenn der Drache frei ist, können wir also über ein fernes Land nachdenken. Und dann machen wir das auch.«

»Gut«, sagte Aiphyron. »Ich hätte da auch schon eine Idee. Ich glaube, dort könnte es dir gefallen.«

Doch bevor der Drache ihm von diesem Land vorschwärmen konnte, drang Ben ein Hauch von Verfall in die Nase. Der Wind roch plötzlich nach Herbst und nassem Laub, das am Straßenrand vergammelte, nach einer offenen, eitrigen Wunde, nach Blut. Aus seinem Pfeifen schien ein Klagen geworden zu sein. Gerade wollte Ben Aiphyron fragen, ob er es auch roch, da stockte dessen Flügelschlag. Sie gerieten ins Trudeln, so plötzlich, dass Ben kurz den Halt verlor und zur Seite wegrutschte.

»He!«, stieß er hervor und presste die Beine fest zusammen, krallte die Finger in die Schuppen, stützte sich auf einem Flügel ab und konnte sich so mühsam auf dem schlingernden Drachen halten.

»Riechst du das?«, fragte Aiphyron statt einer Entschuldigung, während er wieder begann, mit den Flügeln zu schlagen und Ben sich mühsam eine sichere Sitzposition suchte. »Hörst du das leise Klagen?«

»Ja. Was ist das?«

»Ein sterbender Drache.«

»Was?« Vor Überraschung hätte Ben beinahe schon wieder losgelassen und wäre doch noch in die Tiefe gestürzt.

»Nun muss dein Schwur doch warten«, sagte Aiphyron und änderte den Kurs.

»Aber ...«

»Hör zu. Ich habe dich noch nie um etwas gebeten, nicht ein einziges Mal. Aber jetzt brauche ich deine Hilfe. Kaedymia braucht sie.«

»Wer ist Kaedymia?«

»Der sterbende Drache.«

»Du kannst riechen, welcher Drache das ist? Verdammt, wie gut ist deine Nase?«

»Kaedymia ist der einzige Drache, den man im Wind riechen kann.«

»Warum?«

»Weil er im Wind geboren wurde«, erklärte Aiphyron. »Er wuchs in einem Felsen heran, hoch auf dem Gipfel eines einsamen Bergs weit im Süden, der von den Menschen dort Himmelsklippe genannt wird. Es ist ein Berg, um dessen zerklüfteten Gipfel zahlreiche Winde toben und dessen Nordseite über mehrere Tausend Schritt steil abfällt. Es sieht aus, als wäre der Berg hier von einer riesigen Axt gespalten worden und die andere Hälfte verschwunden, besser gesagt: als zerschmettertes Geröll über die angrenzende Ebene verteilt worden. Dort oben, am höchsten Punkt, wuchs er heran, die Winde schabten über die Jahre langsam den Stein von seinen Schuppen, und dann, just in dem Moment, in dem er aus dem Fels schlüpfen wollte, stieß ihn eine plötzliche Böe über den Klippenrand und in die Tiefe. Wäre das eine Minute früher geschehen, wäre er auf dem Boden zerschellt und Kaedymia wäre aus Schmerz und Gesteinssplittern geboren worden. Doch nun wurde er im Flug geboren, mitten in den Winden, welche die Himmelsklippe stets umwehen. Er breitete die Flügel aus und flog, noch bevor er seinen ersten richtigen Gedanken fassen konnte. Unter uns Drachen ist er der einzige Windgeborene, und so wie die Winde ihre Spuren in ihm hinterlassen haben, hat er seine in ihnen hinterlassen. Er ist ein Teil von ihnen, und wenn er stirbt, wird der Geruch nach Verfall und Tod über Jahre hinweg mit jedem Sturm über das Land wehen, jeder Frühlingstag wird nach Herbst riechen.«

»Aber warum stirbt er?«, fragte Ben. »Ist er alt oder krank?« An den Orden dachte er nicht, der Orden tötete nicht.

»Ja, er ist alt. Sehr alt. Aber deshalb stirbt er nicht.« Aiphyron schnupperte hektisch in der Luft und schlug immer schneller mit den Flügeln. Sie rasten dahin, Bens Augen tränten, mit solcher Wucht schlug ihm der Wind ins Gesicht. Schweigend klammerte er sich fest und hoffte, dass es nicht mehr allzu weit sei.

Schließlich setzte Aiphyron zur Landung an. Bens Knie und Ellbogen waren steif vom Flug, seine Augen verklebt und die Finger klamm vom Festkrallen. Die Luft hier schmeckte grundsätzlich frisch und salzig, doch von unten stieg der Geruch nach Verfall zu ihnen auf, wie auch ein schwerer, süßlicher Duft. Ein fernes Schnattern, Quaken und Glucksen drang in Bens Ohren.

Er öffnete die Augen und erblickte zuerst das Meer. Die Küste lag nur noch wenige Meilen von ihnen entfernt, dahinter erstreckte sich die glitzernde Wasserfläche bis zum Horizont. Weiße Linien aus Wellenschaum liefen langsam auf den Strand zu. Noch nie hatte Ben das Meer gesehen, und er erstarrte angesichts seiner Schönheit.

»Das ist ...«, setzte er an, doch dann schwenkte Aiphyron ab und ging tiefer. Direkt unter ihnen lag ein breites, sumpfiges Flussdelta, das fast überall mit wuchernden krummen Bäumen bewachsen war, die kopfgroße rot-weiß marmorierte Blüten trugen. Mit angelegten Flügeln tauchte er hinab auf einen Flecken aus fester Erde, der sich wie eine Insel mitten im Morast erhob. Schlick spritzte auf, als er hart auf dem Boden landete.

Im dichten Sumpfgras vor ihnen krümmte sich ein Drache mit weißgrauen Schuppen, die mit zahlreichen rötlichen und grünen Einsprengseln verziert waren und von kristallin blauen Adern durchzogen. Sein Körper war kaum größer als ein ausgewachsener Mann, rechnete man den ebenso langen Schwanz nicht hinzu; nach Aiphyrons Worten hatte er ihn sich größer vorgestellt. Dennoch, und obwohl er nur schwach atmete, ging eine spürbare Würde von ihm aus.

Hier unten herrschte vollkommene Windstille, und doch schien ein ständiges Wispern durch die hochgewachsenen Halme zu laufen.

»Aiphyron«, murmelte der Drache und blinzelte mit trüben, gelblichen Augen. Der Schatten eines Lächelns huschte über seine lippenlosen Züge, dann wurde es von einem rasselnden Husten weggefegt. Seine Brust war mit getrocknetem Blut und Schlamm bespritzt, ein Flügel von dem spitzen Ast eines Baums durchstoßen, die Knochen des anderen vollkommen zerschmettert, als sei Kaedymia aus großer Höhe darauf gestürzt. Auch in der Brust schien ein abgebrochener Ast zu stecken, doch bei näherem Hinsehen erkannte Ben eine Art Pfeil, dicker als sein Arm, mit einer blutverschmierten Spitze aus Blausilber, die ihn zur Gänze durchbohrt hatte und aus dem Rücken ragte.

»Was ist geschehen?«, fragte Aiphyron den Drachen und scheuchte Ben zugleich zu ihm hinüber.

»Ich ...« Wieder erschütterte ein Röcheln den verwundeten Drachen.

»Nicht bewegen!«, befahl Ben und warf sich neben ihm auf die Knie. Schmerz und Mitleid, das er beim ersten Anblick empfunden hatte, waren verschwunden; er dachte nur noch an das, was er tun musste.

»Hör auf ihn«, sagte Aiphyron. »Das ist Ben. Er ist ein Drachenflüsterer.«

Ungläubiges Erstaunen spiegelte sich in Kaedymias Augen,

dann Hoffnung. Als Ben ihm die Hand auf die Brust legte und die Heilkräfte zu wirken begannen, schloss der Drache die Augen und seufzte schwer und glücklich.

»Hilf mir«, keuchte Ben und forderte Aiphyron auf, Kaedymia auf die Seite zu drehen und ihm dabei den Ast aus dem Flügel zu entfernen, ganz vorsichtig. Dann hieß er Aiphyron die Blausilberspitze von dem Pfeil brechen. »Zieh ihn ganz langsam raus. Wenn du das getan hast, wechsel die Seiten und halte ihm das Loch im Rücken zu, ich kümmere mich zuerst um seine Brust.«

Ben presste beide Hände auf die offene Wunde und zwang all seine Heilkräfte in den grauen Drachen. Blut quoll zwischen seinen Fingern hindurch, doch schon bald hatte er dessen Fluss gestoppt. Seine Handflächen pochten und kribbelten, sie brannten. Hundert kleine Nadeln schienen hineinzustechen, und dazu noch eine besonders lange, die sich bis zum Ellbogen hinaufbohrte. Er knirschte mit den Zähnen, stöhnte, schwitzte, fluchte und beschimpfte den Pfeil inbrünstig. Der war so gigantisch, dass er sich fragte, ob in diesem Sumpf etwa riesige Trolle lebten, die gelernt hatten, einen Bogen zu bauen.

Bevor er zu ausgelaugt war, um sich auch um den Rücken zu kümmern, nahm er langsam die Hände von der Wunde. Sie hatte sich in einer Mischung aus weicher heller Haut und rostbraunem, rauem Schorf geschlossen. Tief atmete Ben durch und vertrieb das aufkommende Schwindelgefühl mit einem kräftigen Kopfschütteln. Dann schlich er um den Drachen herum und legte seine Hände dorthin, wo der Pfeil wieder ausgetreten war. Als er auch dort die Blutung gestoppt hatte, stürzte er keuchend auf die Knie.

»Danke«, sagte Aiphyron.

»Wasser«, entgegnete Ben. Er fühlte sich vollkommen ausgelaugt.

Kaedymia atmete regelmäßig.

Ben lächelte und trank gierig das Wasser, das Aiphyron ihm aus dem Fluss geschöpft hatte und ihm mit der hohlen Klaue unter die Nase hielt. Dann legte er sich auf den Rücken und starrte stumm in den Himmel, während langsam die Kräfte in ihn zurückflossen.

Einen ganzen Tag lang legte Ben Kaedymia immer wieder die Hände auf, sandte seine Heilkräfte in den Körper des Drachen, bis dieser endlich die gelben Augen aufschlug. Nun strahlten sie viel lebendiger, und in ihnen glomm eine Wärme, die direkt von der Sonne zu stammen schien.

»Ein Drachenflüsterer, ich bin wirklich überrascht. Und erfreut. Und zutiefst dankbar natürlich.« Kaedymias Stimme war wie das Säuseln einer warmen Sommerbrise.

»Keine Ursache«, sagte Ben verlegen.

»Das nenne ich Glück, dass ihr gerade in der Gegend wart.«

»Nicht direkt in der Gegend. Wir haben dich gerochen«, erwiderte Aiphyron. »Aber jetzt sag schon, was ist passiert? Gibt es hier schießwütige Riesen?«

»War das ein Troll?«, fragte Ben.

»Nein, nein. Ein Mensch.«

»Ein Mensch? Das ist unmöglich! Der Pfeil war beinahe drei Schritt lang!« *Er hätte sogar einen großen Drachen wie Aiphyron durchbohren können*, dachte Ben.

»Nun, es war möglich. Sie hat ihn nicht mit einem Bogen abgeschossen.«

»Sie?«

»Ja, sie. Sie lebt in einem einsamen Turm am Meer, ganz am

Rande des sumpfigen Deltas. Ich hatte schon von ihr gehört, der Wind trägt viele Stimmen und Gespräche mit sich, und er wispert sie auch aus großer Entfernung an mein Ohr. Die besessene Gujferra wird sie genannt, denn sie hat geschworen, so lange als Einsiedlerin zu leben, bis der Orden der Drachenritter bereit sei, sie als Ritterin aufzunehmen, nicht nur als Jungfrau. Doch der Orden war nicht an ihr als Kriegerin interessiert und kümmerte sich nicht um ihre Worte.

In den ersten Jahren kamen stattdessen zahlreiche Freier an ihr Tor, denn sie war außerordentlich schön und klug, und als Tochter eines wohlhabenden Kaufmanns hätte sie auch eine ordentliche Mitgift in die Ehe gebracht. Über all diese Vorzüge ließe sich ihre Besessenheit schon vergessen, dachten die Freier, oder sogar austreiben, wenn sie erst einmal in festen Händen war. Doch sie wies jeden ab, denn keiner von ihnen konnte ihre Aufnahme in den Orden erwirken, was die Bedingung für ein Ja gewesen wäre.

Mit den Jahren wurde sie verbittert und begann den Orden zu hassen, der sie so oft zurückgewiesen hatte. Keine Freier klopften mehr an ihre Tür, und damit war ihr sogar die Freude genommen, sie abzuweisen. Sie verfluchte Hellwah und begann uns Drachen zu hassen. Sie schwor, fortan jeden Drachen zu töten, bevor er vom Orden befreit werden konnte, denn sie wollte nicht länger ertragen, dass dummen, tiergleichen Kreaturen etwas ermöglicht wurde, was man ihr so hochnäsig verweigerte: die Aufnahme in den Orden.

Wer immer von diesem Schwur hörte, lachte über sie, denn was konnte eine einzelne Frau schon gegen einen großen Drachen ausrichten? Wie wollte sie ohne die Hilfe einer Jungfrau einen solchen überhaupt aus den Lüften locken, ganz zu schweigen davon, wie im Kampf gegen ihn bestehen? Auch ich dachte mir nichts dabei, in bestimmt zweihundert Schritt Höhe über ihren Turm hinwegzufliegen, mir war nicht einmal bewusst, dass das alte Gemäuer dort unten ihr Turm war.

Doch das war ein Fehler, denn wie ich schon sagte, ist sie eine kluge Frau. Sie hat ein Gerät konstruiert, dass halb Bogen, halb Katapult ist und Pfeile in solcher Größe verschießt wie diesen hier. Damit hat sie mich einfach vom Himmel geholt, während ich nur Augen für das Meer hatte. Mit letzter Kraft kämpfte ich mich bis weit über den Sumpf, um mich hier zu verstecken. Einen ganzen Tag lang dämmerte ich vor mich hin und hoffte, sie würde nicht nach mir suchen, um mir den Garaus zu machen, nicht so weit entfernt von ihrem Turm. Dabei wusste ich, sie würde mich nur erlösen, denn ich lag im Sterben. Trotzdem klammerte ich mich an das Leben, und tatsächlich habt ihr mich gefunden.« Schwer atmend beendete Kaedymia seine Erzählung.

»Wie hoch bist du geflogen?«, vergewisserte sich Aiphyron. »Zweihundert Schritt? Was ist das für eine riesige Konstruktion?«

»Sie ist eine erfindungsreiche Frau, ja«, sagte Kaedymia. »Wenn ich wieder ganz auf den Beinen bin, statte ich ihr einen Besuch ab.«

»Nein«, knurrte Aiphyron. »Bis dahin hat sie vielleicht noch einen von uns erwischt. Ich erledige das jetzt, auf der Stelle.«

»Aber der Pfeil …«, setzte Ben an, doch der Drache hatte sich bereits in die Luft erhoben und stürmte in Richtung Meer, so dass Ben den Satz nur kraftlos und ganz leise beendete. Aiphyron konnte es nicht mehr hören. »… ist groß genug, dich zu töten.«

»Er passt schon auf sich auf«, sagte Kaedymia. »Im Unterschied zu mir weiß er ja nun, welche Gefahr ihm droht.«

Schweigend machte sich Ben wieder daran, den Drachen weiter zu heilen. Er fügte den zerrissenen Flügel zusammen und richtete im zweiten einen Knochenbruch nach dem anderen. Immer wieder legte er eine Pause ein, um Kraft zu schöpfen, Wasser zu trinken und nach Aiphyron Ausschau zu halten.

»Wie weit ist ihr Turm entfernt?«, fragte Ben, als der Drache nach bestimmt drei Stunden noch immer nicht zurück war.

»Nicht weit, nur wenige Meilen.«

»Dann sehe ich jetzt nach ihm. Er müsste längst zurück sein.« Ben sprang auf.

»Ihm ist nichts geschehen«, sagte Kaedymia. »Mein Gehör ist gut. Wäre er getötet worden, hätte es mir der Wind zugetragen.«

Unentschlossen betrachtete Ben den verwundeten Drachen. Sprach er die Wahrheit? Oder wollte er nur verhindern, dass der Drachenflüsterer ihn verließ, bevor er völlig geheilt war? »Ich ...«

»Du würdest dich im Morast leicht verirren. Glaub mir, hier gibt es Schlicklöcher, in denen stapeln sich die Knochen der Toten. Und zwischen ihnen hausen hungrige Kreaturen, auf die du ganz bestimmt nicht treffen möchtest. Aiphyron geht es gut.«

In den Augen des Drachen konnte Ben keinen Trug erkennen. Natürlich war er nicht sicher, ob er überhaupt dazu in der Lage war, so etwas zu erkennen, aber er vertraute ihm. Hatte Aiphyron ihn nicht als Freund bezeichnet? Oder bildete er sich das ein?

»Erzähl mir doch einfach, wie du auf Aiphyron getroffen bist«, forderte ihn Kaedymia auf. »Und was euch hierher verschlagen hat. Aiphyron wird wohl noch eine Weile brauchen.«

Ben begann zu erzählen. Er ließ sich Zeit und fragte nicht, warum Kaedymia davon nicht wusste, wenn er doch angeblich alles im Wind hören konnte. Doch wahrscheinlich wäre alles tatsächlich zu viel, um es zu verkraften, und er lauschte nur hier und da, während zahllose ferne Worte, Sätze und Geschichten unbeachtet an ihm vorbeirauschten. Also berichtete Ben von ihrer Jagd nach dem Ketzer, dem Kampf gegen den Orden und ihrem Schwur, einen Drachen zu befreien. Auch von dem Streit mit Nica und Yanko sprach er, doch er versuchte, die beiden nicht schlecht aussehen zu lassen, betonte, dass auch sie sich um das Wohl der Drachen sorgten. Als die Sonne unterging, entfachte Ben ein Feuer. Nun war es zu spät und zu dunkel, um sich auf die Suche nach dem Turm zu machen.

Stundenlang blieb Aiphyron verschwunden. Als Ben schließlich tief in der Nacht die Hände in seine Hosentaschen steckte und dort auf den Schlüssel aus der Ruine stieß, setzte er an, auch von diesem unwichtigen Detail ihrer Abenteuer zu erzählen, doch er kam nicht weit. Mit einem selbstzufriedenen Grinsen landete Aiphyron direkt neben ihnen.

»Endlich«, rief Ben. »Wo warst du so lange? Was hast du mit ihr gemacht?«

»Ich habe ihr Pfeilkatapult in kleine Stücke zerrissen und ins Meer geworfen. Auch die Pfeilspitzen aus Blausilber. Dann habe ich den Turm dem Erdboden gleichgemacht und ihre Möbel mit meinem Feuer in Brand gesetzt, damit auch ja nirgendwo ein versteckter Konstruktionsplan heil blieb.«

»Und mit ihr? Was hast du mit ihr gemacht?«

»Na, verbannt. Was denn sonst? Ich dachte, das hat sich einmal bewährt, das wäre das Beste. Also habe ich ihr eine schöne fruchtbare Insel weit draußen auf dem Meer ausgesucht, auf der sie genug Wasser und Früchte findet, jedoch keine Steine, um einen Turm zu errichten. Und kein Blausilber.«

»Hat sie sich gewehrt?«

»Ein wenig. Aber vor allem hat sie mir versichert, sie würde mich nicht heiraten, unter keinen Umständen.«

Die Frau scheint mehr verwirrt als verbittert zu sein, dachte Ben, auch wenn sie noch klar genug im Kopf war, um einen fliegenden Drachen mit einem Pfeil zu treffen. Er war froh, dass sie dazu nun nicht mehr in der Lage war. Froh, dass sie von ihrem Weg auf der Erfüllung des Schwurs abgewichen waren. Froh, dass sie Kaedymia geheilt hatten.

»Magst du mir diesen interessanten Schlüssel mal zeigen?«, fragte der gerade und lächelte Ben an.

»Welchen Schlüssel?«, entgegnete Ben, in Gedanken noch immer bei der besessenen Gujferra.

»Dem, von dem du mir eben erzählt hast.«

Verwundert zog Ben den großen goldenen Schlüssel aus der Tasche, der im Licht des Feuers schimmerte. Kurz wischte er mit dem Ärmel über die roten Augen des Drachenkopfs, zu dem die Räute geformt war. Dann drückte er ihn Kaedymia in die Klaue.

»Tatsächlich.« Der Drache lächelte versonnen. »Es ist ewig her, seit ich zum letzten Mal einen gesehen habe. Jahrhunderte. Ich dachte, sie wären längst alle verloren oder zerstört.«

»Du kennst den Schlüssel?« Ehrfürchtig sah Ben den Drachen an, der beinahe beiläufig über eine Zeitspanne von Jahrhunderten sprach.

»Der alte Kerl weiß einfach alles«, brummte Aiphyron mit gespieltem Missmut und schüttelte den Kopf. »Immer eine ewig alte Geschichte auf Lager, was? Aber ich hab doch gesagt, dass ich das Ding irgendwoher kenne. Auch ich weiß so manches.«

»Ja, hast du«, bestätigte Ben beiläufig.

»Wenn wir gerade über dich und Wissen reden«, wandte sich Kaedymia lächelnd an Aiphyron. »Hast du eigentlich inzwischen mehr über deine Herkunft erfahren? Das ist noch etwas, das ich nicht weiß und das mich brennend interessiert.«

»Brennend. Sehr witzig«, knurrte Aiphyron, der im Unterschied zu den meisten Drachen nicht wusste, worin er herangewachsen war. Die erste Erinnerung, die er in sich trug, war die an furchtbare, stechende Schmerzen, und als er die Augen aufgeschlagen hatte, hatte er in einer mit grauer Asche überzogenen Ebene gelegen. Weißer Staub hatte wie Nebel in der Luft gehangen. Irgendein Feuer musste seinen Herkunftsort verbrannt haben, kurz bevor er schlüpfen wollte.

Wie auch Kaedymia hatte er keine normale Geburt gehabt, überlegte Ben, vielleicht war das der Grund, weshalb sich die beiden so verbunden fühlten. Doch im Augenblick interessierte ihn anderes viel mehr.

»Was ist jetzt mit dem Schlüssel?«, drängte er.

»Er ist einer der neun Großen Schlüssel, die Rauna geschmiedet hat.« Kaedymia strahlte ihn an, als müsse Ben jetzt vor Begeisterung zu tanzen beginnen. Doch Ben hatte noch nie von einem Rauna gehört, und dass der Schlüssel groß war, konnte er selbst sehen. Das sagte er auch Kaedymia, und der lachte.

»*Eine* Rauna«, sagte er. »Eine. Rauna war eine Frau. Und sie war eine Schlüsselmacherin, geboren mit einer besonderen Gabe, so wie du eben ein Drachenflüsterer bist. Rauna konnte schmieden wie keine zweite Frau und wie kein

Mann zu ihrer Zeit. Schon als Kind fertigte sie beim Schmied ihres Dorfs Schlösser an, die von niemandem zu knacken waren. Doch als sie sich als junge Frau ihrer Gabe vollends bewusst wurde, schuf sie Schlüssel, die mehr konnten, als ein bestimmtes Schloss zu öffnen oder zu verschließen. Sie schmiedete kleine silberne Schlüssel, die für das Herz eines bestimmten Menschen geformt wurden und besser wirkten als jeder Liebestrank. Aus rotem Lehm formte und brannte sie einen Schlüssel für die Schleusen des Himmels, als eine anhaltende Trockenzeit ihre Heimat mit einem Jahr des Hungers bedrohte. Mit einem Messer aus Blausilber schnitzte sie aus dem Herz einer Goldesche einen bartlosen Schlüssel, der jedes Schloss öffnete, dessen Schlüssel verloren gegangen war.

Über die nächsten drei Jahrzehnte stellte sie diese und andere Schlüssel her. Schließlich verschwand sie spurlos, als sie den zur Unterwelt für den Fürsten von Aphrasehr gießen sollte, der drei Kinder bei einer schrecklichen Sturmflut verloren hatte und sie zurückhaben wollte. Damals sagten viele, sie hätte wohl auch diese Aufgabe bewältigt, wenn es ihr nur gelungen wäre, das Tor zu finden. Doch sie vermuteten, dass sie nie so weit gekommen, sondern dass ihr auf der Suche danach etwas zugestoßen war. Wer wusste schon, wo das Tor lag und wie es bewacht wurde? Andere waren überzeugt, sie habe es trotz allem geschafft, doch wer einmal das Tor zur Unterwelt durchschritten habe, kehre nicht zurück, auch nicht die fähigste Schlüsselmacherin aller Zeiten. Seither lebe sie einsam unter den Toten, als Einzige, die nie wirklich gestorben war.

Was auch immer der Grund für ihr Verschwinden war, zuvor hatte sie noch die neun Großen Schlüssel gefertigt; Schlüssel aus reinstem Gold, die im Feuer eines vulkangeborenen Drachen geschmiedet worden waren. Diese Großen Schlüssel öffneten weder Tür noch Tor, sondern taten das Gegenteil: Sie verriegelten ein ganzes Gebäude. Vergrub man sie unter der Schwelle des Eingangs, konnte kein Unbefugter eintreten; ein Schutzzauber legte sich nicht nur über diesen Eingang, sondern über alle Türen und Fenster.

Auf diese Art wurde auch die berühmte Burg Drachensturz gesichert. Jahrelang wurde sie von sieben feindlichen Heeren belagert, jedoch nicht eingenommen. Eine wilde Horde Trolle versuchte sie zu stürmen – vergeblich. Mit welcher Übermacht die Burg auch angegriffen wurde, nie wurde sie eingenommen, bis selbst die Burgherren, viele Generationen nachdem der Schlüssel vergraben worden war, vergessen hatten, woher die Stärke ihrer Festung kam. Sie erinnerten sich nicht mehr daran, ein besonderes Augenmerk auf die unscheinbare Ausfalltür zu haben, unter welcher der Schlüssel lag, und achteten nicht auf die Tiere, die sich dort herumtrieben. Manch einer behauptete, es wäre ein allzu eifriger Maulwurf gewesen, der den Schlüssel ausgrub, doch ich bin davon überzeugt, dass ihn ein Hund auf der Suche nach einem Platz für seinen Knochen aus der Erde gewühlt hat. Achtlos ließ er ihn liegen, und eine große Königselster trug das glitzernde Ding schließlich davon. Als Drachensturz Jahre später erneut angegriffen wurde, wurden die in ihrer Selbstherrlichkeit viel zu nachlässigen Verteidiger, die sich allein auf den Ruf ihrer Feste verließen, böse überrascht.

Insgesamt neun stolze Burgen und Wehrklöster hatte Rauna mit ihren Großen Schlüsseln geschützt, doch sie alle verloren sie im Lauf der Jahrhunderte auf die eine oder andere Weise. Durch neugierige Tiere, spielende Kinder oder auch ein schlimmes, reißendes Hochwasser, das die Erde unter einer solchen Schwelle fortspülte. Nichts bewahrt einen für immer vor den Launen des Zufalls. Die Schlüssel wurden gefunden und von Wissenden genutzt und erneut unter einer Schwelle vergraben. Oder auch von Unwissenden eingeschmolzen, die nur Augen für das Gold und die Edelsteine hatten und daraus Schmuck fertigten. So nahm die Zahl von Raunas Großen Schlüsseln über die Jahrhunderte beständig ab. Bis eben wusste ich nicht, dass überhaupt noch einer existiert.«

In Bens Kopf drehte sich alles. Ein Schlüssel, dessen Zauber ein Gebäude uneinnehmbar machte. Wenn das wirklich stimmte, könnten sie damit den Orden aussperren, egal, mit welcher Übermacht dieser nach ihnen suchte. Sie benötigten nur ein Haus, einen Turm oder eine alte verlassene Burg, die sie sich aneignen konnten. Ein Gebäude, das er, Yanko und Nica auf den Drachen durch die Luft verlassen und betreten konnten, denn dann wären sie selbst unter Belagerung nicht eingesperrt.

Er schluckte. Ganz selbstverständlich hatte er Yanko und Nica in diesen Traum mit eingebunden. Schnell drängte er die Gedanken an die beiden wieder fort.

Konnte es einen solchen Schlüssel wirklich geben?, fragte er sich und antworte: *Konnte es einen Jungen geben, der mit bloßen Händen abgeschlagene Drachenflügel nachwachsen ließ?* Er grinste, doch dann fiel ihm wieder ein, wo sie den Schlüssel gefunden hatten, und misstrauisch fragte er Kaedymia, weshalb sie dann den Turm dieser Ruine hatten betreten können, wenn der Zauber des Schlüssels so mächtig sei.

»Ich weiß es nicht, dafür kann es viele Gründe geben«, antwortete der Drache. »Wenn die Tür nicht geschlossen war, dann wirkt der Zauber nicht, er versiegelt nur verschlossene

Türen. Vielleicht lag es auch daran, dass die Ruine herrenlos war, dass es dort niemanden gab, der geschützt werden musste, und der Schlüssel erkannte euch als die neuen Besitzer an. Damit durftet ihr natürlich eintreten. Mit Sicherheit kann ich es dir nicht sagen, ich bin kein Schlüsselmacher, ich kannte nur den Drachen, der das Feuer für die Schlüssel gab.«

»Du kanntest ihn? Ist er tot?«

»Seit vielen Jahren. Aus irgendeinem Grund war er, der Vulkangeborene, besessen von dem Gedanken ans Meer. Er wollte seine Tiefen sehen, stürzte sich nach langem Zögern hinein und tauchte nicht wieder auf. Ich weiß nicht, ob ihn ein Seeungeheuer geholt hat oder ob sein Feuer im Wasser einfach erloschen ist.« Kaedymia starrte zu Boden und fuhr fort, doch es klang wenig überzeugt. »Vielleicht gefiel es ihm dort unten auch einfach so sehr, dass er deshalb nie wieder auftauchte. Schließlich gibt es einige Drachen, die im Wasser leben.«

Ben und Aiphyron sagten darauf nichts, sie sahen Kaedymia auch nicht in die Augen. Gemeinsam saßen sie schweigend in der Nacht, dann erhob sich Ben und legte Kaedymia noch einmal die Hände auf die heilende Brustwunde. Dabei spürte er, wie sich der flatternde Herzschlag des Drachen langsam beruhigte.

HUNDERT FRAGEN

Es war tiefe Nacht, und Yanko und Nica kreisten auf Juri und Feuerschuppe hoch über Vierzinnen. Ein paar geisterhaft dünne Wolkenschleier zogen von den Bergen her über sie hinweg und dämpften das Licht von Sternen und Mond. Die ersten Wolken seit Tagen, als wäre ihnen ein Gott wohlgesonnen, dachte Yanko. Endlich einmal.

Während Nica ununterbrochen die verlassenen Gassen unter ihnen absuchte, sah er immer wieder zu ihr hinüber. Manchmal machte ihm die eisige Hartnäckigkeit Angst, mit der sie den Hohen Norkham jagte, doch vor allem konnte er ihre Wut und ihren Hass verstehen. Alles hatte der verfluchte Ketzer ihr genommen, sie hatte nur noch Yanko. Und Yanko hatte auch nicht viel mehr, doch er war freiwillig aus Trollfurt fortgegangen. Würde er nun heimkehren, würde sein Vater ihn ganz sicher grün und blau schlagen, aber er würde ihn weder opfern noch für das ausgerufene Lösegeld an den Orden verkaufen. Und seine Mutter würde ihn nach den Prügeln wahrscheinlich pflegen und ganz vergessen, ihn zu tadeln. Beim Gedanken daran verspürte er einen Stich. Natürlich wollte er nie wieder zurück, und wenn er ehrlich zu sich war, konnte er es auch nicht. Irgendein Nachbar würde die tausend Gulden schon einstreichen wollen. Doch das änderte nichts daran, dass sein Schicksal weniger schwer war als das Nicas.

Wen er jedoch nicht verstehen konnte, war Ben. Einfach zu verschwinden, obwohl Nica ihn als Freund brauchte, das war nicht richtig. Obwohl *er* ihn als Freund brauchte. Wenn ihm dieser fremde Drache wichtiger war als Nicas Recht auf Vergeltung, na gut, das musste Yanko nicht verstehen, aber das hätten sie doch in Ruhe besprechen können, gemeinsam einen Weg finden. Selbstverständlich hätten sie sich auch trennen und zwei Spuren zugleich folgen können. Aber abgesprochen! Als Freund haute man nicht einfach ab und hinterließ einen Treffpunkt in einem Monat. Ein ganzer Monat! Da konnte so viel passieren.

Und dann auch noch Falcenzca. Erst wollte Ben dort nicht weg, und jetzt kehrte er schon wieder zurück. Dabei wurden sie dort mit Gewissheit gesucht! Was sollte das? Yanko wurde das Gefühl nicht los, dass da ein Mädchen dahintersteckte. Was sonst?

»Den da noch«, zischte Nica in diesem Moment, und Feuerschuppe stürzte beinahe lautlos und mit ausgestreckten Klauen in die Tiefe, während Nica den Hals des Drachen umklammert hielt. Blitzschnell packte er einen Passanten, der allein durch die Gassen gelaufen war und sie weder gesehen noch gehört hatte. Er war so überrascht, dass er nicht um Hilfe schrie und sich nicht wehrte. Nur ein erstauntes Gurgeln drang aus seiner Kehle.

»Das müsste reichen«, sagte Nica, als sie wieder oben bei Yanko war. »Lasst uns zurückfliegen und mit der Befragung beginnen.«

Erst als sie Vierzinnen ein gutes Stück hinter sich gelassen hatten, brüllte der schmächtige Mann in Feuerschuppes Klauen: »Hilfe! Ich werde entführt! Hilfe!«

»Sei ruhig«, knurrte der Drache und zeigte ihm die gefletschten Zähne, und der Mann verstummte auf der Stelle.

Sie kehrten zurück in die Klamm und steckten ihn in den

Käfig zu den anderen vier Männern und Frauen, die sie bereits aus Vierzinnen gefischt hatten.

»Jetzt zeigt mir eure Drachentätowierungen«, forderte Nica sie kurz danach auf, und weil sich keiner regte, fügte sie hinzu: »Wer keine hat, wird von unseren Freunden hier sofort verputzt. Um Mitternacht sind sie am hungrigsten.«

Juri zeigte sein lippenloses Grinsen und züngelte am Käfig herum.

Hastig rissen sich drei der Gefangenen die Kleider vom Leib und reckten ihnen einmal den Oberarm, einmal die Wade und auch den Rücken entgegen, wo sich ein grüner Drache direkt über dem Hintern schlängelte.

Drei von fünf waren also Ketzer, das war ein gutes Verhältnis, sie hatten Glück gehabt. Allen Drachen waren die Augen ausgebrannt.

»Bitte nicht«, flehten die anderen beiden Gefangenen und versicherten, dass sie ganz bestimmt ebenfalls Rechtgläubige von diesem Glauben seien, nur noch keine Zeit gefunden hatten, sich den grünen Drachen stechen zu lassen. »Ich bin ganz frisch übergetreten.«

»Beruhigt euch, bitte.« Nica lächelte. »Das war nur ein kleiner Scherz. Niemand wird gefressen.«

»Zumindest nicht wegen seines Glaubens«, ergänzte Yanko. »Wir haben einfach ein paar Fragen. Wenn ihr sie uns artig beantwortet, begnügen sich die Drachen mit Fisch.«

Juri grinste breit, so dass seine Zähne zu sehen waren, und patschte mit dem Schwanz auf den Boden.

»Sie mögen Fisch. Aber hier im Bach gibt es nur ganz kleine, davon wird kein Drache satt.«

»Wie auch immer, das soll nicht euer Problem sein«, sagte Nica. »Ihr seid Gäste, und die Fische sind zahlreich.«

Feuerschuppe grabschte blitzschnell nach etwas im Wasser, doch nicht schnell genug. Enttäuscht hob er die leere Klaue in die Höhe und sah hungrig zu den Gefangenen herüber. Er knurrte, vielleicht war es auch sein Magen. Yanko hatte Mühe, ernst zu bleiben, die beiden Drachen machten ihre Sache wunderbar.

Die Gefangenen wirkten verwirrt und verängstigt, hektisch sahen sie von Nica zu Yanko und wieder zu den Drachen.

»Keine Angst. Trotz Flügel sind die beiden ganz harmlos«, versicherte Nica im Plauderton und ließ Juri Sitz machen. Artig folgte er und hechelte wie ein Hund. Feuerschuppe schlug wieder nach einem Fisch, und diesmal erwischte er ihn. Genussvoll schlang er ihn herunter. In den Gesichtern der Gefangenen konnte man lesen, dass sie nicht wussten, ob sie beruhigt sein sollten oder nicht.

»Wie gesagt, wir hätten nur ein paar Fragen.« Yanko sah sie freundlich an und wartete, bis er ihre Aufmerksamkeit hatte. Dann legten er und Nica los, so wie sie es besprochen hatten. Sie fragten nach den Ordensrittern in der Stadt, nach den Gehenkten vor ihren Toren, nach den seltsamen Hamstern und den Nachtadlern, nach den Kopfgeldern für noch nicht konvertierte Ketzer, nach der ungeheuren Tiefe der Brunnen und der Anzahl der Brücken in Vierzinnen. Sie fragten nach dem Wetter und der Ernte der letzten drei Jahre, nach dem geschlossenen Tempel und der Anzahl der Drachen in der Stadt. Nach der Leibspeise des Torwächters und den Diebereien des kleinen Margulv. Ob die Blätter der Toteneiche auf dem Friedhof auch bei Windstille wisperten, ob auf ihr Vögel nisteten und ob die Feuer, die mit ihren Zweigen entzündet wurden, auch länger und heller brannten. Welcher Bäcker das beste Brot feilbot, welcher Metzger das fetteste Fleisch, wie viel Milch die Trauerziegen gaben. Auf manches bekamen sie eine Antwort, anderes rief nur ein Schulterzucken und nervöse Blicke zu den Drachen hervor, und die Beteuerung, es wirklich nicht zu wissen.

Unter all diese Fragen mischten sie auch jene nach dem Hohen Norkham, ohne jedoch zu zeigen, wie sie zu ihm standen. Die Menge an Fragen sollte verhindern, dass die Gefangenen erahnten, um was es ihnen wirklich ging.

Über den Verbleib des geflohenen Ketzers schien jedoch keiner der fünf etwas zu wissen. Dass er sich noch in der Nähe der Stadt aufhielt, glaubten sie nicht, auch nicht in den Bergen.

»Er ist ein tollkühner Mann«, sagte irgendwann der Ketzer, den sie zuletzt gefangen hatten und der die Drachentätowierung auf der Wade trug. »Ich würde vermuten, dass er längst nach Chybhia aufgebrochen ist, um seinen Drachen zurückzugewinnen.«

»Seinen Drachen?«

»Ja. Er war furchtbar stolz auf ihn, hat ihn vor Jahren selbst besiegt, unterworfen und zugeritten. Niemals würde er ihn freiwillig einem anderen überlassen. Ich denke, er wird sich zuerst seinen Drachen zurückholen und dann Rache an Herrn Arthen und den anderen Rittern üben wollen, die für die Galgen vor Vierzinnen verantwortlich sind.«

Die zwei weiteren Ketzer im Käfig nickten zustimmend, und nur einen Augenblick später auch die beiden anderen Gefangenen.

»Aber wieso sollte er dafür nach Chybhia gehen?«, hakte Yanko nach.

»Der Drache ist dort einer der Siegespreise bei den diesjährigen Spielen«, erwiderte der Mann. »Das weiß ich aus erster Hand, das haben die Ordensritter erzählt.«

»So so, dir haben sie das also erzählt? Wieso ausgerechnet dir?«

»Mir? Nein, nein, das haben sie uns allen erzählt. Und das mehr als einmal.«

Tatsächlich nickten diesmal alle Gefangenen sofort und nachdrücklich.

»Immer wieder reiten sie darauf herum, als wollten sie uns damit bloßstellen. Der eigenhändig unterworfene Drache des stolzen Norkham ist nur noch ein Preis bei einem Wettkampf«, knurrte der Mann.

»Und du meinst, auch Norkham hat davon erfahren?«, fragte Nica.

»Natürlich. Nur weil er geflohen ist, heißt das nicht, dass er keine Ohren mehr in der Stadt hat.« Der Mann schüttelte den Kopf und hob dann abwehrend die Hände. »Ich weiß nur nicht, wen.«

Mehr war über den momentanen Aufenthaltsort des Hohen Norkham nicht zu erfahren. Nach weiteren Fragen zur Ablenkung zogen sich Yanko und Nica ein Stück vom Käfig zurück, um sich zu beraten.

»Was hältst du davon?« In Nicas Augen stand die Angst, der falschen Spur zu folgen, die entscheidende Frage vergessen zu haben. »Können wir ihnen wirklich glauben?«

»Ich denke schon. Wahrscheinlich verschweigen sie uns irgendetwas, aber nur, um sich selbst zu schützen, wenn sie davon überzeugt sind, dass uns eine Antwort nicht gefällt.«

»Und Norkham? Wollen sie ihn nicht auch schützen? Er war ihr Oberhaupt, ist es vielleicht noch, wenn sie nicht aus Überzeugung den Glauben gewechselt haben. Und wer hält schon wirklich zu den Leuten, die einem zwei Löcher in die Haut brennen?«

Yanko zuckte mit den Schultern, sagte aber: »Ich glaube nicht, dass sie uns als Bedrohung für ihn ansehen, dafür waren sie zu sehr mit der Angst um ihr eigenes Leben beschäftigt. Halten die Ketzer nicht Drachen für Geschöpfe Samoths?«

Nica nickte.

»Dann haben sie Angst vor Juri und Feuerschuppe, egal, wie niedlich sie Sitz machen.« Yanko kicherte beim Gedanken daran. »Wir sollten es wirklich bei den Spielen versuchen. Die ganze Geschichte klingt glaubwürdig. Sollten wir ihn bei den Spielen nicht finden, können wir hierher zurückkehren und nach einer neuen Spur suchen. Doch was, wenn er wirklich dort ist, aber wir nicht? Wenn wir ihn trotz der Hinweise entkommen lassen?«

Nica nickte mit zusammengepressten Lippen, und Yanko nahm sie in den Arm. Wenn der trollhirnige Ben doch bloß gewartet hätte, könnten sie jetzt zusammen fliegen. Dinge ergaben sich manchmal eben, wenn man ein wenig Geduld hatte. Wenn man sich absprach!

»Was machen wir jetzt mit den Gefangenen? Meinst du, sie ahnen etwas und können dem Orden unser Ziel verraten?«

»Nein. Aber zur Sicherheit können wir sie ja von Juri und Feuerschuppe irgendwohin fliegen lassen. Nicht richtig verbannen, nur ein Stück weit ins Landesinnere, so dass sie zwei Tage zum Zurücklaufen benötigen. Bis dahin sind wir Weit weg.«

Also packten die Drachen den Käfigwagen mitsamt den Gefangenen und erhoben sich unter allerlei launigen Kommentaren über das fröhliche Verteilen von Menschen überall im Großtirdischen Reich in die Luft und lachten darüber, eine Stadt in alle Winde zu zerstreuen. Als sie in der Ferne verschwanden, nahm Yanko Nica in den Arm und küsste sie.

Ohne die Drachen hatte er nicht mehr das Gefühl, beobachtet zu werden. Er klammerte sich fest an sie, die Einzige, die ihm noch geblieben war. Sie pressten sich aneinander, als könnten sie so das Gefühl der Einsamkeit aus sich herausquetschen.

Irgendwann wurde es kühl, während sie nackt auf der Decke neben dem Bach lagen, die erste Vorahnung des Herbstes wehte sanft von den Berggipfeln herab. Doch Yanko wollte sich nicht rühren, um nach seiner Kleidung zu greifen, er wollte Nica auf keinen Fall loslassen, die sich zitternd an seine Schulter gekuschelt hatte.

»Schau mal, die Sterne – wie hell sie heute leuchten«, murmelte er.

»Warum hat Ben uns verlassen?«, fragte Nica leise.

»Weil er den Verstand eines Schlickschlurfers hat«, brummte Yanko und strich ihr übers Haar. »Und ein feiges Hühnerherz.«

»Du meinst wirklich, er ist feige?«

»Nein.« Yanko schnaubte. Natürlich dachte er das nicht, und genau das ärgerte ihn daran. Einem Feigling könnte man ein solch heimliches Davonstehlen ja nachsehen. Aber Ben? »Ich weiß nicht, warum er gegangen ist. Ich verstehe es nicht. Wir waren so lange befreundet, ich hätte nie gedacht, dass er mich mal im Stich lässt. Und dich.«

»Hm.« Gedankenverloren strich Nica ihm über die Brust. Irgendetwas schien sie zu beschäftigen. Mehrmals setzte sie an, als wollte sie etwas sagen, doch kein Wort kam über ihre Lippen.

»Was ist?«, fragte er und küsste sie auf die Stirn. Den Mund erreichte er nicht.

»Nichts.«

»Nichts? Sicher?«

»Ja. Nichts.« Sie seufzte, löste sich und beugte sich auf einen Arm gestützt über ihn. »Aber du wirst mich nicht auch noch verlassen, oder?«

»Nein«, sagte er schnell. Es klang irgendwie seltsam, wie sie das gesagt hatte. Auch. Dachte sie nicht daran, dass er sie im Unterschied zu Ben liebte? »Natürlich nicht. Niemals!«

»Versprichst du es?«

»Ja.« Yanko sah sie ernst an. »Ich werde dich niemals verlassen.«

Ein kurzes Lächeln huschte über ihre Züge. Sie küsste ihn und erhob sich dann. »Mir wird kalt.«

Sie zogen sich an, setzten sich Hand in Hand auf einen Felsen und blickten auf der Suche nach den zurückkehrenden Drachen in den Himmel. Zum ersten Mal seit Ben verschwunden war, hatte Yanko das Gefühl, dass doch noch alles gut werden würde.

»Wir werden ihn bei den Spielen finden«, murmelte er. »Und ihm die Ohren so lang ziehen, dass man ihn von Weitem für ein riesiges Schlappohrkaninchen auf zwei Beinen hält.«

UNTERWEGS

Der Käfigwagen ruckelte unter der grellen Mittagssonne dahin. Schweiß glänzte im Nacken des glatzköpfigen Hünen auf dem Kutschbock, die Ritter auf den Pferden vor und hinter dem Wagen hatten ihre Helme abgenommen, dennoch klebten ihre Haare auf der Stirn. Die Tiere schnauften schwer in der Hitze.

Im Käfig kauerte Anula. Obwohl sie sich in eine dicke Decke gehüllt hatte, fror sie. Die Sonne konnte die Kälte des weißen Drachen in ihr nicht wärmen.

»Ist schon eine Hübsche«, sagte in dem Moment einer der beiden Ritter, die direkt hinter ihrem Käfig folgten, der mit der kurzen breiten Nase. »Nur schade, dass sie uns immer die kalte Schulter zeigen muss.«

Sein hochgewachsener Kamerad brüllte los vor Lachen und klopfte sich auf den dünnen Oberschenkel. Seit sie Falcenzca verlassen hatten, musste sich Anula zahlreiche Scherze über Kälte und Eis gefallen lassen, mal derb, mal einfach dumm, immer wieder nach demselben Muster. Die wenigsten waren lustig.

Sie solle doch nicht so frostig dreinschauen. Gelächter.

Einer von ihnen verfüge schon über das richtige Werkzeug, um das Eis zu brechen, sie müsse nur darum bitten. Anzügliches Gelächter.

Sie sei schön wie eine Blume ... eine Eisblume. Prustendes Gelächter.

Ob sie mit ihrem Finger mal bitte kurz das Wasser kühlen

könne, sie hätten vergessen, einen Eisblock aus einem Gletscher mitzunehmen. Begeistertes Schenkelklopfen.

Ein Wortspiel jagte das nächste, sie wurden der Sache einfach nicht überdrüssig.

Zitternd sah Anula zwischen den Gitterstäben hindurch, hinaus auf die helle, sonnenüberflutete Ebene, durch die sie fuhren. Sie blickte einer kleinen Herde Wollrinder mit ausgelassen hüpfenden Jungtieren hinterher, die von der Kutsche davontrabte. All das versuchte sie aufzusaugen, doch selbst der schönste Anblick bedeutete ihr nichts. Die Kälte in ihr war zu stark.

Niemand hatte ihr gesagt, wohin sie gebracht wurde. Doch die Gesprächsfetzen, die sie hier und da aufgeschnappt hatte, hatten ihr das Wichtigste verraten. Sie sollte ein weiteres Mal verhört werden, dieses Mal von jemandem, der zu bedeutend war, um seine Zeit mit einer Reise in ihr Gefängnis zu verschwenden, weshalb sie zu ihm gebracht werden sollte. Der König, ein Fürst oder wer auch immer das sein mochte. Er würde sie befragen. Dabei hatte der Ritter das Wort so deutlich betont.

Befragen.

Anula starrte auf ihre steifen Finger und dachte unwillkürlich an Daumenschrauben. Die Kälte hatte sie so gefühllos gemacht, dass sie nicht einmal Angst empfinden konnte.

Würde sie die Schrauben spüren, oder würden ihre Finger einfach Risse bekommen und knackend springen wie Eis?

Glühende Eisen und rostige Zangen erschienen vor ihrem geistigen Auge, doch sie empfand nichts.

Er würde sie befragen, doch sie wusste nichts und spürte nichts. Kein Schmerz würde der Befragung ein Ende setzen. Es war nicht schwer, sich vorzustellen, wo das hinführte.

Wieder sah sie aus dem Wagen, hinauf in den blauen Himmel. Irgendetwas regte sich in ihr. Trotz aller Kälte wollte sie nicht sterben.

Die Ritter lachten wieder über einen Scherz, den sie nicht gehört hatte.

Sie schloss die Augen und legte die Decke zur Seite. Egal, wie kalt ihr war, es war wahrscheinlich das letzte Mal, dass sie die Sonne sah. Sie wollte ihre Strahlen auf ihrer Haut wissen, auch wenn sie sie kaum spüren konnte.

Dritter Teil
Der Drache des Ketzers

CHYBHIA

»Ich sage doch, der weiß einfach alles«, brummte Aiphyron, nachdem ihnen Kaedymia die richtige Richtung nach Chybhia gewiesen hatte. Ben kam es vor, als habe diese nicht viel gemein mit der, in die sie ursprünglich geflogen waren.

»Danke«, sagte Kaedymia zu Ben. Erste, noch durchscheinende Schuppen bildeten sich bereits wieder auf der verheilten Brustwunde, und die Flügel waren so weit gerichtet, dass sie ihn nach ein, zwei weiteren Tagen Ruhe wieder würden tragen können. Noch konnte man eine dünne Naht erkennen, wo die Membran gerissen war.

»Keine Ursache«, wehrte Ben ab, froh, dass der Hauch von Verfall aus den Wunden verschwunden war, und auch ein wenig stolz. »Danke für dein Wissen und die richtige Richtung. Andere Drachen hätten sich da ohne Hilfe verflogen.«

»Jaja«, knurrte Aiphyron. »Jetzt steig schon auf und lass diese Lobhudelei. Der Kerl ist schon eingebildet genug, und das wird im Alter immer schlimmer.«

»Pass auf den jungen Griesgram auf«, sagte Kaedymia zu Ben und grinste Aiphyron an.

Sie verabschiedeten sich voneinander, und Aiphyron erhob sich in die Lüfte.

Bester Laune flogen sie in großer Höhe dahin. Während er Kaedymia geheilt hatte, hatte Ben nicht ein einziges Mal an mögliche Verfolger gedacht. Vielleicht weil er keine Zeit dafür gehabt hatte, vielleicht weil er sich im morastigen Delta verborgen, fern aller Handelswege, vor dem Orden sicher gefühlt hatte. Doch in Chybhia würde es wieder anders werden, die Stadt musste er ohne Aiphyron betreten, also vollkommen allein. Daran hätte er denken sollen, bevor er Yanko und Nica verlassen hatte.

Das hätte nichts gebracht, erinnerte er sich, bevor er seine Entscheidung richtig bedauern konnte, sie hätten ihn sowieso nicht begleitet, sie wollten ja unbedingt diesen Ketzer jagen. Dabei waren Drachen viel wichtiger, das hatte er eben erst wieder gespürt. Nichts war diesem Gefühl vergleichbar, wenn die Heilkräfte kribbelnd durch seine Hände flossen, wenn er spürte, wie sich ein Drache erholte. Nichts, mit Ausnahme von fliegen vielleicht.

Nein, ohne Yanko und Nica war er besser dran. In Falcenzca hatten sie ihn an seiner Hose erkannt, die Ritter in Vierzinnen hatten aufgrund ihrer Anzahl eine Verbindung zu diesem Steckbrief gezogen. Allein, ohne Haare, ohne seine auffällige Hose in einer weit entfernten Stadt, in der er niemanden kannte und niemand ihn, würde man ihn nicht erkennen. Zu den Spielen musste die Stadt nur so vor Fremden wimmeln, keiner achtete da auf einen einzelnen Jungen. Es war besser so, sagte er sich immer wieder. Zu dritt würden sie nur auffallen. Dennoch wäre er lieber nicht allein gewesen.

Er ließ die Landschaft unter sich dahinziehen und sprach mit Aiphyron über dieses und jenes, fragte ihn über Kaedymia aus, ob er noch andere Freunde unter den Drachen habe und wie oft er diese traf. Aiphyron konnte das nicht genau beantworten – es käme eben immer darauf an, wie oft sie sich zufällig über den Weg flogen, so ein Treffen plane man doch nicht. Immer wieder wiederholte Ben, was für ein Glück sie gehabt hatten, diesen außergewöhnlichen Schlüssel zu finden. »Der kann echt hilfreich sein.«

»Natürlich, aber welchen deiner unzähligen Paläste willst du damit denn verschließen?«, fragte Aiphyron. »Du besitzt nicht einmal eine Hütte und bist auf der Flucht, falls du das noch nicht gemerkt hast.«

»Mit dem Schlüssel müssen wir irgendwann nicht mehr fliehen. Eines Tages gibt er uns irgendwo den nötigen Schutz vor dem Orden.« Ben hoffte, dass es noch vor dem Winter geschehen würde. In der Kälte wollte er nicht mehr auf der Straße sein, auch nicht in der Luft.

»Ich bin lieber frei als an eine belagerte Hütte gefesselt«, brummte der Drache.

»Du frierst dir ja auch nicht den Hintern ab, wenn Schnee fällt.«

»Es gibt Länder, da fällt kein Schnee. Länder, die nicht vom Orden der Drachenritter beherrscht werden.«

Ben lächelte bei dieser Vorstellung. Nicht frieren und nicht gejagt werden. Doch bevor er von einer solchen Zukunft träumen konnte, musste er erst den Schwur erfüllen – dann konnte er mit Aiphyron irgendwo in der Sonne liegen. Vielleicht sogar am Meer und mit Yanko, Juri, Feuerschuppe und Nica.

Und Anula.

Auch wenn sie ihn zurückgewiesen hatte, plötzlich war sie wieder in seinem Kopf, und seine Gedanken verweilten am längsten bei ihr. Er stellte sich vor, wie es wäre, von ihr geküsst zu werden, und als sich nach langer, langer Zeit seine Lippen von ihren lösten, hatte er Nicas Gesicht vor Augen.

Wieso verrichteten in den Liedern die Helden ihre Taten immer für eine einzige wunderschöne Frau? Wieso wussten sie so genau, für wen sie was empfanden? Stets gab es nur eine einzige Frau, die die Richtige war; in den kniffligsten Geschichten höchstens noch eine verführerische Nachtfee oder sinnenverwirrende Nymphe, die jedoch rasch als ebenso böse wie schön entlarvt wurden, abgewiesen oder als Geschöpf Samoths geköpft. Jedem war klar, welches Herz es zu gewinnen galt, es ging nur darum, es zu schaffen. Warum war keiner dieser Helden je gleichzeitig auf eine Anula und eine Nica getroffen? Ben war sicher, dass keine von beiden eine böse Nachtfee war.

Sobald er den Drachen befreit hatte, würde er seine Träume zu Rate ziehen. Den Seherpilzen traute er nicht, er zweifelte, ob sie wirklich die Wahrheit verkündeten. Er würde sich eine Traumweide suchen und in ihrem Wurzelwerk Schlaf. Von welchem Mädchen er dann träumte, wäre die Richtige. Er hoffte, es wäre Anula.

Dämlicher Warzenkopf, beschimpfte er sich selbst. Wenn du das schon hoffst, dann lass die Träumerei doch sein, flieg einfach nach Falcenzca und frag sie noch mal, ob sie mit dir kommen will. Dann ist sie die Richtige. Sie hat dich beim letzten Mal nicht für tausend Gulden verraten, sie wird es auch ein weiteres Mal nicht tun. Sag ihr klar und deutlich, was du empfindest, fall auf die Knie und stotter nicht herum wie beim letzten Mal. Oder entführ sie zur Not. Besonders schöne Frauen wurden in alten Liedern doch oftmals und gern geraubt und entdeckten erst danach ihre Gefühle für den Helden. Ben stellte sich vor, wie er Anula am Arm packte und ihr mitteilte, er würde sie jetzt rauben. Und wie sie ihn mit hochgezogener Augenbraue ansah und *Nein* sagte.

Doch.
Nein.
Doch.

Nein.

Doch.

So ging es in seinem Kopf hin und her, und er fluchte darüber, dass sie ihm sogar in seinen Träumen widersprach. Sein Herz schlug dennoch schneller, und plötzlich war es ebenso wichtig, nach Falcenzca zurückzukehren, zu ihr, wie diesen Drachen zu befreien. Doch erst der Schwur, schließlich war der Drache gefangen, während Anula frei war und sicher noch ein paar Tage warten konnte.

»Verfluchtes Feuer«, knurrte Aiphyron in diesem Moment.

Ben blickte auf und entdeckte am Horizont eine aufsteigende Rauchsäule. Kurz darauf flogen sie direkt über den Brandherd hinweg. Aus der Höhe und mit all dem dunklen Qualm war es schwer zu erkennen, doch schien es, als brannten dort zwei schon weit eingefallene Gebäude am Rand eines Dorfs. Menschen standen als kleine Punkte herum, einige schimmerten silbern in der Sonne, als trügen sie eine Rüstung.

»Ritter.« Aiphyrons Stimme war voller Verachtung.

Ben spuckte im Vorüberfliegen hinunter, in der vagen Hoffnung, einen von ihnen zufällig zu treffen.

»Das kann ich auch«, knurrte Aiphyron, flog eine Schleife und spuckte direkt über den Rittern einen dicken Batzen in die Tiefe. »Aber ich glaube nicht, dass wir den Brand so löschen können.«

Ben lachte auf, und sie flogen weiter. Aus dem Augenwinkel sah er, dass Aiphyron getroffen hatte.

Als sich die Sonne dem Horizont näherte, erreichten sie Chybhia. Die Stadt lag nicht fern eines gedrungenen, felsigen, zerklüfteten Bergs an einem großen, langgestreckten

See, dessen Wasser von außergewöhnlicher Klarheit war. Auf ihm brach sich das Sonnenlicht wie nirgendwo sonst. Jetzt am Abend erstrahlte der Schaum der sanften Wellen in einem hellen Rot, am Mittag funkelte angeblich die ganze Wasserfläche klarer als Diamanten. Sah man dann von oben hinein, strahlte einem die Sonne ebenso gleißend entgegen wie vom Himmel, daher hatte der See den Namen Hellwahs Spiegel.

Die Häuser Chybhias waren überwiegend aus weißem Stein gebaut, und viele waren am Ufer des Sees errichtet, denn jeder suchte die Nähe zu dem heiligen Gewässer. So zog sich ein großer Teil der Stadt wie ein schmaler Streifen an Hellwahs Spiegel entlang, auf der Landseite geschützt von einer mächtigen weißen Mauer, auf deren Kamm sich mehrere Schritt hohe, gewundene Stahlzinken erhoben, welche die Strahlen der Sonne repräsentieren sollten und gleichsam Angreifern den Zugang zur Stadt verwehren.

Doch nicht nur auf dem Land erhoben sich die Häuser. Zahlreiche breite, bebaute Brücken führten weit auf den See hinaus, kreuzten sich oder führten gar auf riesigen Säulen im Bogen über die Gebäude einer anderen Brücke hinweg. Die Kapitelle der Brückenpfeiler waren mit erhabenen vielstrahligen Sonnen verziert. Jahr um Jahr wuchs die Stadt weiter auf den See hinaus.

Je näher sie kamen, umso deutlich erkannten sie, wie prächtig Chybhia wirklich war. Viele der Häuser waren Paläste, die Tempel reich verziert, und der pompöse Eingang des bestimmt zweihundert Schritt langen Stadions, in dem viele der heiligen Wettkämpfe stattfanden, hatte ein Dach aus Goldplatten.

Die Straßen schienen sehr belebt, ein Gewühl aus Punkten in unterschiedlichsten Farben wogte sich in alle Richtungen.

Der Lärm, den sie machten, wurde als Gemurmel bis zu Aiphyron und Ben hinaufgetragen. Weit draußen auf dem See, sogar jenseits der mächtigen Türme, die mit großen Katapulten die seewärtigen Grenzen der Stadt bewachten, schwamm eine Handvoll Häuser auf Flößen. Nicht alle hatten den Anker geworfen, manche ließen sich offenbar treiben. Chybhia war so groß, dass Ben lange nicht jede Straße, geschweige denn jede Einzelheit von oben aufnehmen konnte.

»Lass uns ein Versteck finden, bevor sie dich entdecken«, sagte er. Doch weder der See noch die umliegenden Felder oder weitläufigen Wiesen im Umland der Stadt boten Schutz vor neugierigen Blicken. Auch der Berg kam nicht in Frage, er war der Austragungsort für wenigstens einen Wettkampf.

»Wie wäre es mit dem Wäldchen dort hinten?«

»Ziemlich weit weg. Da laufe ich morgen ja den halben Tag, um in die Stadt zu kommen.«

»Fauler als ein Sack Mehl, der Herr Ben«, knurrte Aiphyron. »Keine Angst, ich bring dich morgen vor Sonnenaufgang schon wieder nah genug an die Stadt heran, damit deine zarten Füße keine Bläschen bekommen. Aber wahre Helden jammern wirklich weniger herum.«

»Ich jammere nicht. Ich dachte, dass vielleicht die Zeit drängt. Abgesehen davon kann ich ohne Blasen leichter an einem Wettkampf teilnehmen. Das Einfachste wäre es nämlich, ich würde den Drachen gewinnen. Dann wird er mir überreicht, und wir müssen nicht in die Ställe einbrechen. Bestimmt sind die gut bewacht.«

»Dir ist schon klar, dass auf dich ein Kopfgeld ausgesetzt ist? Willst du als Vertreter der Geächteten antreten, oder was?«

»Schon mal was von Verkleiden gehört? Klar ist es als Drache schwer, die Schuppen zu wechseln, aber wir Menschen können uns andere Kleidung anlegen.«

»Und das macht euch zu einem anderen?«

»Manchmal.«

»Und als was willst du Bürschchen dich verkleiden? Als geschrumpfter Held?«

»Sehr witzig. Es ist völlig egal, als was ich mich ausgebe, Hauptsache nicht als mich selbst. Und wenn es als fahrender Kesselflicker ist.«

»Klingt nicht sehr glaubwürdig«, brummte Aiphyron und tauchte in Richtung Erde. Sie hatten das Wäldchen erreicht, das sich aus der Nähe als gar nicht so klein herausstellte. Die Bäume standen dicht, es war ein gutes Versteck. »Kesselflicker gewinnen keine Wettkämpfe, ohne enttarnt zu werden, wenn du mich fragst.«

»Ach ja?«

»Ja.« Der Drache setzte auf einer kleinen Lichtung auf, an deren Rand ein schmaler Bach entlangfloss. »Denkst du nicht, dass all die versammelten Helden, Ritter und Adlige misstrauisch werden, wenn sie von einem Handwerker geschlagen werden? Noch dazu von einem Jungen wie dir? Ich denke, sie sind zu sehr von sich selbst eingenommen, um das zu ertragen.«

»Hm«, brummte Ben. Das klang überzeugend, doch das wollte er nicht zugeben.

»Ich sage dir, mach dir einen schönen Tag, finde heraus, wer den Drachen gewinnt, und wir jagen ihn ihm ab, sobald er die Stadt verlässt. Dort drin wimmelt es sicher vor Ordensrittern.«

Das klang weit weniger heroisch und abenteuerlich, aber vernünftig. Und tatsächlich weniger gefährlich. Beinahe unmerklich nickte Ben.

Suchend blickte er sich nach etwas Frischem zu essen um, doch außer ein paar Beeren entdeckte er am Rand der Lichtung nichts Schmackhaftes, und so kramte er ein zähes Stück Dörrfleisch aus dem Rucksack, das Yanko in Trollfurt eingesteckt hatte.

»Ich will ja nicht schon wieder damit anfangen«, sagte Aiphyron. »Aber wäre es nicht schön, bald in ein anderes Land zu fliegen, das nicht vom Orden beherrscht wird? Ich meine, wir hetzen ständig von einer Stadt zur nächsten, und wir Drachen dürfen uns immer in der Nähe verstecken. Immer dasselbe. Zu dritt war es nicht ganz so öde, aber jetzt bin ich auch noch allein.«

»Bald bist du ja wieder zu zweit«, blaffte Ben, dessen Angst schleichend wiedergekehrt war, seit sie den Boden berührt hatten. »Meinst du, ich bin wild darauf, allein in so eine Stadt zu laufen? Ich werde gejagt!«

»He, was ist los, Junge? Ich hab doch nur Spaß gemacht.«

»Toller Spaß«, brummte Ben, der auf keinen Fall zugeben wollte, dass er sich vor dem Gang in die Stadt fürchtete, davor, vom Orden erwischt zu werden.

Gehenkt.

Oder von den unerbittlichen weißen Drachen gefressen. Doch dann platzte es aus ihm heraus, und er erzählte Aiphyron von all diesen Ängsten. Der Angst, dass irgendwer doch seine Verkleidung durchschaute, der Angst vor jedem Schritt im Rücken, vor jedem nächtlichen Geräusch im Gebüsch, das ein anschleichender Kopfgeldjäger sein könnte. Der Angst, die ihn nur hoch in den Lüften in Ruhe ließ, und die jetzt mit aller Macht zurückgekommen war, weil Yanko und Nica nicht bei ihm waren. Auch wenn ihre Begleitung in Vierzinnen nicht viel geholfen hatte.

»Aber ich bin bei dir«, sagte Aiphyron.

»Klar.« Ben knuffte ihn gegen die Schnauze. »Du liegst hier faul auf der Lichtung und frisst gelangweilt irgendwelche roten Käfer.«

»Ich kann morgen über der Stadt kreisen und dich im Auge behalten, hoch oben. Selbst wenn irgendein Ritter mich als fernen Punkt sieht und sogar ahnt, was ich bin, was soll er schon groß tun? Hochfliegen? Sein Schwert nach mir schmeißen?«

Ben grinste und fühlte sich gleich ein wenig wohler. Alles schien nun weniger schlimm, seit er es ausgesprochen hatte. Seit er wusste, dass Aiphyron doch irgendwie bei ihm sein würde. »Aber wie willst du mich von so fern im Auge behalten?«

»Es sind gute Augen.«

»Und wenn ich in einem Gebäude verschwinde?«

»Dann warte ich, bis du es wieder verlässt. Im schlimmsten Fall verliere ich dich auch, aber ich finde dich wieder. Und ich werde es bemerken, wenn sich ein weißer Drache der Stadt nähert. Dann gebe ich dir ein Zeichen oder hole dich sofort raus. Ich lass nicht zu, dass dich ein weißer Drache erwischt.«

»Gut«, sagte Ben und machte es sich unter einer jungen Himmelsbuche am Rand der Lichtung bequem. In dieser Nacht wurde er nicht von Albträumen geplagt.

Das kniehohe Gras war feucht vom Tau, und als Ben in der Morgendämmerung schließlich die Straße nach Chybhia erreichte, war seine Hose durchnässt und klebte kühl an den Waden. Leichter Wind wehte vom See herüber, und Ben sehnte sich nach der Sonne, die ihm die Beine trocknen und wärmen würde. Ganz langsam schlenderte er Richtung Stadt, die vielleicht noch zwei Meilen entfernt lag. Er wollte nicht als Erster am Morgen Einlass begehren, um nur nicht aufzufallen. Sicher war sicher.

Während der chybhischen Spiele wurden Streitigkeiten und Fehden in Hellwahs Namen zurückgestellt, erinnerte sich Ben. Sie wurden in den Wettkämpfen ausgetragen. Innerhalb der Stadtmauern und einer Bannmeile um sie her durfte kein Blut vergossen werden, auch fanden in diesen Tagen keine Hinrichtungen statt. Ihm würde schon nichts geschehen. Er warf einen kurzen Blick in den Himmel, doch noch war es zu diesig und lange nicht hell genug, als dass er Aiphyron entdecken konnte, nicht einmal als verschwommenen dunklen Punkt.

Vereinzelte Nebelschleier krochen wie ausgefranste geisterhafte Riesenwürmer über das Land. Die ersten Vögel hatten zu singen begonnen, doch ansonsten lag die Welt noch im Schlaf.

Da durchbrach ein dumpfer Schlag vor ihm die Stille des Morgens, und Ben zuckte zusammen. Was war das? Der Ton schien sich für einen Moment im Nebel zu verfangen, bevor er endgültig verwehte. Es klang unheimlich.

Gedämpfte Rufe waren zu vernehmen, doch Ben verstand kein Wort. Dann ein zweiter Schlag, dem weitere folgten. Regelmäßig, als würde jemand hämmern.

Hektisch sah sich Ben in alle Richtungen um, konnte jedoch die Quelle der Schläge nicht ausmachen. Aufs Höchste angespannt ging er weiter, sein Herz schlug schneller. Wütend befahl er sich, sich zusammenzureißen. Wahrscheinlich reparierte irgendein freundlicher Bauer seinen Weidezaun, oder die Straße wurde ausgebessert, damit die Stadt einen guten Eindruck auf die zahlreichen Besucher machte. Hammerschläge waren weder unheimlich noch gefährlich, auch nicht in Dämmerung und Nebel. Und niemand würde dort vorn ihren Steckbrief an einen Baum nageln. Er durfte nicht so schreckhaft sein!

Nach einer Weile sah er eine mit schwarzer Erde aufgeschüttete Terrasse links im Nebel auftauchen, vielleicht zehn Schritt im Geviert groß und drei Schritt hoch. Zwei kräftige Männer knieten dort und hämmerten auf etwas am Boden ein. Dann legten sie ihre Werkzeuge zur Seite und richteten mit einem dritten, der neben ihnen gestanden hatte, einen gut zwei Mann hohen Balken auf. Als sie ihn ein Stück weit in einem Loch versenkten und um die eigene Achse drehten, um ihn passend auszurichten, erkannte Ben, dass oben ein kürzerer, verstärkter Querstreben saß, von dem ein Strick herabhing.

Ein Galgen.

»Noch ein Stück zu mir«, befahl der dritte Mann, dann rief er: »Stopp.«

Schwungvoll schlug er irgendwelche Stützhölzer am Galgen fest, bevor sie das Loch mit dunkler Erde füllten und festklopften.

Nur nicht auffallen, dachte Ben und zwang sich weiterzulaufen. Dabei warf er immer nur kurze Blicke hinüber. Die Männer beachteten ihn nicht.

Am Fuß der Terrasse stapelten sich noch mehr Balken. Unauffällig versuchte Ben, sie zu zählen, doch er kam immer wieder durcheinander. Sieben oder acht weitere Galgen ließen sich mit dem Material aber bestimmt errichten. Auf dem obersten Balken saß ein aufgeplusterter Nachtadler und ließ sich von den lauten Hammerschlägen nicht vertreiben. Mit durchdringenden fahlen Augen stierte er Ben an. Sein scharfer Schnabel öffnete sich, und er ließ ein lautes Krächzen vernehmen, das in Bens Ohren wie ein böses Lachen klang. Er musste an die Galgen vor Vierzinnen denken.

Keine Hinrichtungen während der Spiele, so war die Tradition, dachte er verzweifelt, als das Hämmern hinter ihm wieder einsetzte und der Adler noch einmal sein dunkles Krächzen hören ließ. Was geschah hier?

Rechts am Wegrand erschien ein weißer, steinerner Pfeiler, in den schwungvolle Buchstaben eingraviert waren.

Chybhia
Stadt der heiligen Spiele
Eine Meile

Ben verstand, sein Mund wurde trotz des Nebels trocken. Der Galgen wurde außerhalb der Bannmeile angelegt, dann schadete er nicht der Tradition. Und eine Meile war schnell zurückgelegt, wenn man Blut vergießen wollte. Anscheinend schenkte das Verbot von Hinrichtungen während der Spiele nicht jedem Schutz.

Kurz dachte Ben daran, umzukehren, aber er durfte nicht. Er durfte sich nicht so leicht einschüchtern lassen, dieser Strick galt nicht ihm. Außerdem hatte er es geschworen. Niemand würde ihn erkennen, sagte er sich zum hundertsten Mal, niemand. Er trug keine verräterische Tätowierung wie ein Ketzer. Und Aiphyron kreiste über ihm. Auch wenn er ihn nicht sehen konnte, so war der Drache doch da. Entschlossen stapfte Ben weiter. Er würde seiner Angst nicht nachgeben, niemals.

Als er das offene Stadttor erreichte, hatte sich die Sonne gerade rot vom Horizont erhoben. Hatte das Tor von oben noch winzig gewirkt, so fühlte sich Ben nun wie ein unbedeutender Zwerg. Der Durchgang war bestimmt ein Dutzend Schritt hoch, und darüber prangte das große Mosaik einer goldenen Sonne. Wasserblaue Banner, Hellwahs Symbol und das des Drachenordens wehten über den mächtigen Zinnen sowie das Fischwappen des Stadtfürsten. Die stählernen Strahlen auf der wuchtigen Stadtmauer blinkten im Licht der aufgehenden Sonne. Schon Falcenzca hatte ihn beeindruckt, doch erst jetzt verstand Ben, wie klein seine Heimatstadt Trollfurt wirklich war.

Die ersten Reisenden, die im Gasthaus vor dem Tor übernachtet hatten, weil sie erst nach Schließung der Tore hier angekommen waren, betraten die Stadt. Sie trugen die unterschiedlichsten Trachten, bis zu den Knien hängende Hemden, wie Ben sie noch nie gesehen hatte, oder mit zahlreichen Schnüren und Bändern versehene, gescheckte Hosen aus einem kuhähnlichem Fell, die nur bis zu den Waden reichten. Sogar einen Mann in weitem Hemd und gestreiftem Rock aus grobem Stoff konnte er ausmachen. Um dessen Hals baumelte eine furchtgebietende Kette aus zahlreichen gebleichten Knochen, wahrscheinlich wurde er deshalb von niemandem für den Rock ausgelacht. Auch Ben unterdrückte ein Glucksen. Der Torwächter scherzte jedoch völlig entspannt mit dem Mann, als wären Röcke tragende Männer keine Seltenheit.

Ein harmloses Schlaflied pfeifend, schritt Ben an ihnen vorbei nach Chybhia hinein. Niemand kam auf die Idee, ihn aufzuhalten.

»Nicht so schnell, Junge!«, erscholl es da plötzlich doch hinter ihm. Er war erst wenige Schritte weit in die Stadt hineingekommen. Sein Bauch zog sich zusammen, alle Muskeln spannten sich an.

Flieh!, schrie ihm jede Faser seines Körpers zu. Doch wie sollte er in dieser Stadt jemandem entkommen? Er kannte nicht eine der so früh nur spärlich belebten Straßen, er wusste nicht, wohin sie führten, wo die Sackgassen lauerten. Es gab keine Menschenmenge, in der er untertauchen konnte. Mit hetzendem Herzen blickte er über die Schulter zurück.

»Was ist denn jetzt noch?«, fragte ein dunkelhaariger Bursche nur drei, vier Schritt von Ben entfernt und wandte sich einem alten Mann mit roter Nase zu, der aus der Tür des ersten Hauses hinter dem Tor schaute.

»Bring doch gleich noch ein mittleres Käserad mit, eins von den würzigen. Die Verwandtschaft deiner Mutter ist schrecklich verfressen.«

Im Haus keifte irgendwer, und der Alte schrie hinein: »Und ob!«

Der Bursche nickte und stapfte müde und griesgrämig auf Ben zu und an ihm vorbei.

Hörbar stieß Ben die Luft aus.

In den folgenden zwei Stunden lief er kreuz und quer durch die Stadt, und der Eindruck, den er aus der Luft gewonnen hatte, bestätigte sich: Chybhia war reich. Viele der Häuser waren prächtig und hatten breite, mit herrlichen Schnitzereien verzierte Türen. Mosaiken mit Halbedelsteinen zierten manche Wand, und viele der Städter trugen Kleidung aus edlem Tuch und schweren Schmuck aus Gold und Silber, Ringe und Anhänger mit großen, glitzernden Steinen. Sie waren wohlgenährt und gut frisiert.

Doch zugleich entdeckte er mehr Bettler auf den Straßen als in Falcenzca, kleine Mädchen ebenso wie alte Männer. An vielen Kreuzungen kniete eine der zerlumpten Gestalten und hielt den Passanten die geöffneten Hände entgegen. Manch einer presste gar unterwürfig die Stirn aufs Pflaster und wartete reglos auf jede kleine Gabe, die man ihm in die Hand werfen möge. Andere saßen mit untergeschlagenen Beinen hinter einem alten verbeulten Hut, in dem drei oder vier Münzen blitzten. Manchem fehlte ein Körperteil, andere waren blind.

Ganz zu Beginn hatte er sich gefragt, warum sich diese Leute nicht einfach etwas stahlen, so wie er sich in Trollfurt Äpfel und anderes geklaut hatte. Warum kratzten sie nicht nachts einen der wertvollen Steine von den Hauswänden? Davon gab es schließlich genug. Oder zogen einem der Wohlhabenden den Beutel aus der Tasche, auch davon gab es genug. Doch dann bemerkte er, wie viele Büttel hier herumliefen, die Blicke stets aufmerksam nach hier und da gerichtet. Dazu kamen noch zahlreiche Ritter und Leibwächter. Nein, wer hier arm war, der konnte kaum stehlen, der musste betteln.

Mit offenem Mund schlenderte Ben umher, und nicht nur die prächtigen Häuser rangen ihm Bewunderung ab. Die Straßen führten von einem kleinen Platz zum nächsten, und auf vielen erhoben sich Gedenksäulen mit den Statuen von bedeutenden Siegern der chybhischen Spiele. Helden, die mehr als einen Wettkampf gewonnen hatten. Staunend las Ben die eingemeißelten Inschriften.

Ein gewisser Meholl hatte vor fünf Jahrhunderten dreimal den Lauf und einmal den Faustkampf gewonnen und war deshalb bis heute nicht vergessen. Nur einen kleinen Finger hatte seine Ehrenstatue inzwischen verloren. Ben fragte sich, wie lang dieser Ruhm noch anhalten mochte, wie viele weitere Jahrhunderte, und verspürte den Drang, doch selbst an den Spielen teilzunehmen. Dann schüttelte er den Kopf. Das war ganz sicher keine Methode, um unbeachtet zu bleiben. Und was hätte er selbst im Falle eines Siegs von der Ehrenstatue für einen namenlosen Kesselflicker?

Yanko müsste hier sein, um das zu sehen, dachte Ben und entdeckte zwei etwa achtjährige Jungen vor einer Statue. Der eine kickte einen Kiesel dagegen.

»Zidou war der Größte«, sagte der andere Junge. »Er hat in dem Jahr gewonnen, in dem der fiese Fürst Emmo Tiere für sich antreten ließ. Er hat seinen schwarzen Hund im Lauf besiegt.«

»Das weiß doch jeder«, winkte der andere ab und kickte einen weiteren Stein gegen die Säule.

Ben hatte den Eindruck, dass über die Jahre keineswegs der Ruhm verblasste, sondern die Taten im Gegenteil noch wuchsen. Welcher Mensch konnte schon einem Hund davonlaufen? Doch das war anscheinend nicht die einzige Großtat Zidous gewesen.

»Auch dass er den hungrigen Bären im Faustkampf besiegt hat«, fuhr der Junge fort. »Aber er musste nicht geblendet antreten, wie Herr Lepe, der auch ohne Augenlicht das Bogenschießen gewann.«

»Ja, Herr Lepe war auch der Größte«, stimmte sein Freund zu. »Nur halt später.«

»Sein Pfeil hat nie das Ziel verfehlt.«

»Niemals.«

»Wollen wir zu seiner Statue?«

»Gut. Aber dann müssen wir ins Stadion. Ich will in die erste Reihe.«

»Ja. Die erste Reihe ist die beste.«

Bevor sie sich auf den Weg machen konnten, sprach Ben sie an und fragte, wann welcher Wettkampf stattfinden würde. Er sei gerade erst in der Stadt angekommen.

»Genau zur richtigen Zeit«, versicherten die Jungen, und sie hatten Recht, denn heute standen die ersten Runden im Faustkampf und Bogenschießen an sowie der Lauf über drei Stadionrunden. Die Jagd im Reinen Bach würde am nächsten Tag stattfinden. Die sei immer das Beste, sagten die Jungen noch, dann eilten sie davon.

Nicht einen Steckbrief hatte Ben bislang gesehen, nicht ihren und auch keinen anderen, als hätte man diese für die Zeit der Spiele abgehängt. Niemand hatte ihn misstrauisch gemustert, auch keiner der Ordensritter, die in unregelmäßigen Abständen zu viert durch die Straßen patrouillierten. Auch hatte keiner der drei Prediger, die er bislang passiert hatte, von ihm gesprochen.

Sie hatten ausnahmslos vor Sünden und dem Ende der Welt gewarnt, vor den untrüglichen Zeichen. Ben zuckte nun nicht mehr bei jedem lauten Ruf in seinem Rücken zusammen und wollte nicht mehr davonrennen, sobald er eilige Schritte hinter sich vernahm.

Angesteckt von der gespannten Stimmung, die in der Stadt herrschte, beschloss er, sich die heutigen Wettkämpfe anzusehen. Zuvor tauchte er jedoch noch schnell in ein Wirtshaus ab, um ein spätes Frühstuck zu sich zu nehmen. Er bezahlte mit dem Geld, das sie den befragten Rittern abgenommen hatten.

Plötzlich drang durch das Fenster eine Stimme herein, die er zu kennen glaubte.

»Warum nur hat Hellwah dich mit so wenig Verstand gesegnet? Es ist doch offensichtlich, dass du ein wenig mehr hättest gebrauchen können ...«, sagte sie schleppend.

Arthen, schoss es Ben durch den Kopf, und er sprang ans Fenster. Hastig blickte er in alle Richtungen, konnte den verhassten Ritter jedoch nirgendwo erkennen.

Wie hätte er auch so schnell hierherkommen sollen? Und warum? Seine Aufgaben lagen in Vierzinnen, er war nur ihretwegen zu seinem Abt aufgebrochen, und da diese Reise wegen ihrer Befreiung hinfällig war, hatte er sich bestimmt wieder in Vierzinnen verkrochen.

»Arthen«, murmelte er trotzdem noch einmal mit unterdrückter Wut, aber das konnte einfach nicht sein. Es musste noch andere Menschen geben, die so sprachen. Eine Verwechslung. Er musste schleunigst aufhören, überall Verfolger zu sehen. Und zu hören. Wenn das so weiterging, würde er demnächst wohl noch eine Bedrohung riechen oder schmecken.

Er rieb sich über den Nacken, wo sich die Härchen aufgerichtet hatten. Niemand suchte in Chybhia nach ihm, schon gar nicht ein Ritter, der in einer fernen Stadt war.

Der Wirt sah ihn verwirrt an, weil er sich noch immer an die Wand neben das Fenster presste und hinaussah.

»Ich dachte, ich hätte einen Freund gesehen«, erklärte Ben leise und lächelte. Doch auch Freunde hatte er keine in dieser Stadt.

»Wenn ich einen Freund sehe, verstecke ich mich nicht«, schnarrte der Wirt mit einem schiefen Grinsen.

»Ich wollte ihn überraschen.«

»Schon gut, Junge. Ich hatte auch immer solche und solche Freunde. Noch Nachschub?«

»Nein, danke.« Das Frühstück schmeckte nun nur noch

halb so gut. Ben zahlte und reihte sich auf der Straße in den Menschenstrom ein, der zum Stadion drängte. Dabei nahm er sich fest vor, sich nicht von einem eingebildeten Ritter den Tag verderben zu lassen. Er war hier bei den chybhischen Spielen! Aiphyron hatte gesagt, er solle den Tag genießen, und das würde er auch tun. Mit federndem Schritt lief er weiter.

BLUT UND SPIELE

Als die Sonne hoch am Himmel stand, war Ben ganz von der Atmosphäre der Spiele gefangen. Es mussten Zehntausende sein, die auf den Rängen des ovalen Stadions Platz genommen hatten, vielleicht sogar hunderttausend oder mehr. Überall schrien und lachten Leute, fluchten und aßen die Leckereien der Händler, die sich mit ihren Bauchläden durch die Massen wühlten. In den unterschiedlichsten Dialekten feuerten die Zuschauer die Athleten an, teils auch mit Akzent oder in fremden Sprachen. Schrille Flöten wurden gepfiffen und kleine Trommeln geschlagen. Der eine oder andere wettete mit seinem Sitznachbarn über den Ausgang des nächsten Wettstreits.

Fremde trafen hier auf Fremde, doch waren die Begegnungen nicht vom üblichen Misstrauen geprägt, sondern von Neugier. Jeder war für die Spiele gekommen, alle hatten etwas gemein, und so wurde auch Ben schnell angesprochen. Ein kurzer Scherz wurde ihm zugeraunt, die neugierige Frage nach seinem Favoriten, und die freundliche, woher er käme.

Er antwortete mit dem einen oder anderen Scherz, und schon bald fühlte er sich als Teil der Festivitäten, auch wenn noch immer Vorsicht und Misstrauen in ihm lauerten. Er konnte sie einfach nicht endgültig abschütteln, und so redete er möglichst wenig und versuchte, nicht zu viele Fragen zu stellen, um sich nicht als völlig ahnungslos zu enttarnen.

Die meiste Zeit über starrte er bewundernd in die Arena.

In Trollfurt hatte er zu den schnellsten Jungen gezählt, doch keinen einzigen Läufer dort unten hätte er einzuholen vermocht, mit solcher Kraft schnellten sie die Bahnen aus festgetretener Erde entlang. Yanko hätte sehr viel üben müssen, um seinen Traum von einem Sieg hier wahr werden zu lassen.

Die Faustkämpfer traten im mittleren Rund gegeneinander an, wo der Boden mit feinstem dunklen Sand bedeckt war. Sie trugen nicht mehr als einen Lendenschurz in den Farben ihrer Stadt oder ihres Fürsten oder denen des Ordens. Ihre Haut glänzte vom Öl, mit dem sie sich eingerieben hatten, um dem Gegner weniger Halt zu bieten. Im chybhischen Faustkampf gab es nur wenige Regeln: Sie droschen mit unglaublicher Macht aufeinander ein, mühten sich, einander zu umklammern, traten mit den Füßen zu und versuchten, den anderen über den Boden zu rollen, auf dass der Sand an seiner öligen Haut kleben blieb und sie ihn deshalb besser greifen konnten. Mit wilder Freude schlugen sie auf Nasen und Augen ein oder hämmerten dem anderen das angewinkelte Knie zwischen die Beine. Viele hatten deshalb den Lendenschurz dick ausgepolstert, doch so mancher ging nach einem solchen Treffer trotzdem zu Boden.

Das Publikum peitschte die Kämpfer voran und hörte erst auf, wenn einer der beiden mit gebrochenen Gliedmaßen, zerschmetterter Kniescheibe oder blutiger Nase niederstürzte und schreiend oder wimmernd liegen blieb. Es waren Kämpfe, in denen niemand Rücksicht nahm. Nur wer als Sieger vom Platz ging, konnte ewigen Ruhm erlangen, noch mehr sogar als bei der Drachenjagd oder im Krieg. Wer dagegen verlor, kehrte nicht selten als halber Krüppel heim oder musste zumindest für lange Zeit das Lager hüten, während die Knochen wieder zusammenwuchsen. Die Angst vor einer solchen Niederlage trieb die Kämpfer ebenso voran wie die Schreie der Massen.

Ben hatte sich das Ganze ritterlicher vorgestellt, dabei war ihm doch schon seit einer Weile klar, dass er seine Vorstellung vom Rittertum überdenken musste. So oder so, er wurde vom Geschrei der Masse mitgerissen und jubelte schließlich einem drahtigen, rothaarigen Recken mit unglaublich langen Armen und einem zu drei Zöpfen geflochtenem Bart zu, bis dieser seinem Gegner ein Stück vom Ohr abbiss. Noch während sich Ben darüber wunderte, sprangen die Leute neben ihm grölend auf die Sitze, und er konnte nichts mehr sehen. Also stand er selbst auch auf und reckte den Hals, versuchte, zwischen dem wogenden Meer aus Köpfen und Schultern vor ihm etwas zu erkennen. Er sah gerade noch, wie sein Held am Bart gepackt wurde und der Gegner dessen hageres Gesicht gegen sein Knie schmetterte. Der Bärtige ging zu Boden und wurde mit Fußtritten eingedeckt, bis er den Arm mit gespreizten Fingern in die Höhe reckte, dem Zeichen, dass er sich geschlagen gab.

»Steh auf, du stinkendes Furunkel!«, brüllte eine dunkelblonde Frau mit sich überschlagender Stimme in der Reihe vor Ben, während sich ihr Nachbar grinsend die Hände rieb. Es sah aus, als hätten die beiden um einen hohen Betrag gewettet.

Höhnische Rufe begleiteten den Verlierer, während er auf einer Bahre aus dem Stadion getragen wurde. Der Sieger nahm seinen Applaus mit einem schmerzhaften Grinsen entgegen und hielt sich das tropfende Ohr. Morgen würde er zur zweiten Runde antreten.

Ben hatte fürs Erste genug, inzwischen war es auch lange nach Mittag, bestimmt drei oder gar vier Uhr, dem Stand der Sonne nach zu urteilen. Morgen würde er sich weitere Wettkämpfe ansehen, nicht nur die Jagd im Reinen Bach, denn der Sieger würde sicherlich nicht direkt nach dem Wettkampf die Stadt verlassen. Und Ben musste bleiben, bis er sich mit dem erkämpften Drachen auf den Heimweg machte.

Hoffentlich kam er nicht von hier – dann könnten er und Aiphyron lange warten. Doch jetzt wollte er sich erst noch ein wenig Chybhia ansehen, bevor er sich nach Sonnenuntergang wieder abholen ließ. Chybhia und vor allem Norkhams Drachen. Vielleicht durfte man ja einen Blick auf ihn werfen?

Weil Ben das für eine unverfängliche Frage hielt, stellte er sie dem jungen Mann mit dem hochroten Kopf neben sich, der erst vor kurzem bemerkt hatte, dass seine Begleiterin weg war und gemurmelt hatte: »Wird schon wiederkommen. Weiß ja, wo sie mich findet.«

»Der Drache?«, antwortete der Rotgesichtige, ohne Ben anzusehen, nachdem er die Frage dreimal wiederholt hatte. »Welcher …? Ach ja, dieser Drache. Bestimmt befindet er sich in den Ställen an der Südseite des Stadions. Dort werden auch die Drachen der Athleten untergebracht, die Pferde für das Wagenrennen und alle anderen Tiere. Nur die Fische nicht.«

»Fische?«, rutschte es Ben heraus, bevor er daran dachte, dass er ja möglichst wenig Fragen stellen wollte.

»Für die Wasserspiele.«

»Ja, klar. Danke.« Verwirrt schob sich Ben zwischen den drängenden Leuten hindurch und stibitzte sich noch einen knusprig gerösteten Zuckermolch vom Bauchladen eines Händlers, der verbissen in die Arena starrte und auf nichts anderes achtete.

Noch immer strömten Menschen ins Stadion, Ben schien der Einzige zu sein, der es gerade verließ. Den durcheinanderhuschenden Bemerkungen der Umstehenden entnahm er, dass der Faustkämpfer von Chybhia in wenigen Minuten antreten würde, und die Einheimischen wurden sichtlich immer unruhiger. *Dieser Kampf wird mir freie Straßen bescheren,* dachte Ben. Und so war es.

Kurz verharrte er am Ewigen Felsen vor dem Eingang, dessen Wände geschliffen und mit zahllosen Namen einstiger Sieger übersät waren. Dann hielt er sich rechts, schlenderte langsam am Stadion entlang und lauschte auf das Toben der Menge, während ihm all die Eindrücke von den Wettkämpfen im Kopf umgingen. Voll Bewunderung betrachtete er die drei übereinander errichteten Bogenreihen aus poliertem weißen Kalkstein, die die Außenwand des imposanten Bauwerks bildeten. Mit den Fingerspitzen strich er prüfend darüber und fragte sich, wie die Baumeister den Kalkstein derart glatt schleifen konnten, beinahe so glatt wie die Oberfläche von gegossenem Metall.

Eine Magd mit verheulten Augen und halb gelöstem Haar kam ihm mit verschränkten Armen entgegen, und in einer schmalen Seitengasse erhaschte er einen kurzen Blick auf einen Jungen, der mit einem sorgfältig entrindeten Ast gegen einen unsichtbaren Gegner focht oder gar gegen eine unsichtbare Übermacht. Vor Ben eilte ein verschwitzter, keuchender Stallknecht mit einem Netz bleicher Wasserrüben im Arm quer über die Straße, doch dann war diese tatsächlich verlassen, sah man von einem streunenden Hund an einem Ende und zwei jungen Katzen am anderen ab, die ein schwarzes Zwerghuhn vor sich her jagten.

Als Ben das Stadion zur Hälfte umrundet hatte, erreichte er die angrenzenden Stallungen, die ebenfalls aus dem glatten Kalkstein errichtet waren. Zwischen dem ersten Gebäude und dem Stadion hindurch konnte er einen Blick auf den gleißenden See werfen. Er bedauerte, keine Zeit zum Angeln zu haben, hier mussten herrliche Fische beißen.

Ben ließ das erste Stallgebäude links liegen, aus ihm drang das Schimpfen einer jungen Frau und das Wiehern und Schnauben von Pferden. Die Fenster waren alle gleich hoch und regelmäßig über die Außenwand verteilt.

Der zweite Gebäudekomplex wirkte dagegen seltsam zusammengewürfelt, die aneinandergrenzenden Boxen variierten in der Größe ebenso stark wie Drachen, und das spiegelte sich auch in der Außenwand und in der massiv schwankenden Dachhöhe wider. Doch alle wiesen ein vergittertes Fenster auf, und in jede warf Ben einen kurzen Blick, während er gemütlich daran vorbeischlenderte, als wäre er jemand mit sehr viel Zeit, der nichts Bestimmtes suchte.

Viele Boxen waren belegt, flügellose Drachen in den unterschiedlichsten Größen und Farben lagen faul auf dem Boden herum, und nur die wenigsten hoben den Blick. Auch derart gestutzt waren es noch immer wunderschöne, erhabene Wesen, doch Ben schmerzte der Anblick der vernarbten Schulterknubbel, aus denen einst Flügel gewachsen waren, und der der matten, dumpfen Augen. Vielleicht lag es auch am dämmrigen Licht im Stall, doch eigentlich war sich Ben sicher, dass Aiphyrons, Juris und Feuerschuppes Augen viel lebendiger strahlten.

Tiefe Schwermut ergriff ihn, denn ihm wurde bewusst, dass er sie nicht alle befreien konnte, es waren zu viele.

Viel zu viele.

Nie war ihm so deutlich klar gewesen, welche Menge Drachen der Orden und die Ketzer im Glauben an Hellwah und alte Legenden bereits versklavt hatten. Er knirschte mit den

Zähnen und sog die Luft scharf durch die Nase ein, um nicht zu weinen.

»Mädchen«, flüsterte er und presste mit aller Gewalt die Augen zusammen. Erfolgreich, nicht eine Träne floss.

Nicht unweit des Endes der Stallungen war das Fenster einer großen Box mit dichtem schwarzen Stoff verdeckt. Dahinter musste sich der Gesuchte befinden – oder ein Drache, der kein Sonnenlicht vertrug, aber davon hatte er noch nie gehört. Er eilte hinüber.

Vorsichtig blickte Ben nach rechts und links, doch es war niemand zu entdecken. Er lauschte am Vorhang und vernahm regelmäßiges Schnaufen, aber das konnte auch aus einer Nachbarbox stammen. Er musste einfach wissen, wie der Drache aussah!

Ohne nachzudenken, griff er nach dem Stoff hinter dem Gitter und versuchte, ihn zur Seite zu schieben. Er war dick und schwer und schien sich unten irgendwo verhakt zu haben, denn er ließ sich nur ein Stück weit heben. Ben hielt kurz inne, um es mit einem Ruck zu versuchen.

Plötzlich hatte er das Gefühl, beobachtet zu werden, und drehte sich langsam um. Die Straße, die an Stadion und Stallungen vorbeiführte, war noch immer verlassen, doch in einer unscheinbaren Gasse schräg gegenüber saß ein in Lumpen gewandeter Mann im Schatten und starrte herüber. *Ein Bettler,* dachte Ben, doch dann hatte er den Eindruck, dass er dafür zu gut genährt wirkte und sein Blick zu forschend auf Ben gerichtet war. Langsam ließ er den Stoff los.

»Ich komme wieder«, murmelte er, aber aus Furcht, der Bettler oder ein Stallbursche könnten es hören, nur so leise, dass es mit Mühe gerade bis an seine eigenen Ohren drang und ganz sicher nicht hinter den Vorhang.

Die Anspannung wich von dem Bettler, er stierte wieder scheinbar unbeteiligt zu Boden. Irgendwas stimmte hier nicht.

Ohne sichtbare Hast ging Ben weiter, blickte noch in die eine oder andere Box, doch seine ganze Aufmerksamkeit galt der Straße hinter sich. Angespannt wartete er darauf, dass Schritte herbeieilten, doch nichts dergleichen geschah. Schließlich schlug er den Weg zum Stadttor ein. Der Lärm des Stadions verblasste immer mehr, laut klangen nur seine eigenen Schritte in den verlassenen Straßen. Unbewusst wurde er immer schneller.

Als er eine Kreuzung erreichte, bemerkte er einen erschöpften Mann in einer zerlumpten Kutte, der auf dem Boden saß und den einen Arm auf eine schäbige Holzkiste gelegt hatte. Eine dieser Kisten, auf denen die Weltuntergangsprediger zu stehen pflegten. Dieser hier schien zu dösen und auf die Rückkehr seines Publikums zu warten.

Ben ließ den Blick über das zerfurchte, ausgemergelte Gesicht des Predigers wandern und bemerkte, dass ein weißer Schleier auf seinen geöffneten Augen lag; er war blind. Dennoch hob er den Kopf und stierte Ben mit seinem toten milchigen Blick direkt an; er musste sich an Bens Schritten orientieren.

»Ja, lauf nur, du erbärmlicher Sünder, lauf«, höhnte er plötzlich mit dünner, krächzender Stimme. »Es wird dir nichts nützen, du wirst deiner Furcht nicht entkommen. Denn das Ende ist nah. Dein Ende.«

Ben hastete vorbei, erwiderte aber nichts. Zu sehr hatten ihn die Worte überrascht, zu trocken war mit einem Mal sein Mund.

»Lauf.« Der Prediger ließ ein hustendes Lachen hören,

schäumender Speichel floss ihm aus dem Mundwinkel. »Lauf, du kleiner Hase. Lauf, wenn du so einfältig bist zu glauben, es sei noch nicht zu spät.«

Immer schneller eilte Ben weiter. Was wusste der Kerl schon? Das war nur ein verrückter blinder Spinner, er hatte ihn gar nicht sehen können und schon gar nicht erkennen. Nichts wusste er über Ben! Er hätte jedem dasselbe hinterhergeschrien. Doch richtig wohl fühlte Ben sich bei dem Gedanken nicht.

Wer war dieser Bettler an den Stallungen gewesen? Wer bettelt, tat dies gewöhnlich dort, wo viele Menschen waren. Warum saß er also nicht vor dem Stadion, sondern in einer verlassenen Gasse direkt gegenüber des verhüllten Drachenstalls?

Ben sah sich um, ob ihm jemand folgte, doch er bemerkte niemanden, nicht einmal einen Schatten. Eilig lief er aus der Stadt und immer weiter. Aiphyron würde ihn beobachten und abholen, sobald es dunkel würde, so hatten sie es abgemacht. Am besten würde Ben wieder zu der kleinen Mulde laufen, in der der Drache ihn heute früh abgesetzt hatte.

Als er an der aufgeschütteten Terrasse vorbeihastete, erkannte er, dass zwölf Galgen errichtet worden waren. Zwölf wie in Vierzinnen. Wartend baumelten die Stricke in der sanften Brise, die noch immer vom See herüberzog. Auf einem Galgen saß ein Nachtadler und krächzte. Es klang wie eine Klage.

Oder eine Warnung.

Im Laufschritt folgte Ben der Straße an der Terrasse vorbei und stürmte bald darauf querfeldein. Fort, nur fort. Er hoffte, die Sonne würde bald untergehen.

KETZERJAGD

Yanko und Nica hatten einen Platz weit oben auf dem zersplitterten Berg ergattert, nur ein Dutzend Schritt vom Ziel der Jagd durch den Reinen Bach entfernt. Für jemanden wie Yanko, der am Fuß des Wolkengebirges aufgewachsen war, war es ein kleiner Berg, fast nur ein Hügel, doch erhob er sich deutlich über die Ebene und die mehr als tempelgroßen Hügel in seinem Rücken.

Zahlreiche Menschen drängten sich um und hinter Yanko und Nica, die ganz nahe am Ufer standen, denn jeder wollte einen guten Blick auf den Bach haben. Schon vor Sonnenaufgang waren sie auf dem Berg gewesen, Juri und Feuerschuppe hatten sie auf der Chybhia abgewandten Seite abgesetzt und wollten sich mangels passender Verstecke in der Umgebung lieber weit weg die Zeit vertreiben. Nach Sonnenuntergang würden sie sie wieder abholen.

Beinahe ganz oben auf dem zersplitterten Berg entsprang eine Quelle, die der Überlieferung nach der Sonnengott Hellwah selbst aufgetan hatte, indem er einfach mit dem Fuß auf den Boden gestampft hatte. Dabei war jedoch auch der Berg entzweigebrochen. Warum Hellwah aufgestampft hatte, wusste Yanko nicht, aber er war überzeugt, dass jeder Gott im Lauf seines ewigen Lebens schon genug Gelegenheiten bekommen würde, zornig zu werden oder seine Macht demonstrieren zu müssen.

Kühl und wild und in großer Menge sprudelte das Wasser aus der Quelle, stürzte als zwei bis drei Schritt breiter Bach bis in die Ebene hinab und floss dort in sanften Windungen zu Hellwahs Spiegel hinüber, der etwa zehn Meilen entfernt lag. Von dort würden die Athleten kommen. Sie sprangen von der äußersten Brücke der Stadt ins Wasser, schwammen etwa eine Meile um die Wette, bis zu der Stelle, wo sich der Bach in den See ergoss, und stürmten diesen dann bis zur Quelle hinauf. Wer sie als Erster erreichte, war der Sieger und wurde zum Drachenreiter ernannt, sofern er diesen Titel noch nicht trug. Und ihm wurde ein Drache geschenkt, in diesem Jahr Norkhams Drache.

Die Jagd im Reinen Bach war ein seltsames Rennen, das seinen Ursprung in einem überlieferten Ereignis aus den Gründungstagen Chybhias hatte.

Damals war das Land noch wild und gefährlich gewesen, Trolle hausten auf dem zersplitterten Berg. Der erstgeborene Sohn des Stadtfürsten, noch keine sieben Jahre alt, lag mit schlimmen eitrigen Beulen danieder, der Fluch Samoths hatte ihn niedergestreckt. Sehr schlimm stand es um ihn, und nur mit klarem Wasser aus der Quelle Hellwahs würde man diesen Eiter herauswaschen können, verkündete die weiseste Heilerin der Stadt. Zudem musste es noch vor dem Mittag des heutigen Tages geschehen, fuhr sie fort, da war es bereits kurz nach Sonnenaufgang.

Die Berater des Fürsten schüttelten darob die Köpfe, denn die Trolle waren zahlreich und hungerten nach Menschenfleisch. Es entspann sich ein hitziger Streit, wie viele Kämpfer man aussenden sollte, wie viele nötig seien, den Unholden in den Klüften des Bergs entgegenzutreten. Lautstark brüllten sie aufeinander ein, während die Sonne immer höher stieg.

Nur einer wartete das Ergebnis des Geschreis nicht ab.

Lachend sprang der junge Held Vasdheen in den See und schwamm auf die Quelle zu. Er wusste, die Trolle scheuten Hellwahs Wasser und würden ihn nicht direkt angreifen, solange er den Reinen Bach nicht verließ. Gefahr drohte ihm nur von den Steinen und Felsbrocken, die die Trolle nach ihm schleudern würden, und von den dicken Ästen und Keulen, mit denen sie nach ihm hieben würden. Doch da vertraute er auf seine Schnelligkeit.

Und das zu Recht. In wildem Lauf hetzte er den Reinen Bach hinauf, wich Steinen und Stöcken aus, tauchte unter ihnen hindurch und setzte über sie hinweg, erkletterte dabei Wasserfälle und ließ sich von den stärksten Stromschnellen nicht fortspülen. Mit stechender Brust erreichte er die Quelle und füllte seinen Wasserschlauch mit dem klarsten heilbringenden Wasser, das dort entsprang. Ohne Pause raste er wieder zu Hellwahs Spiegel hinab. Dabei wurde er von einem Felsen getroffen, rappelte sich jedoch blutend wieder auf und stürzte weiter. Der Wasserschlauch war nicht beschädigt worden.

Mit letzter Kraft erreichte er den Fürstenpalast noch vor der Mittagssonne, und die Heilerin konnte den sterbenden Jungen retten, und auch den blutüberströmten Helden. Dieser aufopferungsvollen Tat zu Ehren wurde das Rennen veranstaltet.

Yanko erinnerte diese Geschichte auffallend an die Legende über den ersten Drachenflüsterer, wie die Drachen sie erzählten und wie Ben sie wiederum ihm erzählt hatte. Eine Legende darüber, wie man der rohen Gewalt der übermächtigen Trolle mit Geschick und Schnelligkeit entkam.

Wenn die Leute aus Vierzinnen mit ihren Vermutungen

Recht behielten, dann würde der Hohe Norkham an diesem Wettkampf teilnehmen. Yanko und Nica hatten sich eine Beschreibung geben lassen und waren sicher, ihn zu erkennen. Schweigend starrten sie den Bach hinab. Dem Geschrei der Zuschauer nach zu urteilen, stürmten die ersten Läufer bereits den steilen Berg herauf. Hier kamen sie nur noch langsam voran, ausgelaugt von den ersten Meilen mussten sie nun hangaufwärts gegen die Strömung ankämpfen, gar kleinere Wasserfälle hochsteigen, und dabei vermeiden, auf den glatten Steinen auszugleiten und wieder hinabgespült zu werden.

Und sie mussten sich der Angriffe der anderen Läufer erwehren, wie Yanko feststellte, als die Ersten beiden in Sichtweite auftauchten. Sie hatten die anderen ein Stück weit abgehängt, doch zwischen ihnen war ein erbitterter Zweikampf entbrannt. Ein hochgewachsener junger Mann mit langem schwarzen Haar und einem dünnen Bart auf der Oberlippe sprang mit weiten Sätzen seiner langen dünnen Beine voran. An seiner Seite stürmte ein nicht ganz so großer und älterer Mann mit muskulösen Armen und starken Oberschenkeln durchs Wasser. Wilde Entschlossenheit brannte in seinen Augen, die im Schatten buschiger Brauen lagen, und wenige Tage alte Bartstoppeln sprossen in seinem Gesicht. Auf dem linken Oberarm prangte eine handtellergroße, verkrustete Wunde. Klatschnass patschten die knielangen Lendenschurze gegen ihre Oberschenkel.

Beide Männer rempelten sich mit den Schultern an und gerieten ins Straucheln, doch keiner stürzte. Allzu viel Zeit und Kraft verschwendeten sie nicht auf diese Kämpfe, denn die ersten Verfolger nahten bereits, und es galt, sich von ihnen nicht mehr einholen zu lassen. Beide schnauften und keuchten heftig, ihre Gesichter waren von Erschöpfung gezeichnet.

»Das ist er«, zischte Nica plötzlich.

»Das? Aber ...?«

»Den Bart hat er sich zur Tarnung wachsen lassen. Und auf dem Oberarm ...«

»... hat er sich die Drachentätowierung herausgeschnitten.«

»Oder sie so weit aufgeschürft, dass das getrocknete Blut sie verdeckt.«

Größe und Alter des Mannes passten. Trotzdem wollte sich Yanko noch die weiteren Läufer ansehen, wenn sie einer nach dem anderen ins Ziel kämen, um jeden Irrtum auszuschließen. Dennoch tastete er nach dem Dolch an seinem Gürtel. Nica starrte dem Unrasierten mit brennenden Augen hinterher, ihre Lippen bebten. Yanko beobachtete gespannt den Ausgang des Rennens. Er reckte den Hals, um zu erkennen, wer zuerst seine Hand an den Fels auf der Quelle schlug.

Der Junge hatte vielleicht einen halben Schritt Vorsprung, da wurde der mutmaßliche Norkham plötzlich von einem Stein an der Stirn getroffen, geriet ins Schlingern und fiel ins Wasser.

Die Zuschauer schrien auf und schüttelten wild die Fäuste.

Der Junge schien nichts davon mitbekommen zu haben, verbissen stürmte er weiter und hechtete mit ausgestreckten Armen gegen den Fels, dessen Berührung ihm den Sieg brachte. Jedoch glitt er mit seinen müden und klammen Fingern ab und schlug mit dem Gesicht dagegen. Dennoch lag in seinem Schrei mehr Triumph als Schmerz.

Yanko suchte derweil hektisch nach dem Zuschauer, der den Stein geworfen hatte. Doch wie sollte er ihn erkennen?

Vier Ordensritter bahnten sich einen Weg zum Reinen Bach und halfen dem blutenden Mann auf die Beine. Dann drehten sie ihm plötzlich die Arme auf den Rücken. Unerbittlich hielten sie ihn zu zweit fest, während ein Dritter ihm die Hände fesselte.

Das Publikum tobte, spuckte Geifer und Wut, weil es sich um den Endspurt der Jagd betrogen fühlte. Niemand kümmerte sich um die nächsten Läufer, die eben keuchend den Bach heraufkamen.

»Das ist ein gesuchter Feind des Reichs, ein feiger Ketzer und Verschwörer, der sich bereits einmal dem Galgen entzogen hat!«, rief der vierte Ritter mit erhobenen Armen in die Menge und ließ die Augen über die umstehenden Zuschauer gleiten. Seine Stimme war laut und übertönte die rasch verstummenden Proteste. Jeder wollte hören, was der Ritter zu sagen hatte. »Ein Mörder, der sich als harmloser Kesselflicker ausgegeben hat, um uns zu täuschen! Doch ein Verbrecher wie er hat es nicht verdient, Hellwahs heilige Quelle zu berühren!«

Es war Herr Arthen.

Keuchend packte Yanko Nica am Arm und zerrte sie fort, weg aus der ersten Reihe, weiter weg und einen mit Büschen bewachsenen Abhang hinab auf ein zwei, drei Schritt schmales Sims. Hatte der Ritter sie gesehen und erkannt?

Die anderen Zuschauer achteten nicht auf sie, sondern drängten auf die frei werdenden Plätze, wollten den Sieger des Laufs sehen und den gefangenen Verbrecher.

»Hängt ihn!«, schrien die ersten Stimmen voller Wut darüber, dass sich ein solcher Verräter in diesen heiligen Wettkampf hatte einschleichen können.

»Ja! Hängt ihn!«, nahmen andere den Ruf auf.

»Steinigt ihn auf der Stelle!«, kreischte eine Frau, doch sie wurde rasch übertönt. Im einheitlichen Rhythmus forderte die klatschende Menge über ihnen: »Hängt ihn! Hängt ihn! Hängt ihn!«

»Wieso ist Arthen hier?«, zischte Yanko. »Weiß er etwa von uns?«

Nica zuckte mit den Schultern und legte den Finger auf die Lippen. Nur zehn Schritt von ihnen entfernt rutschte irgendwer den Abhang hinunter. Gleich würde er sie sehen! Noch bevor sie sich wieder hinter die Büsche werfen konnten, stolperte eine Gestalt auf das Sims hinaus. Yanko erkannte sie sofort und musste sich beherrschen, um nicht loszuschreien.

Vor ihnen stand Ben.

Ben hoffte, dass Herr Arthen ihn nicht gesehen hatte, ja, eigentlich war er davon überzeugt. Dennoch schlitterte er den kleinen Abhang hinter dem Publikum hinunter, der auf einem Sims endete, das ein Stück in den Berg hineinführte und sich dann seitwärts hinabwand, in die Richtung, in der das Wäldchen lag. Von dort war er heute Nacht hochgekommen.

Er musste hier weg, bevor Arthen ihn doch noch ins Auge fasste. Er hatte gesehen, wer die Jagd gewonnen hatte, alles andere war nicht mehr wichtig. Als er auf dem Sims ankam, starrten ihn zwei Gestalten an, die nur wenige Schritte entfernt standen.

War das ein Hinterhalt?

Hatten sie auf ihn gewartet?

Ohne genau hinzusehen, wollte er schon davonstürzen, da erkannte er sie und verharrte mit offenem Mund.

Yanko und Nica.

Einen langen Augenblick starrten sie sich vollkommen verblüfft an, dann stieß Yanko hervor: »Herr Arthen. Da oben ist Herr Arthen. Wir müssen weg. Komm!« Er winkte Ben zu sich.

»Nein, da lang«, zischte Ben und deutete mit dem Daumen in die entgegengesetzte Richtung, hinter sich. »Ich kenne den Weg!«

Ohne weiter zu zögern, stürmte er davon. Nur einen kurzen Blick warf er über die Schulter, um sich zu vergewissern, dass die beiden ihm folgten. Gehetzt rannten sie los, Kies spritzte unter ihren Sohlen vom Sims. Doch kein Schrei von Herrn Arthen oder einem seiner Ritter erklang in ihrem Rücken, keine laut hämmernden Schritte, niemand war ihnen nachgestürzt.

Wilde Freude überfiel Ben, während er das Sims entlangeilte. Alle Gründe, warum er die beiden verlassen hatte, waren vergessen, er spürte nur noch das Glück, nicht mehr allein mit Aiphyron zu sein. Nicht mehr vollkommen allein, wenn es darum ging, eine Siedlung zu betreten. Eine Siedlung, in der sich überraschend Herr Arthen herumtrieb.

Alles würde gut werden!

Er war überzeugt, jetzt würden sie ihm ihre Hilfe bei der Befreiung des Drachen nicht mehr verwehren! Nicht jetzt, wo sie hier waren.

Aber warum waren sie das überhaupt? Ursprünglich wollten sie doch die Spur des Hohen Norkham aufnehmen.

Allmählich verklang das Geschrei der Zuschauer hinter ihnen, und Ben führte sie zu einer kleinen bewachsenen Fläche zwischen zwei riesigen Felsbrocken, die aus der Entfernung nicht einzusehen war und die er beim Aufstieg am Morgen entdeckt hatte. Dort umarmten sie sich endlich lange und lachten, schlugen einander auf die Schultern und bejubelten den glücklichen Zufall, der sie wieder zusammengeführt hatte.

»Ich bin so froh, dich zu sehen, ich habe gar keine Lust, dir die Abreibung zu verpassen, die du verdient hast.« Übermütig knuffte Yanko ihm in die Schulter.

»Du mir?« Ben hob spielerisch die Fäuste.

»Ja, ich dir.«

»Jungs!«, rief Nica.

Ben und Yanko lachten.

»Was macht ihr hier?«, fragte Ben dann. Er konnte beiden in die Augen sehen, aus irgendeinem Grund war Nicas Kuss nicht mehr wichtig.

»Wir wollten uns Norkham schnappen«, sagte Yanko. »Aber wir sind zu spät gekommen, wie du ja eben gesehen hast.«

»Wie ich …?« Dann verstand Ben. »Das war er?«

Nica nickte. Ben konnte in ihrem verschlossenen Gesicht nicht erkennen, was in ihr vorging.

Stundenlang blieben sie sitzen und berichteten sich gegenseitig, wie es ihnen ergangen war. Übermütig winkte Yanko in den Himmel, als Ben erzählte, dort kreise Aiphyron. Auch Nica hob die Hand, beschattete die Augen und zeigte ein kleines Lächeln. »Ich glaube, ich kann ihn sehen.«

Am späten Nachmittag stiegen sie das schmale Sims wieder hinauf und dann weiter, vorbei an der inzwischen verlassenen Quelle und bis zum Gipfel. Von dort blickten sie hinüber nach Chybhia.

Genaues konnten sie nicht erkennen, doch es schien so, als hätte sich ein Stück weit vor der Stadt eine große Menschenmenge versammelt. Dort, wo die Galgen errichtet waren.

»Hängen sie ihn etwa gleich?«, fragte Nica ungläubig. Sie tat einen halben Schritt, als wolle sie sofort loslaufen, blieb dann jedoch stehen.

»Vielleicht haben sie Angst, er entflieht ihnen ein weiteres Mal«, sagte Yanko.

»Oder es ist doch ein anderer«, warf Ben ein, ohne selbst

daran zu glauben. Weshalb sollten sie gerade jetzt einen anderen Gefangenen für eine Hinrichtung aus dem Kerker zerren? Auch dass sie heute früh zeitgleich einen anderen Ketzer in der Stadt ergriffen haben sollen, erschien wenig wahrscheinlich, ebenso wenig wie die Vorstellung, dass sie sich einfach dort trafen, ohne jemanden zu richten.

Aus Angst, von Herrn Arthen entdeckt und erkannt zu werden, blieben sie jedoch hier und vergewisserten sich nicht, was dort geschah. Am Zielpunkt der Jagd hatten sie einmal Glück gehabt und waren entkommen, sie durften es kein weiteres Mal herausfordern.

Und wer wusste schon, wie viele weitere Ritter aus Vierzinnen mit ihm gekommen waren? Ritter, denen ihre Gesichter vertraut waren wie auch die Veränderungen zu der Beschreibung auf dem Steckbrief. Also warteten sie einfach auf die Nacht.

Als die drei Drachen, die sich hoch in der Luft gefunden hatten, sie schließlich vom Berggipfel abholten, erzählte ihnen Aiphyron, dass dort in der Tat ein einzelner Mann gehängt worden war. Wie er genau ausgesehen hatte, habe er sich leider nicht gemerkt.

Nica beharrte darauf nachzusehen. Und so flogen die Drachen sie in der Dunkelheit hinüber, ließen sie jedoch ein Stück entfernt zu Boden, da die Terrasse von zwei Stadtbütteln bewacht wurde.

Zu Fuß näherten sie sich schließlich den Galgen, an deren Fuß vier schwere Fackeln mit hohen Flammen in die Erde gesteckt worden waren.

»Wer da?«, fragte einer der Büttel mit scharfer Stimme. Er klang jung, als wäre er nicht viel älter als sie, und in der Tat erkannten sie im flackernden Licht, dass in seinem rundlichen Gesicht nur spärlicher Flaum wuchs. Auch der andere wirkte kaum älter, obgleich kantiger und rasiert. Es schien so zu sein wie überall – die unliebsamen Aufgaben mussten stets die Frischlinge erledigen.

»Nur drei Neugierige, die dem Gehenkten ihre ganze Verachtung vorbeibringen wollen«, antwortete Yanko und versuchte, ausgesprochen freundlich und vollkommen harmlos zu klingen.

»Mitten in der Nacht?«

»Das Stadttor ist bereits geschlossen. Wir waren zu spät dran und durften nicht mehr hinein. Viel anderes gibt es für uns nicht zu tun«, log Ben, während sie nebeneinander die aufgeschüttete Terrasse hinaufstapften. »Im überfüllten Schankraum vor dem Tor haben wir von der Hinrichtung erfahren, und da wir die Fackeln brennen sahen, sind wir gekommen.«

Ganz verschwand das Misstrauen nicht aus den Gesichtern der Büttel, doch als sie bemerkten, wie jung die drei Freunde waren, und dass sie keine großen Waffen mit sich führten, entspannten sie sich merklich.

»Hunderttausend Schauergeschichten haben sie uns von seinen Untaten erzählt, nur den Namen des ketzerischen Verräters konnte man uns nicht verraten«, ergriff wieder Yanko das Wort.

»Es ist der Hohe Norkham, der hier baumelt«, sagte der Büttel eifrig. »Ein rücksichtsloser Anführer der schlimmsten Ketzer.«

»Aber erst jetzt macht er seinem Namen alle Ehre«, mischte sich der Zweite mit hoher Stimme ein. »Er hängt hoch, der Hohe Norkham.«

Beide lachten rau, als wäre das ein besonders gelungener

Scherz. Auch Ben verzog die Lippen zu einem Grinsen, um die beiden bei Laune zu halten. Der Tote war es also wirklich.

Mit bebenden Lippen stellte sich Nica vor den Gehenkten. Wie er da in der Dunkelheit hing, nur schwach erleuchtet vom Licht der Fackeln und Sterne, wirkte er viel schmächtiger und schwächer als noch bei der Jagd im Reinen Bach. All die Entschlossenheit in den Augen war erloschen, sie waren glasig und leer. Die eingefallenen Wangen wirkten grau, das Gesicht war verzerrt vor Schmerz oder Angst.

Der Nachtadler saß auf einem Galgen am anderen Ende der Terrasse und schwieg.

»Du dreckiger, stinkender Sohn eines Trolls!«, brach es plötzlich aus Nica hervor. Sie spuckte ihm gegen die nackte Brust. »Ich hoffe, dein Tod war qualvoll!«

So viel Hass und Verzweiflung schwang in ihrer Stimme mit, dass die beiden Büttel sie verwundert mit Blicken maßen. Einem schien eine lustige Bemerkung auf den Lippen zu liegen, doch er wagte es nicht, sie auszusprechen und murmelte nur leise vor sich hin: »Ja, zeig's ihm, Mädchen.«

Nica ballte die Fäuste und öffnete die Hände wieder. Sie atmete schwer. Verzweifelt und um ihre Rache gebracht, schlug sie schließlich mit der Faust gegen seine baumelnden Oberschenkel, zweimal, dreimal, so dass Norkham hin und her schwankte. »Ich hoffe, du findest niemals Ruhe! Hörst du? Niemals!«

»He, Mädchen, das …«, setzte der Büttel mit dem Gesichtsflaum an, doch Nica wandte sich von allein ab.

»Gehen wir«, sagte sie zu Ben und Yanko, und gemeinsam schritten sie davon, in Richtung der Mulde, in der die Drachen auf sie warteten.

KRAWINYJAN

Drei Tage lang hielten sie sich in dem Wäldchen verborgen und beobachteten abwechselnd aus der Luft die Straße, die aus Chybhia herausführte, um zu sehen, ob der Sieger der Jagd die Stadt verlassen würde. Hinein wagten sie sich nicht mehr, solange Herr Arthen dort war. Möglicherweise hatte dieser sogar neue Steckbriefe dabei und sie inzwischen auch ausgehängt.

In der ersten Nacht und am folgenden Tag hatte Nica immer wieder getobt, dass sie um ihre Rache betrogen worden war, doch sie gab weder Yanko noch Ben die Schuld. Ja, nicht einmal Herrn Arthen. Der Einzige, den sie wüst beschimpfte, war der Hohe Norkham, wie er so dämlich hatte sein können, sich fangen zu lassen. Von einer Gruppe trolldummer Ordensritter. »Ein Kesselflicker! Als würde das nicht jeder durchschauen, du moderndes Wurmfutter!«

Sie keifte die leere Luft an, schrie hinaus, was sie ihm gern zu Lebzeiten an den Kopf geworfen hätte, jede Abrechnung, die sie hundertmal in Gedanken durchgespielt hatte. Von der sie Tag und Nacht geträumt hatte.

Doch auch wenn sie um ihre Vergeltung gebracht worden war, mit jedem Tag wurde sie ruhiger. Der angesammelte Hass, den sie aus sich herausschrie, wurde vom Wind davongetragen und wuchs nicht nach. Schließlich war der Kerl nicht entkommen.

»Na, Hauptsache, er ist tot«, sagte sie am dritten Morgen und setzte sich mit einem Lächeln zu Yanko und Ben.

Ben war froh, sie so zu sehen. Es war, als habe ein hartnäckiges Fieber sie verlassen.

Damit war der halbe Schwur erfüllt, und auch die andere Hälfte war nicht fern. Fürs Erste mussten sie nichts weiter tun als warten. Es tat ihnen allen gut, einfach Zeit verstreichen zu lassen und sich von den Anstrengungen auszuruhen.

Am vierten Tag nach ihrem Zusammentreffen war es dann so weit: Der schlaksige Sieger verließ auf dem neuen Drachen Chybhia. Aus welcher Stadt er stammte oder für welchen Fürsten er angetreten war, wussten sie nicht, doch seine Begleitung war spärlich. Gerade mal ein halbes Dutzend Berittene begleiteten ihn, und keiner schien ein Ritter zu sein. Juri hatte keine einzige Waffe aus Blausilber entdecken können. Auch wenn die Schwertklingen in Scheiden steckten, meist erkannte man eine solche Waffe doch am Griff oder der Verarbeitung der Parierstange. Vielleicht hatte Juri auch einfach nur einen angeborenen Sinn dafür und war deshalb so sicher.

»Das wird leicht«, frohlockte Yanko, und auch Ben wollte ihm bei aller Vorsicht nicht widersprechen. Trotzdem fragte er, wie groß der Drache sei.

»In etwa wie ich«, sagte Juri. »Aiphyron sollte also leicht mit ihm fertigwerden. Feuerschuppe und ich kümmern uns um die Menschen.«

Doch sie wollten erst angreifen, wenn sich der kleine Tross so weit von Chybhia entfernt hatte, um nicht plötzlich doch gegen eine Übermacht zu stehen. Also folgten sie ihm hoch in der Luft, bis er am frühen Abend ein Nachtlager aufschlug.

Nicht weit davon entfernt legten sie sich selbst zur Ruhe. Sie wollten erst in der Morgendämmerung zuschlagen, wenn die meisten Berittenen noch schliefen, es aber bereits hell genug war, dass sie ihre Angreifer erkennen konnten. So wollten sie sich die Angst vor geflügelten Drachen zunutze machen. Ben tat vor Anspannung kaum ein Auge zu und schreckte immer wieder hoch, um den wachenden Aiphyron zu fragen: »Ist es so weit?«

»Noch nicht. Leg dich wieder hin, ich wecke dich schon rechtzeitig«, war stets die Antwort.

Schließlich rüttelte er die Menschen wach. Noch bevor sich die ersten Sonnenstrahlen zeigten, erhoben sie sich und machten sich für den Angriff bereit. Ben brachte vor Anspannung keinen Happen herunter, und auch die anderen wollten nichts essen.

Lautlos flogen sie dicht über den Wipfeln entlang, näherten sich mit leisen Flügelschlägen dem Lager und stürzten dann hinab. Bens Knie, die er fest an Aiphyron presste, zitterten, seine Hände waren schweißig. Plötzlich hatte er Angst, dass etwas schiefgehen oder sie möglicherweise in eine Falle tappen würden, die ihnen Herr Arthen gestellt hatte.

Doch seine Sorge war unberechtigt – es klappte sogar noch weit besser, als sie es sich ausgemalt hatten. Der überraschende Überfall durch drei Drachen richtete ein fürchterliches Durcheinander unter dem Trupp des neuen Drachenreiters an. Die Pferde, losgebunden von Nica, stürmten in den Sonnenaufgang davon, und die Menschen, noch halb schlaftrunken und mit vor Schreck geweiteten Augen, flohen, ohne an Widerstand zu denken. Ohne Waffen und Gepäck stürmten sie die Straße entlang, doch nicht alle in dieselbe Richtung. Die einen nach Chybhia zurück, die anderen weiter der Heimat entgegen. Wahrscheinlich dachten sie darüber jedoch nicht nach, sie wollten einfach nur weg. Dabei bewies der frisch ernannte Drachenreiter mit schnellen langen Schritten, warum er zu Recht ein Wettrennen gewonnen hatte, und ließ alle seine Kameraden weit hinter sich zurück.

Nur einer der Bewaffneten floh nicht, sondern versteckte sich zitternd hinter einem Baum – bis Juri ihn breit angrinste und unvermittelt laut fauchte. Dann rannte auch er.

Aiphyron hatte sich sofort auf den Drachen gestürzt und hielt ihn mit seinem ganzen Gewicht am Boden. Gewandt sprang Ben von Aiphyron auf den Rücken des Flügellosen hinüber, krallte seine Hände in die verkrusteten Schulterknubbel und klammerte sich mit den Beinen fest. Kaum hatten seine Finger die Wunden berührt, spürte er das vertraute Kribbeln durch seinen Körper jagen, das Pochen unter dem Fleisch des Drachen. Er spürte, wie sich seine Muskeln vor Überraschung spannten.

»Bleib ruhig«, knurrte Aiphyron schwer atmend. »Ben ist ein Drachenflüsterer. Er gibt dir deine geraubten Schwingen wieder.«

Fauchend wand sich der Flügellose weiter in Aiphyrons Griff, doch er warf zugleich den Kopf herum und stierte Ben misstrauisch mit verdrehten Augen an. Sie glänzten dunkel wie nasser Torf.

Ben bemühte sich um ein freundliches Lächeln, während er sich weiterhin angestrengt festklammerte, um nicht abgeworfen zu werden. »Wir tun dir nichts.«

Noch einmal bäumte sich der Drache auf, dann gab er sich geschlagen. Sein neuer Meister war geflohen, niemand erteilte ihm Befehle und hetzte ihn weiter in den Kampf. Er musste fühlen, welche Heilkräfte von Ben ausgingen. Ergeben kauerte er auf dem Boden und rührte sich nicht. Sein Blick lag voller Hoffnung auf Ben. Ben konzentrierte sich ganz auf die Heilung.

»Das war ja beinahe enttäuschend einfach«, jubelte Yanko übermütig. »Wie die gelaufen sind!«

»Wirklich außerordentlich tapfere Vertreter ihrer Heimat«, setzte Nica höhnisch hinzu. »Viel besser kann man bei den großen chybhischen Spielen wahrlich nicht vertreten werden.«

Ben musste ihnen Recht geben, zum Schluss war alles viel leichter gegangen als erwartet. Zu dritt hatten sie einen großen Schwur geleistet, hatten sich unterwegs so viele Schwierigkeiten eingehandelt, hatten alles mit Mühe heil überstanden. Und dann hatte ein anderer vor ihnen den Ketzer gerichtet, und der Drache musste nicht einmal wirklich befreit werden. Fast war er ihnen auf einem Silbertablett gereicht worden. Nach ihrer Trennung hatte Ben gedacht, das alles würde viel schwieriger und gefährlicher werden. Doch so sollte es ihm nur recht sein.

Nach einer Weile brachen sie auf und stapften gemeinsam durch den Wald, fort von der Straße, hinein in die Wildnis, wo sie sich ein Versteck suchen wollten, bis dem Drachen wieder Flügel gewachsen waren. Im Licht der aufgehenden Sonne schimmerten seine Schuppen wie der Panzer einer purpurnen Libelle. Ben saß auf seinem Rücken und hatte die Hände auf die Schulterknubbel gelegt. Der Drache brummte zufrieden.

»Was machen wir, sobald er wieder fliegen kann?«, fragte Yanko am Mittag des übernächsten Tages und deutete auf die hellen Flügelansätze, die dem befreiten Drachen aus den Schultern wuchsen. Sie hatten es sich auf einer kleinen Lichtung in der Biegung eines etwa ein Dutzend Schritt schmalen Flusses bequem gemacht, in dem sich dicke silbergraue Fische und schmackhafte gelbkrustige Sonnenkrebse tummelten. Kleine weiße Wolken zogen langsam über den Himmel, das Wasser plätscherte träge vor sich hin, und auch Ben verspürte nicht viel Lust, sich zu bewegen. Faul lag er auf dem Rücken und ließ die nackten Füße in den Bach hängen.

»Willst du immer noch weitere Drachen befreien?«, fragte Nica. Sie hatte nicht *wir* gesagt.

»Irgendwann ja«, antwortete Ben und richtete sich auf. Doch zuvor wollte er noch einmal zu Anula. Er hatte an den letzten beiden Tagen viel an sie gedacht, kaum noch an Nicas Kuss. »Doch zuerst würde ich gern noch mal nach Falcenzca.«

»Da werden wir gejagt«, stellte Yanko fest und warf ihm einen lauernden Blick zu.

»Wir werden überall gejagt. Aber dort lebt ein Mädchen, das …« Ben brach ab und wurde rot. Er schielte zu Nica, konnte ihr Lächeln aber nicht deuten. Ihre Hand tastete nach Yankos Oberschenkel.

»Ich wusste es!« Yanko lachte laut und schlug Ben auf die Schulter. »Wie heißt sie? Wie sieht sie aus?«

»Anula«, sagte Ben leise. »Wunderschön.«

»Mann, jetzt lass dir nicht jedes Wort einzeln aus der Nase ziehen! Erzähl!«

Ben fing bei seinem ersten Besuch in Falcenzca an. Mit jedem Satz wurde seine Erzählung lebendiger, die Vorstellung immer wirklicher, bald zu viert durch die Welt zu ziehen, bald Anula an seiner Seite zu haben. Nicas Lächeln verschwand noch immer nicht, auch nicht, als Ben davon berichtete, wie er zurückgewiesen worden war.

»Das ist egal«, tönte Yanko. »Wenn sie noch einmal nein sagt, dann entführen wir sie einfach.«

»Habe ich auch schon überlegt.« Ben nickte.

»Schöne Frauen zu entführen, hat eine lange und ehrenvolle Tradition.«

»He!«, rief Nica und boxte Yanko gegen die Brust.

»Was denn?« Lachend packte Yanko ihre Handgelenke und hielt sie fest.

»Drachenentflügeln hat auch eine lange Tradition. Ist es deswegen ...?«

»Ach, Nica, war doch nur Spaß.«

»Ja, aber was machen wir, wenn sie wirklich nicht mitkommen will?«, fragte Ben.

»Ihr ihren Willen lassen«, schlug Nica vor.

Ben brummte.

»Du musst sie nur richtig fragen«, sagte Yanko und ließ Nica los. »Du musst dich vorher waschen und am besten ein Geschenk mitbringen. Du musst ihr zeigen, wie wichtig sie dir ist.«

»Und das klappt dann?«

»Natürlich. Nica wird dir sagen, was Mädchen mögen, damit du es richtig machst. Es ist ein wenig komplizierter als eine Entführung, aber ...«

Wieder boxte ihm Nica in gespieltem Ärger gegen die Rippen.

»Mädchen entführen, was? Das würde dir so passen. Euch beiden.«

Yanko grinste, Ben nickte.

»Aber nur kurz«, erläuterte er. »Ich will sie ja nicht länger einsperren. Ihr nur in Ruhe zeigen, wie Drachen wirklich sind. Damit sie weiß, wer ich bin und was ich mache. Damit sie sieht, dass die Steckbriefe lügen.«

»Was *wir* machen ...«

»Ja, klar. Was wir alle zusammen machen.« Wieder nickte Ben. »Ihr werdet sie mögen. Sie ist überhaupt nicht hochnäsig, wenn man sie erst einmal kennt.« Den Gedanken, dass er selbst sie ja genaugenommen nicht richtig kannte, schob er beiseite. Er liebte sie – das genügte, um ihr zu vertrauen.

»Na, unter diesen Umständen helfe ich dir«, sagte Nica. »Aber nur, um ihr eine Entführung durch euch zwei zu ersparen.«

»Danke.« Ben sah ihr in die Augen und wusste, dass sie nicht an eine Entführung dachte, sondern an den Kuss.

Sie nickte kurz.

»Wir werden dir dein Mädchen schon erobern. Aber was machen wir dann? Du hast noch immer nicht gesagt, wie es mit weiteren Drachen aussieht?«

»Aber eine Entführung ...«, setzte Yanko noch mal an.

»Nein«, sagte Nica. »Ben?«

Langsam schüttelte er den Kopf. So sehr es ihn dazu drängte, er musste erst einmal fort, er konnte sich nicht auf der Stelle in die nächste Befreiung stürzen. Das ständige Gefühl, überall gejagt zu werden, ertrug er nicht mehr. Auf der Lichtung hier war es friedlich, so wie die letzten zwei Tage wollte er die nächsten verbringen. Nur eben mit Anula an seiner Seite. Natürlich würde er den Kampf gegen den Orden nicht aufgeben, ihn nur für eine kleine Weile aufschieben. Und dann mit einem ausgereiften Plan zurückkehren, um dem Orden möglichst viele Drachen zu entreißen.

»Aiphyron wollte uns Länder zeigen, in denen es auch im Winter warm ist«, sagte er, während er auf einem Grashalm herumkaute. »Länder, in denen der Orden nichts zu sagen hat und Drachen nicht in der ständigen Gefahr schweben, wegen ihrer Flügel angegriffen zu werden.«

»Das klingt schön«, sagte Nica und strich vorsichtig über die purpurn schimmernden Schuppen des Drachen, der sich neben Ben gelegt hatte und ihn erwartungsvoll mit schwarzen Augen musterte, obwohl Ben ihm mehrmals erklärt hatte, dass er eine Pause brauche und die Flügel auch ohne permanente Berührung weiter wuchsen, wenn auch ein wenig langsamer. Doch da der Drache noch nicht sprach, war er nicht sicher, wie gut er verstand. »Hier bei uns werden sie als Siegespreis ausgelobt.«

Ben schnaubte. Nicht nur das, die Vernarbungen auf dem Schulterknubbel waren überraschend frisch gewesen. Die Ritter mussten sie noch einmal schmerzvoll gestutzt oder abgeschliffen haben, nachdem sie ihn aus Norkhams Stall geführt hatten. Als könnten sie mit dem erneuten Blutvergießen dessen Herrschaft über den Drachen brechen und ihm zugleich neue Bande anlegen. Es machte Ben einfach wütend, wenn er sah, was der Orden diesen Wesen antat.

Nica und Yanko drängten Aiphyron, ihnen von diesen fernen Ländern zu erzählen, und er entwarf grandiose Bilder von ausgedehnten Küsten voll weißem Sand, von gigantischen Wäldern mit Bäumen, die sechzig Schritt hoch waren oder noch größer. Von einer riesigen Wüste, durch die Dünen aus rotem Sand wanderten wie gigantische Wellen. Ganze Karawanen hatten diese Wellen schon verschluckt.

»Da will ich nicht hin!«, rief Nica sofort.

»Keine Angst, ich auch nicht.« Aiphyron grinste. »Und auch in den gigantischen Wäldern sollten wir aufpassen. In manchen Ecken dieser Dschungel gibt es giftige Spinnen von der Größe eurer Köpfe.«

»Bäh!« Yanko schüttelte sich.

»Doch ich kenne auch wunderschöne, viele Meilen durchmessende Inseln, auf denen erloschene Vulkane thronen und über die täglich milde Winde hinwegziehen. Manchmal führen sie auch Spuren des roten Sands mit, obwohl die Wüste tausend Meilen entfernt auf dem Kontinent liegt. Großblättrige Bäume mit saftigen Früchten von der Größe und Form einer gebogenen Kralle wachsen dort in Mengen, die Insekten sind winzig und harmlos. Auf einer dieser Inseln entspringt ein so lieblicher Fluss, dass selbst die Fischfeen aus dem Meer manchmal seinem, Lauf hinauffolgen, um an seiner Quelle im Mondlicht zu singen.«

»Fischfeen?«

»Ja. Das sind kleine Wesen, halb flügellose Fee, halb Fisch, die in Gruppen im Meer leben und gern den großen Segelschiffen folgen und ihren Schabernack mit den Seeleuten treiben. Nur bei Vollmond werden sie von tiefer Traurigkeit und einer Sehnsucht nach Schönheit ergriffen, dass sie die ganze Nacht über singen. Wer diese Lieder hört, wird von einem tiefen Fernweh gepackt, das schon manchen von einem Augenblick zum nächsten dazu getrieben hat, auf dem nächstbesten Schiff anzuheuern und alles hinter sich zu lassen.«

»Und du willst, dass wir diese Lieder hören?« In Yankos Blick standen deutliche Zweifel, ob er diese ganze Geschichte überhaupt glauben sollte. Doch er grinste. »Willst du uns loswerden, indem du uns irgendwo anheuern lässt?«

»Sie sind wirklich wunderschön. Und mit einem starken Willen kann man ihnen auch widerstehen.«

Den halben Nachmittag lang erzählte Aiphyron von den unterschiedlichsten Ländern, auch solchen, die sich weit jenseits der großen Ozeane befanden. Bei vielen wusste er nicht allzu viel über die dort lebenden Menschen und ihre Vorstellungen von der Welt. Doch er wusste, wo er nicht gejagt wurde, wo schon, um ihm die Flügel zu stützen oder einfach aus Angst.

»Vor deiner Größe«, sagte Yanko in dem Tonfall, mit dem er häufig ein Wortgeplänkel einleitete.

Aiphyron nickte und warf ihm einen lauernden Blick zu. Er erwartete den Angriff.

»Du bist ja auch ein großer Brocken«, sagte da der Flügellose mit schwerer Stimme.

»Was?« Alle Köpfe wandten sich ihm zu.

»Um genau zu sein: Du bist ein verdammt schwerer Brocken. Ich weiß das, schließlich hast du dich auf mich gesetzt.« Der Drache zeigte ein vorsichtiges Grinsen.

Alle lachten. Sie waren froh, dass der Drache seine Fähigkeit zu sprechen endlich wiedererlangt hatte. Ben fragte ihn nach seinem Namen.

»Krawinyjan.«

»Oh.« Ben sah ihn verlegen an. »Ich hab's nicht ganz verstanden, tut mir leid.«

»Krawinyjan«, wiederholte der Drache, langsamer diesmal.

»Gut. Alles in Ordnung, Krawinyjan?«

»Ja, danke. Danke für das hier.« Er kreiste die Flügelstumpen. »Und das, was hoffentlich noch nachwachsen wird.«

»Keine Ursache.«

»Wir hatten ja schließlich geschworen, dir zu helfen.« Yanko lachte.

»Mir? Kennen wir uns?«

»Äh, nein.« Ben schüttelte den Kopf.

»Na ja«, sagte Yanko. »Vor allem wollten wir dem Norkham eins auswischen.«

»Vor allem wollten wir dich befreien«, berichtigte Ben scharf. »Den Hohen Norkham wollten wir außerdem noch ärgern.«

»Welchen Norkham?«, fragte Krawinyjan.

BÖSE ÜBERRASCHUNGEN

Ben starrte den Drachen an und wusste nicht, was er darauf erwidern sollte, dass Krawinyjan den Hohen Norkham nicht kannte. Eine der Wolken wanderte vor der Sonne vorbei, und die Luft wurde merklich kühler. Hatten die Ritter sogar diese Erinnerung aus seinem Kopf getilgt, als sie ihm die kläglichen Überreste der Flügel ein weiteres Mal gestutzt hatten? Oder was hatte der feine Herr Arthen sonst mit ihm angestellt?

»Norkham! Das ist der, der dich jahrelang unterdrückt hat!«, rief Nica. In ihrer Stimme schwang noch immer Hass auf den toten Ketzer mit.

»Wieso jahrelang?«

»Nicht?«

»Der Bursche hat mich erst seit ein paar Tagen sein Eigen genannt. Und er hieß Erlon, nicht Norkham.«

»Ja, der. Aber davor!«

»Davor? Davor war ich frei! Bis ich vor drei oder vier Wochen eine gefesselte, strahlend blonde Jungfrau von einem Pfahl erretten wollte, an den sie gekettet war, und dabei hinterrücks von zwei Rittern angegriffen wurde. Schneller, als ich zuschnappen konnte, hatten sie mir die Flügel abgeschlagen, und aller Widerstand erlosch in mir. Alles Glück, das Gefühl, frei zu sein und lebendig. Es war schrecklich.«

Fluchend schloss Ben die Augen. Von wegen Schwur erfüllt! Sie hatten den falschen Drachen. Doch wie war das möglich? Dies war der Drache, der dem langbeinigen Sieger der Jagd im Reinen Bach überantwortet worden war. Sie hatten den dünnen Burschen doch gesehen! Und selbst Norkham war hinter ihm her gewesen. Wieso hätte er sich für einen beliebigen fremden Drachen hängen lassen sollen?

Ben fröstelte. Gedankenverloren blickte er in den Himmel, ob inzwischen weitere Wolken aufgezogen waren. Doch der schmale Streifen über der Lichtung, der nicht durch Laub verdeckt wurde, war überwiegend klar und von leuchtend hellem Blau.

Irgendwo im Wald brachen schwere Äste, Ben vernahm ein hastiges Schnüffeln. Noch in Gedanken daran, dass sie den Falschen befreit hatten, achtete er nicht darauf. Erst als sich auf seinem Arm unvermittelt Gänsehaut bildete, schreckte er auf, doch er war nicht der Einzige.

»In Deckung!«, schrie Aiphyron.

In diesem Moment brachen drei weiße Drachen aus dem Unterholz, und Ben erstarrte. Ihre Nüstern waren geweitet, die riesigen Mäuler geöffnet. Dicht an dicht reihten sich darin lange spitze Zähne, die entfernt an gewaltige Eiszapfen erinnerten, jedoch viel spitzer und härter aussahen. Die Drachen atmeten neblige Kälte in die Sommerluft.

Unter ihren Klauen waren die Pflanzen von Reif überzogen, hinter ihnen führte eine weiß glitzernde Spur durch den Wald. Unerbittliche Kälte strahlten auch ihre blutroten Augen aus.

»In Deckung, verdammt noch mal!«, brüllte Aiphyron erneut.

Doch Ben konnte sich nicht bewegen, es war, als wäre er eingefroren. Der Hauch der weißen Drachen wehte zu ihm herüber, und seine Lunge stach, als wäre er im Winter zu weit und zu schnell gerannt.

Kaum auf der Lichtung aufgetaucht, raste der größte der weißen Drachen direkt auf Ben zu. Von Kopf bis Schwanzspitze maß er bestimmt ein Dutzend Schritt, und dieser massige Körper kam nun in einem waghalsigen Satz auf ihn zugesprungen. Ben war wie erstarrt und konnte nichts tun als die riesigen gefletschten Zähne anzuglotzen. Sein Herzschlag setzte aus, vielleicht war es zu Eis geworden. Er hob nicht einmal die Arme, und einen Augenblick lang wusste er, er würde nun sterben, entweder durch diese langen Zähne oder einfach durch die Kälte, die unbarmherzig in seinen Körper kroch. Dann prallte etwas seitlich gegen den weißen Drachen, etwas Grünes.

Juri!

Er riss den weißen Drachen aus seiner Flugbahn und stürzte brüllend mit ihm in den Fluss. Gebannt sah Ben zu, wie die beiden sich im Wasser wälzten und ineinander verbissen. Fauchend schlugen sie sich gegenseitig tiefe Wunden ins Fleisch. Einzelne Wellen des Flusses vereisten, wenn das durchscheinende Blut des weißen Drachen auf sie tropfte. Doch rasch froren auch seine Wunden zu, die Kälte schien ihn zu heilen.

Auch da, wo Juri von den Zähnen oder Klauen des Weißen gebissen wurde, bildete sich Eis auf den schilfgrünen Schuppen. Doch dieses Eis stoppte Juris Blutungen nicht. Es war, als würde ein Weiher zufrieren, Schuppe um Schuppe fraß es sich voran.

»Aiphyron«, wollte Ben schreien, doch er brachte nur ein unhörbares Wispern zustande. Im Augenwinkel erkannte er, dass sich Aiphyron mit einem anderen Weißen über die Lichtung wälzte und ihm Feuer ins Gesicht spie, während er verzweifelt seinen Bissen zu entgehen suchte. Ben hoffte, das

Feuer wäre heiß genug, um die schrecklichen Zähne in wenigen Augenblicken zu Nichts zu zerschmelzen. Dann könnte Aiphyron Juri helfen. Allerdings schien am Rand der Lichtung Feuerschuppe viel stärker in Bedrängnis zu sein.
Juri durfte nicht sterben! Er hatte ihn gerettet.
Wasser schwappte über Juri hinweg, es zischte und knackte, und das Eis auf den grünen Schuppen bekam Risse. Es war, als würde der Fluss ihm zur Seite stehen.
Reiß dich zusammen und hilf ihm, wie er dir geholfen hat, warte nicht auf andere, dachte Ben mit klappernden Zähnen. Wenn er die Schulterknubbel des Weißen berührte, würde seine Wut vielleicht erlahmen. So oft hatte das bislang geklappt. Doch bei dem Gedanken daran, die eisige Kreatur anzufassen, kam tiefe Angst in Ben auf, Angst, von der Kälte einfach getötet zu werden, bevor die Heilkräfte zu wirken begannen, Angst, von seinen Zähnen erwischt zu werden.
Lautlos schimpfte er sich einen Feigling. Solche Überlegungen hatte Juri eben sicher nicht angestellt, bevor er den Weißen angesprungen und ihn gerettet hatte. Ben musste es versuchen! Langsam konnte er seine Gelenke wieder bewegen.
Zwei, drei Schritte machte er auf die zwei tobenden Giganten zu. Wasser spritzte in alle Richtungen, die peitschenden Schwänze fegten über die Sträucher am gegenüberliegenden Ufer hinweg, brachen junge Bäume entzwei und schmetterten sie gegen die nächsten Stämme. Wenn Ben dort hineingeriet, würden ihm alle Knochen im Leib brechen. Doch er musste ihn einfach berühren, ihm zeigen, dass er die Kraft hatte, ihn zu befreien, ihm seine Flügel zurückzugeben.
Dann stutzte Ben. Er konnte keinen einzigen Schulterknubbel ausmachen. Sein Blick huschte über den geschuppten Rücken und entdeckte nicht die geringste Verkrustung,

keine Narbe, keine Erhöhung, nichts. Makellos reihten sich die Schuppen aneinander, als habe er nie einen Flügel gehabt. Als wäre er niemals unterworfen worden. Das war doch nicht möglich!

Das würde bedeuten, die verfluchte Bestie griff sie aus freiem Willen an.

»Ben!«, hörte er Nica schreien und wirbelte herum. Sie kniete neben der Feuerstelle auf der Lichtung und setzte eben das aufgeschichtete Holz in Brand. Einen überdrehten Moment lang dachte Ben, sie würde tatsächlich wie geplant das Abendessen zubereiten wollen, doch Yanko hockte zitternd und wimmernd neben ihr und hatte die Arme um die Knie geschlungen.

»Hilf mir!«, schrie sie weiter.

Er sprang hinüber und sah, wie sich Krawinyjan eben auf den Gegner von Feuerschuppe stürzte. Feuerschuppe war ganz von glitzernden Kristallen überzogen und bewegte sich nur noch schwerfällig. Ohne weiter hinzusehen, stürzte Ben auf die Knie und pustete wie wild ins Feuer. Kalte Asche von gestern wirbelte auf und drang ihm in Mund und Nase, so dass er husten musste.

»Was ist mit Yanko?«, keuchte er.

»Er friert. Sein Fuß wurde vom Hauch eines Drachen gestreift, als er mich von ihm weggezerrt hat.« Nica schniefte. »Wir müssen ihn wärmen.«

In diesem Moment loderten die Flammen aus den dürren Ästchen und Rindenstücken hinauf, das Feuer leckte um die dickeren Holzbrocken und fraß sich hinein.

Ben sprang zu seinem Rucksack und zerrte die zwei letzten Fackeln daraus hervor, die Aiphyron mit der leicht brennbaren, harzigen Substanz aus seinem Rachen überzogen hatte. Sofort war er zurück am Feuer und hielt sie beide in die Flammen.

»Was hast du vor?«

»Halte du Yanko warm, ich helfe Juri!« Und damit stürzte er – zwei hell lodernde Fackeln in den Händen – zurück zum Fluss, wo die beiden Drachen noch immer aufeinander einschlugen.

Beide bluteten schwer, kleinere und bis zu gut zwei Schritt durchmessende Eisschollen tanzten auf den Wellen davon oder landeten am Ufer. Überall sah Ben das dunkle Rot von Juris Blut.

»Verrecke, du hässlicher Eisklotz!«, brüllte er und schleuderte die brennende Fackel mit aller Wucht nach dem weißen Drachen. Er hatte gut gezielt und traf die Bestie mitten auf die Schnauze.

Fauchend riss sie den Kopf hoch und suchte nach dem neuen Angreifer. Juri nutzte den Moment der Ablenkung sofort und schnappte blitzschnell zu. Tief gruben sich seine Zähne in die Kehle des weißen Drachen.

»Ja!«, brüllte Ben und sprang ins Wasser. Es war eiskalt, Schauer liefen seine Beine hinauf und über den Rücken bis in seinen Kopf. Doch darauf achtete er nicht, er spürte ohnehin kaum noch etwas. Mit klappernden Zähnen watete er durch das hüfttiefe Wasser zu den ineinander verbissenen Drachen, näherte sich ihnen von der oberen Seite, wo nicht ständig die Schwänze peitschten.

Im passenden Moment sprang er vor und rammte dem Weißen die brennende Fackel mitten in eine hässliche gefrorene Wunde. Zischend tropfte frisches, durchscheinendes Blut in den Fluss, der Drache schrie und warf sich herum.

Ben hechtete davon, und blitzschnell schlug Juri seine rechte Klaue in die frisch aufgebrannte Wunde, tief drangen die Krallen hinein. Der Weiße jaulte vor Schmerz auf und hieb wild um sich.

Ben wurde von einer Welle davongespült, stieß sich noch weiter vom Grund ab, er musste fort, nur fort. Ohne Fackel war er nutzlos. Der Hauch des Drachen streifte über ihn hinweg, während er rasch untertauchte, um ihm zu entkommen.

Einen Augenblick später kämpfte er sich ans Ufer, um zum Feuer zurückzukehren. Dort ließ sich wenigstens noch ein brennender Ast auftreiben. Feuer tat diesen Biestern weh! Frierend und durchnässt rannte er torkelnd über die Lichtung, die Knie waren steif, die Muskeln wollten ihm nicht mehr gehorchen, doch er zwang die Beine voran, balancierte das Gleichgewicht mit seltsam zur Seite gestreckten Armen aus. Seine Hände waren blau.

Gerade ließ Aiphyron von einem weißen Drachen ab, der an zahlreichen Stellen mit schwarzem Ruß überzogen war, und dessen ehedem furchterregende Klauen nur noch Stümpfe zu sein schienen. In Aiphyrons Augen glomm heiße Wut. Nichts erinnerte an den freundlichen Drachen, den Ben kannte. Er stürmte quer über die Lichtung und warf sich brüllend auf den weißen Drachen, der eben Krawinyjan von sich stieß und sich suchend umwandte.

»Juri!«, schrie Ben und fuchtelte mit den Armen. »Juri braucht Hilfe!«

Doch Aiphyron beachtete ihn nicht. Dunkle Flammen trieften aus seinem Maul.

Ben wankte, so schnell er konnte, zu Nica hinüber und riss einen brennenden Ast aus dem Feuer. Funken stoben auf, glimmendes Holz fiel über die steinerne Umrandung.

»Was tust du?«, schrie Nica, die Yankos Fuß in die Hände

genommen hatte und ihn bibbernd warm rieb. Dabei warf sie gehetzte Blicke in alle Richtungen, bereit, jederzeit zu fliehen.

»Ich muss Juri helfen!«

»Damit?«

»Ja! Wirf mehr Holz nach!«, schrie Ben und rannte mit schweren Beinen wieder zum Fluss. Juri hatte ihn gerettet, er musste ihm beistehen! Er würde ihn nicht im Stich lassen.

Doch am Ufer angekommen, blieb Ben stehen und ließ den Ast sinken. Die brennende Spitze sackte zischend ins Wasser und verlosch.

Der weiße Drache war tot. Mit verdrehten Augen lag er auf dem Rücken im Fluss, um ihn breitete sich eine Eisschicht aus. Keuchend kauerte Juri neben ihm, Blut rann ihm aus zahlreichen Wunden. Allmählich wanderte das wachsende Eis des Toten auf ihn zu, in wenigen Minuten hätte es ihn umschlossen.

»Juri!« Ben ließ den Ast ganz fallen und rannte zu dem verwundeten Drachen.

»He, Ben.« Er versuchte ein Lächeln.

»Nichts da mit he. Beweg deinen dicken Hintern hier weg, bevor er dir noch einfriert!«

»Ich ...«

»Los jetzt!«

»Ich ... kann nicht ...«

Verzweifelt legte Ben ihm die Hände auf eine offene Wunde am Hinterbein, die größte, die er auf den ersten Blick entdecken konnte. Das wunde Fleisch war so hart, als wäre es gefroren. Viel zu kühles Blut sprudelte ihm zwischen den Fingern hindurch. Mit zusammengebissenen Zähnen knirschte er: »Heile!«

Kälte kroch ihm unter die Haut und fraß sich bis in die

Knochen, schwimmendes Eis stieß ihm gegen die Hüfte, doch er achtete nicht darauf. Er versuchte Juri zu heilen und ihn gleichzeitig ein Stück von dem toten Drachen fortzuschieben, von der wachsenden Eisfläche. Tief grub er die Füße in den Grund des Flusses und drückte mit aller Kraft. Natürlich war der massige Körper viel zu schwer.

»Beweg dich!«, schrie er wieder, und dann: »Heile, verdammte Wunde, heile!«

Kälte drang ihm in die Finger, eine eisige Kälte aus der Wunde, die seine Unterarme hinaufkroch und ihn fast dazu gebracht hätte, loszulassen. Eine Kälte, die seine Finger bewegungslos machte, gefühllos, doch stur schickte er weiterhin seine Heilkräfte hindurch. Und wenn ihm einer abbrach, das wäre egal, Juri musste leben! Dann, endlich, spürte er das vertraute Pochen, das ihm verriet, dass seine Kräfte zu wirken begannen. Langsam floss das Blut zäher, bis es schließlich ganz versiegte.

Ein Zittern durchlief Juris Körper, mühsam kämpfte er sich auf die Beine, torkelte ein paar Schritte flussabwärts und fiel wieder ins Wasser. Bis hierher würde sich das Eis nicht ausbreiten.

Ben stapfte hinterher. Er war vollkommen durchgefroren, seine Arme waren taub, doch das Wasser dort, nur ein Stück entfernt, war wärmer. So warm, wie ein Fluss im Spätsommer sein sollte. Seine Muskeln begannen zu kribbeln, die ersten schienen wieder zu erwachen.

»Los, ans Ufer«, keuchte er.

»Nein«, sagte Juri leise. »Wasser hilft mir.«

»Meinetwegen.« Schwer atmend legte Ben die Hände auf die nächste Wunde. Der Kampflärm auf der Lichtung hinter ihnen war verklungen.

»Wie geht es den anderen?«

»Gut, glaube ich. Hoffe ich.« Dann holte Ben Luft und rief: »Alles in Ordnung?«

»Ben! Ben, wo bist du?«, dröhnte Aiphyrons Stimme herüber.

»Hier!«

Einen Augenblick später brach Aiphyron durchs Unterholz. Er sah angeschlagen aus, sagte aber, dass die weißen Drachen tot seien. Allen anderen ging es gut. »Zumindest annähernd. Feuerschuppe friert, seine brüchigen Schuppen splittern, wenn er sich bewegt.«

Ben sah ihm in die Augen. Die brennende Wut war verschwunden, nun lag Sorge in ihnen.

»Ich sehe gleich nach ihm«, sagte er matt. »Erst muss ich mich noch um Juri kümmern.«

»Ich sehe zu, dass ich Feuerschuppe aufwärme. Wozu trage ich dieses verdammte Feuer denn in mir.« Mit diesen Worten wandte sich Aiphyron ab und stob davon.

Eine gute Stunde später wankte Ben auf die Lichtung. Jede der zahlreichen Wunden Juris hatte er mitten im Fluss verschlossen, nun fühlte er sich vollkommen ausgelaugt. Er musste wieder zu Kräften kommen, und vor allem musste er sich aufwärmen. Niesend und frierend warf er die nasse Kleidung am Feuer von sich und stellte sich zitternd vor die Flammen. Nur mühsam drang ihre Wärme unter seine Haut.

»Wie geht es Yanko?«, fragte er, ohne den Blick vom Feuer abzuwenden.

»Zieh dir was über, dann bekommst du auch eine Antwort«, sagte Nica spitz.

Ben zuckte zusammen und sah an sich herunter. Natürlich, er war vollkommen nackt! Daran hatte er vor lauter Erschöpfung und Hunger nach Wärme überhaupt nicht gedacht, nur an die beißende, tief sitzende Kälte, und daran, sie loszuwerden. Mit rotem Gesicht fischte er rasch eine Hose aus dem Rucksack, rubbelte sich die Beine mit einem Hemd trocken und schlüpfte hinein. Nica starrte derweil mit gesenktem Kopf stur zu Boden.

»Ich kann auch selbst reden, du kannst mich direkt ansprechen«, murmelte Yanko schlapp, während sich Ben die Hose anzog. So schwach er klang, es tat gut, seine Stimme zu hören.

»Nica sagt, der eine hat dich mit seinem Hauch berührt.« Ben nickte ihr zu. »Du kannst übrigens wieder schauen. Tut mir leid.«

Langsam hob sie den Kopf, sah ihm aber nicht in die Augen. »Schon gut.«

»Nein, er hat mich nicht berührt«, berichtigte Yanko leise. »Ich bin wohl nur barfuß in das kalte Gras getreten, das sein Atem mit Eis überzogen hat. Aber das hat ausgereicht, der Fuß ist bis über den Knöchel noch immer taub. Richtig erwischt hat es nur Feuerschuppe.«

»Gut«, sagte Ben und sah zu dem Drachen hinüber. »Also, nur das ist mit dir.«

Feuerschuppe lag am Rand der Lichtung und war von einem Ring aus gelb lodernden Flammen umgeben. Wie Schweiß troff es von seinen überwiegend roten Schuppen, doch es war das schmelzende Eis, das aus seinem Körper rann. Aiphyron beobachtete aufmerksam die Flammen, damit sie Feuerschuppe nicht zu nah kamen und nicht auf den Wald übergriffen.

Krawinyjan kauerte schwer atmend in der Nähe, wärmte sich ebenfalls, sah sich mit Panik in den Augen um und musterte jeden Schatten im Wald misstrauisch.

Ben raffte sich auf und schlich hinüber, Feuerschuppe brauchte ihn. Die Wärme des Feuerrings um den Drachen drang viel tiefer als die des Lagerfeuers, vertrieb die tiefste Kälte aus seinem Inneren.

»Yanko, komm her«, rief er, dann fragte er, wie es Feuerschuppe gehe.

»Das Eis ist bald raus aus ihm«, sagte Aiphyron. »Dann bist du dran.«

Ben nickte und ließ den Blick über den verwundeten Drachen wandern. Er hatte eine große Anzahl Schuppen verloren, sie waren einfach gesprungen wie Eis in der Sonne und hatten das bloße Fleisch darunter offen gelegt. Es sah schlimm aus. Wenigstens gingen die Bisswunden und die durch Krallen verursachten Risse nicht so tief wie bei Juri, das würde Ben recht schnell hinbekommen. Doch in den Augen regte sich kaum ein Funken Leben, sie wirkten leblos kalt und wie von Reif überzogen. Wie tot und blind zugleich, doch ab und zu zuckten sie.

»Wie haben sie uns aufgespürt?«, fragte Ben.

»Ich weiß es nicht. Aber hast du sie schnüffeln gehört? Ihr Geruchssinn ist außerordentlich, selbst für Drachen. In der Luft konnten sie uns nicht wittern, doch jetzt waren wir lange am Boden. Erst bei Chybhia, jetzt hier. Sie müssen zufällig auf unsere Spur gestoßen sein. Oder auf ein Pferd, das Nica losgebunden hat. Wenn sie das Pferd auch nur ganz leicht berührt hat, hing schon genug von ihrem Geruch im Fell des Tiers. Weiße Drachen riechen wie niemand sonst.«

»Sie haben keine Schulterknubbel.«

»Nein.« Ohne ein weiteres Wort erstickte Aiphyron eine kleine Flamme, die zum Wald hin wandern wollte.

»Werden noch mehr von ihnen kommen?«, fragte Krawinyjan mit brüchiger Stimme. »Ihr könnt ja einfach davonfliegen, aber ich?«

»Ich glaube nicht«, sagte Yanko, der sich auf Nica gestützt inzwischen auch am Feuerring eingefunden hatte. Seinen Fuß hielt er in Richtung Flammen, und es schien ihm tatsächlich etwas besser zu gehen. Auf seinem Gesicht zeigte sich der erste Anflug von Farbe. »Zumindest habe ich noch nie davon gehört, dass einem Geächteten mehr als ein solcher Hund Hellwahs auf den Hals gehetzt worden sei. In keiner einzigen überlieferten Geschichte war das nötig. Und auch hier sind es drei Drachen, und wir sind zu dritt.«

»Zu sechst«, sagte Aiphyron.

»Der Orden zählt nur Menschen. Deshalb seid ihr auch nicht auf dem Steckbrief. Für ihn seid ihr nichts als wilde Tiere.«

»Pah!«

»Sei froh. Sonst wären sie zu sechst gekommen.«

Aiphyron brummte etwas Unverständliches.

»Dann kommen also keine weiteren?«, vergewisserte sich Krawinyjan.

»Nein«, behauptete Yanko forsch.

Doch Ben bezweifelte, dass er sich dessen wirklich so sicher war. Dafür wanderte Yankos Blick zu oft zwischen die Bäume, zu suchend, zu ängstlich.

»Und warum haben sie keine Schulterknubbel?«, fragte Ben, während er zugleich auf ein fernes Schnüffeln lauschte.

»Weil sie nie Flügel hatten.« In Aiphyrons Stimme lag Verachtung. »Weiße Drachen werden im Eis geboren. Wie der

Winter bringen sie mit ihrer Kälte Stillstand und Tod. Sie fühlen nichts. So jemand fliegt nicht, so jemand kriecht.«

Richtig zufrieden war Ben mit dieser Erklärung nicht, sie war zu knapp. »Aber wie können die Ritter sie dann unterwerfen, wenn man ihnen nicht die Flügel abschlagen kann?«

»Man kann sie nicht unterwerfen, aber man kann sie auf einen bestimmten Geruch ansetzen. Solange sie ihm folgen, ist nichts anderes von Bedeutung. Sie suchen denjenigen, dessen Geruch sie in ihrer Schnauze tragen, und wenn sie ihn haben, töten sie ihn.«

»Und dann? Kehren sie zu dem Ritter zurück, der sie losgeschickt hat?«

»Nein. Sie haben nichts Hündisches an sich. Sie kehren heim ins Ewige Eis. Du erinnerst dich? Das Eis, das du so gern sehen wolltest.« Aiphyron grinste.

»Danke. Ich hab es mir anders überlegt.« Ben schüttelte sich.

»Einst gab es jedoch Menschen, denen sind die Weißen wie Hunde gefolgt«, sagte Krawinyjan. »Es waren nicht viele, doch über die Jahrhunderte tauchte immer wieder einer auf, der die Weißen befehligen konnte. Man nannte sie Eisherrscher, und ihre Gabe war ebenso selten wie die eines Drachenflüsterers.«

»Du meinst, ein solcher Eisherrscher hat uns die auf den Hals gehetzt?«

»Blödsinn«, brummte Aiphyron. »Das wäre ein dämlicher Zufall. Jedes Kind, das ein Kleidungsstück, ein Möbel oder nur ein paar halb gekaute Essensreste mit eurem Geruch besitzt, kann die Drachen auf euch hetzen. Dazu braucht man keine besondere Gabe.«

»Das wollte ich auch nicht behaupten. Ich habe nur gesagt, dass unter Umständen ...« Krawinyjan warf einen Seitenblick auf Aiphyron und schüttelte den Kopf. »Ja, gut, ich habe nichts gesagt.«

»Na also.« Langsam löschte Aiphyron die Flammen um Feuerschuppe, um Ben den Weg frei zu machen. Das Gras, auf das das Eis getropft war, war abgestorben, der Boden hart wie im Winter, doch schmerzte die Kälte nicht mehr, wenn man auf sie trat.

»Siehst du mich, Feuerschuppe?«, fragte Ben und blickte dem Drachen direkt in die von weißer Kälte überzogenen Augen.

»Nur einen Schemen.«

»Dann erschrick jetzt nicht«, sagte er und kniete sich vor ihm auf die Erde. Ganz vorsichtig fasste er auf die offenen Augen, ihre Oberfläche war glatt und eiskalt.

»Ihr anderen lasst euch von Aiphyron ein neues Feuer entfachen, wärmt euch und macht etwas zu essen. Wenn ich hier fertig bin, habe ich Hunger«, sagte Ben noch, dann vertiefte er sich ins Heilen.

EIN ALTER ZAUBER

In den folgenden Tagen pflegten sie ihre Wunden und fragten Krawinyjan über seine Vergangenheit aus, wieder und wieder suchten sie nach einer Verbindung zu Norkham, doch vergeblich. So wenig ihnen der Gedanke gefiel, so wenig sie es verstanden, er war nicht der gesuchte Drache. Doch wo war er abgeblieben? Hatte etwa noch ein anderer Sieger eines Wettkampfs einen Drachen verliehen bekommen?

»Ich glaube, er war nie in Chybhia«, sagte Yanko schließlich, dessen Fuß wieder normale Temperatur angenommen hatte. »So oft wie die Ritter in Vierzinnen das gegenüber den einfachen Leuten betonten, daran war etwas faul. Und das haben sie nicht getan, um die Ketzer zu demütigen, sondern einzig, um Norkham auf eine falsche Fährte zu locken. Sie waren überzeugt, irgendwer würde es dem geflohenen Ketzer berichten, doch weil sie nicht wussten, wer es verraten würde, mussten sie es möglichst jeden wissen lassen. Deshalb war auch der Käfig in Chybhia verhangen. Niemand sollte den Drachen vorzeitig sehen und beschreiben können, und ganz besonders nicht Norkham, von dem sie hofften, er würde in Verkleidung auftauchen, um ihn zurückzugewinnen. Oder zu befreien versuchen.«

»Das alles war nur eine Falle? Und warum haben sie nicht den richtigen Drachen genommen?«, fragte Nica. »Dann hätten sie sich das Theater mit dem Käfig sparen können.«

»Vielleicht weil er schon irgendwohin unterwegs war, als sie den Plan fassten? Ich weiß es nicht.«

»Oder sie hatten Angst, dass der geraubte Drache vielleicht doch noch auf seinen alten Herrn hören würde«, vermutete Ben. »Das hätte zu ziemlich unangenehmen Schwierigkeiten führen können, hätte Norkham es tatsächlich in seine Nähe geschafft.«

»Aber wo befindet sich der richtige Drache jetzt?«

»Bei diesem Abt. Oder dem Fürsten von Vierzinnen.«

Lautlos verfluchte Ben den geleisteten Schwur. In diesem Moment wollte er nur noch nach Falcenzca aufbrechen, zu Anula. Einen Drachen hatten sie doch befreit, auch einen weiteren könnten sie unterwegs gern von seinen Unterdrückern erlösen. Er wollte ja Drachen befreien, ganz sicher, doch im Moment hatte er keine Kraft mehr, weiterzusuchen. Sich weiter hetzen zu lassen.

Sie hatten doch geschworen, den Drachen eines Ketzers zu befreien, um sich nicht mit dem Orden der Drachenritter anzulegen. Und jetzt? Jetzt war dieser idiotische Drache doch bei einem Abt oder Fürsten gelandet. Ben hatte einfach die Nase voll! Wieso hatte sich dieser verfluchte Norkham den Drachen klauen lassen? Tat man das etwa, wenn man den Beinamen der Hohe trug? Hätte er nicht besser der Hohle heißen sollen?

Warum nur hatten sie geschworen? Doch nicht, um dann gezwungen zu sein, in eine Burg oder ein Wehrkloster einzudringen – etwas, das ganze Heere oft genug vergeblich versuchten. Wie sollte das gelingen? Doch Jammern half nicht – ein Schwur war ein Schwur, daran war nichts zu rütteln. Jedenfalls war das ganz sicher der letzte Schwur, den er geleistet hatte.

»Ich bin überzeugt, der Abt hat ihn sich gekrallt«, sagte Yanko. »Wieso sollte denn der Orden einen Fürsten, der

Ketzer in seinem Herrschaftsbereich nur halbherzig verfolgt, mit einem solchen Geschenk stärken? Nein, er wird selbst scharf darauf sein, den Drachen eines wichtigen Ketzers in seinem Stall zu haben, um ihn dann stolz jedem Gast zu präsentieren.«

»Meint ihr, es war auch dieser Abt, der die weißen Drachen auf uns gehetzt hat?«, fragte Nica leise.

Yanko zögerte einen Moment lang, dann sagte er: »Das kann gut sein.«

»Hat er noch mehr?« Nicas Stimme war nun kaum zu verstehen, doch das war egal. Jeder von ihnen hatte sich diese Frage selbst gestellt. Was würde sie erwarten, wenn sie dorthin kamen?

»Hm.« Ben sah hinüber zu der Stelle, wo das Eis aus Feuerschuppe getropft war. Noch immer wuchs dort kein Gras, die Erde war kahl und schwarz wie ein Acker im Winter. Auch hatte er in den letzten Tagen nie beobachtet, dass dort ein Vogel gelandet wäre. Ein junges neugieriges Baumreh war gestern im Morgengrauen davor zurückgeschreckt und hatte den Fleck nicht betreten.

»Dann versuchen wir es also als Nächstes bei dem Abt?«, dröhnte Juri.

Einer nach dem anderen nickte.

»Und ich?«, fragte Krawinyjan und hob die noch immer verkümmerten Flügel, die inzwischen wenigstens auf die Länge eines Männerarms herangewachsen waren.

»So tief im Wald bist du sicher, bis du wieder fliegen kannst.«

»Aber ...«

»Sie wachsen auch ohne meine ständige Berührung«, versicherte ihm Ben zum sicherlich hundertsten Mal. »Wirklich. Ich muss nur dafür sorgen, dass sie einmal damit anfangen. Und wir dürfen einfach nicht noch mehr Zeit verlieren.«

Krawinyjan grummelte etwas davon, dass ihm das nicht gefalle und er sich selbst überhaupt nicht als verlorene Zeit betrachte.

Doch sie kümmerten sich nicht um seine Proteste, verabschiedeten sich noch am selben Abend und machten sich auf den Weg.

»Danke«, sagte Krawinyjan doch noch, und es klang aufrichtig.

»Lass dich nicht mehr erwischen«, brummte Aiphyron.

»Trau keiner Jungfrau, so sehr sie auch um Hilfe schreit«, fügte Yanko lachend hinzu.

Dann verschluckte die Dunkelheit des Waldes Krawinyjan unter ihnen. Sie kannten den Namen des Abts und den des Flusses, an dem das Kloster lag. Dorthin würden sie sich hoffentlich leicht durchfragen können. Dabei hofften sie, dass in der nächsten Stadt einmal kein Steckbrief hängen würde. Dennoch beschlossen sie, sich möglichst nur in kleinen Dörfern zu zeigen.

Drei Tage später hatten sie ein Versteck unweit des Wehrklosters gefunden. Wieder war es ein Wald, der ihnen Schutz vor neugierigen Blicken bot. In den Dörfern, in denen sie nach dem Weg gefragt hatten, hatten sie auch mehrfach gehört, der heilige Orden würde nun endlich mit aller Macht gegen das Ketzerpack vorgehen.

»Im ganzen Reich«, hatte ein alter zahnloser Bauer gemurmelt. »Keine Schlupflöcher mehr bei weichherzigen Fürsten, die sich von dem Abschaum auf der Nase herumtanzen lassen. Was soll das überhaupt? Früher hat es das nicht gegeben. Nicht, als ich jung war.«

Und seine kantige Tochter hatte Ben und Yanko gefragt, ob sie auch von den räuberischen Ketzern im hohen Norden gehört hätten, die einen gigantischen wilden Drachen auf eine kleine Stadt gehetzt haben sollen. Nachdem das Untier die halbe Bevölkerung verschlungen und ganze Straßen in Schutt und Asche gelegt habe, hätten die drei die Herrschaft dort an sich gerissen. Drei blutjunge Ketzer seien das gewesen, einer solle gar der Sohn Samoths sein, aber das könne sie nicht so recht glauben. Auf jeden Fall müsse ihnen das Handwerk gelegt werden, selbst wenn das Bürgerkrieg bedeute.

»Haben wir gehört, ja«, hatte Yanko gesagt und sich ein überdrehtes Lachen und heftigen Protest gleichermaßen verbissen. Lautstark hatten sie daraufhin die übelsten aller üblen Ketzer beschimpft und auf den Bürgerkrieg angestoßen, auf einen baldigen Sieg, und dem Alten versprochen, sich ebenfalls freiwillig zu melden, in ihrem Alter sei das schließlich das Mindeste, was sie tun könnten.

»Mein Enkel ist auch gleich gegangen.« Wieder hatte der Alte den Becher gehoben.

Die Tochter hatte grimmig genickt und ihm zugeprostet. »Auf den Sieg.«

Ben und Yanko hatten sich nach dieser Runde hastig verabschiedet. Nicht, dass irgendwo im Dorf doch ein Steckbrief hing. Auch wenn sie bewusst jedes Dorf nur zu zweit betraten, um nicht schon durch ihre Anzahl aufzufallen, wurden sie doch unruhig. Diese Familie wirkte nicht so, als würde sie so genau zählen oder über die Aufforderung, die Gesuchten lebendig abzuliefern, groß nachdenken. Nicht bei Ketzern und Samothanbetern, da wurde vorsichtshalber erst zugeschlagen, dann gezählt und gefragt, sofern das Fragen noch möglich war. Sie waren gegangen und hatten beschlossen, dass dieser Bürgerkrieg sie nichts anginge.

Doch nun hatten sie das Wehrkloster gefunden und festgestellt, dass diese Jagd nach den Ketzern, der an verschiedenen Ecken des Großtirdischen Reichs schwelende Bürgerkrieg, sie sehr wohl betraf und ihre Aufgabe erschwerte. Denn kein Fremder wurde in dieser angespannten Lage eingelassen, ohne vorher genau untersucht worden zu sein. Es herrschte die Furcht vor einem Attentat auf den Abt.

Trutzig erhob sich das verschachtelte Kloster mit den strahlend weißen Mauern und den zwölf weithin sichtbaren Zinnoberzinnen auf einer kleinen Anhöhe in der Ebene. Schnurgerade führte eine sorgsam gepflegte Straße aus grauen Pflastersteinen auf das mächtige Tor zu; aus welcher Stadt sie kam, wusste Ben nicht.

Auf der Rückseite des Klosters schlängelte sich der Firnh entlang, ein gemächlicher Fluss von mittlerer Größe. Sein Ufer war dicht mit Bäumen und Büschen bewachsen, und nicht fern davon begann der Wald, in dessen Tiefen sich Ben und die anderen meist verbargen, viele Meilen entfernt. Nahe des Klosters war es zu gefährlich, dort trieben sich der Jäger des Ordens mit seinen Gehilfen und auch Bauern aus dem nahen Dorf herum, die Holz schlugen. Und sicherlich versteckten sich dann und wann auch Jungen dort, um in der Dämmerung zu wildern.

Das Dorf lag unweit des Klosters in der Ebene. Reiche Felder und Weiden voller fetter Tiere erstreckten sich ringsum, die Häuser waren groß und gut in Schuss. Zahlreiche Streifenhühner tummelten sich pickend in den Straßen, Kühe muhten zufrieden.

Ben lag mit Yanko im Ufergestrüpp und beobachtete, wie ein dralles schwarzhaariges Mädchen eine weiße Zicke zum Kloster hinauftrieb. Unter einem Arm trug sie einen großen Korb, die Zicke zerrte an ihrem Strick. Ihr Meckern war über das Rauschen des Flusses hinweg nicht zu hören. Von ihrem Versteck aus hatte Ben keinen Einblick auf das Tor, doch noch bevor das Mädchen auf dem Weg dahin von einem breiten Rundturm verdeckt wurde, hob sie die Hand und winkte fröhlich.

»Da«, raunte Yanko. »Die kennen sich alle. Einfach alle. Wie sollen wir uns da verkleiden und als Dörfler ausgeben?«

»Das geht auf keinen Fall«, bestätigte Ben. Den Gedanken, einfach in der Nacht mit den Drachen im Innenhof zu landen, hatten sie schon vor einer Weile verworfen. Zu groß war die Übermacht hinter diesen Mauern, zu zahlreich die flügellosen Drachen, die unter fremdem Befehl standen. Sobald sie bemerkt würden, hätten sie sie alle am Hals, dazu Dutzende Ritter, viele sicherlich mit Blausilberklingen bewaffnet, starken Klingen, die Drachenschuppen durchdringen und Flügel vom Körper trennen konnten. Und egal, wie sie es anstellten, sie würden bemerkt werden. Alle Türme waren Tag und Nacht besetzt, und ein geflügelter Drache von Aiphyrons Größe war viel zu auffällig. Ganz zu schweigen von dreien.

»Da! Das Gitter im Rundturm.« Yanko stieß ihm den Ellbogen in die Seite.

»Was?« Doch kaum hatte Ben die Frage ausgesprochen, sah er es selbst. Eine kleine diesige Wolke schwappte heraus und sank zu Boden. Das Gras dort schimmerte weiß in der Sonne, als wäre es mit Reif bedeckt. Er fluchte. Eisgeborene Drachen.

»Wie wollen wir unseren Burschen da nur herausholen? Das Kloster ist uneinnehmbar.«

»Ob uneinnehmbar oder nicht, spielt doch keine Rolle. Einnehmen wollen wir es nicht, wir wollen nur ungesehen hineinkommen. Und wieder hinaus.«

»Jetzt hör schon auf mit deiner Wortklauberei, du weißt, was ich gemeint habe«, knurrte Yanko. »So oder so sind es zu viele Wachen. Unbetretbar oder uneinnehmbar ist da doch egal.«

»Es ist nicht ...« Ben stockte, dann musste er sich vor Aufregung zusammenreißen, um nicht laut loszujubeln. Mit einem Mal, einer kleinen Idee waren alle Zweifel und Grübeleien plötzlich in den Hintergrund gedrängt. Er wusste, wie sie hineingelangen würden. »Es ist eben nicht uneinnehmbar! Nur die Großen Schlüssel sorgen dafür, dass ein Gebäude mit einem Zauber derart geschützt ist. Und die sind fast alle verschollen, nur wir haben noch einen.«

»Ja und? Hast du deinen Verstand mit dem letzten Nieser jetzt vollständig rausgerotzt, oder was? Willst du das Kloster auch noch mit einem Zauber schützen? Das erleichtert uns die Sache nicht, sondern ... Dir ist schon klar, dass wir es nicht verteidigen wollen, sondern dort eindringen?«

»Ja.« Ben grinste breit, sagte aber nichts. Er genoss es, Yanko zappeln zu lassen.

»Und deshalb hilfst du ihnen?«

»Nein. Ich helfe uns.«

»Und wie?«

»Denk doch mal nach.«

»Was soll ich nachdenken, wenn du es schon weißt? Spuck es aus!«

»Erinnerst du dich an die Sage von dem verfluchten Ritter,

der keine Eiche mit bloßen Händen berühren konnte, weil sie auf der Stelle verdorrten und innerhalb von einer Stunde zu schwarzem Humus zerfielen? Der in den Turm des wahnsinnigen Trollkönigs eindrang, indem er das schwere Eichentor berührte?«

»Ja«, sagte Yanko zögernd. Die Ratlosigkeit war noch immer nicht aus seinem Gesicht gewichen.

»Das hat mit unserem Eindringen in das Kloster überhaupt rein gar nichts zu tun.« Übermütig kicherte Ben.

»Kindskopf!«

»Sauertopf!«

»Ich hoffe, deine Zunge wird von Warzen überwuchert und du erstickst daran, wenn du nicht sofort redest!«

»Denk nach.« Er musste ihn einfach noch zappeln lassen.

»Rede!« Yankos Augen blitzten.

»Schon gut, schon gut. Wie schützt man ein Gebäude mit dem Großen Schlüssel?«

»Lass die Fragerei. Rede!«

»Wie?«

Yanko knirschte mit den Zähnen und verdrehte die Augen, dann knurrte er: »Indem man ihn unter einer Schwelle vergräbt.«

»Und wann wird der Zauber gebrochen?«

»Wenn ...«, hob Yanko schnaubend an, dann riss er die Augen auf, und der Kiefer klappte ihm nach unten. »Das ist es! Wir müssen den Schlüssel unter einer Schwelle vergraben und anschließend einfach wieder ausgraben, dann stehen uns alle Türen offen.«

Ben klopfte ihm grinsend auf die Schulter.

»Aber das ist doch kompletter Unsinn. Das kann so nicht funktionieren!«

»Genau deshalb klappt es. Lass es uns doch einfach versuchen.«

Noch immer grinsend und kopfschüttelnd schlichen sie ein Stück in den Wald hinein, während auf der anderen Flussseite das Mädchen ohne Korb und Ziege in ihr Dorf zurückkehrte.

Um Mitternacht waren sie zurück, diesmal in Begleitung von Nica. Leise schwammen sie weiter flussabwärts ans andere Ufer, dann schlichen sie sich im Schatten der Büsche an das Kloster heran. Abgesehen vom leisen Plätschern hinter ihnen, den vereinzelten Schreien jagender Raubvögel und dem Piepsen einer Fledermaus war es still. Nur wenn sie genau lauschten, konnten sie hin und wieder einen der Wächter hoch auf den Zinnen hören, Gemurmel, schwere Schritte oder ein Schwert oder Schild, das versehentlich über Stein schrabbte.

Auf der Suche nach einer unscheinbaren Seitentür oder einer Ausfallpforte ließen sie die Blicke über die Mauer wandern. Unter dem Haupttor konnten sie schließlich schlecht unbemerkt den Schlüssel vergraben. Doch die zwei Pforten, die sie entdeckten, waren zu nah an den Türmen. Hier würden die Wächter sie hören.

»Und jetzt?«, raunte Nica. »Soll ich sie ablenken?«

»Nein.« Vehement schüttelte Yanko den Kopf. »Wir brauchen Zeit zum Graben. So lange kannst du sie nicht in ein Gespräch verwickeln.«

»Aber ...«

»Nein. Am Ende kommen sie dann noch genau durch die Tür heraus, an der wir buddeln, um dich näher kennenzulernen oder dich einzulassen.«

Nica schwieg.

Die Wächter hinter den Zinnen waren nur als dunkle Schemen gegen den Himmel zu erkennen, doch stets bemerkten sie einen in der Nähe der Türen. Ben bezweifelte, dass sie allzu aufmerksam in die Tiefe starrten. Unbemerkt hinüberzuhuschen, wäre wahrscheinlich kein Problem, aber graben? Das ging nicht.

»Warum haben sie keine ihrer Türen vergessen? Irgendeinen unbedeutenden Eingang in einem lange unbenutzten Seitenflügel.«

»Weil es keinen unbenutzten Seitenflügel gibt«, sagte Ben enttäuscht. »Lasst uns gehen und nachdenken. Wir kommen morgen wieder.«

Widerstrebend zogen sie sich zurück. Ohne einen größeren Umweg glitten sie gleich unterhalb des Klosters in den Fluss und ließen sich von der Strömung davontreiben. Nach einer Weile warf Nica noch einen letzten Blick zurück und verharrte, packte die anderen beiden an den Armen.

»Da.« Aufgeregt zeigte sie auf eine Handvoll besonders dichter Sträucher am Ufer, vielleicht fünfzig oder hundert Schritt vom Kloster entfernt. Zwischen zweien spiegelte sich der Mond im Wasser. Es wirkte, als würde hier ein höchstens zwei Schritt breiter Bach in den Fluss münden. Doch auf der Anhöhe war keine Spur davon zu erkennen. Handelte es sich etwa um einen unterirdischen Zufluss, der unter dem Kloster hindurchführte?

»Was ist das?«

»Kommt mit«, flüsterte Nica und zog sie hinüber. Tatsächlich führte dort ein schmaler Graben, in dem das Wasser knöcheltief stand, zwischen zwei dichten Büschen hindurch. Vorsichtig schob Nica das Gestrüch auseinander. Dahinter öffnete sich eine gut mannshohe und ebenso breite Höhle, die sich horizontal in die Anhöhe erstreckte. Es war stockdunkel, nach zwei Schritten konnten sie nichts mehr erkennen. Keiner von ihnen hatte eine Fackel dabei.

»Was wollen wir hier? Trolle oder Bären jagen?«, zischte Yanko.

»Dafür ist die Höhle zu klein«, sagte Ben. »Und viel zu gerade, wie von Menschenhand angelegt.«

»Ich glaube, das ist ein geheimer Fluchtweg aus dem Kloster«, sagte Nica. »Als ich das Wasser zwischen den Sträuchern gesehen habe, ist mir eingefallen, wie Sidhy immer von solchen Fluchtwegen gesprochen hat.«

»Das passt.«

»Wie meinst du das?«

»Das passt zu dem Feigling Sidhy und zu diesem Abt, dass sie sich immer eine Fluchtmöglichkeit offen halten«, knurrte Ben.

»Dumm ist es aber nicht«, sagte Nica. »Wenn du dich lieber von einer Übermacht ausräuchern lässt ...«

»Na dann los. Worauf warten wir noch?«, drängte Yanko, streckte die Arme aus und schlurfte tastend in die Dunkelheit. Ben konnte hören, wie seine Schritte durch das flache Wasser platschten, dann schien er den Fluss ganz zu verlassen.

»Warte«, flüsterte Nica und folgte ihm. Ben stapfte hinterher.

Und Nica hatte Recht. Nach einer Weile erreichten sie ein schmiedeeisernes Gitter, das fest in der Wand verankert war.

»Ist es nur eine Absperrung oder eine Tür?«, fragte Ben.

»Ein Schloss, ich fühle ein Schloss«, keuchte Yanko aufgeregt, als er es abtastete. »Und Scharniere. Es ist eine Tür!«

Begeistert warfen sie sich auf die Knie und wühlten mit Händen und Messern in der festgestampften Erde, die über dem Felsboden lag. Dann brachen sie kleinere Brocken aus dem Stein, die durch Risse schon halb gelöst waren. Mühsam drangen sie Stück für Stück tiefer. Sie wechselten sich ab, bis die Klingen stumpf und die Finger blutig waren. Dann betteten sie den Schlüssel ehrfurchtsvoll in das ausgehobene Loch.

Ben bildete sich ein, ein Kribbeln wie beim Heilen zu spüren, als er ein letztes Mal über das Gold strich, doch nur ganz schwach. Dann füllten sie das Loch mit Steinen und Erde wieder auf und traten den Boden fest.

»Und jetzt?«, fragte Yanko.

»Jetzt warten wir, bis der Zauber wirkt.« Vorsichtig berührte Ben das Gitter, ob er auch dort das Kribbeln spüren konnte, doch da war nichts. Aber es war schließlich auch nicht seine Gabe, warum sollte er da ihr Wirken fühlen können?

»Und wie lange dauert das?«

»Bestimmt bis morgen«, sagte Ben. »So ein Zauber ist zu mächtig, um sich sofort zu entfalten. Das klappt nicht einmal beim Fortzaubern von Warzen. Und Drachenflügel wachsen ja auch nicht in ein paar Augenblicken nach.«

Enttäuscht gaben die anderen ihm Recht. Es klang, als hätten sie gehofft, schon in wenigen Minuten ins Kloster eindringen zu können.

»Wir brauchen ohnehin noch einen genauen Plan«, sagte er. »Und wenn wir uns dort hineinwagen, sollten die Drachen nicht weit sein. Für alle Fälle.«

»Aber was, wenn in der Zwischenzeit einer den Schlüssel stiehlt?«, fragte Yanko.

»Unsinn.« Ben lachte. »Wer soll denn hierherkommen? Und wenn, dann bricht eben er den Zauber. Hauptsache, wir kommen morgen hinein.«

Spät in der Nacht und müde erreichten sie ihr Lager. Dort erwartete sie Juri mit einem breiten Grinsen. »Na, hat alles geklappt?«

»Wir hoffen es.« Ben erzählte von der geheimen Gittertür. »Gab es bei euch irgendetwas?«

»Na ja, wir dachten, wenn ihr euch durch das Kloster schleichen wollt, dann solltet ihr auch aussehen wie Ritter.« Er deutete auf einen kleinen Haufen mit drei Ritterkutten, wie sie sie oft genug über oder statt der Rüstung trugen.

»Woher ...?«

»Wir sind ein bisschen herumgeflogen und haben das Nachtlager von einer Gruppe Ritter zwischen hier und Falcenzca entdeckt. Sie führten einen leeren Käfigwagen mit sich, als würde der Orden jetzt schon Luft einsperren und bewachen. Als gönnten sie nichts und niemandem seine Freiheit. Wie auch immer, sie haben die Mäntel als Zudecken benutzt, und wir haben sie ihnen im Schlaf entrissen. Das war ein fröhliches Erwachen für die Helden, sage ich dir. Fluchend, vor Erschrecken kreischend, grunzend und japsend, was für ein vergnügliches Durcheinander. Wir waren weg, bevor sie uns richtig gesehen haben.« Juris Grinsen wurde noch breiter, Feuerschuppe und Aiphyron glucksten. »Keine Angst, es war weit weg von hier. Niemand zieht eine Verbindung von da zu dem Kloster hier.«

»Großartig, danke. Das hat uns noch gefehlt. Ehrlich.« Glücklich hob Ben eine der Kutten auf, sie war riesig. Nica und er würden sie nach dem Aufstehen noch kürzen und enger nähen müssen, aber es wäre eine ausgezeichnete Tarnung, wenn sie morgen Nacht durchs Kloster schlichen. Sah sie jemand von ferne, würde er sie für Ritter oder Knappen halten. Jetzt war er überzeugt, dass alles klappen würde.

IM KLOSTER

Am nächsten Abend ließen sie sich von Juri über den Fluss bringen. Sie wollten nicht mit durchnässter Kleidung durch das Kloster tapsen, denn das würde genau die Aufmerksamkeit erregen, der sie mit den behelfsmäßig umgenähten Kutten zu entgehen versuchten. Auch blieben so die Fackeln trocken. Juri dagegen genoss es, durch das Wasser zu waten, so nah am Kloster wollten sie nicht fliegen. Zusammen mit Aiphyron und Feuerschuppe würde er zwischen den Bäumen warten und darauf lauern, ob alarmierende Geräusche über die Mauern drangen.

»Wir sehen zu, dass ihr einen ruhigen Abend habt«, sagte Ben leichthin und schüttelte alle Angst, erwischt zu werden, ab.

»Dann bis nachher«, brummte der Drache und glitt in den Fluss zurück.

Ben, Yanko und Nica schlichen am Ufer entlang und tauchten schließlich in die Höhle unter dem Kloster. Im Schein der Fackel hatten sie die Gittertür schnell erreicht. Dahinter führte die Höhle weiter in Richtung Kloster, weiterhin schnurgerade, als wäre sie künstlich angelegt. So weit das Licht reichte, war nichts und niemand zu sehen. Auch hörten sie keine auffälligen Geräusche.

»Dann wollen wir mal«, sagte Ben und kniete sich auf den Boden. Langsam grub er den Schlüssel aus, wischte die letzte Erde mit dem Daumen von den eingesetzten Edelsteinen und schob ihn in die Hosentasche.

»Geh auf. Bitte«, beschwor er murmelnd die Tür, dann drückte er dagegen. Die Tür bewegte sich nicht. Er drückte fester, doch nichts geschah.

»Ziehen, du musst ziehen«, flüsterte Yanko und deutete auf die Scharniere. Nica hielt sich die Hand vor den Mund, um nicht hemmungslos zu kichern. Sie alle waren angespannt. Ben murmelte einen Fluch und zerrte am widerspenstigen Eisen. Rost rieselte zu Boden, dann tat es einen Ruck und die Tür schwang auf. Sie unterdrückten die Jubelschreie und fielen sich in die Arme.

»Was für ein Schlüssel«, murmelte Ben voller Bewunderung für die Gabe der Schlüsselmacherin.

»Was für ein Zauber«, flüsterte Nica beinahe zur gleichen Zeit.

»Hat eigentlich einer von uns gestern an der Tür gezogen, bevor wir den Schlüssel vergraben haben?«, fragte Yanko.

»Vielleicht hat ja schon vor Jahren einer vergessen, sie abzusperren, und sie war überhaupt nicht verschlossen.«

»Alberner Moorkopf!« Ben lachte. Aber er konnte sich nicht erinnern, tatsächlich geprüft zu haben, ob die Tür verschlossen war. Hatten sie einfach Glück gehabt?

»Schtt«, zischte Nica, und sie drangen Schritt für Schritt tiefer unter die Anhöhe.

Es dauerte nicht lange, da stießen sie auf den endgültigen Beweis, dass dieser Gang von Menschen angelegt worden war, zumindest zum Teil. Grob aus dem Stein gehauene Stufen führten an seinem Ende in die Höhe.

»Jetzt vorsichtig mit den Fackeln«, flüsterte Ben. »Nicht dass man von oben ihren Schein zu früh sieht.«

Also löschten sie zwei, bevor sie langsam die gewendelte Treppe in die Höhe stiegen. Zum Glück war sie nicht allzu schmal, ein Drache von Feuerschuppes Größe ohne Flügel musste sich hier noch durchzwängen können. Hoffentlich maß der Gesuchte nicht zwanzig Schritt oder war ausgesprochen breit.

Nach zahlreichen Windungen erreichten sie endlich eine schwere, eisenbeschlagene Tür. Die letzte brennende Fackel steckten sie in einen Riss in der Wand dreiunddreißig Stufen weiter unten, so dass ihr Schein nicht bis hier hoch reichte. Dann drückten sie die knirschende Klinke runter, und die Tür schwang auf.

Sie öffnete sich in einen aus grauem Stein gemauerten Gang, nirgendwo waren Fenster oder auch nur schmale Schießscharten zu sehen. Das einzige Licht stammte von einer Fackel, die weit vor ihnen in einer Halterung hing. Da jeder unterirdische Raum in Samoths Reich eindrang und man seine Dunkelheit fürchtete, brannten in Klöstern und Tempeln dort stets Fackeln, um zu zeigen, dass Hellwahs Licht jeden Ort erhellen konnte. Außer dem leisen Knistern der Flamme vernahmen sie keinen Laut.

»Los«, flüsterte Yanko.

Leise schritten sie voran, die Kapuzen der groben Kutten über die Köpfe gezogen. Dabei achteten sie darauf, sich so natürlich wie möglich zu bewegen, weder gebückt noch auf Zehenspitzen, um bei einer zufälligen Entdeckung keinen Verdacht zu erwecken, weil sie wie Eindringlinge wirkten.

Kaum hatten sie die Fackel passiert, teilte sich der Gang. Yanko deutete nach rechts, wo im Schein einer weiteren Fackel Stufen zu erkennen waren, die in die Höhe führten. Ben und Nica nickten. Der Gang links endete nach wenigen Schritt an einer wuchtigen Tür mit massiven Scharnieren aus schwarzem Stahl, die ein Stück weit offen stand. Durch den Spalt erkannte Ben Eisenstangen wie von einem Käfig. Er packte Yanko am Arm, deutete darauf und wisperte: »Da sind Gitter.«

»Ja und?«, gab er ebenso leise zurück.

»Wenn nun dort ...«

»Im Keller befinden sich üblicherweise die Zellen für Menschen«, sagte Nica. »Wieso sollen sie denn einen Drachen hier unten hineinpferchen? Durch diese engen Flure?«

»Und wenn sie es trotzdem tun? Wie dämlich wäre es dann von uns, oben durch den Innenhof zu schleichen, wo uns jeder sehen kann? Ich schaue besser kurz nach ...«

Natürlich glaubte er selbst nicht wirklich daran, doch warum sollten sie nicht einmal Glück haben? Wenn es die kleinste Möglichkeit gab, dass sie nicht dort hinausmussten, wo sie jederzeit von einer Wache entdeckt werden konnten, dann wollte er sie prüfen. Auf keinen Fall wollte er dem Abt in die Hände fallen.

Langsam näherte er sich der Tür, lauschte und vernahm ruhiges Atmen, als schlafe dort jemand. Handelte es sich dabei um einen Gefangenen oder einen Ritter? Nach einem Drachen klang es nicht. Dennoch schob er vorsichtig den Kopf in den Türspalt.

Auch in dem länglichen Raum dahinter brannte eine Fackel, doch in ihrem Schein war weder ein Ritter noch ein Drache zu erkennen. Die Gitter, die Ben gesehen hatte, gehörten zu einer engen, kahlen Zelle für Menschen. Es war nicht die einzige – ein gutes Dutzend Zellen reihte sich rechts und links die Wände entlang.

Viele schienen leer zu sein, nur in der vordersten kauerte ein äußerst bleiches, zitterndes Mädchen, ihr Haar schimmerte beinahe weiß wie das einer Greisin. Mit den Armen hatte sie die Knie umklammert, die Augen standen offen und stierten in die Flamme der Fackel.

Einen Augenblick lang hatte Ben das Gefühl, sie zu kennen, dann erkannte er sie wirklich.

»Anula ...« Er stolperte in den Raum, ohne darauf zu achten, ob sich in irgendwelchen Ecken doch ein Wärter aufhielt.

Sie sah furchtbar aus, so schmal und leblos, und er wusste, was der Schimmer in ihrem Haar bedeutete. Bei dem Gedanken, wie viel eisig stechenden Schmerz sie fühlen musste, krampfte sich sein Magen zusammen. Noch einmal hauchte er ihren Namen und klammerte sich an die Gitter ihrer Zelle. Sie waren kalt.

Zögernd löste sie den Blick von der Fackel und sah ihn an. »Ben?«

»Ja.«

»Was tust du hier?«

»Ich ...«

»Bist du hergekommen, um mich zu retten?«, fragte sie ohne eine sichtbare Regung. Doch in ihrer Stimme lag eine Spur Hoffnung.

»Äh, nein«, sagte Ben vollkommen überrumpelt. Er hatte sie sicher in Falcenzca geglaubt, nicht hier, nicht in diesem Zustand. Sie starrte ihn an, und ihm wurde bewusst, was er eben gesagt hatte. »Das heißt, doch natürlich, natürlich holen wir dich hier heraus. Ich rede Unsinn. Lass mich nur den Schlüssel finden.«

Stumm starrte sie ihn an, und er ließ den Blick durch den Raum schweifen, deutete mit den Händen hilflos hierhin und dorthin. Es war kaum mehr als ein kahler Gang, der von einer Zelle zur nächsten führte. Nirgendwo standen ein Tisch oder ein Stuhl für eine Wache, und an den Wänden konnte er auch keinen Haken mit Schlüsseln entdecken.

»Weißt du, wo …?«

»Nein.«

»Ich finde den Schlüssel. Und dann hole ich dich hier raus.«

»Geh nicht.« Sie hatte nicht laut gesprochen, doch Ben hatte das Gefühl, dass sie innerlich vor Angst schrie.

»Ich muss.«

»Aber du kommst wieder?«

»Ja. Ja! Natürlich! Ich komme wieder.« Er fasste durch die Gitter, um ihre Hände zu greifen. Sie waren eiskalt, und ihre Kälte stach tief in sein Fleisch. Doch er zwang sich, nicht sofort zurückzuzucken, sondern ihr zärtlich über die Finger zu streichen.

Wieso hatten sie ihr das angetan?

Er wollte nicht darüber nachdenken, ob sie eine Ketzerin war oder gar eine Mörderin oder einfach nur unschuldig gejagt wie er. Er ertrug es nicht, sie so zu sehen. Warum nur konnte er keine Menschen heilen? Warum nur Drachen?

»Was haben sie dir nur angetan …?«, murmelte er und zog nun doch langsam die Hände zurück, bevor sie völlig steif vor Kälte wurden.

»Ein weißer Drache …« Plötzlich huschte ein Schatten über ihr Gesicht. »Aber er sucht dich. Dich.«

»Nicht mehr. Er ist tot. Alle drei sind tot.«

»Gut.« Anula schloss die Augen und atmete tief durch. »Mir ist schrecklich kalt.«

»Ich weiß.«

»Aber du kommst wieder?«

»Ja. Ganz sicher«, versprach er. »Weißt du, wo die Drachenstallungen sind?«

Irritiert schüttelte sie den Kopf. »Ich habe nicht darauf geachtet.« Ihre Stimme klang brüchig. Zum Glück fragte sie nicht, weshalb Ben gerade dort nach dem Schlüssel für ihre Zelle suchen wollte.

»Schon gut.«

»Ben?«

»Ja.«

»Ich habe ihnen nichts gesagt. Gar nichts.«

»Gut.« Ben lächelte, obwohl er nicht wusste, was sie ihm damit mitteilen wollte. Aber es schien ihr wichtig zu sein.

»Wirklich«, beharrte sie.

»Das glaub ich dir.«

»Dann kommst du auch wieder?«

»Ja, ich komme wieder.« Noch immer vollkommen durcheinander löste er sich von ihrer Zelle und stapfte zurück zu Yanko und Nica. Was hatten sie mit Anula gemacht? Sie war so verwirrt und gebrochen. Wut stieg in ihm auf.

Er erinnerte sich, dass sie von dem weißen Drachen wusste, der hinter ihm her war, und dachte daran, wie wichtig es ihr war, nichts gesagt zu haben, und plötzlich verstand er. Sie war hier, weil der Orden ihn suchte, weil der Orden sie nach ihm befragt hatte. Mit einem Mal wurde ihm schlecht. Er presste die Unterarme gegen den Bauch und würgte, erbrach sich aber nicht. Er. Er war schuld, dass Anula hier war. Um ihn drehte sich alles, und er stützte sich an der Wand ab, bevor seine Knie einknickten.

»Ben«, stieß Nica aus.

»Was ist los?«, fragte Yanko, sprang herbei und griff ihm stützend unter den Arm. »Bist du in Ordnung?«

Ben nickte.

»Aber ...?«

»Anula«, stammelte er und atmete tief durch. Nein, nicht er hatte ihr das angetan, sondern der Orden. Dieser verfluchte Abt. Verworren und mit vor Zorn zitternder Stimme erklärte er den beiden, dass sie nicht mehr nur einen Drachen befreien mussten. »Und wenn wir auf den Abt treffen, schlag ich ihn tot.«

Yanko starrte ihn schweigend an, legte ihm die Hand auf die Schulter und nickte grimmig.

Nica fragte: »Warum holen wir sie nicht sofort dort heraus?«

»Weil wir keinen Schlüssel haben, und ohne macht es zu viel Lärm«, sagte Ben und kämpfte mit den Tränen. »Erst der Drache. Verdammter Schwur. Nie wieder werde ich schwören. Egal, was.«

Er wandte sich ab und stapfte den Gang entlang zur Treppe nach oben. Er fühlte keine Angst mehr vor einer Entdeckung, nur noch den Wunsch, den Schlüssel aufzutreiben und dem Abt wehzutun, dem Mann, der Anula das angetan hatte.

Die Treppe führte hinaus in einen engen fünfseitigen Innenhof, den ein schmaler Durchgang mit dem nächsten Hof verband. Ben warf einen Blick hinaus, konnte jedoch niemanden sehen. Verlassen lag der Hof im schwachen Licht von Sternen und Mond. Die Schemen auf den Zinnen blickten in die andere Richtung. Schnell versuchte er, sich zu orientieren, erkannte den Zwillingsturm im nächsten Hof und zog den Kopf wieder zurück. Zu viele Gebäude reihten sich aneinander, um sich mit letzter Sicherheit zurechtzufinden, zu viele Winkel und Ecken, Mauervorsprünge und Erker machten die ganze Anlage unübersichtlich.

»Hast du den Rundturm gesehen?«, raunte Yanko.

»Nein. Aber ich weiß, wo er ungefähr liegen muss.«

»Meinst du nicht, dass auch die anderen Ställe dort in der Nähe sind?«

Ben zuckte mit den Schultern. Das musste nicht sein, aber es schien mindestens so erfolgversprechend, wie einfach blind loszulaufen. Leise huschten sie hinaus.

So gut es ging, hielten sie sich in den Schatten der Gebäude, tauchten unter einem erleuchteten Fenster hinweg, aus dem leises Gemurmel und Essensduft drangen. An einer rissigen Holztür, die in einen Turm führte, eilten sie vorbei, wie auch an der verriegelten doppelflügligen Luke im Boden, die vermutlich in den Weinkeller führte. Gepresst atmend erreichten sie schließlich einen weitläufigen Hof, an dessen linker Seite schräg gegenüber eine breite Treppe in das mächtige Hauptgebäude des Klosters führte. Für den Rundturm mussten sie sich hier jedoch rechts halten, hinunter zur Außenmauer. Am Rand des Hofs befand sich ein dreißig Schritt langes Becken, dessen Sinn sich Ben nicht sofort erschloss.

»Eine Drachentränke«, murmelte Nica und deutete dann auf ein langgezogenes, breites Gebäude dahinter. Der Stall!

Und jetzt hörte auch Ben das tiefe schwere Schnauben und nahm den typischen erdig strengen und zugleich süßlichen Geruch wahr, der in der Luft hing. Sie schlichen hinüber, zogen den stählernen Riegel an der Tür zurück und schlüpften hinein. Nur spärlich drang Licht durch die Fenster der Boxen, von denen sich eine an die andere reihte. Überall war regelmäßiges Atmen zu hören, dort ein tiefer Seufzer, und irgendwo kratzten Krallen über Stein. Doch keines der Geräusche deutete auf die Anwesenheit eines Menschen hin.

»Wie wollen wir den Richtigen finden?«, fragte Nica. »Wir kennen seine Schuppenfarbe nicht.«

»Achte auf die Türen«, sagte Ben und deutete auf eine verzierte Bronzeplakette an der ersten Box, auf dem *Donnerklaue* stand.

»Wie willst du ihn an der Tür erkennen?«

»Da er erst seit kurzem hier ist, hat er wahrscheinlich noch kein Namensschild. Möglicherweise ist er in der neuen Umgebung auch unruhig und tippelt hin und her.«

Also liefen sie die Stallgasse entlang, musterten die Türen zu beiden Seiten und lasen Namensschilder wie *Sonnensturm, Laubschuppe* und *Schimmerschnauze*. Dabei linsten sie auch zu den flügellosen Drachen hinein, die meist vor sich hindösten, nur einer kaute gelangweilt auf einem großen blanken Knochen herum. Es gab Drachen in den verschiedensten Farben, schlanke und solche mit breitem Rücken, stachelbewehrte und glattschuppige, doch bei allen Unterschieden war keiner kleiner als sechs Schritt in der Länge, die meisten maßen sogar um die zehn oder zwölf. Insgesamt dreizehn Drachen zählte Ben, und an elf Türen hing tatsächlich ein Namensschild, an dem Haken einer der beiden anderen eine alte abgeschabte Satteltasche.

»Der da«, raunte Nica und deutete auf die blanke Tür ohne Tasche.

Ben nickte und trat an das Gitter. Dahinter kauerte ein langer, schlanker, moorschwarzer Drache, der sich beinahe wie eine Schlange zusammengeringelt hatte. Die Schwanzspitze zuckte unruhig hin und her, die tiefen Augen starrten Ben misstrauisch an.

»Ganz ruhig, alter Junge«, brummte Ben und schob langsam die Verriegelung zurück, ohne den Drachen aus den Augen zu lassen. »Ich bin hier, um dir zu helfen.«

Der Drache ließ ein leises Knurren hören und entblößte die Zähne.

»Ruhig, ganz ruhig.«

»Willst du da wirklich rein?«, fragte Nica bang.

»Das muss er«, antwortete Yanko, doch auch er klang angespannt.

Ben achtete nicht auf sie und hielt weiterhin nur den Drachen im Auge. Bedächtig zog er die schwere Tür auf und betrat mit vorgestreckten leeren Handflächen die Box. Das Knurren hielt an, doch zumindest machte der Drache keine Anstalten, ihn anzuspringen. Sollte er es sich noch anders überlegen, könnte er Ben mit einem Haps in zwei Hälften beißen.

»Ganz ruhig, ich tue dir nichts«, sagte Ben mit sanfter Stimme, aus der er jedes Zittern zu bannen versuchte. Wirkliche Angst hatte er nicht, dafür fühlte er sich Drachen zu stark verbunden.

»Du ihm? Hauptsache, er tut dir nichts«, murmelte Yanko leise, doch Ben verstand es trotzdem.

Der Drache hob die Lefzen. Blutige Fleischfasern steckten zwischen zwei seiner spitzen Zähne.

Obwohl Ben keine Angst hatte, pochte sein Herz schneller, denn dem Orden traute er längst das Schlimmste zu. Was hatten die Ritter dem Flügellosen befohlen, falls ein Fremder seine Box betrat? Stammten die Fleischreste von einem früheren Eindringling? Rasch schob er diese Fragen beiseite. Sicherlich hatte ihm niemand befohlen, jeden anzugreifen, der die Box betrat, schließlich mussten Stallburschen hier ja ausmisten, es gab Besucher im Kloster und Neulinge.

»Komm her«, sagte er mit einem leichten Zittern und machte seinerseits einen weiteren Schritt auf den Drachen zu. Er war nun so nah, dass er den warmen Atem aus den Nüstern spüren konnte. Langsam trat er neben den mächtigen Kopf mit der langen spitzen Schnauze und beugte sich vor, um die Schulterknubbel zu berühren.

Das Knurren wurde lauter und drohender. In der Box nebenan schabten Schuppen über den Boden, etwas stieß dumpf gegen die Zwischenwand. Auch der breitmaulige Drache gegenüber wurde unruhig, presste den Kopf gegen die Gitter und starrte herüber.

»Keine Angst«, murmelte Ben, was ebenso gut an ihn selbst gerichtet sein konnte. Was wusste er schon, ob er nicht doch plötzlich zuschnappte?

Dann berührten seine Hände die Schulterknubbel. Für einen kurzen Moment fürchtete er, diesmal könnte seine Gabe ihn im Stich lassen, doch dann spürte er das vertraute Pulsieren in der Handfläche, den Fluss seiner Kräfte.

Er spürte, wie die Vernarbungen der alten Wunden warm wurden und Leben in das tote Gewebe floss, spürte, wie sich die Muskeln unter den Schuppen spannten. Und er hörte, wie das Knurren erstarb, wie es sich zu einem zufriedenen Brummen wandelte, das an das Schnurren einer Katze erinnerte.

Auch aus Ben wich die Anspannung. Er lehnte sich bequem gegen den Drachen und dachte mit aller Kraft daran, wie die Flügel des Drachen wuchsen, an aufplatzende Vernarbungen und heilendes Fleisch. Er wusste, er musste so schnell heilen wie noch nie, wenn sie noch in der Nacht wieder verschwinden wollten.

Auch in den Boxen nebenan kehrte langsam wieder Ruhe ein.

»Und jetzt?«, hörte er Yanko fragen.

»Jetzt brauche ich ein wenig Zeit«, antwortete Ben. Schweiß trat ihm auf die Stirn. »Bis er mir ganz vertraut und die Knubbel sich so weit gelöst haben, dass er uns hinausfolgt, egal, was man ihm befohlen hat.«

»Was ist ein wenig? Eine halbe Stunde?«

»Länger«, presste Ben hervor, der es nicht einschätzen konnte, aber darüber jetzt nicht debattieren wollte.

»Und was machen wir?«

»Warten«, sagte Ben und vertiefte sich wieder in die Heilung.

Warten, dachte Yanko abfällig. Nein, er würde jetzt nicht zwei Stunden oder länger im Dunkeln herumstehen. Wenn er schon nicht draußen im Hof herumspazieren konnte, würde er sich wenigstens den Stall in Ruhe ansehen.

»Komm«, sagte er zu Nica, doch sie schüttelte den Kopf. Sie wollte bleiben, falls Ben Hilfe brauche. Das waren Ideen, wie sie Mädchen hatten, dachte Yanko und schlenderte die Stallgasse entlang. Ben hatte beim Heilen noch nie Hilfe gebraucht. Sollte sie sich eben langweilen, er würde das nicht tun.

In die Boxen hatten sie bereits bei der Drachensuche gründliche Blicke geworfen, doch am Ende der Gasse befand sich noch eine dünne Tür aus hellem Holz, die leicht verzogen in den Angeln hing. Vorsichtig drückte Yanko die Klinke herunter und drückte gegen die Tür. Sie war unverschlossen.

Ob sie das immer war oder ob es am Zauber des Großen Schlüssels lag, den sie vergraben und wieder ausgebuddelt hatten, wusste Yanko natürlich nicht, doch vermutlich hatte es nichts mit irgendeiner Gabe zu tun, denn diesen Raum zu verschließen, war überflüssig. Hier lagerten keine Schätze, sondern Sättel und Leinen, Zaumzeug für Pferde und Eimer mit Trockenfleisch für die Drachen. Yanko hatte die Sattelkammer gefunden. Eine weitere Tür führte durch die rechte Wand in den Pferdestall. Dort waren nur die Geräusche der Tiere zu hören, kein Mensch schien sich mitten in der Nacht bei ihnen aufzuhalten.

Neugierig durchstöberte Yanko jeden der hohen Spinde und roch an dem Fleisch. Zwei schöne rote Äpfel aus einer Holzkiste steckte er sich in die Hosentasche, und dann entdeckte er den verzierten Sattel des Abts. Zumindest standen der Name Morlan und sein Titel in verschlungenen Buchstaben über dem polierten Holzbügel, auf dem er ruhte. Der verdammte Abt, dem Ben vorhin den Tod gewünscht hatte. So weit würden sie mit ihrer Rache wohl nicht gehen können, ohne erwischt und hingerichtet zu werden. Aber irgendetwas musste er mit dem Sattel doch anstellen können.

Vielleicht sollte er ihn mit Pferdedung einreiben? Oder noch besser mit Drachenkot? Drachenkot, in den er rostige Nägel rührte. Unentschlossen sah er sich nach Schaufel und Eimer um. Dabei wanderte sein Blick zum kleinen Fenster hinüber und hinaus auf den gedrungenen Rundturm, in dem sie weitere weiße Drachen vermuteten. Drachen, die nach ihrem Geruchssinn jagten.

»Ha!« Das war es! Dass sich der Abt in die stinkenden Ausscheidungen irgendeiner Kreatur setzte, war ein Streich für kleine Jungen. Aber er war kein kleiner Junge mehr, und es gab etwas viel Besseres: Er konnte den Abt mit seinen eigenen Waffen schlagen. Sollte er doch einmal sehen, wie es war, gehetzt zu werden.

Von wilder Begeisterung gepackt, griff er nach den Ecken der sonnengelben Decke, die unter dem Sattel lag, und schlug sie um ihn. Oben verschnürte er das Bündel mit einem Strick. Dabei achtete er sorgsam darauf, nicht das Leder zu berühren. Dann schulterte er das schwere Bündel und schlich sich durch den Pferdestall hinaus. Von dort war es nicht weit bis zum Rundturm, und auf diesem hielt kein einziger Schemen Wache.

Als er an dem dunklen Haus mit den kleinen Fenstern neben dem Stall vorbeischlich, knirschte ein berstendes Schneckenhaus unter seinen Füßen. Ein fetter Vogel lauerte auf dem Giebel und krächzte, wohl eine Eule. Yanko bog in eine schmale Gasse zwischen dem länglichen Haus mit den kleinen Fenstern und einem Schuppen aus rauem schwarzen Holz am Rand des klösterlichen Kräutergartens. Das Gewicht des Sattels drückte ihn nieder, doch er war von seiner Idee noch immer derart berauscht, dass er am liebsten freudig gepfiffen hätte. Natürlich tat er es nicht.

Und dann hörte er die Schritte. Eilige Schritte und murmelnde Stimmen, die ihm entgegenkamen. Ohne nachzudenken, warf er sein Bündel über den bewachsenen Zaun zum Kräutergarten und sprang selbst hinüber. Er tauchte zwischen zwei Beerensträucher und hielt die Luft an. Kleine Dornen kratzten über seine bloße Haut, doch er gab keinen Schrei und keinen Fluch von sich.

Die Schritte verharrten.

»Schtt«, zischte eine Stimme. »Hast du das gehört?«

»Was?«, flüsterte eine andere.

»Schtt.«

Sie schwiegen und schienen zu lauschen. Angst raste durch Yankos Adern. Wieso war er nur auf diesen idiotischen Gedanken gekommen, einen Sattel quer durch das Kloster zu schleppen? Wieso hatte er keinem Bescheid gegeben? Die Luft wurde ihm langsam knapp, und er atmete ganz langsam aus, sog ebenso langsam neue Luft ein.

»Da ist nichts«, flüsterte die zweite Stimme, Yanko kam sie jung vor. Als wäre der Sprecher kaum älter als er selbst.

»Aber ich habe es rascheln hören. Und einen dumpfen Schlag.« Auch diese Stimme war jung.

»Vielleicht ein Tier, das einen Sack Samen umgeworfen hat und dann durch den Garten verschwunden ist.«

»Und wenn es ein Ritter war?«

»War es nicht.«

Zwei Stimmen hatte Yanko bislang unterscheiden können, und es klang, als wollten sie ein Zusammentreffen mit einem Ritter vermeiden. Das konnten keine Wächter sein. Waren es andere Eindringlinge? Ein wenig beruhigte sich seine Angst, doch auch ihnen wollte er nicht in die Hände fallen.

»Woher willst du das wissen?«

»Ich weiß es nicht. Hauptsache, der Abt erwischt uns nicht, und auch der Griesgram von Küchenmeister nicht. Die meisten Ritter verstehen das, sie haben selbst eine solche Mutprobe bestanden.«

Mutprobe? Ganz langsam drehte Yanko den Kopf, so dass er zwischen den Ästen auf den schmalen Weg hinausschielen konnte. Doch er sah nichts als die dunkle Hauswand.

»Meinst du?«

»Klar. Komm weiter.«

Sie setzten sich wieder in Bewegung. Yanko konnte nun undeutlich zwei schlanke Gestalten erkennen, die an seinem Versteck vorüberhuschten. Sie schienen splitternackt zu sein, beide trugen einen Dreschflegel über der Schulter. Beim besten Willen konnte er sich nicht vorstellen, was das für eine Mutprobe sein sollte. Doch er verstand gut, dass man so nicht erwischt werden wollte. Nackt in einem Kloster, das setzte wohl Hiebe.

Yanko blieb liegen, bis die Schritte lange verklungen waren. Kurz dachte er daran, den Sattel einfach liegen zu lassen und den Plan zu verwerfen, aber Ben hatte sich Rache an dem Abt gewünscht, und besser konnte man sich kaum rächen. Er würde jetzt nicht kneifen, er war kein Feigling.

Langsam richtete er sich auf und hob den Sattel über den Zaun. Dann kletterte er selbst hinterher und folgte dem Weg weiter Richtung Rundturm. Dabei sah er sich immer wieder um, mühte sich, nicht das geringste Geräusch zu machen, und lauschte auf alles. Doch er traf kein zweites Mal auf die beiden Nackten und auch auf sonst niemanden. Ohne sich noch einmal ins Gebüsch werfen zu müssen, erreichte er den Rundturm.

Schon bei den letzten Schritten überlief ihn ein Schauer. Die Luft wurde merklich kühler, und er schien Winter einzuatmen. Langsam umrundete er den Turm bis zu einem breiten Gittertor voller Reif, das in eine Mauer aus Granit eingelassen war.

An der Rückwand des bestimmt zwanzig Schritt durchmessenden Zwingers lag tatsächlich ein ausgestreckter weißer Drache. Zitternd kniete sich Yanko auf den eisig harten Boden und wickelte den Sattel aus, noch immer vorsichtig darauf bedacht, ihn auf keinen Fall zu berühren. Dann schlug er die Decke um seine Hände, ergriff mit ihnen umständlich den Sattel und versuchte, ihn zwischen zwei Gitterstangen hindurchzuquetschen.

Der Drache hob den Kopf und stierte ihn mit Augen an, die selbst in der Dunkelheit rot zu glimmen schienen. Aufreizend langsam erhob er sich, jeder seiner Schritte knirschte, als laufe er über Schnee.

Der Fuß, mit dem Yanko in das Eis des weißen Drachen

getreten war, begann furchtbar zu jucken. Schmerz wie von hundert kleinen Nadeln stach in seine Zehen, wanderte bis über den Knöchel hinauf und wurde zu einem dumpfen Pochen. Er unterdrückte den Drang, sich zu kratzen und zu wärmen. Angst stieg in ihm auf, er wollte nicht, dass ihm der Drache zu nahe kam. Was würde dann mit seinem Fuß geschehen? Die Bestie kam nicht durch die Gitter hindurch, doch ihr Hauch und ihre Kälte schon.

Hektisch drückte er mit aller Gewalt weiter gegen den Sattel, der sich mit dem Knauf irgendwie verhakt oder festgeklemmt hatte. *Geh durch!* Keuchend schlug er mit beiden Händen gegen den Sattel, und mit einem Knirschen rutschte dieser ganz hindurch. Auf der Stelle sprang Yanko zurück, um Abstand zwischen sich und den eisigen Drachen zu bringen, die Decke noch immer in den Händen.

Dumpf prallte der Sattel auf den Boden.

»Such«, murmelte Yanko. »Such den Abt, der genauso stinkt. Der bestimmt schon hundertmal auf diesen Sattel gefurzt hat.«

Prüfend schnupperte der Drache an dem Leder, ohne Yanko aus den unbewegten roten Augen zu lassen. Kalte Luft stieg aus seinen Nüstern. Mit gefletschten Zähnen zuckte er zurück und knurrte leise.

»Ja, genau, den sollst du jagen und in tausend Stücke beißen. Oder ihn zu einem hässlichen Eisklotz frieren und dann in tausend Stücke zerschmettern«, sagte Yanko. Und fügte in Gedanken hinzu: *Ich hoffe, der Sattel stinkt in deiner angeblich so empfindsamem Schnauze fürchterlich. Jeder einzelne Abtfurz soll sich dort festbrennen und so stechen wie die Kälte in meinem Fuß.*

Gierig starrte der Drache ihn an.

Yanko wagte es nicht, näher an ihn heranzutreten, und

schon gar nicht wagte er es, das Gitter des Zwingers zu öffnen, um den Drachen loszulassen. Was, wenn doch ein wenig von seinem Geruch auf den Sattel gelangt war?

»Nicht mich sollst du jagen. Ihn«, flüsterte er und deutete auf den Sattel.

Der Drache fletschte die langen krummen Zähne und stierte weiterhin Yanko an. Eisige Kälte schwappte aus dem Zwinger, die Luft schien noch kälter zu werden. Yanko sah seinen Atem aufsteigen wie im Winter. Hoffentlich hatte er keine Dummheit begangen. Hoffentlich hatte der Drache wirklich nicht seinen Geruch in der Nase.

Ach was, beruhigte er sich. Er hatte aufgepasst. Dennoch würde er den Drachen jetzt sicher nicht freilassen. Aber auch der Orden würde das nicht tun, stellte er mit grimmiger Genugtuung fest. Er konnte förmlich vor sich sehen, wie ein einfacher Stallbursche am Morgen den Sattel entdecken würde, wie er alles fallen ließ und den Abt und andere Ritter herbeischrie. Wie sie ratlos und fluchend um den Zwinger standen und zähneknirschend beschlossen, die Bestie nie wieder auf einen Menschen zu hetzen, denn sie trug den Geruch des Abts in ihrer Schnauze. Und nichts konnte sie von einer einmal aufgenommenen Fährte abbringen.

»Mach es dir gemütlich, du kommst hier nicht mehr raus, bis du verschimmelst«, sagte Yanko. Es war der letzte weiße Drache des Klosters und damit keiner übrig, um ihn auf unschuldig Geächtete zu hetzen. »Wenigstens behältst du dabei deine Farbe, ist doch auch etwas?«

Der Drache schnaubte Kälte in die Nacht, die Augen weiterhin ausdruckslos auf Yanko gerichtet. Nichts deutete darauf hin, dass er ihn verstanden hatte.

»Ach, friss einfach den Abt«, murmelte Yanko und wandte

sich ab. Mit jedem Schritt, den er sich vom Zwinger entfernte, schwanden Kälte und Schmerz aus seinem Fuß. Zufrieden mit sich selbst huschte er zurück in den Stall. Dabei rieb er sich mit den Händen über die Oberarme. Er freute sich darauf, Ben und Nica von seinem Streich zu berichten, und dann dachte er wieder an die beiden Nackten mit Dreschflegeln und hoffte, dass ihre Mutprobe nicht im Stall stattgefunden hatte.

Doch dort war keine Spur von ihnen zu entdecken. Nica stand noch immer an der Boxentür und blickte aufmerksam zu Ben hinein, der mit geschlossenen Augen am Drachen lehnte und schwitzte. Sein Unterkiefer bebte vor Anstrengung. Lächelnd stellte sich Yanko neben Nica und drückte ihr einen Kuss auf die Wange.

Langsam löste Ben die Hände von den Schulterknubbeln des Drachen. Die Vernarbungen auf der rechten Seite waren bereits aufgebrochen, und er fühlte frisches glattes Fleisch darunter. Fleisch, das wachsen wollte.

»Verstehst du mich?«, fragte er und bewegte den Kopf betont langsam von oben nach unten. »Wenn ja, dann nicke. So wie ich.«

Der Drache sah ihn mit seinen dunklen Augen an, blinzelte zweimal und wies mit seiner Schnauze auf die Schulterknubbel.

»Ja, ich mach gleich weiter. Sag mir nur: Verstehst du, was ich sage?«

Zögerlich nickte der Drache.

»Gut. Sehr gut.« Ben lächelte erschöpft. »Warst du lange Zeit der Gefangene eines Mannes namens Norkham, der sich selbst der Hohe nannte?«

Der Drache nickte.

Ben atmete erleichtert aus. Er wusste nicht, was er getan hätte, wenn es wieder der Falsche gewesen wäre. Nica ließ einen unterdrückten Freudenschrei hören, Yanko ballte die Faust.

»Willst du mit uns kommen?«, fragte Ben weiter. »Raus aus dem Kloster und in die Freiheit?«

Erneut nickte der Drache, diesmal jedoch weit weniger zögerlich.

»Und dich wird nichts zurückhalten?«

Wieder nickte der Drache, doch Ben war nicht sicher, was das bedeuten sollte. Er hatte die Frage schlecht gestellt.

»Frag ihn doch, ob er das Gitter an der Zelle von deinem Mädchen aufbiegen kann«, sagte Nica. »Ihren Namen habe ich vergessen.«

Ben klappte der Unterkiefer herunter. Vor Überraschung brachte er kein Wort heraus. Der Drache wandte sich ihr zu und sah sie erwartungsvoll an.

»Ein Gitter, dünner als das hier.« Nica deutete auf die armdicken Stangen in der Boxentür. »Kannst du das aufbiegen?«

Der Drache nickte. Er wirkte irritiert, als habe sie nach etwas Selbstverständlichem gefragt.

»Sehr gut, dann sparen wir uns die Schlüsselsuche.«

»Danke«, stammelte Ben und strahlte sie an, dann den Drachen, dann wieder sie. Wieso war er nicht selbst darauf gekommen? So einfach und doch … »Wie …?«

»Ich hatte viel Zeit nachzudenken, während du vertieft warst.« Nica lächelte. »Der andere Kerl hat mich ja allein gelassen.«

»Dafür habe ich mich für dich schon am Abt gerächt. Das wäre also auch erledigt«, ergänzte Yanko mit einem Grinsen für Ben. »Aber genauer erzähl ich dir das erst, wenn wir hier raus sind.«

Mit dem moorschwarzen Drachen im Schlepptau verließen sie den Stall. Seine Schritte waren erstaunlich lautlos. Yanko berichtete leise von zwei nackten Jungen, die irgendwo durch das Kloster schlichen. »Aber keine Sorge. Sie wollen ebenso wenig bemerkt werden wie wir. Wenn sie uns hören, verstecken sie sich wahrscheinlich, anstatt Alarm zu schlagen.«

Sie nahmen denselben Weg zurück, den sie gekommen waren. Als sie den großen Hof hinter sich gelassen hatten und an dem hohen Hellwahtempel mit den Fenstern aus gelbem Glas entlangschlichen, glaubte Ben plötzlich daran, dass sie es wirklich schaffen würden. Obwohl der Drache zu lang war, um in jedem Schatten verschwinden zu können, bewegte er sich doch unauffällig. Seine schwarzen Schuppen waren nachts eine großartige Tarnung. Noch zwei Höfe weiter, und sie hätten den Eingang in die rettende Tiefe erreicht. Dort waren sie sicher. Dort wartete Anula auf ihre Befreiung. Dort würde alles …

»He, ihr! Was macht ihr da?«, drang eine Stimme zu ihnen herunter.

Ben sah auf und erkannte die Schemen zweier mächtiger Gestalten auf der Mauer, von denen sich einer zu ihnen heruntergebeugt hatte. Ihre Kettenrüstung schimmerte im Sternenlicht, mehr war kaum zu erkennen. Zwei wachende Ritter, und sie hatten sie erwischt!

Nein, dachte Ben, einfach nur: *Nein.* Tiefe Resignation erfasste ihn, und das konzentrierte Heilen hatte ihn so viel Kraft gekostet, dass er ihr nichts entgegenzusetzen hatte. Sie würden gehenkt werden, davor gefoltert und in einem Käfig zur Schau gestellt, bespuckt und mit Obst beworfen, und Anula würde vergeblich auf ihre Befreiung warten. Das war das Ende. So knapp vor dem Ziel, so furchtbar knapp. Sie konnten nur rennen und verzweifelt hoffen, dass wenigstens einer entkommen würde. Und die Drachen zu Hilfe holen oder mit ihnen fliehen.

Noch während Ben erstarrt und mit hängenden Schultern dastand und all diese Gedanken über ihm zusammenschwappten, schlug Yanko die Handflächen flehend vor der Brust zusammen und sah hinauf. Jämmerlich rief er: »Bitte. Bitte verratet uns nicht. Wenn uns der Griesgram von Küchenmeister bei der kleinen Mutprobe erwischt, zieht er uns die Ohren so lang, dass wir damit den Boden wischen können, ohne uns zu bücken. Bitte.«

Der Wächter lachte lauthals los. »Noch mehr Knappen, köstlich. Furchtsame noch dazu, und das während einer Mutprobe. Was für ein Spaß! Aber wenn ihr schon Angst vor Tazies habt, dann lasst euch besser nicht vom Abt erwischen.«

Sein Kamerad legte ihm die Hand auf die Schulter und griente. »Hört auf ihn. Er weiß, wovon er spricht. Sein verunglückter Tauchgang ist noch immer legendär.«

»Ach, lass die Armen doch damit in Ruhe.« Der Erste winkte ab. »Geht einfach weiter und tut, was ihr tun müsst. Wenigstens habt ihr genug Anstand, nicht nackt herumzurennen.«

Ohne zu verstehen, was da eben passiert war, wie Yanko das gemacht hatte, stapfte Ben weiter. Zitternd und auf Beinen, die derart schwach waren, dass sie ihn eigentlich nicht mehr hätten tragen dürfen. Nur nicht nachdenken, einfach weitergehen, bevor sie es sich vielleicht noch anders überlegten. Doch kein weiterer Schrei verlangte, sie sollen anhalten.

Yanko tauchte als Erster in den schmalen Eingang zum

Verlies, dann Nica und schließlich Ben. Der Drache zögerte. Den Kopf bekam er durch die Tür, doch mit den beiden Vorderbeinen blieb er an der Öffnung hängen. Misstrauisch starrte er Ben an.

»Komm schon. Nimm sie ganz nah an deinen Körper.« Ben zog die Schultern hoch und sog die Luft ein, um es zu zeigen. »Der Gang ist breiter als die Laibung. Die Treppe wird dann noch mal ein Stück enger, aber du schaffst es. Wenn du hier oben hindurchpasst, kommst du auch unten hinaus in die Freiheit.«

Der Drache blickte ihn an und knurrte.

»Ich versprech es dir, du wirst nicht stecken bleiben. Und draußen gebe ich dir deine Flügel zurück. Du wirst wieder fliegen.«

Noch immer knurrend, zwängte sich der Drache herein. Erst das eine Bein, dann das andere. Schuppen schabten über den weißen Stein, aber er schaffte es. Auch die Hinterbeine konnte er mit großer Mühe durch die Tür quetschen, dabei knirschte er jedoch mit den Zähnen, und seine Augen blitzten zornig. Ben wollte gar nicht darüber nachdenken, wie der Drache reagieren würde, wenn er doch nicht durch das untere Gitter passen sollte. *Ach was,* dachte er. Das könnte er mühelos aus dem Fels brechen. Und dort unten hörte sie niemand.

Sie führten den Drachen zu Anulas Zelle, und Anula starrte sie an.

»Du bist gekommen«, sagte sie zu Ben, doch ihr Blick wanderte immer wieder über seine Schulter. »Du bist wirklich gekommen.«

»Ich hab es doch versprochen.«

»Hast du den Schlüssel?«

Lächelnd deutete Ben auf den Drachen hinter sich. Dann

sagte er zu ihm: »Das ist das Gitter. Kannst du bitte möglichst leise sein, wenn du es öffnest?«

Der Drache nickte. Er schob sich bis an die Zelle heran und legte vier Krallen ganz sanft auf die Gitterstäbe. Langsam bog er die Stangen rechts und links des Schlosses auseinander. Noch bevor die Stangen krachend barsten, sprang es mit einem hellen Klicken auf. Quietschend schwang die Tür in den Raum. Ben fiel dem Drachen um den Hals, Anula war zu kalt, um sie zu umarmen.

»Komm mit«, sagte er, und sie lächelte ihn schwach an.

Auch Yanko lächelte, und ebenso Nica, nur der Drache nicht. Der Raum vor den Zellen war zu eng für ihn, um sich umzudrehen.

Knurrend und schnaubend schob er seinen langen Körper rückwärts, ganz langsam einen schwerfälligen Schritt nach dem anderen aus dem Zellentrakt hinaus und gerade bis zur Treppe in den Innenhof zurück. Ben dirigierte und beruhigte ihn, während der Drache knurrte und die Zähne fletschte. Dabei hätte Ben doch viel lieber Anulas Hand gehalten, trotz der Kälte. Oder sie wenigstens angesehen.

Endlich war der Drache weit genug zurückgewichen, um vorwärts in den Gang zu kriechen, der über die Wendeltreppe in die Tiefe und von dort unter dem Kloster hinausführte. Auf der Treppe starrte der Drache Ben an, als wolle er ihn verschlingen, doch er schob sich über die Stufen hinab, während sein Panzer über Boden und Wände schrabbte und die Beine sich krumm und verdreht ihren Weg suchten. Es dauerte scheinbar ewig, bis sie unten angelangt waren. Durch die gerade Höhle ging es dann schneller voran.

Die Sonne war noch nicht aufgegangen, als sie sich endlich an den Sträuchern vorbei in den Firnh drängten. Leise lachend folgten sie seinem Lauf fort vom Kloster, und auch aus den Zügen des Drachen war aller Grimm gewichen.

Es dauerte nicht lange, da wurden sie von Aiphyron, Juri und Feuerschuppe eingeholt.

»Lass mich das Mädchen tragen«, sagte Aiphyron, während Anula ihn und die beiden anderen geflügelten Drachen mit trotz der Kälte furchtsamen Augen ansah. »Ich halte ihre Kälte am leichtesten aus.«

»Ihr anderen springt auf seinen Rücken«, ergänzte Juri. »Und Feuerschuppe und ich schleppen diesen moorschwarzen Burschen davon. Zumindest so weit, bis wir da angekommen sind, wo diese Ordensstinker nicht mehr nach unseren Spuren suchen. Ab da können wir auch weiter laufen. Weil, ehrlich gesagt, der Kerl sieht schwer aus, fast so schwer wie die steinerne Säule, die ich mal auf einen Berg geschleppt habe. Ich weiß nicht, ob ich euch das schon mal erzählt habe. Das war damals, als ...«

»Hast du«, unterbrach ihn Yanko und klopfte ihm auf die Seite.

»Keine Angst«, sagte Ben derweil zu Anula. »Aiphyron ist ein Freund. Er wird dich weder fallen lassen noch fressen. Der Orden lügt, was geflügelte Drachen anbelangt.«

Zögerlich nickte sie.

»Er trägt ein Feuer in sich, das dir vielleicht hilft.«

»Ja, vielleicht«, sagte Aiphyron ausweichend. »Ich versuche mein Bestes. Das schulde ich Ben, immerhin hat er mich geheilt. Und andere.«

»Du hast ihn geheilt?«, fragte Anula. Sie klang verwirrt. *Vielleicht auch ein wenig bewundernd,* dachte Ben.

»Das ist eine lange Geschichte für später«, sagte er. »Jetzt lass uns erst von hier verschwinden.«

Und sie schwangen sich auf Aiphyrons Rücken, während dieser Anula behutsam in seine Klaue nahm. Juri und Feuerschuppe packten den frisch befreiten Drachen und erhoben sich schwankend und taumelnd in die Luft. Gemeinsam flogen sie dicht über dem Wald davon, während die ersten Vögel zu singen begannen.

EPILOG

Sie saßen auf einer weiteren Lichtung am Ufer eines weiteren plätschernden Bachs und warteten darauf, dass die Sonne endgültig unterging. Dämmerung senkte sich bereits zwischen die Bäume, und Yanko hielt Nica umschlungen, die ihre nackten Füße ins Wasser baumeln ließ. Anula hatte den Kopf auf Bens Schoß gebettet, und er spielte gedankenversunken mit ihrem schwarzen Haar. Sie war nicht mehr kalt. Aiphyrons Feuer hatte nach und nach das Eis in ihr geschmolzen, und Ben konnte sie berühren, ohne dass stechender Schmerz unter seine Haut kroch.

Seitdem wollte er sie nicht mehr loslassen, ständig suchte er ihre Nähe. Und sie hielt sich an ihm fest und murmelte oft: »Bleib bei mir, du bist so schön warm.«

Ben beugte sich zu ihr hinab und küsste sie auf die schimmernden Lippen. Auch wenn Aiphyron die Kälte aus ihr vertrieben hatte, so blieb ihre Haut doch verändert: Sie glitzerte in der Sonne wie ein zugefrorener Weiher. Dennoch fand Ben Anula noch immer wunderschön. Und sie würde mit ihnen kommen, wie auch Marmaran, der moorschwarze Drache.

»Seid ihr so weit?«, fragte der nicht lange darauf, als es immer dunkler wurde. Stolz hielt er die Flügel ausgebreitet. Fünfzehn Jahre war er von dem Ketzer Norkham in Knechtschaft gehalten worden, seit zwei Tagen konnte er wieder fliegen. Heute fühlte er sich stark genug, Anula zu tragen.

»Und wie wir das sind«, rief Yanko und sprang auf.

»Dann also los.«

Jeder der vier stieg auf den Rücken eines Drachen und ließ sich von ihm in die Höhe tragen. Während die Welt um sie in Dunkelheit versank und erste Sterne am Himmel erschienen, flogen sie nach Süden, in ferne Länder, von denen Aiphyron ihnen versprochen hatte, dass sie selbst im Winter warm seien. Und dass dort der Orden der Drachenritter nicht das Geringste zu sagen hatte.

ANHANG

DIE UNGLAUBLICHEN ABENTEUER DER SCHANDHAFT VON DRACHEN VERBANNTEN ORDENSRITTER FRIEDBART UND ZENDHEN

»Gib mir das Schwert«, verlangte Herr Zendhen, der narbige Befreier von sieben Drachen, heroische Begleiter dreier Jungfrauen von Rang und tapferer Verteidiger der Großtirdischen Grenzen. Sein Haar war vom Wind zerzaust, die Rüstung von Drachenkrallen zerkratzt und das Gesicht bleich. Ihm war flau im Magen, und er schwankte noch etwas, erst seit wenigen Augenblicken hatte er wieder Boden unter den Füßen.

»Warum?«, fragte der hakennasige Herr Friedbart, der schneller focht als er dachte, was jedoch vor allem an der geringen Geschwindigkeit seiner Gedanken lag. Auch er war bleich und seine Rüstung ramponiert vom Flug in den Klauen der von Samoth verfluchten Drachen. Dass ihm schwindlig war, lag aber nicht nur an dem wilden Zickzackkurs hoch in den Lüften, sondern ebenso an den Nachwirkungen des berauschenden Pilzes, den die kleine ungewaschene Ketzerin Nica ihn zu essen gezwungen hatte. Kein sehr damenhaftes Verhalten.

»Weil ich der Klügere bin.«

»Aber müsste dann nicht eher ich …«

»Nein«, schnitt Herr Zendhen seinem Kameraden das Wort ab. »Wenn du eine Waffe willst, such dir eine. Ich gehe schließlich voraus.«

Missmutig warf Herr Friedbart ihm die einzige Klinge vor die Füße, die die Drachen ihnen gelassen hatten, verschränkte die langen Arme und blickte sich mit beleidigt vorgeschobener Unterlippe um. Doch außer Steinen und Stöcken war weit und breit keine Waffe zu entdecken.

Die beiden geflügelten Drachen hatten sie auf einer schmalen, jedoch sicherlich zweihundert Schritt langen und mit gedrungenen Bäumen und Sträuchern bewachsenen Insel abgesetzt, die inmitten eines ungeheuer breiten Stroms lag. Beide Ufer waren viele hundert Schritt weit entfernt, zu weit, um hinüberzuschwimmen, denn beide Ritter waren darin nicht sonderlich geübt.

»Weshalb sollte ein Ritter auch schwimmen lernen?«, hatte ihr ergrauter Ausbilder stets verächtlich gefragt. Ein guter Ritter trüge stets ein Kettenhemd, selbst im Schlaf, und mit dessen Gewicht auf den Rippen würde er sowieso absaufen, da sei alles Strampeln vergebens. Schwimmen sei etwas für Kinder, Lumpen und Fischer.

Mit so viel Würde, wie er mit seinen schwankenden Beinen aufbieten konnte, hob Herr Zendhen das Schwert vom Boden auf und gürtete es um. Nun fühlte er sich viel sicherer, richtig angezogen, vollständig. Ein Ritter ohne Schwert war ein trauriger Anblick, und da Herr Friedbart immer einen traurigen Anblick bot, war es nur recht, wenn Herr Zendhen das Schwert bekam; einer musste schließlich Eindruck schinden. Es galt, in fremden Landen den heiligen Orden der Drachenritter würdig zu vertreten, und wer das Schwert trug, der sprach schließlich auch.

»Und was machen wir jetzt?«, fragte Herr Friedbart und bückte sich dabei nach einer armdicken knorrigen Wurzel, in deren Knoten man mit ein wenig Vorstellungskraft zahlreiche grimmige Trollgesichter mit langen Nasen erkennen konnte. Herr Friedbart sah kein einziges. »Ich glaube, damit kann man schmerzhaft zuschlagen.«

»Wir müssen möglichst schnell heim und Herrn Arthen alles berichten.«

»Er wird nicht glücklich sein, der Herr Arthen.« Friedbart verzog das Gesicht.

»Nein, wird er nicht.« Herr Zendhen schüttelte den Kopf. Er hatte bereits zahlreiche Belobigungen für treue Dienste und das rasche, beflissene Ausführen klarer Aufträge wie etwa das Auffinden des weißen Kleids erhalten. Doch jetzt musste er selbst eine Entscheidung treffen. Rasch legte er die Hand auf den Schwertknauf, das beruhigte. »Dennoch müssen wir heimkehren.«

Ein schwarzer Frosch mit eitergelben Augen, kaum dicker als ein großer Männerzeh, kroch an Land, ohne dass die beiden Ritter es bemerkten.

Herr Friedbart blickte auf den Fluss hinaus, sah nach rechts und links, nach vorn und hinten, dann fragte er: »Aber wo liegt denn unsere Heimat?«

»Woher soll ich das wissen?« Die Hälfte des Wegs waren sie nachts geflogen, hin und her gebeutelt von den ständigen Richtungswechseln der dahinstürmenden Drachen. Von solchen Bestien verschleppt und verbannt aus dem eigenen Reich, was für ein schmähliches Schicksal! Und dann noch zu zweit ein einziges Schwert vor die Füße geworfen zu bekommen wie ein Bettler eine Münze, das hatte Herrn Zendhen tief in seinem ritterlichen Stolz gekränkt. Und so fauchte er ein weiteres Mal: »Woher?«

»Du hast das Schwert«, sagte Herr Friedbart schlicht.

»Und? Soll ich jetzt das Schwert nach dem Weg fragen, oder was? Mit Hilfe des Schwerts könnten wir den nächsten Wandersmann befragen, den wir treffen. Nur sehe ich nicht viele Wandersmänner auf dieser Insel!«

»Möglicherweise sitzt einer hinter einem Busch?«
»Ach, Friedbart ...«
»Sonst müssen wir einfach warten. Vielleicht bringen die Drachen ja noch jemanden herbei?«
»Friedbart! Wir müssen hier runter. Ein Ritter wartet nicht, er handelt!«

Der schwarze Frosch quakte, doch die Ritter achteten nicht auf ihn. Ein weiterer kam aus dem Fluss gekrochen, dann noch einer.

»Aber ich kann nicht schwimmen«, klagte Herr Friedbart und starrte auf den beängstigend breiten, schmutzig blauen Strom hinaus.

»Kein ordentlicher Ritter kann das. Wir schwimmen auch nicht, wir bauen ein Floß.« Tatendurstig spuckte Herr Zendhen in die Hände und schritt zum nächstbesten Baum hinüber, um ihn zu fällen. Mit dem Schwert. *Was für eine niedere Tätigkeit für ein so edles Werkzeug,* dachte er betrübt.

Herr Friedbart folgte ihm mit leeren Händen.

Ihm wiederum sprangen die drei schwarzen Frösche hinterher, und denen weitere, die immer zahlreicher aus dem ufernahen Wasser krochen.

Herr Friedbart versuchte, auch ohne Werkzeug und Waffe nützlich zu sein, kniete sich neben den nächsten Baum und begann, die Rinde mit den Fingern abzubrechen. Als er auf das Holz stieß, kam er jedoch nicht mehr weiter und riss sich einen Fingernagel ein. Verärgert stand er auf und trat mehrmals kräftig gegen den Stamm, doch der Baum wollte nicht fallen. Tief reichten seine Wurzeln ins felsige Erdreich hinab, sie hatten schon zahlreichen Überschwemmungen getrotzt.

»Was soll ich tun?«, fragte er, als sein Bein zu sehr schmerzte.

»Wir brauchen etwas, um die Hölzer zusammenzubinden. Such nach Gräsern, Fasern aus Baumrinde oder einer abgestreiften Schlangenhaut, nach allem, das man zu einem Seil flechten kann.«

Murrend, aber gehorsam beugte sich Herr Friedbart zu Boden, um Blumen mit strahlend weißen, hängenden Blüten zu pflücken, deren lange Stiele zäh wirkten. Sie würden ein gutes Seil abgeben, auch wenn ihm noch nicht klar war, wie er sie flechten sollte. Schließlich war er nie ein Mädchen gewesen.

Als er gedankenversunken nach der zweiten Blume griff, sprang ihm ein kleiner schwarzer Frosch auf die Hand. Er war glibschig feucht und kühl, angeekelt schüttelte Herr Friedbart ihn fort. Wieder langte er nach der Blume, wieder hüpfte ihm ein schwarzer Frosch auf die Hand. Seine eitrig gelben Augen leuchteten hell in der Sonne.

»Weg da«, zischte Herr Friedbart und schleuderte das Tier davon, so dass es weit draußen in den Fluss platschte. Zu Hause waren die Frösche grün und viel weniger zutraulich. Ihm gefiel es nicht, dass diese hier anders waren. So fremd.

Etwas quakte.

Herr Friedbart ließ den Blick aufmerksam über den Boden schweifen und entdeckte zahlreiche Augenpaare zwischen den Gräsern und Blumen. Überall saßen solche schwarzen Frösche, die Halme weiter weg raschelten und wiegten sich hin und her, als kröchen dort weitere heran.

Es müssen Dutzende sein, vielleicht Hunderte, schoss es ihm durch den Kopf, doch er konnte längst nicht alle sehen. Langsam erhob er sich, die eine Blume glitt ihm aus den Fingern.

»Quak«, drang es von den Ufern herüber, wo mehr und mehr Frösche an Land drängten.

»He, Zendhen«, flüsterte Herr Friedbart und drehte sich bedächtig zu seinem Kameraden um.

Der war noch immer in das Baumfällen vertieft, während sich ein gutes Dutzend Frösche seine Beine und den Rücken hinaufhangelte. Wie erfahrene Kletterer krallten sie sich in die Ringe und Schnallen seiner Rüstung und den Stoff seines Waffenrocks.

»Quak«, erklang es zugleich zu Herrn Friedbarts Füßen, und er blickte an sich hinunter. Drei Frösche kletterten eben sein linkes Bein hinauf, einer sprang vom Knie direkt auf die herabhängende Hand hinüber, hielt sich schmatzend mit klebrigen Füßen fest und schlug seine Zähne tief in den Ringfinger.

Herr Friedbart schrie vor Schmerz und Entsetzen auf, schleuderte den Frosch von sich, schlackerte panisch mit den Beinen, um die anderen Tiere auch loszuwerden, und sprang zu seinem Kameraden hinüber. Ohne zu zögern, schlug er mit der flachen Hand nach den schwarzen Biestern. Als das Erste platzte, breitete sich ein Brennen und Jucken auf seiner bloßen Haut aus.

»He!«, schrie Herr Zendhen, der von Herrn Friedbarts hilfreich gemeinten Schlägen getroffen in den Baum stolperte und sich das Schwert beinahe ins Schienbein gehackt hätte. »Bist du jetzt vollkommen verrückt geworden?«

»Nachtfrösche«, keuchte Herr Friedbart voller Angst, die sich aus dem Wissen alter Legenden nährte. »Die achte Plage Samoths!«

»Quak«, erscholl es rundum. Überall raschelte es im hohen Gras.

Herr Zendhen wirbelte herum und hob die Klinge. Doch ein Schwert war nicht geeignet für den Kampf gegen Hunderte kleiner blutsaugender Frösche. Zwei Tiere sprangen ihm gegen das Knie und klammerten sich fest. Hektisch wischte er sie mit der freien Hand fort und wich zurück. Er packte Herrn Friedbart am Arm und zog ihn mit sich zur Spitze der Insel. Fort, nur fort.

Quakend sprangen die Frösche ihnen hinterher.

»Wir werden nicht von Fröschen überwältigt werden«, knurrte Herr Zendhen. »Das ist eines Ritters unwürdig.«

Doch er wusste nicht, wie sie sich gegen eine solche Menge wehren sollten oder wo verstecken, konnten die gierigen Frösche doch klettern und ihnen so selbst auf Bäume folgen.

»Da!« Aufgeregt deutete Herr Friedbart auf einen riesigen dunklen Baumstamm, der in diesem Moment nahe der Insel vorbeitrieb. Ohne Zögern stürmten die beiden Ritter in den Strom. Mit nur wenigen Schritten erreichten sie den Stamm, das Wasser reichte ihnen bis weit über die Hüften, die Strömung riss sie beinahe mit sich fort. Schwer zog die Rüstung an ihnen. Ächzend klammerten sie sich mit letzter Kraft an Astvorsprünge und wälzten sich mühsam auf den bestimmt zwei Schritt durchmessenden Stamm.

Enttäuschtes Quaken drang zu ihnen herüber, eine Handvoll allzu gieriger Frösche stürzte sich in den Strom, um ihnen zu folgen. Doch die wenigen, die es bis zu ihnen schafften, konnten die Ritter mühelos erschlagen. Keuchend und lachend saßen sie schließlich auf dem nassen Holz und beobachteten, wie die Insel hinter ihnen verschwand.

»Viel besser und größer als ein Floß«, sagte Herr Friedbart zufrieden und pochte auf den Stamm. »Hat uns gar keine Arbeit gekostet.«

»Ist aber viel schwerer zu steuern«, gab Herr Zendhen zu bedenken. Denn sie hatten nur ein Schwert und ihre vier

Hände zum Paddeln, und damit konnten sie den Stamm auf keinen Fall zum Ufer lenken. So trieben sie steuerlos einen gigantischen Strom hinab, dessen Namen sie nicht kannten und von dem sie nicht wussten, wohin er sie führen würde.

Drei lange Tage später erreichten sie ausgehungert das Meer. Verzweifelt versuchten sie, doch irgendwie ans Ufer zu paddeln, doch vergeblich. Ganz langsam trieben sie auf die offene See hinaus. Jammernd beklagten sie ihr schreckliches Schicksal, als sie am Horizont ein Segel auftauchen sahen.

»Rettung! Da naht Rettung!«, schrie Herr Friedbart, und sie rissen sich die Waffenröcke vom Leib und winkten ausgelassen mit ihnen, um die Aufmerksamkeit auf sich zu lenken. Und tatsächlich wurden sie gesehen, das mächtige Schiff steuerte direkt auf sie zu, die schwarze Galionsfigur – eine große barbusige Fischfee – sah mit scheinbar lebendigen Augen freundlich auf sie herab. Dann ging das Schiff längsseits, und ihnen wurde eine Strickleiter zugeworfen. Glücklich kletterten die beiden Ritter hinauf.

»Danke, danke«, jubelten sie an Bord, wo sie von einer Gruppe verwegen aussehender Seeleute empfangen wurden. Sie riefen raue Worte in einer fremden Sprache, die die Ritter nicht verstanden, und lachten.

Auch die Ritter lachten.

Alle lachten, alles war gut.

»Hunger«, sagte da ein kleiner drahtiger Seemann mit rotem Haar, der sich nach vorn drängte. Er sprach sehr gebrochen und hatte nur noch eine Hand. Über den Stumpf der anderen hatte er eine Konstruktion mit fünf stählernen Haken gebunden.

»Ja, Hunger.« Herr Friedbart rieb sich über den knurrenden Bauch.

Wieder lachten alle Seeleute. Sie deuteten auf ihn und rieben sich ebenfalls die Bäuche. Die einfachste Zeichensprache wurde eben überall verstanden.

»Kombüse. Mitkomm«, radebrechte der einhändige Seemann und führte sie zum Heck des Schiffs, und dort in die große Kajüte.

Bei dem Gedanken an eine ordentliche Mahlzeit lief den Rittern das Wasser im Mund zusammen, obwohl sie von Wasser eigentlich genug hatten. Doch kaum betraten sie die Kombüse, wurden ihnen das Schwert vom Gürtel und die Waffenröcke aus den Fingern gerissen, sie selbst in zwei Käfige gestoßen.

»He!«, riefen die Ritter.

»Hunger!«, rief die Schiffsbesatzung im Chor.

Der Seemann mit dem grausigen Haken rieb sich mit der Hand über den Bauch und grinste. Die anderen lachten und leckten sich über die Lippen. Vor dem Fenster der Kombüse flatterte eine Totenkopffahne mit gekreuzten Knochen.

Erschöpft sanken die Ritter zu Boden, während der Smutje seine Kameraden mit rauen Worten hinausscheuchte. Fünf weitere Käfige standen in der Kombüse, vier waren verlassen, in dem anderen saß ein schluchzendes Mädchen, das die Hände vor das Gesicht geschlagen hatte und nicht sehen wollte, was um sie geschah, so als würde es dann nicht geschehen.

»Von so einem Pack werde ich mich nicht fressen lassen. Niemals«, knurrte Herr Zendhen, als auch der Smutje schließlich die Kombüse verließ. »Da hätten wir nicht vor den Fröschen fliehen müssen.«

Herrn Friedbarts Arm war so lang, dass er durch das Gitter

hindurchlangen und tatsächlich eine Gabel von der Ablage greifen konnte. Er reichte sie dem viel geschickteren Herrn Zendhen in seinen Käfig hinüber, der sie sorgsam verbog, Zinken um Zinken, und immer wieder neu, bis er glaubte, einen passenden Schlüssel gebogen zu haben. Währenddessen begannen die Piraten oben zu lärmen und zu schreien. Sie schienen ausgelassen zu raufen und übereinander herzufallen, wie das bei solch wilden Lumpen wohl zum Zeitvertreib üblich war.

Geduldig stocherte Herr Zendhen im Schloss seines Käfigs herum, und nach einer Weile sprang es klackend auf. Mit einem selbstzufriedenen Lächeln öffnete er auch Herrn Friedbarts Gefängnis. Noch wussten sie nicht, wie sie an den Piraten vorbei zu den Landungsbooten gelangen sollten, doch der erste Schritt in die Freiheit war getan.

Grimmig bewaffneten sie sich mit Fleischermessern und einem stählernen Bratenspieß und machten sich daran, den Käfig des Mädchens zu öffnen. Sie durften sie nicht hierlassen. Noch immer hatte sie die Hände vor dem Gesicht und kauerte in der hintersten Ecke.

»Ganz ruhig«, sagte Herr Zendhen, doch das Mädchen schien ihn nicht zu verstehen.

In diesem Moment wurde die Tür zur Kombüse aufgestoßen, und sechs Männer in gelb-braun gestreiften Waffenröcken stürmten herein. Sie mussten die Piraten überwältigt haben, nun würde die Flucht noch leichter gelingen, dachte Herr Friedbart, sie waren frei! Er und Herr Zendhen lachten die Neuankömmlinge an – ausgehungert, unrasiert, zerlumpt und mit Fleischermessern in den Händen vor dem Käfig eines schluchzenden Mädchens.

Die sechs Männer lachten nicht, sondern stießen die beiden Ritter zurück in ihre Käfige, entwanden ihnen Messer und Spieße und befreiten das Mädchen.

»He!«, schrie Herr Zendhen. »Das ist ein Irrtum. Wir sind keine Piraten!«

Doch auch diese Männer verstanden ihre Sprache nicht, und so waren alle Proteste vergeblich.

Noch am selben Abend wurden sie an Bord des Schiffs abgeurteilt und auf eine Galeere übergesetzt, in deren Rumpf sie angekettet wurden, um zu rudern. Wenigstens bekamen sie etwas zu essen. Trockenes Brot, alten Käse und einen runzligen Apfel. Dann gab die Trommel unerbittlich den Rhythmus vor, und sie legten sich in die Riemen, um nicht ausgepeitscht zu werden.

»Ich denke, wir werden viel zu spät zu Herrn Arthen zurückkehren, um ihn über die drei kleinen Samothanbeter zu informieren«, keuchte Herr Friedhart, als sie eine erste Pause machen durften. Draußen lag der offene Ozean, weit und breit war kein Land zu sehen. Herr Zendhen hatte wenig Hoffnung, die Ruderbank überhaupt jemals lebend zu verlassen, über Herrn Arthen machte er sich keine Gedanken.

Sieben Wochen und zwei siegreiche Seegefechte später konnten sie am späten Nachmittag durch die Ruderluke Land am Horizont sehen. Inzwischen war es Herbst geworden, die See rau und die Vorräte knapp. Stärker werdender Regen prasselte auf die Wellen, hin und wieder schwappte kaltes salziges Wasser herein. Die Zeit verrann. Die Ruder waren eingezogen, und die Gefangenen hingen erschöpft über den Bänken. Nur noch selten dachten Herr Zendhen und Herr Friedbart an Flucht. Wie sollten sie auch entkommen? So viel Glück konnte niemand haben.

Da durchlief ein heftiger Ruck das Schiff, als wäre es gerammt worden, und wildes Geschrei erhob sich an Deck. Doch niemand hatte zuvor geschrien, und bei Tag, selbst in der Dämmerung, wäre ein feindliches Schiff über Meilen entdeckt worden, es konnte also nicht der Auftakt zu weiteren Kampfhandlungen sein. Doch war der Ruck so stark, dass er den Aufseher von den Beinen riss, der mit verschränkten Armen an einem Balken gelehnt hatte. Hart schlug er auf den Boden, wurde herumgeschleudert und landete schließlich bewusstlos direkt vor Herrn Zendhens Füßen.

»Das nenne ich Glück«, sagte der Ritter, löste den Schlüsselring vom Gürtel des Aufsehers und öffnete das Schloss um die Fußkette. Dann befreite er Herrn Friedbart und gab den Schlüssel an den Nächsten weiter.

Das Geschrei an Deck wurde lauter, panischer, und ein lauter Schlag traf das Schiff. Holz splitterte, der Mast schien zu brechen, irgendwas stürzte knirschend um. Planken barsten, spitze Splitter schossen durch den Rumpf und trafen den einen oder anderen Ruderer. Direkt neben den beiden Rittern wurde ein Loch in die Außenwand gerissen, und im Dämmerlicht erkannten sie einen massigen Schemen im Wasser. Eine gigantische, graue, sackförmige Gestalt mit langen, spitz zulaufenden Flossen, drei klaffenden Mäulern, lodernden Augen und zwei langen Fangarmen, die mit Saugnäpfen oder Warzen übersät waren.

»Das nennst du also Glück?«, fragte Herr Friedbart seinen Gefährten, dann rammte etwas von unten das Schiff, und sie wurden ins Meer geschleudert, zusammen mit einer Handvoll anderen Ruderern und großen Bruchstücken von Planken sowie einem unversehrten Türblatt. Neben dem riesigen grauen Monster klatschten sie aufs Wasser und wurden von der nächsten Welle davongespült. Andere hatten Pech und stürzten kopfüber in eines der drei lauernden, mit krummen Zähnen gespickten Mäuler.

Herr Friedbart hatte das Türblatt zu fassen bekommen, Herr Zendhen klammerte sich an eine Planke. Zwischen ihnen trieb ein Vorratsschrank aus der Kombüse.

»Das nenne ich Glück«, sagte Herr Friedbart und verhakte ihn an seiner Tür.

Um sie wurde es Nacht, und die Galeere versank hinter ihnen in der Tiefe. Die Ritter schwappten mit einer großen Welle davon.

Vier Tage später wurden sie keuchend und hustend, schnupfend und von Fieber geschüttelt an Land geschwemmt. Es war eine felsige Küste, hinter der sich ein dichter Wald erstreckte. Sie entfachten ein Feuer und wärmten sich, trockneten die grobe Kleidung, die man ihnen auf dem Schiff überlassen hatte, und suchten gierig nach Wasser, das weder salzig noch Regen war. Am Himmel standen andere Sterne als in ihrer Heimat.

»Hellwah, hilf«, murmelte Herr Friedbart, dann legten sie sich schlafen.

Fünf Tage lang ruhten sie und kamen zu Kräften, während das Fieber langsam schwand. Dann suchten sie sich kräftige Knüppel, mit denen sie sich verteidigen konnten, und machten sich auf den Weg ins Landesinnere. Irgendwann mussten sie auf Menschen treffen, sagten sie sich, mochten diese vielleicht auch schwarze, grüne, blaue oder gelbe Haut haben, zwei Köpfe oder vier Augen, die Nase auf dem Bauch und die Arme über den Ohren. Irgendwie würden sie sich schon verständigen können, wenn man ihnen nur Zeit gab und sie nicht sofort wieder eingesperrt wurden.

Noch vertieft in ihre Überlegungen, wie absonderlich die Menschen in so fernen Ländern sein mochten, Länder, vor deren Küsten schreckliche Ungeheuer lauerten, traten sie aus dem Wald und blickten in eine Senke hinab, in der sich ein freudig vertrauter Anblick bot: Zwei gerüstete Männer mit stolzem Wappen auf der Brust banden zwei schöne junge Frauen an Pfähle. Die Haut der vier war ein wenig heller als die der beiden Ritter, die Farben ihrer Stoffe ein wenig greller als gewohnt, doch ansonsten sahen sie aus wie die Menschen im Großtirdischen Reich. Ein Kopf, zwei Arme, zwei Beine, auch die Zahl von Augen, Nase, Mund und Ohren stimmte.

»Hellwah ist uns hold!«, frohlockte Herr Friedbart. »Drachenritter! So fern der Heimat!«

Auch Herr Zendhen hätte vor Rührung fast geweint, doch er hatte mehr Augen für die schönen Jungfrauen.

»Wollen wir die Kameraden gleich begrüßen?«

»Natürlich. Ich warte nicht, bis die angelockten Drachen auftauchen, mit nichts als einem Knüppel, um mich zu schützen.«

Gemeinsam stiegen sie die Anhöhe hinab. Im Unterschied zu den Gepflogenheiten in ihrer Heimat hatten die Ritter hier ihren Jungfrauen sogar Holzstapel aufgeschichtet, so dass sie höher standen und von den Drachen aus der Luft leichter gesehen wurden. Herr Zendhen beschloss, dies daheim zu berichten, sollten sie je den Weg zurück finden. Auch hatten die fleißigen Jungfrauen schon mit ihrer Wehklage begonnen, noch bevor die Ritter in Deckung gegangen waren. Jederzeit konnten nun die Drachen kommen. Doch anstatt sich zu verschanzen, entzündeten die beiden Gerüsteten je eine Fackel.

»Da stimmt etwas nicht«, murmelte Herr Zendhen, während Herr Friedbart begeistert vermutete: »Jetzt stellen sie auch noch Lichter auf, damit die Drachen den Weg selbst im Dunkeln und bei Nebel finden. Was für schlaue Burschen der Orden hier hat.«

Doch die Fackeln waren nicht für Drachen mit Orientierungsproblemen bestimmt – mit ihnen setzten die Gerüsteten die hohen Holzstapel unter den Jungfrauen in Brand.

»Sag mal ...«, stammelte Herr Friedbart fassungslos.

»Bei Hellwah, nein, so nicht!«, knurrte Herr Zendhen. Das Wappen der Gerüsteten sah ganz und gar nicht nach einer Sonne aus, wenn er es recht bedachte, und das meckernde Lachen, mit dem die beiden das verzweifelte Geschrei der Jungfrauen beantworteten, gefiel ihm überhaupt nicht. »Komm, Friedbart!«

Die beiden Ritter stürmten los, schwangen ihre Knüppel und schlugen die Gerüsteten im Lauf nieder, noch bevor diese wussten, wie ihnen geschah, bevor sie überhaupt daran denken konnten, ihre Waffen zu ziehen. Dann sprangen die Ritter auf die Holzstapel, die langsam zu brennen begannen, und jeder riss eine Frau von ihrem Pfahl, bevor die Flammen höher loderten.

Vor Freude weinend fielen sie ihnen um den Hals, jede küsste ihren Retter und trat anschließend ihren am Boden liegenden Peiniger mit Füßen. Dann nahmen sie ihnen gemeinsam die Waffen ab, fesselten sie und marschierten in das Dorf der beiden jungen Frauen. Reden konnten sie nicht miteinander, wieder fehlte ihnen die gemeinsame Sprache.

Jubelnd wurden sie empfangen, die beiden Gerüsteten wurden sofort eingesperrt und wüst bespuckt. Es waren Hasendiebe und Rattenohrsammler, wenn Herr Friedbart die eifrigen Gesten eines Weißbärtigen richtig deutete, doch Herr Zendhen zweifelte das lächelnd an.

Noch am selben Abend wurde ein Fest gefeiert, bei dem die beiden Frauen und Ritter mit Blumen beworfen wurden. Sie verstanden nicht, was für ein Brauch das war, doch alle wirkten glücklich, es wurde viel getrunken und gelacht, Schultern geklopft und Wangen getätschelt. Ältere Frauen verdrückten die eine oder andere Träne, und spät in der Nacht wurden Herr Zendhen und Herr Friedbart von den beiden Frauen mitgeschleift, ein jeder in eine andere Hütte, in ein anderes Bett.

Mit schwerem Kopf erwachten sie spät am folgenden Tag, und es dauerte noch weitere drei Tage, bis sie begriffen, dass sie nun verheiratet waren. Es waren wirklich schöne, freundliche Frauen, und so nahmen die beiden Ritter tapfer ihr Schicksal an und beschlossen, der Orden könne auch ohne sie mit drei Kindern fertigwerden. Glücklich begannen sie, die fremde Sprache zu lernen.

BORIS KOCH, Jahrgang 1973, wuchs auf dem Land südlich von Augsburg auf, studierte Alte Geschichte und Neuere Deutsche Literatur in München und lebt heute als freier Autor in Berlin. Er ist Mitveranstalter der phantastischen Lesereihe *Das Stirnhirnhinter-Zimmer* und Redakteur des Magazins *Mephisto*. Zu seinen Buchveröffentlichungen gehören die Fantasy-Romane *Der Drachenflüsterer* und *Der Königsschlüssel* (gemeinsam mit Kathleen Weise), der mit dem Hansjörg-Martin-Preis ausgezeichnete Jugendkrimi *Feuer im Blut* sowie der dunkle Mystery-Roman *Gebissen*.

Mehr zu Autor und Werk unter:
www.boriskoch.de